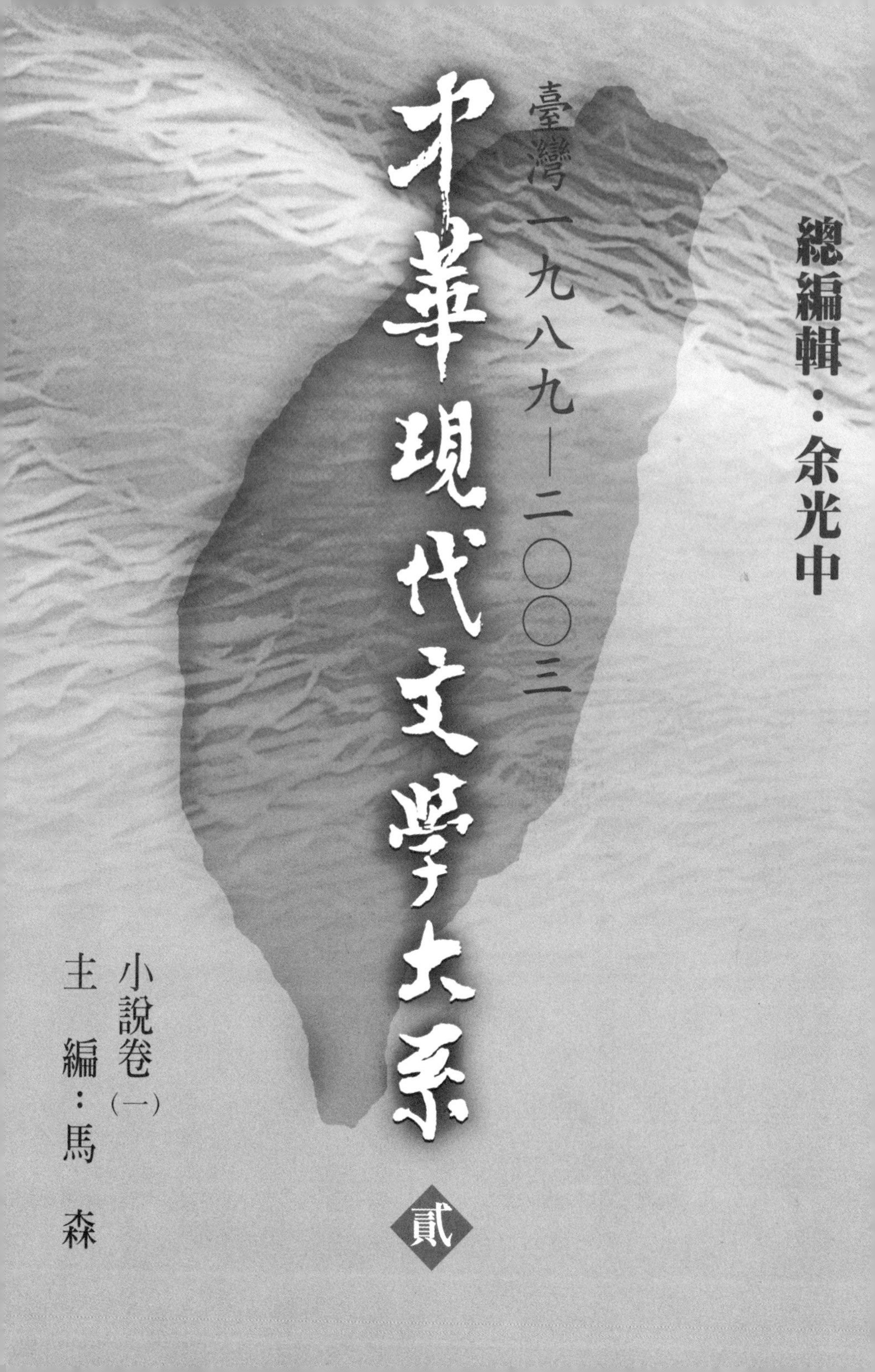

中華現代文學大系 貳

臺灣一九八九—二〇〇三

小說卷(一)

總編輯：余光中

主編：馬森

編輯體例

一、本大系延續第一輯（一九七〇～一九八九）編輯宗旨，選錄近十五年（一九八九～二〇〇三）來，在臺灣公開發表而具有代表性的現代文學作品（含評論）。具體展示臺灣長達三十四年的時空交錯下，各類型作者的創作才華和作品風貌。

二、本大系區分為《詩卷》二冊，《散文卷》四冊，《小說卷》三冊，《戲劇卷》一冊，《評論卷》二冊，共五大類，凡十二鉅冊。

三、本大系由總編輯召集各卷主編主其事，並各設編輯委員二人，所有入選文章，均經由各編輯委員詳細閱讀並票選後定稿。

四、各卷之編排順序，均以作者出生年月先後為依據。

五、每家附有小傳，包括本名、筆名、籍貫、年齡、學歷、經歷、著作要目、獲獎紀錄等，並附近照一幀。

六、入選作品篇末以註明出處及創作日期為原則；無法查明者從缺。

七、本大系前有總序，對台灣近十五年來文學發展之大勢略加論析；各卷另有分序，介紹各文類演變之近況及所選作品之概要。

八、入選作品均經詳校，絕大多數經由原作者親自核正。

九、封面標示本大系總編輯及各該卷之主編，封底及版權頁則詳列全體編輯委員之名單。

目錄

第一冊（長篇・節錄）

第二冊（短篇）

總序

余光中

1

三十年來，我為自己擔任總編輯的文學大系先後撰寫三篇總序：第一次是為巨人版的《中國現代文學大系》，第二次是為九歌版的《中華現代文學大系：台灣，一九七〇至一九八九》，這一次已是第三次了。前兩部大系取材的時間各為二十年，眼前這第三部大系涵蓋的時間只有十五年，正接上前一部大系，像是續集；但在另一方面，雖然踏進了新的世紀，卻剛過門檻而已，未能深入，所以又像是世紀末的驪歌。

三部大系涵蓋了五十年，恰為二十世紀的後半。這樣的總序，我覺得越來越難寫，因為這世界越來越混亂，越來越複雜，說得樂觀些就是越來越多元，所以矛盾的價值觀越來越令人難以適從。尤其是近十年來的劇變，更令人感到世紀的窄門難以過關。

本大系涵蓋的這十多年，開始似乎綻放過曙光：一九八七年，蔣經國在去世前一年宣布解嚴，並開放報禁與黨禁。李登輝繼任後，新聞與言論漸享充分的自由。兩岸交流也從此開始。一九九〇年柏林牆倒，翌年蘇聯解體，冷戰時代乃告結束。不幸其間歷史倒退，一九八九年的天安門事件，使大陸已開之門又閉了數年。

後來的發展得失互見，但是進少退多，例如國會雖然汰舊換新，唯修憲多次，總統竟有權無責，容易獨裁。自由氾濫、民主粗糙，法治卻遠遠落後。選舉頻頻，不僅勞民傷財，派別對立，而且賄選猖獗，後患無窮。我定居了十八年之久的高雄，本屆市議會之選舉竟以普遍的賄選醜聞下場，足以見證，我們的民主櫥窗是以千元的藍色台幣裝飾而成的。二千年的政黨輪替也以美麗的憧憬開始，但三年之後似乎都令人失望：政府、議會、經濟、教育、治安、家庭、環境等等相繼出了問題，不是樂觀的學者或善辯的政客用什麼「多元」、「開放」、「轉型」等泛詞所能推託。近幾年更有九二一的天災、Sars的人禍，加上天天見報的畸行亂象，輪番來打擊我們的身心。台灣，早已淪爲「超載之島」，不知該如何負擔這一份不可承受之重壓。

這一切，我們的作家們「反映」得了嗎？

2

上一部大系有詩二冊、散文四冊、小說五冊、戲劇二冊、評論二冊，合爲洋洋十五大冊，不愧文學史的盛事。新出的這一部則有詩二冊、散文四冊、小說三冊、戲劇一冊、評論二冊，共十二冊：規模似乎縮小了，但因時間只有十五年，其實反而選得更密。相比之下，新大系的詩卷、散文卷、評論卷篇幅未減，而是小說減了二冊，戲劇減了一冊。結果在新大系中，散文變成了最大的文類。這是中文文壇與英文文壇在文類學上的一大差異。

在英美的現代文學裏，最受矚目的文類依次是小說、詩、戲劇；在批評家的眼中，散文，尤其是台灣盛行的抒情散文，簡直可有可無。Prose 在英文裏可以泛指詩以外的一般作品，有時甚至包括小說。一位美國學者看見我的英文簡介說有十多種的 prose 作品，問我寫的是什麼樣的小說。只要查一查二十年來諾貝爾文學獎得主的名單，就會發現，除了保加利亞的卡內提寫過自傳、遊記、論述之類的散文外，其他全是詩人、小說家、戲劇家。

阿根廷作家博而好思（J. L.Borges，即波赫士）在英美文壇以小說與詩聞名，但在國內，甚至在整個拉丁美洲，卻以他的散文最受推崇。一九九九年企鵝叢書出版英文譯本的博而好思《非小說文選》(Jorge Luis Borges: *Selected Non-Fictions*)，編者兼譯者溫伯格(Eliot Weinberger)在序言裏即指出：「二十世紀的英文文學裏，散文只是次要的角色，這情形不見於別的許多語文。散文（在英語世界）幾乎沒有人來評論，而除了述及其內容之外，散文究竟該如何解讀，既無公論，亦無紛爭。目前（在英語世界），散文大致上是以其次屬的文類呈現——回憶錄、遊記、報刊雜文、書評、論文——至於博而好思筆下這種左右逢源的逍遙散文，除了同仁小刊物之外，在一般期刊幾已絕跡。但在非英語的世界，散文的風格變化無窮，日日刊登在報紙的副刊或是有銷路又有水準的期刊上面。」

散文不但在我國的古典文學是主流文類，五四以來，也一直盛行不衰，今日更成爲台灣文學的一大支柱，不但作家輩出，而且讀者眾多，近年更廣受大陸讀者歡迎。然而奇怪的是，儘管如此，散文在台灣的受評量，卻遠遠落後於小說與詩。例如新大系的評論卷，在六十六篇文章裏，論散文的只得八篇，但是論小說與詩的，卻各為二十三篇與十九篇。

究其原因，也許是散文比較平實，不像小說與詩那麼倚仗技巧，有各種主義、各種派別之類的術語可供運用。以中國的美學來看，詩與小說可以在虛實之間自由出入，相互印證，散文則實多於虛，較少虛實相生之巧。評論家面對本色天真的散文，似乎無技可施，甚至不值得細究。何況學府出身的評論家大半師承西方評論的當紅顯學，西方既然漠視散文，則學徒的工具箱裏恐怕也難找應付散文的工具吧。

3

新大系的小說卷由以前的五冊減為三冊，篇幅上似乎是縮小了，但在文類上卻更變化多姿。以前的小說卷，在七十與八十年代的二十年間選出了一百一十八篇小說，原則上都是短篇，最長也不過近於中篇。其實爾雅版出了三十一年的年度小說選，所收也都是短篇。小說的天地非常廣闊，能在其間成為大師，像狄更斯、托爾斯泰、喬伊斯、福克納者，想必是因為有長篇的扛鼎力作。儘管魯迅的龐大背影籠罩著中國文壇，論者認為他提不出長篇小說，畢竟遺憾。畢竟我們還出過曹雪芹這樣的巨匠，不讓中國的文學史大幅留白。馬森召集的編輯小組，不惜投注心血，能在十五年來的長篇巨製裏選出可供觀賞的段落，獨成一冊，多少可以展示我們的小說家裏，有哪幾位對生命與社會有更持續的宏觀。這種更多元更立體的呈現方式，當令讀者視野一寬。這樣的摘取，以前的小說卷也曾偶爾做過，例如李永平的〈好一片春雨〉等兩篇，其實都摘自他的長篇《吉林春秋》。不過這一次馬森在目錄中特別標明，遂覺別有氣象。

馬森在小說卷的序言裏對編選的標準、作者的背景、作品的主題與風格，都有清晰而詳盡的交代，論述的視野兼顧了宏觀與微觀。作者的身份從寬認定：只要能用中文寫出佳作，經常或首先在台發表，讀者印象頗深，評家經常注意，甚至得過大獎，即使身份是外籍，也不常在台灣，仍能得到認定。因此來自大陸的高行健、嚴歌苓，來自香港的西西、黃碧雲，甚至來自馬來西亞而從未在台灣生活的黎紫書，都入了小說卷。但其他各卷就沒有如此「好客」，否則同樣在台出書也受到肯定的作家如余秋雨、北島等，也許亦能納入散文卷與詩卷。

馬森的序言把九〇年代的小說依風格與發展順序分爲寫實路線、現代主義、後現代主義三種，並各舉出若干代表人物；結果前兩種風格各約十位，後一種風格獨占二十位左右。但是小說卷入選的作者共有六十六位，可見難以歸類的中間份子仍在三分之一以上。馬森自己也立刻聲明：如此分類「僅指入選的作品而言，並非說以上作家其他的作品皆係如此。同一作家寫出不同美學風格的作品不足爲奇，而同一篇作品也可能含容不同的美學傾向。」

台灣的淺碟文化與進口理論的流行交替，令許多英雄豪傑幻覺今是而昨非。新批評、存在主義、比較文學、失落的一代、嬉皮文化……一波又一波此起彼落。所謂「全球化」，不過是美國化加上西歐化而已。「後之視今，亦猶今之視昔。」然則今日以爲至善之眞理，未來未必如此。馬森說得好：「荒謬得煞有介事也就是後現代的一種態度。」但這件事情在中國文學裏也不見得沒有先知：《紅樓夢》第一回就說了，「滿紙荒唐言，一把辛酸淚。都云作者痴，誰解其中味？」從卡夫卡的變形到博而好思的迷宮，不都是中國成語的「痴人說夢」嗎？林明謙的〈掛鐘、小羊與父親〉說到興頭上，忽然打岔說：「小說才進行了一半左右，請耐心閱讀。」我們不會立刻想到中國的章回小說裏，說書人早就站到前台來說：「欲知後事如何，且聽下回分解」嗎？

荒謬的主題或是反主題，當然還有滿紙的空間可供夢遊。另一方面，虛無之舟也不妨落現實之錨。藝術之虛實相生，猶如自然之陰陽互替。如果沒有陽間，則陰間未免單調：奧菲厄斯去下界搶救愛妻的故事，必須到陰陽交界才有高潮。因此寫實的小說也不可缺席，否則失去了人間，滿天神佛似乎也有點空洞吧。所以朱西甯、黃春明等寫實重鎮之入選，也頗具「鎮紙」（滿紙荒唐言）之功。我們不免想到在主題上，寫實的天地也還有不少經驗似乎可以開發。根據馬森序中的分析，小說卷中處理同性戀與其相關主題的作品，至少有六篇，而且「文墨華彩，炫人眼目，堪稱一代精華。」令人想起《孽子》一書近日在台灣文壇的風光，不禁歎息先烈王爾德早生百年的遺恨。同性戀曾是弱勢的邊緣經驗，但台灣經驗之中，同爲弱勢的目前就有外勞，而同爲邊緣的還有台商，兩者各牽涉數十萬人口，値得我們的作家關切。我曾戲言自己近年在大陸出書，版稅不多，卻超過台灣萎縮書市之所得，也可以算是隔海兜售的「台商」了。台灣文友在對岸出書的不少，聽吾此言，當發一苦笑。商場與業界的興衰故事，說得好一樣動聽，茅盾的《子夜》在這方面可惜沒有寫好，高陽的《紅頂商人》卻引人入勝。

4

白靈爲新大系詩卷所寫的序言，指出這十多年來台灣詩人進入了「不確定」的困境，一方面因多元開放而增加許多「可趁之機」，一方面卻因此承擔更多的焦灼、分割與迷惑。本土化與全球化的壓力都無可避免：意識正確要你走「一條詩路通人心」；全球大勢要你走「條條詩路無不通人心」。前一條路導向寫實，後一條路導向後現代。白靈的序言充滿了危機意識，他認爲老一代詩人株守平面，不肯上網，少一代詩人優遊網路，不肯下網，苦了他中年的這一代有心人有心牽網而無法牽合。所以他懷抱「極大的隱憂」，擔心「印刷路」與「網路橋」終會背道而馳，因爲新世代詩人只相信滑鼠，並不在乎詞句冗長、迴行處處，卻耽於咒語、口語、淺語，把修辭當作兒戲。他更指出，「後現代社會『去中心化』、『消解正統化』後的表現模式：由本質走向現象、從眞實走向虛擬、自深層走向表層、棄所指而追求能指、諷眞理而尋文本的種種特質……與前行代之著重歷史感、價值感、意義性、象徵性的形式化表現有所不同。」

總而言之，所謂後現代的這一切想法、做法，都是要顛覆、架空、丑化所有傳統的價值與秩序，「唯恐天下不亂」。但是它只有消極的拆台，沒有積極的目標，無可無不可，破而不立，只留下共存雜交的殘局，並無革命的興奮。也許革命啦、恢復秩序啦等等都已成了過時的價值，可笑的陋習。然而後現代之含混，也正在它與現代主義之曖昧難分：例如要顛覆傳統之一切價值，早在一次大戰時就已有達達主義了；要在虛實之間出入無阻，乃是步超現實之後塵。只是達達與超現實畢竟還是畫家與詩人憑自身的潛意識來創造，而新世代的詩卻可隨科技的精靈，那滑鼠的誘引，扶乩一般地向虛擬的空間去尋求。

白靈說網路詩之盛如潮，「詩之平民化」當下即可實現。在民主的時代，科技提供了全民參與創作及表演的機會，當然很公平。但機會只是起點而非終點，任何藝術，包括詩，有了星星之火的一點創意，如果未經勤修苦鍊，至於熟能生巧，則只能算是遊戲，還夠不上藝術。遊戲不失為有益健康的發洩，卻不能逕稱藝術，正如卡拉OK的伴唱設備，對於歌喉發癢的顧客不失為可以助興的發洩，卻不能保證他成為夠格的歌手。所以《台灣詩學季刊》半年張網而得詩三千，還有勞蘇紹連效孔子之刪詩，才能去蕪存菁，像平面刊物那樣。

從前普羅文學的理想，不但要求為普羅大眾寫作，甚至提倡由普羅大眾自己來寫，江青的小靳莊文學便是一例。如今網路大開，詩門不閉，在蘇紹連與須文蔚的細心培養下，希望真能出現一些青年新秀。據說上網詩人的年齡很快就降到十二、三歲，他們不去搖頭、飆車，卻來網上飆詩，還是可愛的。不過今日少年開始做許多令人不安的事，年齡也都提早了。

網詩正盛，而前行代的平面詩人竟有不少半途而退，也令白靈深感不安。他在序言中指出，「詩卷續編出版時，才歷經十五年，一九八九年（前大系）版的九十九位詩人竟然已有四十二人不在二〇〇三年（新大系）版的名單上，『折耗率』高達百分之四十二點四。」

我倒要安慰白靈說，到了新大系，前大系入選的散文家九十位中，有五十八位未再續選；小說家七十位中，四十五位退席；評論家五十九位中，四十二位不留；至於劇作家十位，則全部換了：其「折耗率」依次爲百分之六十四、六十四、七十一、一百。可見詩人還是比較敬業或是經老，或是轉行不易，繆思的香火算是穩定的了。白靈序中又說，詩人上網之後，女性的比例激增，例如二〇〇一年出版的《九十年代詩選》，八十位作者中女性僅十三位，但同年出版的《詩路二〇〇一網路詩選》，五十四位作者女性即占二十五位。可是在新大系中，他所主編的詩卷，一〇一作者裏僅有二十位女詩人，占五分之一。這比例在新大系各文類之中仍是最低，因爲散文卷七十四位作者，女性占三十二；小說卷六十六位作者，女性占二十六；評論卷六十二位作者，女性占二十二：依次各占二分之一弱、三分之一強、恰好三分之一。劇作家六位，全無女性。與前大系的情況一樣，女作家在台灣文壇，表現最出色的文類仍在散文與小說。但是女學者在評論上的成長值得注意，因爲前大系的評論卷共有五十九位學者，女性僅得八位。

5

散文的半邊天不但有賴女作家來頂住，即連巨人版（一九五〇—一九七〇）與九歌版（一九七〇—一九八九，一九八九—二〇〇三）一脈相承的三部大系，其豐美的散文卷也一直由女作家來主編。九歌版這部新大系亦即續大系的編輯之中，只有張曉風和我是三朝遺老。身爲散文家，她把這篇散文卷的序言寫成了一篇寓知性於感性的散文，是再自然不過的事了。當年她參與巨人版的編務，還未滿三十，卻已夙慧早熟，今日遽稱之爲「遺老」，也未免太「早熟」了，不過在這篇序言裏她俯仰的竟是遲暮，世紀的遲暮，指點的竟是滄桑，文壇的滄桑。一路讀來，我舌底似乎留下了《離騷》的苦澀。

張曉風指出，「這本選集是在台灣大環境十分低迷之際選成的。」她所謂的「低迷」，該是由許多因素造成：或因政治正確的本土化，加上國際接軌的全球化，有意無意將中間的民族文化架空，且在中文程度日降的今天反而要強調全面學英文。或因文學書市蕭條，反而輕薄短小媚俗求銷的出版品當道，不少新進避重就輕，隨機乘勢，上下排行，商業掛帥，廣告與評論難分。或因科技方便，網路暢通，在泛民主的機會均等之下，人人得而為作家，誰肯耐心苦鍊呢。於是別字何必計較，不通反成「異化」，簡潔、結構、意象、音調等等不過是傳統的包袱。日記與作品不分，練琴室且當演奏廳，遊戲啦，何必當眞。張曉風擔憂地說：「如果沒有書寫，如果不愛閱讀，如果書本成爲上世紀的古董，如果年輕一代只知圖像而不知書香，我們只好招來倉頡，請他把這些美麗的文字元素送到別個星球上去吧！」

科技進步超前，終於會結束或至少削弱平面閱讀與創作的傳統嗎？麥克魯亨早就預言：「什麼樣的媒體就傳來什麼樣的消息。」方式與內容，法與道，是不可分的。張曉風的杞憂正是白靈的警告，但白靈的苦諫似乎帶一點威脅：「年輕一輩詩人……更濃烈嗆鼻式的後現代氣息，如果不把腦瓜子準備好，則只有挨悶棍子的份。」似乎言重了吧，風格與美學的演變畢竟不是政黨輪替，更非紅衛兵呼嘯著破四舊而來。兩岸都可以交流，印刷平面與網路幻境難道要戰爭嗎？

平面印刷的散文、小說、詩，面臨網路的挑戰，但立體的劇場本身也是一個虛擬的空間，施法的對象不是讀者而是觀眾，倒不怕滑鼠入侵。微妙的是，劇本卻是平面印刷，是書，是通向劇場幻境的隧道而已。其關係好像樂譜與現場演奏。所以鴻鴻在戲劇卷的序言裏說：「劇場脫文學之鉤，向視聽藝術靠攏，已成事實。」足見戲劇的創意無論如何微妙，它仍然得下凡來，來劇場與觀眾之間完成其表演藝術的任務，所以也必須借助科技之神功魅力。

胡耀恆指出，「正因爲主要的訴求對象比較年輕，近年來的演出愈來愈趨向綜藝……西方兩千五百年的戲劇，每代都運用著當時最先進的科技製造演出效果，卻未曾影響它的思維深度……我們需要誠誠懇懇的想想，是綜藝打擾了深度，或是綜藝只在掩蓋膚淺。」

紀蔚然的序言井井有條，抉出台灣劇場面臨的困境。首先，它被淹於世紀末「眾聲喧嘩」的囂張噪音，面對全球化挾勢凌人的消費文化與文化商品化，一時無所適從。於是劇場借力使力以求寓雅於俗，結果卻是「從俗、媚俗」：劇團老去而觀眾青春不改，「爲了迎合年輕觀眾的口味，劇團的走向愈趨反智，愈趨綜藝。」

所幸戲劇卷的編輯小組仍能選出各具創意且又「脫俗」的六部劇本。胡耀恆這樣結束他的序言：「要改變這種情勢，第一是整體經濟好轉，第二是政治掛帥變成文化掛帥。」

7

胡耀恆以兩廳院主任的閱歷發此感慨，該是鬱卒多年的「行話」。綜觀詩、散文、小說、戲劇四大文類的序言，雖然隔行隔山，各說各話，事先不可能「串供」，但是所道的「瓜苦」，竟然頗有相通。馬森報導後浪之來，比較溫柔敦厚，但也忍不住如此進諫：「不管語言的特殊風格來自方言，抑或來自外語，如果使用得當，的確可以形成個人的風格，增加文字的魅力。但使用翻譯體的負面影響是作品失去民族風味，讀來像是翻譯的小說。設若連人物的行動與夫社會背景都西化到難分中西之境，那眞使創作與譯文難辨了。」

馬森之言，沒有誰比我更贊成的了。記得曾在某新銳小說家的作品裏見過這麼一句話：「他爲自己倒了一杯咖啡。」我只想提醒馬森：一位夠格的譯者絕對不會譯出這樣的句子。至少我不會，楊絳、喬志高、思果更不會。

最有趣的或者（用一個流行的形容術語）最弔詭的是，評論卷的序言卻不言「瓜苦」。在台灣的評論家尤其是文學史家之中，實在罕見李瑞騰這麼博覽、包容而又井然的了。這種三合一的美德，也見於他所推崇的另二位評論家，陳芳明與王德威。這樣的評論家手握文學寶庫的金鑰匙，裏面有多少珍寶他們都曉得，只要是眞品都不會不管，要拿的時候手到取來，因爲早就整理好了。

李瑞騰就是這樣：再複雜的文壇、再兩極的意識、再敏感的時代、再交錯的史料，他都能耐下心來，探索到座標與重心，整理出一個各方都能接受，至少都能忍受的秩序來。他所召集的評論卷編輯小組，要在表面限於十五年而其實來龍去脈牽涉深廣的斷代之中，搭出一個鷹架，一條龍骨，好把文學史、文體論、主題論、作家論等等的論文，各就其位而又互相呼應地列上架去。

其結果便是井然有序的這兩冊評論卷，六十六篇文章分屬總類、小說、散文、詩四組，其論題則從姜貴的《重陽》到白先勇的《孽子》，從台語文學到女性詩學，從散文地圖到副刊大業，從原住民文學到眷村小說，如此的眾聲喧嘩竟然雞兔同籠，不，對位又和聲地包容在世紀末的交響曲裏。正好說明，台灣文學之多元多姿，成爲中文世界的巍巍重鎭，端在其不讓土壤，不擇細流，有容乃大。如果把這兩冊評論卷，甚至整十二冊的這部新大系裏，非土生土長的作家與作品一概除去，留下的恐怕無此壯觀。

8

這部新大系編選得如此精當，而又能及時推出，全要歸功於五個分卷編輯小組的十五位編輯委員，尤其是五位寫序的召集人。比較特別的是戲劇卷，這文類的評論未列於評論卷中，但其三位編輯，胡耀恆、鴻鴻、紀蔚然卻各寫了一篇序言，可補評論卷中之缺席。

當然我們還得感謝，新大系有此充實華美的陣容，全靠五種文類三百零九位作家與學者來鼎力贊助。三百零九乃計人次，一人而入數卷者亦有若干，但僅僅計人亦當在兩百以上，離三百不遠。另一方面，也有不少傑出的作家原應列入，卻爲了客觀的或是主觀的原因成爲遺珠，令人悵憾。有選必然有遺，完美的選集世上罕見。《唐詩三百首》竟漏了李賀、張若虛、陸龜蒙，但是我們無奈漏掉了的作家，英文所謂「缺席如在」(present in absence)，對台灣文學而言，其份量當猶勝李賀。

至於對選入的這兩百多位作家，這部世紀末的大系是否眞成了永恆之門、不朽之階，則猶待歲月之考驗。新大系的十五位編輯和我，樂於將這些作品送到各位讀者的面前，並獻給漫漫的廿一世紀。原則上，這些作品恐怕都只能算是「備取」，至於未來，究竟其中的哪些能終於「正取」，就只有取決於悠悠的時光了。

二〇〇三年七月於高雄西子灣

小說卷序

馬　森

一

九歌版的《中華現代文學大系（一九七〇—一九八九）》出版轉瞬間已經過了十五個年頭。十五年中，世界上、國家中，均發生了不少變化，老成凋謝，少年長成，可以視爲另一個世代。在這個新世代，台灣的文學創作又展現出另一番繁花盛景。九歌出版社的主持人蔡文甫先生，起意要爲《中華現代文學大系》再修續編，當此文學出版業並不算景氣的時刻，有如此的心懷，自然令人欽佩，值得喝彩。

現代的「文學大系」正如古代的大至《詩經》、《昭明文選》，小至《唐詩三百首》、《古文觀止》、《花間集》等選集，或概括一個時代、一個流派的文學作品，或呈現出某一個文類的斷代成績，系統地保存了前人的文學成就，不致因分散的零篇斷簡而遺失在歷史的塵埃中，使後人很容易地接觸到過去的文學遺產。自從一九三五年趙家璧主編《中國新文學大系》囊括二、三十年代各文類中國新文學的成就起，以後的同類選集均以「大系」名之。可說我國自古就有這種編「文選」或「大系」的傳統，致使中華文化代代承傳，不易湮滅。

今日來看《中華現代文學大系》，不過是眾選集中比較全面而有系統的一種，當個別文集仍充斥市面的時候，不易看出它的重要性來。設想百年而後，當代的作家都變成了古人，而個別的文集也因歷史無情地淘汰、篩選而所留無幾的時候，有一部收入過去數百作家及數百作品的「文學大系」在手，豈非接觸、認識過去某一個時代文學成就至爲寶貴的媒介？

同時，《中華現代文學大系》做爲一種斷代的選集，對過去的成就必有所繼承，對未來的後代亦必有所傳續，絕非如競選中的口號，可以任意「割斷」或「排除」過去的歷史及所自來的文化，而不得不彰顯出千絲萬縷的歷史的文化的根鬚、枝葉，這也是做爲主編者在評論中無法迴避的責任。

二

在中華民族居住領域中的現代文學並非對中國古典文學的一脈相承，而是西潮衝激下的產物，這應該是大家公認的歷史事實。鴉片戰爭後的西潮東漸，不論是通過文攻，還是武鬥，可說是波濤洶湧，勢不可當，中國之走向西化或現代化遂成爲二十世紀無所遁逃的宿命。對外在世界的認知上，不能不學習西方國家的「科學」，在政府與人民的關係上，也不能不向西方所謂的「民主」制度看齊。做爲上層建構意識形態的文學藝術，自然受到西方國家當令之潮流的巨大影響，於是在五四那一代產生了不同於中國古典文學的「新詩」、「新劇」、「新小說」與「新散文」。一直到當代的台灣文學，我們仍然在繼續這個西潮衝激後的新文學傳統。

然而西潮東漸並非一帆風順，除了開始時的國人有意抗拒外，外在客觀的因素也曾使東漸的西潮戛然中斷。如果我們說鴉片戰爭後的西潮在五四運動後形成了一度高潮，那麼到了一九三七年日本侵華戰爭開始，東漸的西潮不能不爲戰爭所阻斷。一九四五年日本戰敗投降，本該帶來和平，不幸的是國共內戰立刻上演，戰火所至人民逃命之不暇，遑論接受什麼西方的新思潮、新藝術了。四年爭戰，國府退守台澎，秣馬厲兵以期東山再起。當大陸的新政權視西方國家爲勢不兩立的仇敵，垂下重重鐵幕的時候，台灣的中華民國卻敞開大門再度迎接西方的新潮流。二度西潮遂於一九四九年後湧進台灣；相對而言，大陸卻在「自立更生」的口號下盡力排拒資本主義的影響，直到民窮財盡始體認到閉關自守的惡果，終於一九七八年不得不改絃易轍實施「對外開放」的政策爲止。第一度西潮台灣雖然曾經追隨大陸上新文學的腳蹤，第二度西潮台灣卻超前了大陸二十多年，成爲新文學的急先鋒（馬森 1991）。

中華現代文學既然受到西方文學的巨大影響，不論在形式上，內容上、思想上，以及在整體的美學導向上，都不能不與西方的美學趨勢同流。如果說第一度西潮中國新文學所接受的主流是「寫實主義」，那麼第二度西潮帶來的就是「現代主義」與「後現代主義」的美學。

在小說創作上，第一度西潮與第二度西潮影響下所產生的不同的美學傾向尤其清晰。如果說第一度西潮使中國的「新小說」走向擬似寫實的作品，第二度西潮卻使新一代的小說家步向現代主義與後現代主義。在最近二十年中，後現代主義愈來愈成爲西方的文論家不能不面對的一種新美學風格的時候（杰姆遜 1987；佛克馬、伯頓斯 1991），我們所理解到的從寫實主義到後現代主義的流變，除了爲外在環境例如資本主義的由熟而爛以及社會關係的改變所左右外，思想上的認識論與本體論的嬗變也發生著促進的作用。寫實主義背後的實證主義思潮，到了二十世紀初期已經逐漸爲心理分析的主觀意識所取代，小說家漸漸不再相信外在有一種不可動搖的眞實世界，個別人物的心象其實同外在世界一樣的眞實，認爲對人的內心發掘更加重要，於是意識流、象徵主義與表現主義的手法替代了客觀的敘述，孤絕的人物成爲這一代的英雄。這是我們所認識的現代主義小說中的表現（Eysteinsson 1990:30-44）。二次世界大戰結束後，人類爲所欲爲的殘酷經驗日益動搖著對神祇的信仰，新興的存在主義似乎更能夠說明世界的本相，荒謬感由之而生，人們漸漸認爲所謂的「本體」或「眞相」不過來自人類語言的建構，語言中的符徵（能指）和符旨（所指）之間其實並沒有實體的關連。法國「新小說」(nouveau roman)家霍格里耶(Alain Robbe-Grillet)寧願相信世界在「對世界的陳述」之外是不存在的(劉光能 1988)。意識上的荒謬、主題上的解構、形式上的拼貼、手法上的後設等等，遂成爲當代最流行的小說章法，以致結構欠缺邏輯，情節不再完整，人物可以模糊，言語時常不搭嘎，主題更是消失不見。這種自我否定式的新美學，爲人稱作後現代的，常使文評家無所措手足。有人主張存在主義是後現代主義的思想淵源，而荒謬劇與荒謬小說則是後現代文學的始作俑者（Hassan 1971; Spanos 1972），不是沒有道理。

三

做爲追隨世界美學潮流的華文文學，在創作上與文學評論上都不能自外於世界的所謂「主流」，因此我們所見的五四以來的「新小說」，也就明顯地呈現出「寫實主義」、「現代主義」和「後現代主義」這麼幾個看似涇渭分明實則十分混淆的美學現象。

涇渭分明，是因爲這三個時期，或三種美學風格就學理而言，的確出於不同的哲學思想，而又形成不同的藝術表現形式。混淆，因爲即使在西方世界，寫實主義小說也並未完全被現代主義小說所取代，後現代主義美學同樣未曾完全取代寫實主義與現代主義美學，因此在同一時間不同美學導向的小說是共存的，而且同樣受到評者的讚美、讀者的歡迎。因此在包赫士（Jorge Luis Borges）、馬奎茲(Gabriel Garcia Marquez)、卡爾維諾(Italo Calvino)的小說大行其道之後，遵循寫實主義的哈金的小說、程抱一的小說還能夠在美、法兩國獲得文學的大獎。混淆，因爲即使同一個作家也會寫出不同風格的作品，像卡爾維諾就是如此。混淆，更因爲即使同一部作品，也不能保證會具有統一純正的單一美學風格。在西方是如此，在我們的當代小說作品中也是如此。指出某一作家或某一作品的美學傾向，不過是愛製造新名詞、新概念的評論家爲了評論的方便而已。

我現在在這篇序言裡，也是爲了評論的方便而採用這些名詞。

回溯五四那一代的小說，雖名爲寫實，其實與西方寫實主義的最佳樣本一比較，就發現其中混雜了太多的浪漫情懷與一廂情願的理念，因此我稱其爲「擬寫實主義」的作品。什麼是「擬寫實主義」呢？我過去在〈中國現代小說與戲劇中的「擬寫實主義」〉一文中曾經說過：「『擬寫實主義』就是在外貌上形似寫實主義的作品，但在創作方法上全不遵守寫實主義所要求於作者的方法與態度，事實上多半出之於浪漫主義的創作方法加上理想主義的思想內容。」（馬森 1985：352）因此五四那一代的小說家對寫實主義的美學並未充分發揮，使後來者仍有繼續努力的空間，以致我們看到當代海峽兩岸已經有太多寫實的小說（例如此岸的朱西甯、黃春明、鄭清文、陳若曦，彼岸的張煒、陳忠實、莫言、賈平凹等的作品），從寫實主義的美學立場來評斷，遠遠超過既往的成績。三十年代剛剛在上海冒出頭的現代主義小說，也要等到第二度西潮以後的台灣作家們來發揚光大。

四

齊邦媛教授主編的九歌版《中華現代文學大系（一九七〇——一九八九）小說卷》正好為以上我們的論述作了見證，其中所收的小說從美學的風格上來看，是寫實、現代與後現代兼容並蓄的，囊括了台灣「反共文學」以後到解嚴時代之間的現代主義和鄉土文學的重要小說作家。唯一遺憾的是當時顧慮到篇幅的限制而未收長篇小說，以致使擅於長篇而富有成績的作家像姜貴、王文興等因而缺席。

我們這次的續編，既有蕭規在前，曹隨也自會順理成章。我們考慮到小說之為一種文類，古今中外皆以長篇為主，中、短篇為副，我們的選集既稱「文學大系中的小說卷」，就不能不收長篇小說。礙於篇幅所限，長篇只能擷取其中精彩的段落，好在多半的長篇均自成段落，而如今的短篇也可能無頭無尾，故選取長篇的段落，只會帶給讀者更為豐盛的饗宴，而不會產生篇幅的問題。但是，有些長篇具有獨特的形式和文字風格，例如王文興的《背海的人》、舞鶴的《餘生》，擷取其中一段可讀性不高，不得不因此割愛。其他方面則一仍舊貫，採取嚴謹、公正、包容的態度，以俾選出一九八九年至二〇〇三年間眞正有代表性的佳作，同時也可忠實地呈現出這一個階段小說作家的成績。

所謂嚴謹而公正，我特別邀請施淑教授和陳雨航先生一同進行評選的工作，前者是教授中國文學的資深教授，對評論工作的成績有目共睹；後者本身也是小說家，而又從事出版多年，在工作上具有豐富的閱讀小說的經驗。我們的三人小組既有作家與評論家的對比，有學院與非學院的並立，也有性別和年齡的平衡，這樣的組合在避免個人口味和成見上，應該是近於理想了。此外，我們也曾廣發英雄帖，邀請文學評論家及各大專院校教授中國小說的教師提供意見，雖然接到的回信不多，但熱心響應的意見，我們都曾認眞地參考。

嚴謹的另一層意義，是選文的標準比較嚴格。大體上乃以作品的藝術成就爲準，比較通俗的小說及類型小說，例如武俠、言情、歷史、科幻、偵探等不選，只有少數有特殊的藝術表現者例外。

公正則來自合理的選文策略和程序。在選文的過程中，除了三人大量閱讀外，每人先提出一個初步的推薦名單，經過交換意見後，訂出複選名單。凡有異見，都會再三溝通，有時採用評審小說獎的方式，進行說服的工作，然後採取民主投票，二票以上的始可入選。好在最後的共識頗佳，大多數作品均以二票以上而當選。少數只獲一票的作品，如果推薦者堅持不願放棄，也可進入備選，將來在當選的名單中有因故無法選入或尚有篇幅時，都可遞補。

在公正的考慮下，與其選出一人多篇，不如一人一篇而多選幾位作家。事實上，這個階段的小說作家非常眾多，有些成就在伯仲之間，取捨十分不易。如果有一篇入選，雖未能概括其整體成就，但有心的讀者自會按圖索驥。再者，有的小說家擅於長篇，有的長於短製，自然分別選其擅長者。但也有少數的作家長短俱精，以其爲絕對少數，或在此階段並非兩項俱佳，故選出的結果或入選長篇，或入選短篇，而無兩項皆入選者。

所謂包容，因爲有地區的限制，不能不以居住在台、澎、金、馬的小說作家的作品做爲選文的主體。但是援往例，與台、澎、金、馬地區有關的海外作家也在評選之列。例如白先勇、郭松棻、李渝、李黎、裴在美等位，雖今日置身海外，甚至已入籍他國，但他們曾在台灣接受教育，而且他們的作品主要都在台灣發表，台灣的讀者對他們十分熟悉，我們也把他們看做是本地作家。又如從僑居地（例如新、馬等地）來台就學的僑生，如李永平、張貴興、黃錦樹等，畢業後留台工作，而又寫作有成，我們也一視同仁。另外一些作家雖出身與台灣無緣，例如西西、黃碧雲、董啓章、高行健、嚴歌苓等位，但他們或在台灣成名，或重要的作品都首先在台灣發表或出版，台灣的讀者對他們也一樣熟悉，我們也予以包容。

所寫的地區與人物也並不侷限在台、澎、金、馬，例如朱西甯寫的是山東，西西、施叔青、黃碧雲、董啓章寫的都是香港，高行健寫的是中國大西南地區，嚴歌苓寫的青海，李昂寫到莫斯科，吳繼文寫到日本，楊照、裴在美、林文義、阮慶岳均寫到美國，張貴興、黃錦樹寫南洋等，寫的雖然都非台灣地區或台灣居民，但是我們覺得他們仍屬於我們的文學，正如歸屬於英國的波蘭人康拉德（Joseph Conrad）寫的非洲小說，仍屬於英國文學一樣。這也是來自包容的精神，何況今日的地球村形成，在文化上已難絕對劃分疆界，出國求學、旅遊、經商的頻繁也無法限定人們的定點居留。

在時限上，不論作家是否生歿，只要作品在一九八九年至二〇〇三年之間創作或發表的都有入選的資格，所以已去世的朱西甯仍有一部作品入選。

遺憾的是，也有幾篇已經入選的作品，因爲作者或原出版者考慮到市場行銷的問題，不願成爲「大系」的競爭對手，而放棄入選；也有幾篇無法聯絡到原作者，在未能獲得同意的情形下，也只得放棄。

五

在作品的風格上，三位負責選文的人都不會把自己的文學品味視爲選文的標準，所以選入的作品非常多元，既有遵循寫實路線的，例如朱西甯、鄭清文、白先勇、陳若曦、黃春明、廖輝英、嚴歌苓、蔡素芬、林黛嫚、林文義、袁哲生等，也有傾向現代主義的，如郭松棻、李渝、李黎、李昂、平路、詹明儒、張貴興、黃碧雲、楊照、裴在美、朱少麟等，更多的是帶有後現代主義色彩的，如馬森、高行健、西西、宋澤萊、蘇偉貞、張國立、吳繼文、朱天文、舞鶴、張啓疆、董啓章、黃錦樹、賴香吟、駱以軍、徐錦成、郝譽翔、陳雪、洪凌、紀大偉等。此處僅指入選的作品而言，並非說以上作家其他的作品皆係如此。正如前文所言，同一個作家寫出不同美學風格的作品不足為奇，而同一篇作品也可能含容不同的美學傾向。

在寫實的小說中有史詩性的長篇巨構，也有簡潔的極短篇。前者像朱西甯的《華太平家傳》，五十多萬字，時間長，人物眾多，內容駁雜、豐厚，有關考古、宗教、民俗、農產、商業、服飾、食品……應有盡有；後者像白先勇的〈等〉，只有不到一千五百字的篇幅，卻寫出了一對青梅竹馬的情人的生離與等待，一等就是四十年，再見時都已白髮皤皤，二人居然都還守身如玉，終於在夕陽無限好的年紀完成了一場等待了四十年的婚禮，委實感人。黃春明的〈最後一隻鳳鳥〉寫親子之情，嚴歌苓的〈老囚〉處理大陸勞改營的非人生活，也唯有用寫實的筆法才容易撼動人心。寫實主義的感染力有時是無可取代的。

黃碧雲的〈嘔吐〉寫一個女兒幼年目睹親生母親被姦殺後成長過程中的病態心理，是現代主義作家最愛的題材。從醫生的角度分析人物的心理，容易贏得讀者的信賴，再加適當的物象的隱喻，更覺細膩可讚。李黎的〈初雪〉是溫柔的心理分析，主人翁對死去的妻子的憶念，魂牽夢縈不足以形容其心境的淒切。

另一方面，荒謬和奇幻的小說也自成另一種天地，例如西西的《飛氈》、宋澤萊的〈變成鹽柱的作家〉、張國立的《鳥人一族》和拙作〈災禍〉等。《飛氈》馱著書中的人物飄盪在星空中，〈災禍〉中衝破屋頂的大樹使整座房屋形同卡在枝椏間的鳥巢，〈變成鹽柱的作家〉裡的作家突然化作鹽柱就像《聖經》裡的被毀之城蛾摩拉的女人變成鹽柱一般。這些景象，寫實小說中沒有，連現代小說中的象徵、寓言、隱喻、心理分析也不顧，竟像到了另一個只有作者才可引領我們共享的荒謬世界，荒謬得煞有介事也就是後現代的一種態度。在感動人的情緒之外，在沒有細膩心理的剖析下，造成另一種文學的新境界。

蘇偉貞的〈日曆日曆掛在牆壁〉是拼貼的樣品，寫一個用日曆紙寫日記的老太太把老公在外私生的女兒當孫女來扶養。敘述中拼貼了西蒙．波娃《越洋情書》和沈從文《邊城》中的片段。這兩本書與敘述的文本毫不相干，爲什麼不拼貼莒哈絲的《情人》或巴金的《家》？我沒有答案，想必作者本人也不一定有，就如同問現代的藝術家爲什麼把毛澤東的畫像跟瑪麗蓮夢露的拼貼在一起一樣難有答案。也許是爲了一種趣味，也許是爲了一種情調，如此而已，眞正的答案應該在讀者那裡。我曾說過：「拼貼用於繪畫並無礙於觀賞，那是因爲視覺不受時間的限制。對受時間所限的聽覺或閱讀，拼貼一定會造成阻擾。」（馬森 1997a：219）造成阻擾是肯定的，但有些後現代的作者目的就是要爲讀者設障。

後設小說(meta-fiction)在大陸稱作「元小說」，也是在解構思想下產生的書寫方式，旨在坦示小說的虛構性，不再企圖使讀者信以爲眞，故在小說中時時提醒虛構的本質以及如何來進行虛構，因此小說在進行中可以任意改動情節的發展，或者寫出兩個以上不同的結局。駱以軍的〈底片〉之所謂後設是利用一張照片學習寫作小說的過程，混淆了虛構和眞相的分際，最後正如霍格里耶所說的敘述之外沒有實存的世界，而敘述，不過是在「不懈的虛構和無中生有之中。」賴香吟的〈翻譯者〉中虛構的人物再虛構出另一個人物來承擔虛構的任務。林明謙的〈掛鐘、小羊與父親〉在故事進行到高潮的時候，作者忽然加進一句話說：「小說才進行了一半左右，請耐心閱讀。」

另外採用了後設手法的應該是徐錦成的《方紅葉之江湖閒話》，雖從徐克的武俠片《蝶變》得來的靈感，也套上一件貌似武俠小說的外衣，但其實全不武俠，可說是一部「諧仿」（parody）武俠小說文類之作，不但嘲笑了武俠之裝模作樣，而且頗露作者廣博閱讀的文才，不過得需要有同等文才的讀者才體會得出來。

六

就題材而論，寫本土的雖然仍佔多數，但寫鄉土的（如果專指台灣的農村而言）卻已寥寥無幾。相反的，寫都市的小說卻大量增加，反映出今日台灣普遍的都市化傾向。在寫本土的小說中，四大族群都有代表作家和作品：鄭清文的〈相思子花〉、陳若曦的〈女兒的家〉、黃春明的〈最後一隻鳳鳥〉、李昂的《自傳の小說》、蔡素芬的《鹽田兒女》、沙究的〈天暗，燒香去囉〉、舞鶴的〈逃兵二哥〉、黃克全的〈夜戲〉、李潼的〈相思月娘〉等寫的都是河洛族群的事蹟，詹明儒的《番仔挖的故事》寫河洛族群的同時也兼寫原住民族群。吳錦發的〈流沙之坑〉、彭小妍的〈細妹子〉寫的是客家。有關外省族群的故事，則由朱天心、王幼華、郭箏、駱以軍、郝譽翔等執筆。原住民的小說家本來不多，故寫原住民的小說相對也很少，過去只有拓拔斯・塔瑪匹瑪一人入選過「大系」。令人高興的是這次由原住民作家寫原住民的竟有三篇之多，除了拓拔斯・塔瑪匹瑪的〈安魂之夜〉外，還有夏曼．藍波安的〈飛魚的呼喚〉和霍斯陸曼．伐伐的〈生之祭〉也入選了。當然他們的入選全靠實力，沒有額外加分的可能。

好的小說，不論是寫實的，還是現代或後現代的，都不以主題掛帥取勝，但是關懷政治或自以為民喉舌的作品卻無法避免透露出一個較明顯的主題，所以有主題的小說也該佔有一個適當的地位。如今強人政治日趨沒落，反抗的聲音越來越沒有對象，因此政治關懷的小說漸成稀有品種。我們所選的李昂的《自傳の小說》、宋澤萊的〈變成鹽柱的作家〉、平路的《行道天涯》、楊照的《吹薩克斯風的革命者》、林文義的〈鮭魚的故鄉〉，既有政治的關懷，又具有反映某一個特定時代的意義，值得注意。

「童年往事」是成長小說的一種，任何時代都不會缺席。東年的《初旅》、張復的〈高塔〉、朱天心的〈想我眷村的兄弟們〉、袁哲生的〈秀才的手錶〉都寫的是童年時代的印象與感受。有的在回憶時不免把成年以後的意識觀念巧妙地安置在兒童的場景中，如東年的《初旅》暗含著政治批判；有的則明白地夾纏著成年人的感慨，如朱天心的〈想我眷村的兄弟們〉對失去的眷村的緬懷。張復的〈高塔〉和袁哲生的〈秀才的手錶〉是比較純粹的童年往事，出自兒童的目光與兒童的心思，使讀者無法不脫卸抗拒力地潛入那種已逝去的少年時光中。

在解構與去中心的思潮衝激下，女性主義及弱勢族群——譬如同性戀者——在今日的小說中佔有相當的比例。女性主義不一定非要含有向父權挑戰的內容不可，也可以女性做為小說的主人翁，使女性的感受和觀點特別突顯出來，像陳若曦的〈女兒的家〉、施叔青的《她名叫蝴蝶》、李昂的《自傳の小說》、廖輝英的《迷走》、袁瓊瓊的〈忘了〉、蔡素芬的《鹽田兒女》、賴香吟的〈翻譯者〉、林黛嫚的〈平安〉等寫的都是女性的觀點和感受。男性作家的小說中並不乏成功的女性人物，但女性人物由女性作家來寫，特別是當今日女性主義早已浮現在人們的意識中的時代，應該有一些特殊的意義吧！平路的《行道天涯》雖然寫了孫中山和宋慶齡兩人，但重點仍在宋氏。當觸及到一般人不敢或不願去探索的主人翁的情慾的時候，平路也許表現了更大的女性主義的自覺。袁瓊瓊似乎有意一試在中國小說中未見發展的「驚悚」（thriller）一型，平常爲人目爲柔弱的女性，一旦復起仇來，卻不止於爲王魁所負的桂英的鬼魂所使用的那幾招而已。袁瓊瓊一向以具有女性主義意識而聞名，她的驚悚小說雖尚不足以令人眞正驚慄，但詭異的氣氛、詩意的筆調確有過人之處。

吳繼文的《天河撩亂》、朱天文的《荒人手記》、朱少麟的《傷心咖啡店之歌》、陳雪的〈尋找天使遺失的翅膀〉、紀大偉的〈蝕〉，從不同的角度寫的都是男女同性戀的遭遇與感受。作爲文學邊陲的同性戀題材，近年來在西方和台灣都成爲小說中的「顯學」，不論數量和質量都足以證明不容再予以忽視。以上所選的作品，除同性戀外都具有更深刻的人性的意涵，而且文墨華彩，炫人眼目，堪稱一代精華。然而，當被歧視與被壓迫的邊緣人物起而呼喊的時候，難免帶一些革命者的激憤與意氣，而且越是年輕的作者越具有離經叛道的精神，紀大偉的「酷兒」感官、陳雪的令衛道之士皺眉的戀母情結、洪凌的吸血鬼耽溺，恐怕讀者都得要改變一下胃腸才能夠下嚥。

董啓章的〈安卓珍妮〉寫到雌雄同體，是少見的題材，雖然出於男性作者之手，卻比女性的作品更加的女性主義。那個不存在的物種——斑尾毛蜥——「從進化成哺乳類動物的道路上退下來，看著和她生自同一先祖類哺乳類爬行類的同伴變成了虎、豹、牛、羊、猿、猴、人類。但她並沒有停滯不前，她只是走了一條不同的路。經過了六千萬年的進化，雌性斑尾毛蜥擺脫了受雄性斑尾毛蜥支配的生育模式，撇下她的雄性同伴，通過自己的女兒和女兒的女兒穿越時光的迢迢長路，忍受了大大小小的冰河時期，在陸地最後一次沉到海底之前沿著東南亞的東岸來到中國南部。」這樣自性生殖的怪物乃出自一個隱性的女同性戀者的腦中，實在不能不使人覺得有一種滅絕雄性的期盼隱藏在文本中。

生理上的雌雄同體，對人類而言雖說稀有，但並非絕無，心理上的雌雄同體在小說中則司空見慣。容格（Carl G. Jung）嘗言在男性的無意識（unconscious）中潛藏著一個女性的心靈「阿尼嬤」（anima），同樣在女性的無意識中也潛藏著一個男性的心靈「阿尼麼司」(animus)(Jung 1979)。容格爲小說中我們通稱之謂「性別超越」（馬森 1996）做出理論的詮釋。是故男性作家可能擅長書寫女性，女性作家也難避免書寫男性，因此女性主義也就並非女性作者的獨擅了。朱天文的〈荒人手記〉寫的是男同性戀，我們並不覺得應該由男性作者執筆；李黎的〈初雪〉進入男性的心理，同樣入木三分。

七

語言，一向是小說是否可讀，是否成功的關鍵。在我國古典小說的時代，從只流傳在文人士子之間的文言小說到說書人口中的白話小說，是小說走向大眾化的必經過程。白話小說如果不經說書人之口，而是手抄或木板印製，讀者仍然需要具有讀書辨字的能力始可接近。但是白話小說一出，因其合於口語、親切、易讀的優點，文言小說無法與之抗衡，幾乎完全消形匿跡了。異乎戲曲、詩及散文，小說是遠在五四新文化運動提倡白話文以前就已使用白話文的文類，而且所使用的白話多半為各地的方言，例如《水滸傳》、《金瓶梅》之使用山東方言，《紅樓夢》、《兒女英雄傳》之使用北京方言，《海上花列傳》之使用蘇州方言等。不過，我國的方言地位並不相同，有本身已經成為通用語言的北京話，有接近通用語言的方言，例如河北、河南、山東、山西、陝西、東北、蘇北、安徽、四川、雲南、貴州等地的方言，都可以互通。但有些特殊的方言，例如蘇州、上海、寧波、福建、廣東等地的方言，一離開使用的地區，無人能懂。這就是為什麼《紅樓夢》、《水滸傳》和《海上花列傳》所獲得的效果大為不同。

五四以後在第一度西潮的影響下，小說既然趨向寫實的美學，競相表現地方色彩，按理說方言之進入小說，應該是無可避免的事。然而，正如五四以後的新劇（話劇），為了讀者市場的方便，在語言上無法完成寫實美學的要求。魯迅的小說沒有用紹興話，茅盾寫上海的《子夜》不用上海話，巴金的小說沒有用四川話，王統照的小說沒用山東話，許地山的小說也不用閩南話，所以說早期的新小說，反不像古典白話小說那麼勇於使用方言，不論作者自己所操是何種方言，一旦行之於文字，總勉力用國語（普通話）來表達，雖符合胡適所提倡的「國語文學」的要求，但從寫實的美學觀之，毋寧是一種缺憾。這可能正是台灣當代幾位有志於寫實主義的小說家有意識地予以補救的地方。

朱西甯的有些小說用了山東方言，特別是在本大系所選的《華太平家傳》中更用了大量的山東方言。我曾說：「朱西甯所以甘冒帶給台灣讀者困擾的風險，除了對寫實主義的美學追求之外，大概也自恃山東方言在我國的小說中本就有一個長遠的傳統。」（馬森 1998）台灣的方言在中國文學傳統中過去雖沒有實例，但由於本土熱的催動，在當代台灣小說中使用方言的卻屢見不鮮。有分寸的使用而無礙其可讀性的最成功的小說家，首推黃春明與王禎和，台灣的閩南方言與國語適度地夾雜，使他們的作品有濃厚的地方色彩與鄉土氣息，當然遠不符有些本土主義者所企圖達到的「台灣話文」的標準。

另有些當代的台灣小說家以個人獨特的語言風格而著名。例如王文興在《家變》中所使用的語言，評者多認爲不合國人的語言習慣，但熟悉福州話的人指出，其中不合國語習慣者卻合乎福州方言的習慣，此以暗含方言而未被評家識出的一例。七等生的早期作品，曾被劉紹銘譏爲「小兒痲痺症患者」，其實在我看來主要是翻譯體的影響，西化得有些怪拗的語言配上亞茲別、魯道夫、柯克廉、羅武格這些國人少見的姓名，也別有一番舶來的風味（馬森 1997b）。不管語言的特殊風格來自方言，抑或來自外語，如果使用得當，的確可以形成個人的風格，增加文字的魅力。但使用翻譯體的負面影響是作品失去民族風味，讀來像是翻譯的小說。設若連人物的行動與夫社會背景都西化到難分中西之境，那眞使創作與譯文難辨了。

在較年輕的一代，語言上具有個人風格的還有李永平與舞鶴。前者企圖復活古字，以致手下若無一部《康熙字典》，怕讀不懂他的《海東青》。後者的語言，也夾用了不少閩南方言，加上他那種黏纏的語調，使他的作品讀來很有地方色彩與個人的獨特風味，也曾引起更年輕的作者爭相仿效。

如果說傾向寫實主義風格的小說家使用方言，是爲了更加寫實；傾向現代主義和後現代主義的作者使用方言或外語，或偏愛古字及生僻的典故，恐怕不是爲了寫實的目的，而純粹爲了個人風格或形式主義者所倡導的「陌生化」(defamiliarization)的效果了。始作俑者該推愛爾蘭的小說家喬艾斯（James Joyce），他爲了追求獨特、深奧，不惜犧牲其作品的可讀性。在台灣的當代小說家中受到這種影響的作家不乏其人，特別是熟讀西方小說的寫作者。

八

一九八九年出版的《中華文學大系小說卷》概括了從一九七〇到一九八九年二十年的光陰，共收作家七十人，這次續編只有十五年，卻收作家六十六人之多。固然上次未收長篇，可能少選了幾位，但至少說明今日寫小說的人未見減少，反可能有增加的趨勢，證明了小說依然魅力十足。

從小說作家年齡層次上看，世代交替的現象至爲明顯。前大系年齡最長的潘人木生於一九一九年，最年輕的楊照，生於一九六三年，其中生於二十年代的有十人，約佔一成四；生於三十年代的有十八人約佔二成六；生於四十年代的有十七人，約佔二成四；生於五十年代的有二十人，佔三成二；生於六十年代的只有二人，所佔比率無足道。本次大系沒有一位生於二十年代前，生於二十年代的從十人減爲一人（朱西甯），而且已經去世了；生於三十年代的從十八人減爲七人，生於四十年代的從十七人也減爲七人；生於五十年代的從二十二人增爲二十八人；生於六十年代的從二人增爲十八人；還有五位生於七十年代，是過去未有的。所佔的比率，生於二十年代的已無足道；生於三十和四十年代的各約佔一成；生於五十年代的獨佔四成，生於六十年代的接近三成；生於七十年代的也幾乎佔到一成。這說明在上次大系中佔主力的是三十年代到五十年代的作家，如今已爲五、六十年代出生的作家所取代。生於二十年代的作家或老成凋謝，或已封筆。令人意外的是，在台灣這種尚算富裕與安定的社會中，老化竟然也如此的迅速，六十歲以上的年齡層似乎已後繼無力，不是作品稀少，就是未能突破自己過去的成就。我一向看重的一些老朋友，過去曾顯示出驚人的創作力的，在這十三年中竟也乏善可陳。眞正表現出實力的是四十歲到五十歲這個年齡層；而二、三十歲的作家也正在急起直追，看來他們將是下一次大系的中堅。

以性別區分，上次大系中的小說家，男性五十一人，佔73％，女性十九人，只佔27％。本次大系，男性降爲四十人，佔60％，女性升爲二十六人，佔40％。以前以男性爲主的小說，已經爲女性作家攻佔將近一半的陣地。如果繼續發展下去，也許有一天小說會成爲女性擅長的文類。

年輕一代所展現的旺盛的創作力、女性小說家的愈來愈加重要以及小說美學的多樣化，都使台灣的小說展露出一種樂觀向上的前境。

在政治的意識型態的籠罩下所寫成的文學史，常常把讀者導向「社會反映」一途，好像小說最大的功用就在於反映了歷史的發展、社會的面相。如果眞是如此，一部扎扎實實的歷史不是更爲有效？何需文學？何需小說？

小說是藝術，也是娛樂，不是記述社會事件或政治風潮的筆記，甚至也不僅限於是歷史的隱喻，它更爲闊大、更爲深遠，也更爲有趣，也許還有些意義不是我們一時之間可以把握或了解的。因此，這十五年的一張台灣小說創作的成績單，擺在讀者面前的時候，我們不希望有人從中探索這十五年間台灣變革的面貌或人們的生活形態，因爲這其中有些作品寫的不限於台灣一地，也不限於從一九八九到二〇〇三這十五年，倒是從中可以探索台灣當代人的藝術心靈與創造活力。本大系所選的小說非常多元，也非常駁雜，但是都具有一定的藝術成就，所以最重要的還是請各位讀者各取所需吧！

參考書目：

杰姆遜（台灣譯作詹明信）（1987）：《後現代主義與文化理論》（唐小兵譯），西安陝西大學出版社。

佛克馬、伯頓斯（1991）：《走向後現代主義》（王寧等譯），北京北京大學出版社。

馬森（1985）：〈中國現代小說與戲劇中的擬寫實主義〉，收在《馬森戲劇論集》，台北爾雅出版社，頁347-372。

馬森（1991）：《中國現代戲劇的兩度西潮》，台南文化生活新知出版社。

馬森（1996）：〈從寫作經驗談小說書寫的性別超越〉，收在鄭振偉編《女性與文學——女性主義文學國際研討會論文集》，香港嶺南學院現代中文文學研究中心。

馬森（1997a）：〈後現代在哪裡？——馬建的《九條叉路》〉，《燦爛的星空——現當代小說的主潮》，台北聯合文學出版社，頁217-220。

馬森（1997b）：〈三論七等生〉，《燦爛的星空——現當代小說的主潮》，台北聯合文學出版社，頁166-189。

馬森（1998）：〈寫實小說中的方言——以朱西甯的小說爲例〉，5月，香港《純文學》復刊第1期，頁37-41。

趙家璧主編（1935）：《中國新文學大系》，上海良友圖書公司。

劉光能（1988）：〈現象學寫成小說？〉，7月《聯合文學》第四十五期，頁22。

Eysteinsson, Astradur (1990): *The Concept of Modernism*, Ithaca and London, Cornell University Press.

Hassan , Ihab(1971): *The Dismemberment of Orpheus: Toward a Postmodern Literature,* New York, Oxford University Press.

Jung, G. Carl (1979): *Man and His Symbols,* London, Aldus Books.

Spanos, William V. (1972): “The Detective and the Boundary: Some Notes on the Postmodern Literary Imagination”. *Boundary* 2, 1, pp.147-168.

朱西甯作品

朱西甯

（1926～1998）

本名朱青海，山東臨朐人。因抗日戰爭而離開家鄉，抗戰勝利後入杭州國立藝專，後棄學從軍。曾任教官、編輯、參謀、《新文藝》月刊主編、黎明文化事業公司總編輯，並曾於中國文化大學中文系任教。著有《大火炬的愛》、《鐵漿》、《狼》、《貓》、《畫夢記》、《破曉時分》、《冶金者》、《現在幾點鐘》、《春城無處不飛花》、《華太平家傳》等小說、散文集三十餘部。《華太平家傳》同時榮獲2002年中國時報文學獎特別推薦獎、聯合報讀書人年度文學類最佳書獎、中國時報開卷年度十大好書獎、新聞局優良圖書金牌獎。

【關於華太平家傳】

本書為作者遺作。全書原定百萬字，完成五十五萬言後，作者不幸因病謝世，成為一未完成交響史詩。作者傾其畢生功力，歷十八載，多次易稿，完成此皇皇鉅作，最後，獲新聞局優良圖書金鼎獎。

全書共分三十五章，故事起自清光緒二十六年（民國前十二年），以華氏一族之百年家史為軸，細述山東省鄉下面臨西化衝擊造成的種種變化。作者以生動鮮活的地方語言，細細描畫生活細節，極具地方色彩與民間風情，彷佛一幅《清明上河圖》，隨著捲軸緩緩開展，一幕幕飽滿、有趣的庶民百態。

華太平家傳

西南雨

我父扛起鋤頭，就打樹底下急忙走回棒子地裡去。

背後嗣仁笑吟吟的還在叶呼：「話不是才半不落兒嗎，聽俺說全和哰……」

樹下歇午兒工夫，半醒半迷糊，嗣仁精神得很，直跟我父窮扯蛋，扯兒扯的就扯起沈家大美。要是有一半正經也罷了，我父靠在棵老榆幹上，還想再迷盹一會兒，合眼兒由他嚼舌頭，可越聽越不像話，說什麼叫他家裡的跟大美說合說合，連床讓出來都行，慷慨得夠意思了……這嗣仁白白頂個排行老大，鬼裡鬼氣沒一點老大樣子。聽著聽著，碎嘴子碎到下作個地步，「洗澡盆兒都給你倆對上水擱那亥兒，周到罷？」也都虧他個大男漢子出得了口。我父閉得上眼可閉不上耳朵，待委實聽不入耳，裝睡也裝不像了，只好爬起來，回地裡幹活兒去。

蘆篾新斗篷還掛在那邊樹上，再回去拿又得跟嗣仁臉碰臉，好在天陰得挺沉，不用斗篷也行。

嗣仁見我父頭也不回，就喊他收活兒：「大雨下定了——雨前栽秧雨後鋤，鋤也是白罷白！」

耳旁已聽到天邊兒悶悶的沉雷，到了地裡四望沒遮攔，才見到西南上鍥子底兒一般黑雲，一場大雨怕眞憋不住了。

嗣仁說的倒是眞話，趁雨前栽地瓜秧子，栽一根活一根，栽百根活百根。像這鋤四遍，一是鋤草，二是補補三遍培的土。待會果若來場大雨，連根兒清掉的野草，趁勢兒可又紮回了根兒，培到棒子根兒四周的土垃，定又給雨水連打帶沖給散掉。整上午鋤過的十來畝地，那算白幹——正就是嗣仁說的土話「白罷白」。

莊稼人會說，老天爺難當，大旱十年，一旦下雨，還是有人怨。莊稼人一肚子老閱歷，「有錢難買五月旱，六月連陰喫飽飯」，麥口收麥打麥要好天。麥口早過了，地要雨了，可這場雨一來，哥倆兒白淌了一上半天汗，出了一上半天力——早就燥雨了，近晌午時越發悶熱，簡直個兒汗都把人淌得虛虛的，末了落個白罷白。

眼看颼颼小風兒搖起青苗子颯颯響，俗話是說「風來到，雨來速」，起的是東北風，催的是西南雨，就靠這「頂風雨，順風船」，來斷哪一方起老雲，上不上得到頭上來。人是憑老閱歷，代代相傳；可那喜鵲比人還靈，窩門朝西南，眼看天都黑下來了，今年這頭場大雨可不就給牠算準了？比人還行；人得靠一代代閱歷，編成多少順口俗語，一代代傳下來，碰巧兒不定都準。

我父沒打算這就聽嗣仁的，可也有點兒疑思，棒子地裡走走停下來，回頭瞧過去，一叢叢遮住莊子的黑蔥蔥樹行、樹林，風大起來，打遠到近大事翻騰，路上也一旋一旋的揚起黃沙。那頂新斗篷，帶子鉤在一棵小麥榆斷枝小橛子上，給風攪和得直打滴溜轉兒，像隻尾巴嫌輕了的風箏，打圈圈兒猛撞頭。

新斗篷是立夏那天買的，襯圈兒、襻帶兒，都得自家加上去。要圖耐久些，六個角兒和尖頂都易磨散，頂好拿零碎布頭給蒙個邊兒，粗針大線縫縫，便牢靠多了。那沈家大美倒用的是出過蠶蛾的繭子替代布頭，敢是分外堅實。眼看還沒戴夠一個月的新斗篷，上面又有大美姑娘千針萬線縫進去的情意，風裡跟樹幹亂撞亂砍，瞧看挺叫人心疼。不管收不收活兒，先把斗篷護住是眞的。

雨一下下來，雨點打在硬地上足有銅子兒大，沙土地上像從地底下冒上來的一股股小黃煙。兩人蹾在樹底下，雨點打斜裡哆得人還沒處閃，使壞的狠勁兒打在斗篷上，可又只撒了一把，遂又停了，眞逗。雨打斗篷，眼耳根貼太近，動靜大得像要存心把斗篷搡出一個個窟窿。平空揚起香噴噴的土性氣，挺爽人。還有陣陣野風助勢兒，吹散了雨星星掃上光脊梁，涼簌兒不是熱風了，涼陰陰兒別說有多給人提神。

湖裡早有人撒腿朝莊子奔，我父他倆對瞅了一眼，有些沉不住氣呢。斗篷罩住腦袋，不覺爲意間頭頂上黑重重像要墜到地面的烏雲已佈得勻勻淨淨見不到縫兒。眼前忽兒的抽下來金颯颯閃光，雷聲緊跟著打下，亮脆亮脆兒，魂兒都要崩散了。

雨淋敢是要脅不了人，反把嗣仁歇午時直挺地上沾滿那一脊梁的沙土沖了沖，只這打閃打雷不是好惹的，給劈死了還不落好名聲。滿湖裡又一波打著傢伙，有的揚鞭趕著牲口，喳呼拉叫的撒奔子往莊子裡跑，不知有多樂和的逃命。我父他倆兒交個眼神，拔腿罷，鋤口朝上拖在地上跑。長柄鋤頭大半截兒都是亮黃亮黃的拉條桿子，莊戶人家也都懂得雷天閃地裡別讓鐵器近身。

我父撒開兩條長腿奔到前頭，路過家邊，踆了一腳，籬笆門枷上了——其實手打夾縫兒彎進去，摸弄到打橫的攔門槓子，長點兒勁一挑也就開了。可好像連那點磨蹭也等不及，索性加快幾大步，連蹦加跳，也就竄到前面李府高宅子上。

將才嗣仁蹍在後頭，大聲呼叫，叫我父鋤頭扔下給他，自管家去換換衣裳，照應照應家下。那意思像是這場雨就許淹水淹進屋了，不定風大把屋頂給掀了；不的話，要啥照應！

一個大閃像打進大院心兒，眼前一矇，我父躍進大門敞屋裡。捱過一聲擂到頭頂顱門子的響雷，探首出去，只見嗣仁像隻大鵝，刺ㄨ刺ㄨ的這才轉過宅子拐角，短褲祚裹緊在身上，乍看像通體都光著身子。接著打正對面也沒命般的跑來倆漢子，泥水四濺，鋤頭也是拖在地上，是南湖裡回來的嗣義嗣智弟兄倆，一時門裡笑鬧成一窩，都還有小孩玩水那樣子樂和。腳底下乾土地，經不住四條光身漢子滴滴落落，眼看和起稀泥。

雨像是不分點兒的直朝下戽。等不得雨小一些，嗣仁一悶頭，先就竄去東院兒他房裡去。接著老二、老三也分頭奔去西堂屋和西屋。嗣仁是得趕緊去換衣裳才行，半長的短褲頭兒，料子又是布絲兒絡絡的鬆紗白大布，淋濕了越發扁窄，緊裹身上就像光腚一樣，前頭一大嘟嚕零碎兒，全都露臉亮相了，人再怎麼撒村厚臉，家下婦道小女的好歹還是得避避的。可不管有理沒理，丟下我父一人兒愣在這一溜兒三敞間過道裡，坐沒坐處，蹲也蹲不下來，拉扯著貼在身上的短褲，愣等滴水，跟滿敞間裡聳肩翹首，一身濕答答，沒著沒落的大雞小雞一樣，只差沒啾啾亂嘈嘈。看來還是讓嗣仁喊呼對了；家去換衣裳，不過就換件褲頭罷，可沒的換就得像這些淋了雨的小雞一樣，支楞在這亥兒，濕褲子淒在身上，愣等著不知哪年哪月才晾得乾。

可家去也不是滋味兒，爺是十有八成沒回來，兄弟也準在學屋，單蹦兒一個跟娘臉碰臉，「陰天打孩子——閑著也是閑著的」，一身的不是，侷在小屋裡出不去，那可得罄讓娘數落了。

我父身上的短褲時不時還在滴水，一時糊塗著不知怎辦。屋簷水條條道道直瀉有冰琉琉那麼粗。遍地小雞沒淋成人這樣——放野也只家前屋後打轉轉兒，腿快搭上翅膀搧搊，一下子就跑回家來，給雨打濕了表面兒一層毛罷了，剛這一會工夫也就乾個五成了，只見一隻隻盡都勾著小腦袋遍身剔毛，剔一陣兒，抖抖毛再剔。沒衣裳可換，憑這忙操操的剔剔抖抖，倒也湊合著乾鬆多了。人還不如這扁毛畜牲，我父苦笑了笑，遂站到大門門塹外頭，扯開一邊褲角糾成團兒擰一擰，再扯開又一邊褲角糾起來擰擰，還眞像帚手巾一樣，帚下不少水滴子。來去擰了幾番，也學著小雞，扯開來抖抖，倒是好多了，總是不再老貼在皮肉上淒得難過了。

大門裡這一溜三敞間，頂東頭支有一架磨麵磨粿子的旱磨，那木板磨台像面大圓桌。靠西這兩間，堆靠些犁耙鋩叉土車種地幹活的傢伙。平素莫不各歸各位，整整齊齊都是個地方，從來不興幹完了活兒順手亂扔。泥地上也是隨時打掃，一天裡不知多少遍，大掃帚、小苕帚，誰見誰拉過來抓幾下。李府二老爹就是這麼起家治家的，這也都叫我父懂得一個人家興旺，不在家大業大，得靠這些雜七雜八家常零碎全得有個規矩條理。李府上拉了四年的雇工，自不只是學上種地本事和那月入一吊文不薄的工錢；起家治家的心廛，才是畢生受用不盡的寶貝。

一陣子大雨潑下來，屋簷水從粗粗的冰琉琉柱兒一一併作整片子水簾。我父輪換著伸出腳去沖淨泥沙草末，也把給汗水漚得一股醖醲氣的手巾就著這水簾子搓搓洗洗。回進大門裡來，一面擦臉抹身子，一面四處瞟伺著看有什麼傢伙沒放到地方。東西兩院兒所有屋門前，盡是盆盆桶桶罐罐放地上接雨，稍歇了一下雨勢，便滿耳都是雨水屋簷水打響這些盆盆罐罐的吵鬧聲。草頂的屋簷水黃橙橙的含著鹼分，洗衣裳褪灰，省得化鹼水，不退板灶灰濾的灰湯水。祖母那麼樣的不懂得儉省，也跟莊戶人家學會了這些會過日子的德性。

我父正自一個人這麼摸摸弄弄的，一擇眼兒見得靠到南牆上的一掛土車後頭，有口似乎久沒使喚的大黑罐子，待要繞過去，看看裡頭要沒盛什麼，就搬過來涮涮乾淨，擱到露天去接水——用水艱難，橫豎不怕水存的多；沒想到這半天都沒留意到這三間敞屋裡還有個人，不禁小小喫了一驚。

原來旱磨上頭，一綑金黃亮亮麥稭箇子，遮住了磨後李二老爹，光著上身披一條濕手巾，正自就著圓桌一般的磨台在做細活兒——把那麥稭管兒一劈兩篾，編草帽辮子。

我父忙打了個千兒請安，挨過去的工夫，匆匆回思了一下將才這一刻兒，獨自一個目中無人，有沒有什麼失了檢點，讓這位二大爺冷眼瞧了去。

看樣子下雨前二大爺就在這兒做這玩意兒了，那一邊已酥就了一堆麥稭籠子，精細，勻淨，了不起的頭等手藝活兒。

亮閃閃的麥稭莛子，足有兩尺多長，不知怎麼尋摸來的。我父輕輕抽出一根來，理在兩手上端詳，讚不絕口。我父頂清楚不過，這位二大爺心地仁慈，置地盡是薄沙田，賠進怎樣的大肥，整根麥棵也長不過二尺半，莛子也休想上尺。我祖父喫的水菸多半是「上品皮絲」，也有人送過「極品金絲」，該是頂尖兒菸絲了。我父半蹲下來，趴到台盤一旁問道：「像這樣少見的長莛子，該叫極品金絲了，怕只有湖麥才長得到這麼壯罷？」

李府二老爹等把一根莛子酥到底，這才放下手來，含豁含豁的笑笑：「嗯，在行，識貨。沒錯，北湖來的——去誰……去二房屋裡找條乾的換換罷，多不舒服溇在身上！」說著就衝西堂屋那邊，提提氣要大聲喊誰的樣子，我父怕擾人家，忙站起來抖抖長到膝上的褲筒兒：「不用不用，熓差不多了。」

這李二老爹打草帽辮兒的手藝，眞是沒的可說。用的是刮煙土那種削刀，打麥稭粗的一頭一劃到梢兒，剖成兩根一樣寬窄的簾子。那刀口著力只要偏個一絲一毫，簾子就不均勻，編出來的草帽辮也便厚薄不一；再盤釘成草帽可更保不住板正，不是癟一窩，就是鼓一緺，愣靠帽楦子硬撐，那就來不及了。我父知道李二老爹年輕時，與寡母二人沒地沒產，便單靠編草帽辮討日子，才慢慢發跡，想來那老太太的手藝更不知有多精到。如今這位二老爹時不時還切弄這個細活兒，已不是爲的生計，八成還是念舊，不忘出身貧寒孤苦罷。

李二老爹放下活兒，撲撲手，摸過小旱菸袋來安菸。看看各房都給大雨堵在屋裡，不見人影兒，想使喚誰都不方便——鬧鬧鬨鬨的這種薅沱雨，盆盆罐罐又嘈嘈湊熱鬧，便是張口喊誰，也有點兒呼天不應，叫地不靈了。簷底下賣獃了一會兒，二老爹才回身過，地上拾起棒子纓兒火繩，把菸點上，扯腔兒唸起來：「西南雨，上不來，上來沒鍋台。」

老閱歷的話頭了，指的是西南起雲，大半雨都下不過來；可一旦臨頭，定是下得溝滿河平。好在房屋蓋在自家地上，總是墊起兩三尺高的宅基。只有自家沒田地，種人家地的佃戶，小家小道起在老板地上，才都平地打牆，遇上雨下急了，就許屋裡進水。不過莊子這一帶盡是沙地，喫水得很，稀泥都少見，故此俗話說得好：「大雨歇一歇，大姐穿花鞋」。只是苦也苦在這上頭，一場大雨過後，難得的坑坑窪窪存滿了水，卻不出三、五天，便涸得乾底兒朝天，空留一層游泥，龜裂成一片片翹邊兒乾泥餅子。

跟李二老爹閑拉聒工夫，只見嗣義打西堂屋裡頂著件毛刺刺的簑衣，冒大雨闖過來，大步大步湔起水花，敞間小雞給驚得撲打亂竄，唧喳鬼叫，慌張得竄到院子去。剔毛抖毛半天才收拾個差不多，可又淋濕了。

嗣義一頭鑲進這又是大門過道，又是南屋的敞間裡來，挺挺身子，聽由簑衣打脊梁上滑下來，簑衣便像個半截人兒直立到地上。蘱草編的簑衣，刺蝟的樣子，根根芒刺上挑一滴水珠珠。嗣義抖開懷裡揣來的一條白長褲，直叫我父頂上簑衣，到他西堂屋的房裡去換褲子。

我父推辭了，抖抖身上半長不短的濕褲子給嗣義看，問他是不是就快乾了。不想早磨那邊二老爹數落起兒子：「還當你是現紡紗、現織布、現裁、現繚，才趕出條褲子來。」那是怪兒子拱在房裡磨蹭過久了。我父怕再推託，只有給嗣義招煩兒，忙說：「好好好，我來換，我來換……」

這一溜三敞間，沒處可遮攔，沒哪兒好換褲子。西堂屋儘管三間兩頭房，嗣義他媳婦兒準在裡頭，那有多不方便哪！天生的臉薄罷，我父就算小時在姥姥家當野孩子，打記事兒起，就沒有人前光過身子。祖父帶他小兄弟倆下澡堂子，也都是拿手巾遮前擋後，學不來人家大人小子光眼子搖來擺去。這莊子上一些小子都好十三四歲了，還是一入夏渾身上下一絲兒不掛的過日子。要是跑去北河涯洑水，更是不分大小，一律赤條條的打打鬧，厚臉厚得不知有多瘋、有多樂。我父跟叔叔都來不了那一套，穿著褲頭下水反而惹人笑話，只好玩別的。河邊兒蘆子生得旺，便摘蘆葉裹響唄，比誰都裹得長，兩三尺不稀罕，吹起來憋得臉紅脖子粗，吽吽兒牛叫一般，像喇嘛僧吹的長號筒子。

正自爲難，我父忽想到東南角炮樓，就算樓門上了鎖，那門洞四尺多上五尺深，足夠躲進去換褲子了。遂將白長褲往胳肢窩兒一夾，頂上簑衣，丟下一聲「我去炮樓了」，一納頭便衝進雨地，穿過二門，打那滿地盆盆罐罐兒間繞過去，拱進只有兩尺來高的炮樓門洞裡。

包鐵厚門的門鼻子上，虛扣著黑鐵荷包大鎖，要進去很方便，我父怕帶進水跡子，弄得裡頭潮糊爛醬的，終年不見天日的這樓底下，不知哪天才乾得了，便把褪下的簑衣立在洞口擋住，喘口氣兒看看怎麼個換法兒。

門頂兒眞矮，人蹲在裡頭，腦袋像給按住直不起來，窩窩蹩蹩還眞不知怎麼安排手腳才脫得下褲子，穿得上褲子——有點兒像叫人給看了瓜。莊戶孩子沒的玩了，就合夥兒整一個，把雙手反剪綁了，腦袋捺進褲襠裡，褲腰綳緊了蒙到後脖兒頸，人便一動也動不得。臉子卡近襠裡小老二，就叫作「看瓜」。看緊一條黃瓜倆黃杏，休讓人偷了去。

蘱草厚簑衣立楞在洞口，就靠這個遮擋，人在裡頭來去，褪下了口說淒乾了卻還是潮糊糊扒在身上的半長褲頭，雙手攥住了伸到簑衣外頭使勁兒帚乾，把下身一遍遍狠擦了擦，再擦乾淨腳丫子。腳底下是光滑滑一整塊大青石，也把這石面振了振。人一直蜷著像隻小草蝦兒，挺費一番周章才算換上嗣義的乾褲子，再跪起來把褲子拉拉撑，扁緊褲腰兒。這也是到了這裡才跟人學會的，兩手將老寬老肥的褲腰朝前扯綳了再兩手一前一後分向左右扯緊，按貼到腰眼兒裡，吸口氣縮縮肚子，順手把摺疊成四層的褲腰貼肉往下一搓，便滾成個軸子，可比褲帶繫腰還牢實，拉都拉不掉，眞絕。

當初一家人給李府留下來，先就是住進這炮樓裡，等那宅子後頭三間倉屋翻修。炮樓可是人家重地，裡頭好幾桿火鎗、兩架洋台炮、整包整包的炸藥，平白讓咱們一家外鄉生人住進來，他李府眞算得上大氣了。

炮樓上下三層，平素很少住人，除非風聲不好，地方上不大平靜，才男丁住進去守夜。底層現成一張緊緊卡住三面牆的쀎大床，二層有兩張拿舖板搭的獨睡床。合家四口一路上流落過來，祖父母挺顧面子，躲開城市大集鎮，省得現眼現世。小點兒的集市又少有什麼店子客棧，少不得小廟、人家過道兒、打個地舖，又或是人家地邊上看坡兒棚子蜷那麼一夜。炮樓上一下子睡到像樣兒床舖，可憐我父小哥倆兒簡直個一步登天，樂得不知怎麼好。二天絕早起床，二人偷偷把兩

張獨睡蓆提撜到三層樓去，各據一方打個地鋪，再睡個早涼兒覺。頂上這一層有八口窗洞，四下兒來風，眞叫清爽。地鋪上四腿拉叉挺直了身子，天下太平，一時再沒什麼煩心了。稍稍翹起腦袋，打低矮的窗洞瞧去，一眼望得到天盡頭。這樣四面八方都好使眼睛、使火鎗，倒像繞了一周城牆垛子，上面多個屋頂。哥倆兒說小也不小了，卻鬼得不知怎好，跪著拿踣楞蓋兒走，一口口窗洞去張望。房屋樹木盡都矮下去一大截兒，好像大贏了什麼一場那樣子開心。牛莊咱們家槽坊，臨街的店面頂上也有兩層樓，也常爬上去看街裡街外的景致，卻打小到大，到給炮火轟平了，從不曾像這樣子少見多怪過。那眞是我祖父常說的「享不盡的福，受不盡的罪」，貧富苦樂哪有個準兒！

門洞裡折騰老半天，我父總算把自己收拾利索了。可正待頂起簑衣出去，外頭冒冒失失一聲尖叫，把我父怔住。

雨還是不見小一些，約莫院子裡哪個婦人家滑倒了還是怎樣。「男跌陰，女跌晴，小孩兒跌倒放光明」，分明只是順口溜兒一句，還是有人信，雨可沒有要收收勢的意思。

我父忙打簑衣肩膀上小小空檔中窺矑出去。門洞正對著灶房屋山，打斜裡只瞧得見這東院小半邊兒。這一看，我父不由得小小一驚；像斷了一股繫子，咔嗒一下，心掉了掉。灶房門前那兒可不是大美麼？——仇人一見，分外眼明，這喜歡的人也是一樣，那身段兒一眼就認出來，不用看到臉蛋兒也認得。

大雨裡，只見大美半蹲在那兒舀水，打接滿了雨水的等磨大木盆內，一下下往小桶量子裡舀。怕斗篷上的水滴上身，挺直了身子，像「大登殿」代戰公主行的番禮。看那一身淡青衣褲刮刮淨淨，不像泥地上滑倒過，方才那一聲沒聽出是不是大美叫的。

當院兒那口比圓桌稍小一圈的等磨盆，該說是大木桶，杉木板子拿兩道鐵箍兒箍成的。過年殺豬也用這個禿豬，秋裡抬去黃河採菱角。要是發大水，淹到河涯上秋莊稼，也少不得坐這等磨桶當船，划在水上扦那露出水面的高粱穗穗。等磨桶接的是可當吃水的天雨，清灩灩那一大桶，跟得上兩缸水罷。眞是好雨，光這等磨盆，少說也省挑五、六挑子水。

瞧大美姑娘那副架式，不由得打心裡疼。頭上頂的斗篷，遮雨遮不嚴肩膀，舀那幾瓢水，淡青衣褲早就淋濕出斑斑黑青。將將忘了形跡的那一聲聒耳尖叫，不定就是她大美，不是斗篷沒繫帶子，滑歪了，就準是沒留心彎了腰身，那都會不提防給斗篷上冰涼的瀝水給澆進衣領裡，冒兒咕咚被渣著了。

人躲在暗裡，靠簑衣做擋頭，我父可把大美瞧個足。生得相貌富富泰泰，怎樣也不像個「望門妨」薄命姑娘。瞧那一副菩薩相，挺直著白白淨淨的脖兒頸，雙眼重成一道細縫兒，圓墩墩小下巴頦兒擠出兩溝痕兒，越發就是座重下巴觀世音菩薩像。那嘴角兒翹上去，乍看是笑著，上嘴唇差些兒就是翹到鼻尖上了，不定也是水淋濕了衣衫挺不是味道罷。儘管斗篷罩去小半邊臉兒，又雨星兒像上了霧，濛濛糊糊，可看上去還是紅是紅、白是白，一副鄉下姑娘少見的細緻、白淨，好一副俏模樣兒。

我父就那麼頂眞又心期的愣瞧著這個「大美」人兒，啥都沒了知覺，只巴望那隻小桶量沒底，就也舀不滿，一生一世舀下去，自個兒也一生一世拱在這兒愣守著。疼這姑娘疼得只覺心酸酸的螫人，就是要看她，永世看不夠。

大美戴的正是那頂新斗篷，尖頂兒跟六個角角都包上蠶繭殼兒，眼自個兒那一頂合該是天生一對，地生一雙……

置個斗篷本算不得什麼，可我父幹農活兒三、四年過來，都是李府公份斗篷。人是自家身上腦油味、汗性氣，自個兒聞不出，戴公份斗篷就得忍忍那七雜八溷惡氣道。有了獨自個兒斗篷才知多清爽。還管這頂新斗篷與眾不同，有大美姑娘加把針線，又有我叔叔斗篷裡子上濃墨描了「華記」兩大字，且註上「置于庚子立夏」，像要戴上一生再傳給子孫的味道。

立夏那天置的斗篷，立夏那天大美姑娘跟我父儘管沒言沒語，卻心知肚明似乎彼此就那麼應了什麼，允了什麼。

立夏這天，年年都是按時行令兩事，一是騸牲口，大自尖牛、騷馬、叫驢，小到騷羊、公豬、母豬。二就是趁晌午前空肚子「約人」，大人小孩全都上秤稱稱身重。

差不多也就是莊子正當央，李府這塊宅子東，麥場南的空地，像座三層寶塔的百年老桑罩在頂上，也正是莊子裡東西和南北兩條大路交合的十字叉兒。莊子上有什麼大事要公意從商時，正月出會練把式、練鑼鼓傢伙，都說「老桑底下見」。這「約人」敢是也都齊聚到這裡，老桑橫枝上也正好掛大秤。

秤鉤跟上豬肉架子掛鉤那麼壯實，稱糧稱草常都上千斤，敢是經得住至多兩百多斤的壯漢。

秤鉤懸空離地三尺，方便小孩兒一伸兩手就攀到秤鉤子，再蜷起腿來懸空打滴溜兒，等那掌秤的報斤兩，看比去年、比一般大的別人重上多少。大人個頭兒高，就得一手打後腿彎子底下抄上來，兩手合吊到秤鉤上，兩腳才得離地；只是有點像綁了爪子上秤兒稱著賣的老母雞。

我父稱下來是一百四十四斤，比去年重了八斤。俗話說「男長二十三，女長十八只一竄」，他這還有三、四年可長呢。曾祖母老說我父相貌和身架活脫脫就是曾祖父；照那看來，等發足了個子，不知該怎麼黑大粗高了。

一夥兒姑娘家跟在我父後頭，大美姑娘領頭招呼說：「該俺幾個來約了罷？」

這一聲，多少有些兒冒失，我父一驚，忙閃身讓開。

平日對這大美一動一靜，我父總是眼也亮，耳也尖，沒想到她人來到身旁不知多大會兒了。方才打大秤上落腳下來，恍兒惚之也沒見到她人在哪兒，眞像打天上掉下來。我父只管奇怪自個兒怎會木頭到這麼個地步。

姑娘家和婦道人上秤，不好跟小孩兒一樣打滴溜兒，敢也不方便學男子漢那樣仰八叉兒又拉ㄆ腿兒的半懸空裡吊著，得坐上兩頭繫上繩子的矮條凳兒，掛到秤鉤上，人坐上去像打鞦韆。我父心動了一下，原想幫忙把那矮條凳掛上秤鉤，卻臉上一燙，還是站到一旁去。

倒是嗣仁跑過去伺候，又搬凳子，幫姑娘家坐上去稱。矮腳長凳離地不高，待大美捽住兩邊重上好幾股的蹟繩坐上去，人家多是蜷著腿，只她聰明，兩腿併攏著平伸出去。肥褲腳落出一小截兒白像頭波麵的小腿肚子，下面是青布襪子，一雙繡上喜鵲穿牡丹的青布鞋，說有多俏就有多俏。

沈長貴是這樣子熱鬧當口定要湊上一腳的，連忙搶去掌秤，秤砣繫子標著秤星兒移來移去，乘勢兒耍貧嘴嚷嚷：「加十貴賣啦，誰要誰要，加十，加十。」反話惹得人鬨哄哄的笑罵，逗得幾個大小子喊呼：「俺要俺要！」

沈長貴也不理別人窮鬧窮叫呼，使壞的直瞅我父吆喝：「瞧俺那位大哥，豎起五根指頭了，怎說？加五是罷？中，加五就加五……」

大美咬緊嘴兒憋住笑，裝作沒聽見，忍不住問：「到底約了沒有？叫人家愣坐。」

沈長貴裝作這才想起來，連忙理秤，把秤桿子穩平了，鬆開手報道：「一百零五，去掉凳子繩子，一百斤整。加五該多少？誰幫忙算算。」一時好幾張嘴齊喳喳嚷呼。老跑來莊子上瞎混的磁磨釘李永德，人脞聲高，叫得最亮：「沈長貴兒，你眞蒲種一個，日他的！俺大侉哥早算出來了，加五敢是五十斤，合著一共一百五十斤。俺大侉哥擱那亥兒數錢哩！」

沈家大美還是假裝沒聽見，臉可止不住一紅，下了板凳，把偷偷滑到臉前來的烏油油大辮子給甩到後頭去，順口啐了聲「燒擔子！」沒看誰，敢也是沒衝的哪一個，沒生誰的氣；不的話，就該一扭頭走開了。

我父沒去理什麼胡扯八謰的加五加十，只在心裡記住怎那麼恰巧的整一百斤，好似挺貴重。要問貴重的什麼，可又說不上來；要末是凡屬大美的什麼，總都是貴重的罷——眞鬧不懂。

上帝是頂叫人難懂的；說起來，這個大美不過是個鄉下姑娘，不識字兒。打他覺出心上老有點兒牽掛這個丫頭以後，見到大美就滿心歡喜，見不到大美就滿心空落落兒的，念著只要看到就好。這個姑娘家也叫人難懂起來。

難懂就聽讓她難懂罷，何苦要自尋煩惱！可人到這光景，就休想自個兒作主了。

照我父悶著頭，獨自個兒熓出來的道理看，約莫還是不脫俗話說的：「信者有，不信者無」。放眼這麼多人沒信上帝，也就沒誰要去懂上帝。敢是一樣道理，姑娘家還沒給喜歡上，敢是任隨她去；可一旦喜歡上了，那就不由人不千方百計，苦苦的要去懂她——那雙手是涼的、暖的、軟和的、粗硬的？那條長過後腰的辮子是緊的、鬆的、柔軟的、粗壯的？搽的是桂花油、鉋花水，還是什麼也沒搽，天生就那麼烏溜溜、光滑滑？那辮子拆散了，人又該是個什麼模樣兒？……就只這麼點兒「皮毛」，也一點都不懂，別說還有那鞋襪裡的、衣裳裡的、身子裡的、心眼裡的……都是非懂不可又不知該怎麼去懂。

說來眞的是叫人受苦，又苦得叫人心甘情願。

這跟要去懂上帝都是一樣的受苦。只是要懂上帝，好歹還有那些牧師、教士、長老、傳道，還有聖經、讚美詩、禮拜堂，都在那兒或多或少教人去懂上帝，可對這姑娘家，不懂就是不懂，沒誰幫誰，得獨自一個去受不懂的苦。除非——那要怎麼說？除非成親做了夫妻罷，就許要懂什麼就懂什麼。

一百斤整，「女長十八只一竄」，大美還有兩年好竄呢。不管兩年後再加多少斤，單這一百斤，我父就覺著不知有多貴重，抱得動的，這也算多懂了大美一分罷。配比說，人要能知道上帝上了大秤有多重，儘管不當啥，總也算多懂了上帝一分不是？

大美兀自跟幾個閨女在說說笑笑。大美不走，我父敢也有點捨不得離開。又或許我父在，大美捨不得這就走掉。儘管小子一夥兒，閨女一堆兒，兩下裡誰跟誰都不相干，只是但得那個人近在一旁，聽到聲音，不用聽清楚說的什麼、笑的什麼，只要這樣天長地久愣待下去就好。

按說誰都不老少的田裡活兒、家裡活兒等在那兒，不比十冬臘月農閑時節，經得起這麼閑蹲、閑站、閑磕牙兒。我父也自覺出這陣兒工夫，自個兒怎變得貧嘴聒舌起來，說話也好大聲。原來不光是要苦苦的去懂她大美，自個兒也似乎苦苦的想去讓她懂。

不過但凡來這上過秤的，差不多都還沒見走人，像是等會兒還有的是熱鬧瞧。

立夏稱人本不是甚麼大事，也說不上是個節氣，要好生歇歇活兒，好生喫喫喝喝過一過。可丟下活兒跑來，上秤只那麼稱一下就完事兒，有點不夠本兒，索性蹲下來打萬年樁，喫菸耍嘴頭子。見誰又趕來上秤了，無非重叨著賣豬了、賣小雞了，又是誰要了，討價還價之類乾笑話。有的帶小孩兒來的婦道，男人家不方便尋年輕媳婦兒開心，就嚇唬小孩兒：「媽媽上秤兒稱了賣給人家嘍，怎辦？跟誰呀？……」那邊有人噌過來：「人家老爹奶奶大大一大窩兒，跟誰也輪不到你個狗日的唄！」玩笑還是繞個彎兒開到小媳婦頭上，可那兩個人就許按倒地上廝鬧起來，村的來，葷的去，逗得一旁看二行的個個樂哈哈，像喫了歡喜糰兒。

將將才沾上夏天的邊兒，滿樹發足了新枝葉，都還是一片片嫩綠嫩綠。天也不頂熱，花花的樹蔭涼裡，可自在得很，不怪大人小孩兒一個個都那麼歡兒。

打這十字岔路兒往北去的牛車路，一直槓兒通到黃河崖，一個彎兒也不打。半天沒再有人來上秤，倒是這北去的路頂頭那裡，遠遠現出個人影兒，挑著不知啥玩意兒。老遠瞧過去，地氣迎著日頭，路上貼地一小片一小片亮閃閃的水汪，水起水落的游晃著。好似黃河漫上來了，那個人影也像蹚著水走，人和擔子都沒了下半截兒。

大夥兒放下玩笑廝鬧，齊朝那邊望去。愈是瞧不清到底挑的什麼玩意兒，愈都是一心要瞧個究竟，比比看誰個先猜出那是幹哪一行的挑子。

有人猜是賣炕雞兒的。算算時令是差不多，清明過後到穀雨，五天上一坑，二十一天出小雞，末一坑要到小滿，打這立夏過去還有半個月行市，眼前該還當令。

可再看看也就不對了。賣炕雞兒的挑子不是這樣子；啥行業也沒賣炕雞兒的挑子那副架式惹眼兒。挑子是一頭一落兩層的竹篾籮筐，足有喫酒席的圓桌那麼大小，裡面滿滿騰騰上千隻才出蛋殼的絨毛小炕雞兒——盡是等人領養的沒娘孩子，一個個無知無識，挺直脖子齊喳喳的只管叫天，老遠就聽到那嘈鬧。

爲那兩落籮筐太大，挑起來絆腿磕腳走不得，扁擔便非要奇長不可。只是儘管一頭頂多百十斤，重不到哪兒去，扁擔太長了還是保不住墜斷掉，因就乾脆用那銅匠挑子大彎弓款式，兩梢翹上天去的扁擔，像對老牯子尖牛角。那種扁擔軟溜得很，挑起來和著腳步，再趁住輕一下沉一下那股子活勁兒，有板有眼兒直搧摁，挺像正月裡出會耍的「花貨郎」高蹺。

我父試過，沙耀武家有一把沒那麼彎的兩頭翹扁擔，借來替李府挑一石綠豆去趕集。雜糧裡就數綠豆頂打秤，棒子米一斗十三斤，綠豆一斗卻重十八斤，一石就是一百八十斤。可拿這式兒扁擔挑起來，就不那麼死沉沉壓在肩膀頭，力氣省多了。照呆理來呆算的話，扁擔每一翹上去的工夫，肩膀像空了一樣，全沒一點點兒重頭。這一起一落合該各對半，挑上一百里，只合五十里。趕老城集只合挑上二里半。想那起始造這種扁擔的鏇木匠也眞夠聰明絕頂，給挑重走長路的苦漢子造福可不淺。

只是我父圖這輕省也喫過一個小苦頭。一回給沙耀武拉去幫忙收花生，也用的這兩頭翹扁擔，一頭兩口蔴袋。帶殼兒花生就算是新鮮多水份，比起啥糧食也還是輕多了——可壞就壞在這不夠重，地裡又盡是篩過花生的一墳墳小沙堆，腳底下一沒穩住，手也沒挽緊，冷不防扁擔翻了個箇兒，不巧又是朝裡翻過來，肩膀喫扁擔鋒楞狠歪了一記，跟鈍斧刃口重重捺了下不說，還彈起來直勃浪到腮板子骨拐上，虧我父溜活兒閃了閃腦袋，沒砍碎骨拐，可也青腫了一大塊，像起了豬痄腮。

一夥兒偷閑漢子猜那遠處蹚著地氣的來人到底是何營生，猜是賣炕雞兒的破磨釘李永德，立時遭到大人小孩兒搶白，笑他人矮瞧不遠，打這就話頭淨在賣炕雞兒的怎麼個大籮籠、怎麼個兩頭翹長扁擔、怎麼個挑法兒、走法兒，爭著露露自個兒有多在行。人多時，我父素來不大插嘴講什麼，卻爲大美姑娘在，不覺也饒舌了起來。我父敢是不講給兩頭翹扁擔砍了那一段兒，都是沈長貴那張壞嘴，哪壺不熱提哪壺，全給抖了出來，還又添油添醋帶做樣子，逗得大夥兒笑壞了，我父也忍不住笑紅了臉，直說「那可不比給人狠搧一嘴巴子輕！」倒是大美姑娘沒怎麼笑，勾過身子找我父腮骨看，眉心兒結起個小疙瘩——約莫是天生一雙肉眉的緣故。

姑娘家也眞會大驚小怪，該是大前年的老事了，傷要還留到今兒，那還得了！

可這拿一位十六歲小姑娘來說，多不容易！不光是那麼疼惜人，沒當笑話看，還又不顧這麼多的眼睛嘴瞧了去要怎麼嚼舌頭根兒，守著衆人這樣露出眞情。我父再一眼回過去謝她，卻見大美姑娘眉心兒小結沒解不說，一張嘴苦苦捽起，唇兒翹上去頂到鼻尖兒，一臉皺著喊疼的樣子，還在爲捱上那一扁擔替人難受呢。我父忍住笑，深深一眼謝過這個善心姑娘，也等到了大美飛快一個領了情的眼色——眞是聰靈靈透明透亮的玻璃人兒！可我父緊接著心裡一慌，連忙轉去看看南來的那個挑子，心上直記掛著不知這樣子是不是叫做眉來眼去；是的話，不是挺下賤？

等到那個挑子淌過一片片水汪兒，腿腳出來了，挑的傢伙也有個形兒了，到底挑的啥玩意兒，一時越發瞧不出個頭緒，猜這猜那都不對，有人躁得罵罵嚼嚼起來。

看上去，扁擔兩頭挑的是大半人高的圓墩子。要說是大鋸扯下來的樹幹木段子，像倒也像，只是沒那個道理。先就是不興那麼直豎著挑，那多撓肩兒，怕連腳步也拿不穩！再說，隔河過來，不問是蹚水還是擺渡，少說也上十里腳程，河南岸這邊兒哪就缺那兩段兒木頭滾子？做啥用？要做斬墩子，該去賣給城裡人，鄉下可不稀罕這個。「千里不販粗」，十里也不用販這等粗貨不是？再看那個人影兒，趕路趕得好生輕快，那兩段大半人高，比人腰身還粗碩的圓墩子，果眞是木頭段子，就算鬆泡泡輕一些的柳木罷，兩段合起來怕也少不了三四百斤，哪還能走道兒那麼逍遙自在！

一個個都在那兒搶嘴，八下找理兒咬定那人挑的不是樹墩子，可還是沒一個人猜得出來，挑的是什麼。我父眼明，冷笑笑說：「別猜了，準是個賣斗篷的挑子。」好似這半天都是我父破謎給大夥兒猜，看看沒誰猜得出來，把謎破出來。一時大夥兒又怨又樂起來，像都上了個當，又透了口氣，再盯向北去看了看，果不是的麼？轉回身來，你推我一把，我搡你一下，淨怪人家愣瓜、蒲種……

儘管這麼著，該把這個走莊子串村兒的挑販拿來出口氣，害人苦苦猜上這半天，可賣這玩意眞趕的是時候，大夥兒平白還是塡還了這個挑販。

蘆蔑編的斗篷，落成大半人高，兩落一百二十頂。整莊子人少有聚得這麼多的，夏天今兒才開頭，戴的都是老斗篷，不破也酥散了，多少張嘴打二十文還到十文，合著一個大銅子兒兩頂，倒像不要錢，爭著挑，犯了搶似的你兩頂，他三頂，不消多大工夫，五十頂、六十頂，賣主兒不知什麼好運，去掉他半挑子。沈長貴又好來上俏皮話了：「你都把人家這一頭買光了，一頭輕，一頭重，怎麼挑啊！」眼見還有人要，又酸酸的說：「行行好啦，你都買光了，人家還賣什麼？欺負人嘛！」不惹人笑就不自在，沈長貴就是這麼個人。

我父素來身上一個皮扣兒也沒有，工錢見月一吊，繩扣兒原樣兒不動交給祖母，祖母也從來想不到給個二、三十文零用錢。只早晚趕集，祖父給錢捎個皮絲菸、火媒子紙，找回來的錢總叫我父「裝身上罷」。這當口褲腰裡扁的有一個大子兒單幾文錢，斟酌了一下，自個兒開天闢地還沒有過一頂斗篷，淨戴人家公份兒的。等取出銅子兒來，先就想到大美，儘管姑娘家不大下湖幹活兒，還是家前屋後少不得一些零散收拾，場上翻翻草、攤攤糧食，都是常有的頂著大太陽活兒。就索性一買兩頂，免得找錢。待會兒回去再背著人給大美一頂。

新蘆篾有股粽子味兒，清香鮮正，戴到頭上眞爽神。試著轉轉，不想刺刺刺刺犁了一下頭皮。後半個腦袋有髮有辮子敢是刮不著，前半落兒才剃過，刮得淨光，可經不起斗篷裡子粗扎扎那麼犂拉，忙摘下斗篷，輕輕摸試著看是不是拉破了還是扎了刺兒，要不怎麼頭皮上有點又癢又痛的不利索。卻沒防著大美頂到臉前來，提提腳跟兒，搆著要看我父頭頂，又是那副皺眉翹嘴兒叫疼的模樣，怨怨的笑說：「眞是的俺大哥，不收拾收拾就戴，哪行！給俺罷，裡裡外外這都要拿碗口磨磨的，不的話，不扎頭也扎手罷。」一面接去兩頂落在一道的斗篷。我父乍乍的不知怎麼好，忙道：「我懂我懂，不用勞妳神……」待要搶回斗篷，大美手快，藏回脊背後去說：「哪光是把刺磨掉，不釘個帽箍兒、襻帶兒，也戴得牢靠啊？眞是的！」

那晚收活兒回來，喫過晚飯待要回家，大美趕到門口來，把晌午買的那兩頂斗篷雙手送過來，兩旁沒人，反而害臊的扭扭身子說：「人家手蠢啦，俺大哥湊合使罷，別笑人家！」

我父滿心要謝卻忘了謝，作難該不該送一頂給大美，有點兒拿不出手，倉卒間還是把一頂塞給大美：「我家就我一個用得著，這頂就是特為大妹妳買的，咱們一人一頂正好。」那大美哪肯接下，推推擩擩，直說：「俺不，俺不，俺大哥，俺不……」我父有點兒急了，怕人看見，裝著厲害說：「嫌了是不是？妳大美送我那副搐腰帶，我可沒這麼推託不要。嫌也得妳收，不嫌更得妳收！」得了大美姑娘一聲「俺——大——哥——！」怨怨的還跺了下腳，沒再把斗篷推回來，我父才鬆口氣兒，忽爲將才那樣強派人家覺著不忍，慌張間不知怎樣換過當地土話跟人家道歉，只好丟下一聲「也沒預先讓妳挑挑，告罪告罪！」拍拍大美肉活活肩膀，逃出大門來。

也不知怕的是啥，我父拍了大美那兩下，壯起好大膽子才出得出手。像惹了匹還沒上轡頭的野馬——那是青泥窪咱們家馬棧常見的貨色，打海拉爾趕來的整溝子馬裡總有三、兩匹難馴的烈性子馬；再不就是惹了低下頭去翻瞪大白眼，時時翹起一對犄角要潑人的尖牛，還沒騙過的。可這惹的是一頭白白漂漂小綿羊，怎怕成這樣？放慢腳步走到家門口，心還怦咚怦咚猛跳。

二天早起再拾起新斗篷，疼惜的摸摸弄弄，果眞裡外都光滑溜溜，不扎手也不拉手。不光是帽箍兒襻帶都釘了，還六角和尖頂兒也都包了蠶繭。那帽箍也挺花功夫，硬靠子先做個圈兒，蒙層白布，細針細線縫合了再釘到斗篷裡。蠶繭敢還是舊年的，新繭得等半個月才有，哪兒去找舊繭，誰還攢那玩意兒！舊繭都是出過蠶蛾的，有個洞就抽不得絲，煮到鬆泡了，硬拿手給撕鬆散，小糰兒絲棉可讓老嬷嬷使捻線砣兒捻成絲線，比棉線結實多了；家裡有孩子上學屋，用來做墨盆兒瓤子也最好不過。留整繭子的眞不多，虧她尋摸到。再看那帽頂尖尖，蘆篾編到這裡都是折斷了再回頭，儘管摺上好幾層，還是斗篷頂容易破散之處。大美挑那又厚又大的繭子，橫裡豎裡兩剪，撇成花瓣兒樣子的十字帕，覆在頂尖上蓋住，再拿針線釘個結實，眞叫牢靠，好戴十年八年了。果若姻緣這就釘在一對斗篷上，蒙上帝成全了夫妻，不定孩子好大了還戴這斗篷。到那時眞該把這兩頂斗篷給供奉起來。

我父這才品索出此中甘苦，不覺好笑——人是一聲動了兒女私情，便就好的歹的盡都風吹草動莫不疑神疑鬼起來。尋常裡誰瘋了才把那麼瞧不上眼兒的斗篷看作天大；可明明這上頭是個好兆頭罷，比如說，聖人立的大禮，男主外，女主內，不就是這麼著？男子漢在外苦錢花錢，買東置西，坤道家在家針線茶飯，收乾晒濕，不是都藉這對斗篷透出兆頭來了！

好笑是回事兒，愛惜這新斗篷還是頂眞得要命。單爲別讓腦油灰垢浸黃了漂白漂白這個帽箍圈圈兒，我父三天兩頭就拆一回辮子洗一遍頭，不管多晚家來，打上皀角或胰子，嘩嘩啦啦洗一通，比搌澡兒還勤。

大雨兀自不停，這西南雨是大閨女雨，眞沒說錯，下了這半天，除了一開頭有點兒風，響過幾聲雷，一勁兒就是這麼規矩、正派，雨條條直上直下，不興打個斜。

大美姑娘舀滿了一桶量水，拎進灶房去，沒如我父心願多留一會兒——誰瘋了才在大雨裡磨蹭；就像巴不得那個桶量頂好沒底兒，誰瘋了才提溜個沒底兒桶量去取水。

大美一走，心也像給提走了，人閃了一下，忘了該拱出門洞去，就那麼愣住了。可還是有緣，沒想到大美重又回來舀水，依然那個架氣，番邦大禮，直直的身子半蹲下來。這一回正過來了一些，好似知道我父躲在炮樓門洞裡——俺大哥喜歡看人家，就給你看，看個足罷……

可哪裡看得足？看不夠的，看不懂的……果眞眼睜睜就讓這麼個叫人疼死的好姑娘去給人家做塡房？那可連老天也沒長眼睛！我父直嘀咕：別什麼望門妨！我還不也是個望門妨？咱們命硬合上命硬罷……

——二〇〇二年二月・選自聯合文學版《華太平家傳》

西西作品

西　西

本名張彥，廣東中山人，1938年生，香港葛量洪教育學院畢業。曾任教職，現專事文學創作。著有長篇小說《我城》、《哨鹿》、《候鳥》、《美麗大廈》、《哀悼乳房》、《飛氈》等；短篇小說集《像我這樣的一個女子》、《鬍子有臉》、《手卷》、《母魚》、《故事裡的故事》等。曾獲聯合報第八、十屆聯副短篇小說推薦獎、中國時報第十一屆時報文學獎之小說推薦獎、《八方》文藝叢刊之「八方文學創作獎」、香港藝術發展局文委第一屆文學獎之創作獎、香港市政局第二屆文學雙年獎之小說創作獎。

【關於飛氈】

打開世界地圖，真要找出肥土鎮的話，注定徒勞，不過提議先找出巨龍國。一片海棠葉般大塊陸地，是巨龍國，而在巨龍國南方的邊陲，幾乎看也看不見，一粒比芝麻還小的針點子地方，是肥土鎮。如果把範圍集中放大，只看巨龍國的地圖，肥土鎮就像堂堂大國大門口的一幅蹬鞋氈。那些商旅、行客，從外方來，要上巨龍國去，就在這氈墊上踩踏，抖落鞋上的灰土和沙塵。可是，別看輕這小小的氈墊，長期以來，它保護了許多人的腳，保護了這片土地，它也有自己的光輝歲月，機緣巧合，它竟也會飛翔。蹬鞋氈會變成飛氈，豈知飛氈不會變回蹬鞋氈？

《飛氈》為西西所規劃肥土鎮系列故事之一大整合，環繞百年的香港歷史，轉化並提升為一寓言共相，現實細節與想像交織，神話與常識互涉，激盪出全新、原創、完整的小說情節，深刻而博大的知識論述。

飛氈

荷蘭水

花順記的掌櫃，早上很早起來打理店務，晚上也很早睡覺。荷蘭水店鋪裡的一家大大小小連同夥計，也早早休息。甚麼晚上有飛毯在肥土鎮飛來飛去，誰也沒有見過。一大早，花順記打開店門做生意，批發的商人把空瓶子一箱子一箱子搬回來交收，小販們把裝滿荷蘭水的瓶子一箱一箱搬上手推車。夥計們裝瓶的裝瓶，貼商標的貼商標，記帳目的記帳目，運冰塊的運冰塊。只要是夏天，花順記裡連貓也顯得特別忙碌。

人們雖然長了兩隻眼睛，但不一定看見東西，也不可能看盡世界上的一切。整個肥土鎮，說是看到飛毯的，不過幾個人而已。有的人當晚早已睡覺，因爲他們體內的生物鐘是快鐘；有的人從來不仰望天空，因爲他們寧願腳踏實地。那幾個說看見飛毯的人，親友也不相信，誰知道是不是眼花和胡思亂想。

花順記是肥水街上的老字號，賣荷蘭水也賣了許多年。別看這麼小小的一瓶汽水，喜歡的人還挺多。肥土鎮人一向習慣喝茶，熱熱的茶。空閒的時候，吃過飯後喝一杯，不知有多寫意。鎮裡的茶樓早早就坐滿茶客，一盅茶，兩碟點心，生的熟的人坐在一堆，不到半盞茶的光景，早已天南地北聊起天來。這一輩的人，對荷蘭水比較抗拒。

「凍冰冰的，別喝出病來。」茶客甲說。

「又甜，惹痰哪。」茶客乙說。

不過，年輕人和小孩子卻喜歡，這是會上癮的新事物。肥土鎮幾乎每天變，新奇的東西層出不窮，尤其是飛土大道，各種各樣的人，各式各款的貨物，看得人也來不及吃驚。荷蘭水就是新事物之一，起初的生意還不怎樣，漸漸就做開了。番人特別喜歡，因爲他們又不上茶樓，喝的竟都是甜的茶，有一種叫做咖啡的東西，也是苦而帶甜的。至於凍冰冰的飲品，番人尤其習慣，飛土大道上就有這種凍酒，還會起泡泡，叫做啤酒。番人愛喝荷蘭水，大概是習慣了甜、凍，以及起泡泡。

肥土鎮的人喝不喝荷蘭水呢？居然也不少，尤其是住在半山區的肥土人，有的十分洋化，有的又因時髦，落伍不得，也喝荷蘭水。若有甚麼親朋戚友作客，開幾瓶荷蘭水，非常摩登，也有了許多話題。單是那個瓶子，尖底的，瓶內又有一顆玻璃珠，豈不特別？有的人還留著當擺設看。

花順記的荷蘭水，大多運到飛土大道的辦館、士多去，以批發的生意多，可零售也不壞，常常有半山區的肥土人駕了會勃勃叫的車來買，總是一箱一箱搬回去。夏天天氣熱，喝荷蘭水有人覺得很舒爽，也來買一瓶，站在花順記的店門口，骨碌骨碌灌幾口，還和掌櫃的聊天哩，既做生意，又交朋友。

一年裡面，花順記大約只做七、八個月的生意，一到天冷，不再做荷蘭水。天氣冷，凍水還有誰去喝呢？也只有番人才不理氣候季節，依然買荷蘭水。夏天的時候，花順記做許多荷蘭水，好像蜜蜂採蜜過冬的樣子。的確，冬天的花順記，店內也消失了濕漉漉的水，沒有人勤奮地洗瓶子，沒有人貼商標，沒有人手搖機器把汽水入瓶。總之，沒有人做荷蘭水。這時候的荷蘭水店，眞的和冬眠差不多。冬天的時候，也有辦館要荷蘭水，花順記是有存貨的，秋末儲藏的一批荷蘭水，正好一點一點批發出去，門市才沒有荷蘭水賣。春天一到，驚蟄之後，蟲蟻都爬出泥土，花順記的機器，又咯隆咯隆響起來。

摩囉

冬天的花順記，雖然不做荷蘭水，可仍然打開店門做生意。做些甚麼生意？可得看夥計們的花樣了。每到冬天，花順記的老闆就把店鋪交給夥計去打理，賺到的錢也歸他們自己。有的夥計回鄉下去過年，和親人團聚；有的仍留在花順記，繼續賺點錢。到了冬天，花順記的店鋪門口就五花八門了，年年有不同的風景，甚至個個月變換內容，因爲做甚麼生意，全由夥計去決定。

有時候，夥計們在店門口賣粥和糕餅，有時候賣煎炸的矮瓜、魷魚，有時候賣鹵水豆腐、豬肝豬腎。曾經有一陣子，還賣小雞小鴨小白兔。漸漸的，「花順記又在賣甚麼呀」倒成了街坊的話題。有好幾年，花順記的店面乾脆租給人家做短暫的生意。於是，有時店內在彈棉花，有時又有人紮雨傘。

有一年，可特別囉。花順記的一邊店鋪擺賣的竟是肥土鎮罕見的新鮮事物。看看牆上掛著，地上攤著的東西就可知特別：長頸的銅茶壺、葫蘆形的玻璃杯子、用金銀線織出來的布疋、一艘艘艇那樣的繡花鞋，還有，地毯。這些東西，本來在肥土鎮也不算最最稀奇，因爲肥土鎮可以說是世界各地古怪東西都會有的市集，就看在哪一個角落出現就是了。像肥水街，擺賣那樣的貨物，倒比較例外。

要找不常見的怪東西，肥土鎮的人自然會知道到甚麼地方去，可這樣的人並不多。賣的特別，找的也特別。爲甚麼賣的特別呢，因爲他們都不是肥土鎮原住民，而是從外地來的印籍人士：皮膚黑黑的，眼睛大大的，滿臉鬍子，頭上包著白布。他們和肥土鎮的其他番人不一樣，肥土鎮的人稱他們做「摩囉」。

摩囉們怎麼會到肥土鎮來呢，他們可不是來做生意的商人，而是做生意的番人帶來的僱員，有的以前是海員。他們在肥土鎮的職業主要是當看更，替銀行、貨棧、洋行，或者半山區的別墅守門。漸漸的，人老了，家人也來了，就在飛土區的兩條小街上擺賣些土產以及舊貨。

誰要找伽南香、咖喱、各式的麻布，找到摩囉先生就行了。他們的貨物中最吸引人的還是一些舊貨：掛鐘、懷錶、玉鐲、項鍊、手搖留聲機、唱片、雜誌、書本。大至桌椅床櫃，小至一個彈簧，一條鋼絲，還有看起來又破又鏽的爛銅爛鐵，非常美麗的琉璃燈罩。只要有耐性，且有眼光，常常有人在摩囉先生那裡買到十七世紀的名畫，十八世紀的骨董。

「花順記又在賣些甚麼呀？」

「哎呀，來了一個摩囉，賣些摩囉東西。」

這樣說，正說錯了，因爲在花順記擺賣的人不是摩囉，他賣的貨物也不是摩囉特產。他的確是外鄉人，滿腮鬍子、大眼睛、鬈頭髮，也不穿肥土鎮一般人穿的衣服，難怪叫人誤會。有一點比較明顯，他的頭上並沒有包著白布。

二傻

即使是住在肥水街上，很少人見過花一花二，因爲他們並不住在花順記，也不在店內打理荷蘭水。但肥水區的人大多知道有那麼的兩兄弟，是花順記掌櫃的姪兒，住在不遠，近海的一座紅磚房子裡。以前，那磚頭房子住的是一位番邦人，後來再也沒人見過他，只知道後來住的是花家二傻。

花家二傻是花一花二的綽號，是肥水區的人替他們起的，因爲見過他們的人，都認爲這兄弟二人根本是瘋瘋癲癲的，做的事完全不合大家的規則。而且，也不知打哪裡傳來的一些奇聞，說這二人整天在家裡玩瓶子，捉蟲蟻，只知遊戲，不務正業。經過紅磚房子的人充滿好奇，大門總是關得緊緊，聽聽裡面又沒有聲音，幾個人疊羅漢，從很高的窗子望進去，甚麼也沒看見，因為滿屋子顯然都是荷蘭水玻璃瓶，正是花順記堆貨的棧房。的確，有人見過花順記的夥計來搬汽水瓶，花順記沒地方放的冬藏汽水，也都運過來儲放。怎麼說才對呢？花一花二其實像花順記看守房子貨倉的家屬長工。

一般的結論就是，這二人根本不會做荷蘭水，又笨又鈍，所以派他們去看守房子。如果夠耐性待在紅磚房子外面，倒有機會見到花家二傻的，他們有時竟會恰巧到房子背後的空地，掘掘蚯蚓，挖挖爛泥。就有人見過二人蹲在泥地上，一手一腳一臉都是泥，原來那麼大的人還在玩捉青蛙比賽。只見許多青蛙到處跳。

大概一年總有那麼的三幾次，花一花二會到花順記，總是些過節過年，一家人得團團聚聚，花掌櫃就把這兄弟二人請過來，吃一頓飯。他們呢，倒也來，飯照吃，只是從不帶甚麼糕餅、果品。一次帶了幾隻蟈蟈，裝在小篾片織的籠子裡。有一次，又帶了一個水缽，裡面養著十來個蝌蚪。

這年做冬，花順記又把花一花二請來吃飯，二人果然來了，帶的竟是兩隻蟋蟀，裝在一截竹筒裡，一邊用棉花塞住出口，也沒有泥缽把蟋蟀放出來鬥。他們走到花順記的門口，哎呀，怎麼見到一個滿腮鬍子、鬈頭髮的番人，原來是租花順記店面擺賣的商人，大家叫他花里耶。攤子上的貨物把花一花二牢牢吸引住，因為許多東西，書本上有，卻是第一次親眼見。

他們看了長頸的銀茶壺，葫蘆形的小玻璃杯子、小碟子、繡花的像小艇一樣的鞋子。然後他們看到牆上掛著毯，兩人幾乎同一時候看見，又同一分鐘一起「咦」了一聲。

「你這氈，會不會飛？」花一問。

「是不是飛氈？」花二問。

「甚麼飛氈？」花順記的掌櫃說。

花順記的掌櫃從來不知道甚麼叫飛毯，可花一花二知道，因為這兄弟二人讀過不少童話，又看過關於甚麼波斯國飛馬、飛毯的故事。正是昨天晚上，他們聽到屋子外面有蟋蟀叫，二人也不睡覺，一起跑到空地上去捉蟋蟀。打開紅磚房子的大門，走到屋後來，在他們的面前，不遠的地方，不很高的天空，正飛著一件四四方方、扁扁平平的東西。完全是圖畫書中所畫的一樣。

「飛氈。」花一說。

「一定是飛氈。」花二說。

「唉，如今已經沒有飛氈了哩。」鬈頭髮的商人說。

自己的個性

花一花二就坐在花順記的門口和鬈頭髮的商人聊起天來。花里耶說，他的國家叫突厥，在世界著名的麻辣麻辣海邊，他的家鄉叫凱拔離，那裡有一個果魯果魯村。村子裡的人都養羊，婦女們自己替羊剪毛，用野果染色，坐在家裡織地氈。雖然，一幅地氈得幾個月才織好，但做活的人多，家家戶戶都做，一年裡就有好幾百幅，說來叫人不相信，幾百幅地氈裡面，就有一幅飛氈了。花里耶一口肥土語，也就飛氈飛氈地講述家鄉的織品。

「眞的有飛氈呵。」花一驚歎。

飛氈是怎麼織成的？村裡的人也說不準。所有的氈做起來都一樣，同一類羊毛，同一種染料，同一個程序，經線啦，緯線啦，結一個一個的扣子啦，裁毛頭啦，鑲邊啦，編流蘇啦，每幅地氈其實都一樣，只是顏色和花紋會不同。只是經過同樣熟練的手，粗糙樸實的手，有的當是一種賺錢的活兒，完成就算；有的，卻充滿感情、熱忱，而且不乏想像。那麼多的地氈，到底哪一幅才是飛氈呢？

果魯果魯村的婦女織好了地氈，全放在家裡，一幅一幅重疊，滿滿一屋子，堆得好像倉庫。忽然有一天，其中一幅地氈的流蘇好像風吹樹葉那樣上下飄舞起來，這情形大概會持續一盞甜茶的時間。人們一看見流蘇在飄動，就知道它是飛氈了。於是大喊：在這裡啦，又有一幅啦，在這裡啦。這麼一來，全家的人就得把壓在上面的其他地氈搬開，把它抽出來，讓它飛翔。順便給它起一個名字。飛氈的流蘇就拂呀拂呀，整幅地氈冉冉地升起，離開地面，在空中還要繞一、兩個圈子。最後，它可以自由悠轉了，慢慢地降落地面。這樣的一幅地氈往後就能飛行。

並不是所有拍動流蘇的地氈都會變成飛氈。在地氈倉庫裡，如果有一幅地氈飄舞它的流蘇，卻沒有人發現，過了一盞甜茶的時間，它就不再拂動；以後，它就失去飛行的能力，像遺忘了，不會飛了，跟其他的地氈再沒有分別。有時候，地氈壓得太低，堆得太遠，大家把其他的地氈搬了半天還沒能把它抽出，它已經停息了拂動，也不會飛了。但沒有人在乎，因爲飛氈很多，並不稀罕。甚至有時候，大家還精挑細選一番，花紋不好的，不理它，圖案不好的，由得它，織得不出色的，還叫它別手舞足蹈，別鬧。所以，那時的飛氈都是手工一流的好飛氈。

在果魯果魯村，會飛的氈才多呢，村子裡哪一家沒有一幅飛氈呀。飛氈是不能賣的，賣掉飛氈會帶來壞運氣。所以，如果做生意要賺錢，根本不要飛氈；飛氈只能送，而且只能送給結交了十年以上的好朋友，不然，它不肯飛。或者，你要它飛，它不飛；不要它飛，卻飛起來。它有自己的個性。所以，每一家都把飛氈留著，一代傳一代，而且成爲小孩的玩具。

「現在還有沒有飛氈呢？」花二問。

「沒有了。我祖父的時候還有呢，到了我父親那一代，就沒有飛氈了。」鬈髮的商人說。

飛氈是很能幹的，下雨的時候，它們會飛到雲層上面避雨，不過，經過冒煙的煙囪時，飛氈會打噴嚏。有一次，果魯果魯村的一座清眞寺失火，寺內有許多人正在禱拜，寺廟的喚禱塔也燒著了，貝殼形的頂蓋快要傾塌下來。村裡的人又急又怕，不知怎麼辦。這時，忽然有一群飛氈飛來了，每一幅飛氈上都坐著撲火的人和一桶一桶帶上飛氈的水，他們一面澆水，一面打破彩嵌繪花的藍玻璃窗，飛進去救人。火勢非常大，地氈雖然以不易燃著名，但到底是羊毛織品，被大火焦炙得滿身都是黑洞洞。有的斷裂了，有的給燒焦了，只剩下小小的一道流蘇，沒有一幅飛氈不焦頭爛額，體無完膚。但大火終於給撲滅了，救出了所有人。如今，這座重建過的清眞寺牆上還張掛著這一批受了嚴重損傷的飛氈，旁邊寫著：永遠懷念我們英勇而出色的消防隊。

瓶子旅行

花順記的荷蘭水瓶天生一副不安定的性格。首先，花順記的荷蘭水瓶是尖底的。肥土鎮有各種各樣的瓶子：酒瓶子、醬油瓶子、藥水瓶子、花露水瓶子等等，這些瓶子，底部都平坦牢靠，可以自己在桌上、櫃檯上、地上站得穩穩當當。可荷蘭水瓶子，底部圓尖，像個橄欖，或者雞蛋無法站定。要它們站，歪歪斜斜就倒了。因此，這些不安定的瓶子，在花順記，要用有格子的箱子裝載，一瓶一瓶，分插進格子，這樣才安定下來。否則，只能一一掛到天花板上去。

其次，荷蘭水瓶一出生就不斷旅行，不肯在一個地方停留太久。比如說花露水瓶子吧，一瓶花露水可以用一年半載，底又平坦，守在甚麼人家的梳妝檯上，一守可以守一年，照照鏡子也起碼可自憐半載。又比如一個酒瓶吧，酒喝完了，酒瓶就給扔掉了，幾十年還不知醉臥在甚麼爛泥堆裡。至於荷蘭水瓶子，它們是永遠的旅客，出門不久又回來，循環不息，老是匆匆忙忙，安定不下來。

花順記的荷蘭水瓶子，肥土鎮並不出產，厚厚的玻璃，還印上字，是從外國訂造，運回來的。一次運來的瓶子很多，花順記根本沒有地方堆，全放在紅磚房子裡。紅磚房子成爲荷蘭水瓶的倉庫，樓下的一層，堆到幾乎連窗口也遮住了，幾乎連大門也打不開。

荷蘭水的顧客，大多把荷蘭水一箱一箱運走，批發商人固然整箱整箱買，即使辦館、半山區的人家也是一箱一箱買。一箱共有二十四瓶。只有到花順記店面來喝的人才逐瓶買。荷蘭水的生意不錯，一天可以賣掉許多箱。只見明晃晃的玻璃瓶，又一批一批出外旅行啦；不過只是出外逛逛，不久就回來了。

花順記回收所有的荷蘭水瓶。因爲都收了按金，交回瓶子就發還按瓶費。批發商人和顧客，對瓶子也懂得珍惜，打碎了，等於和自己的荷包過不去。於是，旅行完畢的瓶子，又一箱一箱地回航了。灰塵僕僕，立刻就被接去洗塵。不過，到底瓶子是玻璃，一季下來，總有不少虧損。洗澡時會破，打汽入瓶時會爆裂，碰碰撞撞也易碎。這樣，常常要補充，就派個夥計上紅磚房子搬一批回花順記。

上過紅磚房子搬荷蘭水瓶的夥計，都說那是一個蟲蟻聚居的地方。不管甚麼時候，那裡總有不少會飛會爬的東西。有時是蚱蜢，有時是蜻蜓；有時是螳螂，有時是蝴蝶。玻璃瓶子裡面，本來只應該有玻璃珠，可是，夥計帶回花順記的瓶子，裡面常常有螞蟻、甲蟲和蟑螂。店內的夥計，一聽說要到紅磚房子去搬荷蘭水瓶，就禁不住渾身發癢，幾乎想用蚊帳，把自己整個包在裡面。

昆蟲之家

不錯，紅磚房子裡有許多小生物，牠們大多是昆蟲。肥土鎮的名牌昆蟲，那裡全有，牠們是：

膜翅目的螞蟻
網翅目的蟑螂
雙翅目的蒼蠅
雙翅目的蚊子
半翅目的臭蟲

這些昆蟲，在肥土鎮是大大著名，幾乎每一條街，每一幢樓宇裡都有牠們的蹤跡。別以爲牠們只佔領人煙稠密的地區，即使是花園洋房，半山的別墅，甚至大酒店，一樣有牠們的領地。至於茶樓、戲院，那就更加不用提了。上帝造人，祂其實造了更多的昆蟲，所以牠們也在教堂出沒；佛渡眾生，牠們也有佛性，故此牠們也聚居寺廟。世界上有一百萬種生物，其中八十萬種以上是昆蟲，呵哈，將來的世界固然是牠們的，現在何嘗不是？

肥土鎮雖然有許多名牌昆蟲，而且不易消滅，可是，幸運的是，這個地方卻沒有世界上名牌第一的昆蟲，使許多農民尚可安心種田，名牌第一的昆蟲是蝗蟲。紅磚房子裡的名牌有多有少，次序爲蚊子、螞蟻、蟑螂、蒼蠅和臭蟲。紅磚房子屋後是空地，常常有積水，所以多蚊子，入夜之後多得幾乎可以把人抬走。至於螞蟻，也是因爲有泥地、樹根，可以在那裡做窩，發展事業。

蟑螂呢，因爲房子裡雜物多，適合大小蟑螂捉迷藏，玩迷宮。蒼蠅較少，因爲花一花二家中食物稀寡，沒有多少油水。說到臭蟲，反而漸漸一隻也沒有了，房子大，人少，連臭蟲也餓死啦。

紅磚房子和別處人家不同，除了名牌昆蟲，還有專業昆蟲，比如衣魚，專門替書本鑲各式花邊，手工極細。牠們自己又非常漂亮，銀白色的，長長的觸鬚，個個有三條尾巴，可以和任何彗星媲美。紅磚房子的空地，既長了樹木草叢，也就有昆蟲棲息。吹沫蟲在樹枝上吐出許多白白的泡沫，簡直像吹肥皂泡。春天的時候，黑蟬、紅鼻蟬、小草蟬，轟轟烈烈唱歌，四月之後，其他的蟬開始鳴叫，牠們反而一聲不響了。竹節蟲生活在奇異的保護色中，身體很瘦很瘦，瘦得比竹還瘦，瘦得比牙籤還瘦，瘦得彷彿是HHHHHH鉛筆畫出來的幾條線，也不知道怎麼能夠活著。

還有沒有別的昆蟲呢？到紅磚房子的樓上去看看就知道了。呀，還有許多昆蟲哪，有的養在盒子裡，有的游在水缽裡，有的，做成了標本，放在玻璃盒子裡。只要空閒，花一花二就到野外，山間、樹木繁茂的地方找昆蟲，然後帶回家，用顯微鏡看呀看。有時候，並不捕捉，就看昆蟲如何爬，如何飛，如何吃樹葉。花一花二不特別喜愛名牌，他們有自己鍾情的昆蟲，比如說，長尾水清蛾，身體是蘋果綠色的，形狀像一條魔鬼魚，飛起來像蝙蝠，因爲晚上才出現，所以花一花二也不容易找到。還有長尾翡翠豆娘，和蜻蜓是表親，一對翅膀像翡翠般碧綠，另一對則和水一般的顏色，只見翅脈如網，完全透明。

每次到山間野外走一趟，花一花二總有收穫，在大紅花上找到了綠螽斯，在野生龍葵上常常見到斑點的瓢蟲。當然，還有各種各樣的蝴蝶。那天，滿臉鬍子的鬆髮商人說，如今已經沒有飛氈了，花一花二一點也不覺得意外，會飛的氈不再飛，有甚麼奇怪呢，本來會飛的螞蟻，現在不是統統在地上爬了麼。

溫柔之必要

花一花二在肥土鎮，一直找尋的昆蟲叫天蠶。這種蠶，他們還沒有見過。依據古代人的描述，說牠們生長在東海彌羅國，身長可以達到四寸，金色，吐的絲則是碧綠色，所以又叫金蠶絲。這些大蠶的絲，質地堅韌，通體透明，可以用來做琴瑟的弦，也可以做弓弩的弦，甚至用來作釣魚絲，做縫線。當然，金蠶絲還是做衣服的原料，做出來的衣料是繭綢。

天蠶生長在南方，蠶身長大，結繭後孵出的蠶蛾，身型也特大，彷彿面盆，而且五彩繽紛。花一花二在肥土鎮一直沒有找到天蠶。因此，當他們到野外林間找尋昆蟲時，見到了樟腦樹就特別留意，仔細看看有沒有書本中記載的大昆蟲。他們當然也在尋找自障葉，可一時間也不能找到。

這天，他們在山上漫步，到處張望，忽然山坡上衝下幾個八、九歲的小孩子，雙手抱著頭飛跑。花一花二正想追問，卻見一群蜜蜂緊緊跟著小孩子飛。於是，花一花二也不敢亂動，悄悄等蜜蜂飛過。沒一會兒，小孩和蜜蜂都一起消失得無影無蹤。二人朝小孩們奔跑的方向慢慢走去，走了一陣看見小孩子了，頭臉上、手臂上都給蜜蜂螫得腫了好多處。蜜蜂都飛走了。

「好厲害，轟炸機一樣。」

「沒想到這麼多。」

「又飛得那麼快，逃也逃不及。」

「誰叫你去碰那個蜂巢。」

「我是不小心，並不是有意。」

「唉，蜜蜂眞兇，眞恐怖。」

「很痛很痛。」

花一花二經過他們的時候，他們正因爲跑得太猛烈，坐在山邊喘氣。每一個小孩都給蜜蜂螫了。的確，蜜蜂是不好惹的。在昆蟲中，蜻蜓以兇殘著名，別看那麼漂亮的黑斑蜻蜓、鐵鏽蜻蜓、黃翅豆娘，娉娉婷婷地停在水面、樹上，捕食時卻毫不放鬆。螳螂也很厲害，把捕捉的小生物，從頭到尾，呑個片甲不留。當然，這也是牠的美德，絕不浪費。

但人和昆蟲相處，即使是蜻蜓和螳螂，也毫不危險，反而是蜜蜂，招惹不得。花一花二對小孩子說，被蜜蜂螫了第一口，如果立刻用唾液舐舐傷處，可以消解蜜蜂留下的氣味，就不會再遭受襲擊了。不過，既然碰倒了蜂巢，那就沒辦法了。幸而不是遇上虎頭蜂，回家去用肥皂洗洗吧。

「哼，下次給我見到蜂巢，我就放一把火，把它燒掉。」

「我們去把肥土鎮的蜜蜂全部殲滅報仇。」

「我這樣子回家，一定要吃籐鱔炆燒肉了。」

「我媽媽會說：活該，那麼多的東西不惹，去惹蜜蜂？刺得好，刺得少。」

花一花二正想說話，小孩子卻起身，朝山坡滑下去，只聽見一片索落索落的聲音，一下子跑得乾乾淨淨。花一花二這天沒有甚麼大收穫，只隨便捕了幾隻金龜子，用樹葉摺成扁盒子，裝了回家，還沒走到家門口，花一突然停下了腳步。

「我忽然有一個主意。」花一說。

「說來聽聽。」花二說。

「我們可以試試，培養溫柔的蜜蜂。」

「嗯，試試看，培養好脾氣的蜜蜂。」

方向感

蜜蜂屬於昆蟲綱、膜翅目、蜜蜂科、蜜蜂屬。

蜜蜂屬的特點是：

㈠後脛節上沒有距。

㈡巢脾完全用自身蠟腺分泌出來的蜂蠟建成。兩面都有六角形的巢房，和地平面垂直。

蜜蜂屬分爲四個種：

大蜜蜂、小蜜蜂

東方蜜蜂、西方蜜蜂

自從一個聰明人在地球儀上定位一個點，就把地球分爲東半球和西半球了。當然，這樣有個好處，人類對於整個世界，就有了方向感，至於有更聰明的人拿方向作爲價值判斷，那是後話。蜜蜂裡面沒有聰明蜂，指導牠們哪一邊是東，哪一邊是西。蜜蜂天生具備方向感，比人類聰明。蜜蜂不把一切兩極化，牠們在天空中飛，不是飛向東方或西方，而是飛向花朵的一方，蜂巢的一方，陽光照耀的一方，水的一方，敵人的一方。它們的方向叫做花方、光方、巢方、水方、敵方。

大蜜蜂和小蜜蜂比較幸運，牠們沒有被編分爲東或西，因爲牠們是野生的蜂種，在大樹上或岩洞裡築巢。海南島的排蜂，和廣西、雲南的大挂蜂都屬於大蜜蜂，蜂巢很大，可以大至一米長，好像一扇門。小蜜蜂體積小，比起只有黃和黑兩種體色的大蜜蜂漂亮，因爲身上還有兩節磚紅色的腹節和四條鮮明的銀白色毛帶。蜂巢相對很小，只有小孩手掌般大。不論是大蜜蜂還是小蜜蜂，都愛遷徙，所以少人飼養。

東方蜜蜂主要分三類：龍蜂、日本蜂、印度蜂。龍蜂是巨龍國土生土長的蜂種，身體黑色，腹節生有或深或淺的褐黃色環，全身披黑絨毛。工蜂上唇基前方有黃色斑，後翅有一條放射狀的長翅脈。龍蜂很勤奮，行動敏捷。不過，如果巢內沒有飼料或孳生蟲害，會一齊飛走。

西方蜜蜂的品種就多了。西方，從來就是一個籠統浮泛的詞，既有歐洲類型、非洲類型，還有中東類型，數起來有二十七、八型之多。最多人養的是義大利蜂，因爲牠們性情溫馴，又不怕光，常常維持一大群，採集力強，產卵多，育幼蟲也很積極。當然，牠們也有些缺點，是人類自我中心認定的缺點：飼料消耗大，容易染幼蟲病。義大利蜂是世界四大名種蜜蜂之一，其他三種是歐洲黑蜂、喀尼阿蘭蜂和高加索蜂。

非洲類型的蜜蜂有甚麼特別呀？

突尼斯蜂最神經質，愛螫人。

摩洛哥大蜂分佈的地方蜜源貧乏，產蜜量少。

撒哈拉蜂對沙漠綠洲的蜜源氣候條件驚人地適應。

埃及蜂懶惰。

乞力馬札羅蜂能適應高原森林氣候，不怕霜凍。

中東類型的蜜蜂又怎樣呢？

塞浦路斯蜂性情兇猛。
安納托利亞蜂最易感染痳痺病。
敘利亞蜂有兩種，勇士蜂很兇，羊蜂極馴。
黎巴嫩的蜂繁殖力強。

那麼，美洲和大洋洲呢？美洲和大洋洲沒有蜜蜂，十七世紀後才由外人帶去。

晴雨計

該飼養哪一種蜜蜂呢？東方蜜蜂還是西方蜜蜂，高源森林蜜蜂還是海濱平野蜜蜂？蜜蜂當然可以買，但是花一說，還是自己去捉吧，因爲在肥土鎮，山間野外，蜜蜂並不缺乏。花一花二在家裡翻了一陣書，又參考了一疊疊的資料，就出發了。在出發之前，他們做了幾個蜂箱，髹得白白的，彷彿奶油蛋糕似的明淨。班門弄斧啦，他們說。

找蜜蜂要到野外去，愈進入深山幽谷愈好。小山岡沒有甚麼蜜蜂，所以花一花二就朝高山走。肥土鎮位於氣候溫暖濕潤的南方，既有大蜜蜂，也有小蜜蜂，都是野生蜂。可別捉錯了黃蜂才好。要把蜜蜂和黃蜂分別開來，得注意牠們飛行的姿態和航道。黃蜂麼，像戰鬥中的轟炸機，喜歡俯衝，彷彿兇惡的兀鷹；至於蜜蜂，一群蜜蜂一齊飛，整條航線閃閃發光，在陽光中漂亮極了。蜜蜂喜愛晴朗的天氣，牠們眞可以當晴雨計。後來花一花二養多了蜜蜂，只要一清早見到蜜蜂出外採蜜，就知道這天準不會下雨。蜜蜂怕雨，淋濕了可不是玩的，會感冒。凡遇陰雨，蜜蜂的脾氣都不好，憋在家裡太悶啦。

找尋雪豹、狐狸等動物，得看腳印，蜜蜂不在地上爬，沒有腳印，找牠們，要看樹葉。如果樹葉上有點點泥黃色的斑跡，聞起來又有一種蜜糖的香味，肯定可以找到蜜蜂，牠們連排泄物也是香甜的。花一花二每天在野外的樹洞、岩洞、石洞、泥洞找尋，起初一個蜂巢也沒有找到。終於有一次見到了，連忙戴上頭盔，披上面紗，穿上手套，提著圍布的竹簍子，把蜂巢挖鑿下來，把蜂群倒進簍裡。還是第一次，花一花二雖然全副武裝，還是給蜜蜂螫了。手上臉上雖然痛，可是那次痛的卻是心，因爲有的蜜蜂在巢中倒不出來，花二用手去掏，竟不知道，這麼亂搗一陣，竟把蜂皇捏死了，帶回家的蜂，失去了蜂皇，都飛散了。

捉了許多次蜂後，花一花二有了實際的經驗，覺得比書本的知識寶貴得多。他們終於飼養了幾箱蜜蜂，繁殖得很快，由幾箱漸漸變成了幾十箱。不久，花一花二他們足足有三十箱蜜蜂，每窩蜜蜂有三萬隻到四萬隻。於是，他們就細心照顧一百多萬條生命，清潔蜂房呀，隔熱呀，當然，他們也得細意栽種園中的花樹，特別是荔枝樹、鴨腳樹、烏冠樹，那是肥土鎮的蜜蜂最喜歡的。

花一花二飼養蜜蜂的目的和別人不同。一般人飼蜂，是爲了興趣，爲了獲取蜂蜜，可花一花二的目的是爲了培育溫馴的蜂，讓小孩子可以和蜜蜂一起嬉耍，和平共存。這就是他們寧願到山林間找尋野生蜂的緣故。花順記的老掌櫃得悉花家二傻最近的動態時，送了一件禮物給他們，正是蜜蜂。他可不是自己到山野林間去捉回來，而是買，送的也不是東方蜜蜂，是養蜂人最愛的義大利蜂。義蜂性情溫馴，老掌櫃哪裡知道二傻要找的是兇惡的蜂呢。花一花二有養無類，一併養在花園裡。

使蜜蜂溫馴的方法，一般都用煙。但只會暫時見效，難道一天到晚用煙去薰蜜蜂麼？必須讓蜜蜂自動自覺溫柔和藹才好。花一花二首先想到的方法是音樂。不是說那些牛聽了音樂吃起草來就更愉快了麼？不是說那些青蛙聽了音樂，不久就能配合樂曲的韻律伴奏了麼？音樂有緩和神經緊張的作用。蜜蜂一天到晚忙碌工作，太緊張了。牠們和世界上任何動物一樣，倦了脾氣就暴躁。

蜜蜂該聽甚麼音樂？義大利蜂，最適合的不就是音樂麼？韋拉爾特呀、麥爾洛、嘉布利艾呀、法列斯可巴第呀；古鍵琴呀、豎琴呀、小提琴呀、長笛呀、風琴呀。花家花園晚上常常開音樂會，慢板的樂章特別多。如果這些義大利音樂對義大利蜂見效，對東方蜜蜂又怎樣呢？花家蜜蜂有九成半是東方蜜蜂，而且是龍蜂。肥土鎮的蜜蜂該聽甚麼音樂呢？花一說：南音。

地水南音

孤舟岑寂，晚景涼天

夕陽襯住雙飛燕
我斜倚蓬窗思悄然

蜜蜂園裡響起了哀怨的曲調。花一花二好不容易請到一位瞽師來演唱。南音可不比西洋歌曲，可以到一些專賣唱片、樂器的鋪子裡去買，或者像肥土鎮許多番人那樣，從自己的國家帶來。肥土鎮根本沒有南音的唱片。那麼要到哪裡去聽呢？到避風塘，上茶樓。早上的茶樓一片喧鬧，眾人忙碌來往，專心看報；到了晚上，茶樓上的茶客可優閒多了，唱南音的瞽師也上茶樓賣唱了。晚上的茶樓，就像晚上泊滿漁艇的避風塘，地方曲調幽幽怨怨響起來。有人點唱，瞽師與拍和的同伴，一個彈古箏搖拍板，一個拉二胡，先即興唱幾句題綱，然後咿咿呀呀轉入正題。這些盲人歌手，唱的原來叫地水南音，替善信占卜，即興唱講。他們是人神的媒介，但地位微賤，收入很不穩定，不過曲不離口，唱得久了，加上他們身世坎坷，歌曲又大多愁怨，於是自成一種沉鬱有味的地水腔。

上茶樓的多數是男人，可肥土鎮的婦女也極愛南音，婦道人家，總不好拋頭露面，一些人家就乾脆請瞽師上門唱，正廳裡幾房人的媳婦、家眷都一齊坐著聽。花一花二自小聽南音，那時候還有走販沿門兜售《木魚書》，婦女還買了在家中自己唱。當然，沒有人拍和，效果差多了。在外國讀書那陣，花一花二完全聽不到這種肥土音樂，一回肥土鎮，南音也回到腦中。好幾次上茶樓去聆聽、比較，請得瞽師回家，還特別邀了花順記一家男男女女，以及大大小小的夥計。

耳畔聽得秋聲桐葉落
只看平橋垂柳鎖寒煙
虧我情緒悲秋同宋玉
在客途抱恨對誰言

〈客途秋恨〉是南音名曲，喜歡聽南音的都會唱，瞽師唱得極好，吐字玲瓏，運腔跌宕蒼涼，直聽得一園淒寂，但願瞽師唱完一曲又一曲，永不終場。這的確是令人難忘的經驗。也許演唱的地點是在戶外，又在花園，適逢秋月當空，有點涼意，正配合了曲情。可惜，這樣的盛會難再，原來瞽師得悉花一花二請他們來主要是唱給蜜蜂聽，未免彆扭，恐怕是二傻拿他們來開玩笑，雖然園中仍有不少沉醉的聽眾。更重要的原因，瞽師一人在花園中著了涼，患了傷風，咳嗽許多天，完全不能唱曲，半個月沒做成生意，認爲風水不好，發誓日後再不肯到這個涼風有信的花園唱曲。

花一花二只爲蜜蜂舉行了一次南音演唱會，既然沒有瞽師肯再來，只好仍把留聲機搬到花園，唱些巴洛克音樂。至於蜜蜂們，不管聽了些甚麼音樂，似乎脾氣一點也沒有改變，還是秉持本性。花一花二也不介懷，彷彿成敗並不是他們最終的目標，自會想出新的方法來試試。

——一九九六年五月．選自洪範版《飛氈》

高行健作品

楊錦郁／攝影

高行健

祖籍江蘇泰州，1940年生於江西贛縣。北京外國語文學院法文系畢業，專修法國文學，曾任多年翻譯。文化大革命期間下放農村5年。1980年開始發表作品，1981年成為專業作家，1987年離開中國，從此定居巴黎。曾獲義大利費羅納文學獎及法國榮譽騎士勳章，2000年獲諾貝爾文學獎，為華文世界第一位獲獎者。著有長篇小說《靈山》、《一個人的聖經》；中篇小說集《有隻鴿子叫紅唇兒》；短篇小說集《給我老爺買魚竿》等；他的作品已被譯為十多種文字出版，他的劇作也在全世界五大洲演出，並在各地舉辦了水墨畫數十次個人畫展，出版畫冊有《高行健水墨作品》、《墨趣》、《墨與光》等。

【關於靈山】

不論在塵囂的市集裏，或是人跡罕至的蠻荒之地，「你」和「我」都為了探索「靈山」，而到處遊盪，尋找心中的樂土——一個與世無爭的世外桃源。作者從各個角度切入，體現一個向靈山朝聖的心路歷程，並藉此撥開中國西南邊區的神祕面紗。

《靈山》採用了第二人稱和第一人稱交互運用的敘述方式。「你」和「我」可能是一個人，也可能不是一個人，這並不十分重要，重點是他們都是敘述的主體，前者是分析式的，後者是綜合式的，共同體現向一個靈山朝聖的心路歷程。在這部也可以稱作是「尋根」的巨大的架構中，高行健有意擺脫了傳統的編織情節和塑造人物的累贅，把所有的力量都灌注在語言的實現上，使語言澄澈猶如雪山的澗流，直接呈現出敘述者的心象。

靈山

五十二

你知道我不過在自言自語，以緩解我的寂寞。你知道我這種寂寞無可救藥，沒有人能把我拯救，我只能訴諸自己作爲談話的對手。

這漫長的獨白中，你是我講述的對象，一個傾聽我的我自己，你不過是我的影子。

當我傾聽我自己你的時候，我讓你造出個她，因爲你同我一樣，也忍受不了寂寞，也要找尋個談話的對手。

你於是訴諸她，恰如我之訴諸你。

她派生於你，又反過來確認我自己。

我的談話的對手你將我的經驗與想像轉化爲你和她的關係，而想像與經驗又無法分清。

連我尚且分不清記憶與印象中有多少是親身的經歷，有多少是夢囈，你何嘗能把我的經驗與想像加以區分？這種區分又難道必要？再說也沒有任何實際的意義。

那經驗與想像的造物她變幻成各種幻象，招搖引誘你，只因為你這個造物也想誘惑她，都不甘於自身的孤寂。

我在旅行途中，人生好歹也是旅途，沈湎於想像，同我的映象你在內心的旅行，何者更為重要，這個陳舊而煩人的問題，也可以變成何者更為真實的討論，有時又成為所謂辯論，那就由人討論或辯論去好了，對於沈浸在旅行中的我或是你的神遊實在無關緊要。

你在你的神遊中，同我循著自己的心思滿世界游蕩，走得越遠，倒越為接近，以至於不可避免又走到一起竟難以分開，這就又需要後退一步，隔開一段距離，那距離就是他，你是你離開我轉過身去的一個背影。

無論是我還是我的映象，都看不清他的面容，知道是一個背影也就夠了。

我的造物你，造出的她，那面容也自然是虛幻的，又何必硬去描摹？她無非是不能確定的記憶所誘發出的聯想的影像，本飄忽不定，且由她恍恍惚惚，更何況她這影像重疊變幻，總沒個停息。

所謂他們，對你我來說，不過是她的種種影像的集合，如此而已。

他們則又是他的眾生相。大千世界，無奇不有，都在你我之外。換言之，又都是我的背影的投射，無法擺脫得開，既擺脫不開便擺脫不開，又何必去擺脫？

你不知道注意到沒有？當我說我和你和她和他乃至於和他們的時候，只說我和你和她和他乃至於她們和他們，而絕不說我們。我以爲這較之那虛妄的令人莫名其妙的我們，來得要實在得多。

你和她和他乃至於他們和她們，即使是虛幻的影像，對我來說，都比那所謂我們更有內容。我如果說到我們，立刻猶豫了，這裡到底有多少我？或是有多少作爲我的對面的映象你和我的背影他以及你我派生出來的幻象的她和他或他的眾生相他們與她們？最虛假不過莫過於這我們。

但我可以說你們，在我面對許多人的時候，我不管是取悅，還是指責，還是激怒，還是喜歡，還是卑視，我都處在扎扎實實的地位，我甚至比任何時候反倒更爲充實。可我們意味著什麼？除了那種不可救藥的矯飾。所以我總躲開那膨脹起來虛枉矯飾的我們，而我萬一說到我們的時候，該是我空虛懦弱得不行。

我給我自己建立了這麼一種程序，或者說一種邏輯，或者說一種因果。這漫然無序的世界中的程序邏輯因果都是人爲建立起來的，無非用以確認自己，我又何嘗不弄一個我自己的程序邏輯因果呢？我便可以躲藏在這程序邏輯因果之中，安身立命，心安而理得。

而我的全部不幸又在於喚醒了倒楣鬼你，其實你本非不幸，你的不幸全部是我給你找來的，全部來自於我的自戀，這要命的我愛的只是他自己。

上帝與魔鬼本不知有無，都是你喚起來的，你又是我的幸福與災難的化身，你消失之時，上帝和魔鬼同時也歸於寂滅。

我只有擺脫了你，才能擺脫我自己。可我一旦把你喚了出來，便總也擺脫不掉。我於是想，要是我同你換個位置，會有什麼結果？換句話說，我只不過是你的影子，你倒過來成爲我的實體，這眞是個有趣的遊戲。你倘若處在我的地位來傾聽我，我便成了你慾望的體現，也是很好玩的，就又是一家的哲學，那文章又得從頭做起。

哲學歸根結柢也是一種智力遊戲，它在數學和實證科學所達不到的邊緣，做出各式各樣精緻的框架結構。這結構什麼時候做完，遊戲也就結束了。

小說之不同於哲學，在於它是一種感性的生成，將一個枉自建立的信號的編碼浸透在慾望的溶液之中，什麼時候這程序化解成爲細胞，有了生命，且看著它孕育生成，較之智力的遊戲更爲有趣，卻又同生命一樣，並不具有極終的目的。

五十三

我騎著一輛租來的自行車，這盛夏中午，烈日下四十度以上的高溫，江陵老城剛翻修的柏油馬路都曬得稀軟。三國時代的這荊州古城的城門洞裡，穿過的風也是熱的。一個老太婆躺在竹靠椅上，面前擺了個茶水攤子。她毫無顧忌，敞開洗得稀薄軟塌塌的麻布短褂，露出兩隻空皮囊樣乾癟的乳房，閉目養神，由我喝了一瓶捏在手裡都發燙的汽水，看也不看我丟下的錢是否夠數。一隻狗拖著舌頭，趴在城門洞口喘息，流著口水。

城外，幾塊尚未收割的稻田裡橙黃的稻穀沉甸甸已經熟透，收割過的田裡新插上的晚稻也青綠油亮。路上和田裡空無一人，人此時都還在自家屋裡歇涼，車輛也幾乎見不到。

我騎車在公路中央，路面蒸騰著一股股像火燄一樣透明的氣浪。我汗流浹背，乾脆脫了溼透了的圓領衫，頂在頭上遮點太陽。騎快了，汗衫飄揚起來，身邊多少有點溼風。

旱地裡的棉花開著大朵大朵紅的黃的花，掛著一串串白花的全是芝麻。明晃晃的陽光下異常寂靜，奇怪的是知了和青蛙都不怎麼叫喚。

騎著騎著，短褲也溼透了，緊緊貼在腿上，脫了才好，騎起車來該多痛快。我不免想起早年間見過的脫得赤條條車水的農民，曬得烏黑的臂膀搭在水車的槓子上，倒也率性而自然。他們見婦人家從田邊路過，便唱起淫詞小調，並無多少惡意，女人聽了只是抿嘴笑笑，唱的人倒也解乏，可不就是這類民歌的來歷？這一帶正是田間號子「薅草鑼鼓」的故鄉，不過如今不用水車，改爲電動抽水機排灌，再也見不到這類景象。

我知道楚國的故都地面上什麼遺跡也不可能看到，無非白跑一趟。不過來回只二十公里，離開江陵之前不去憑弔一番，會是一種遺憾。我把考古站留守的一對年輕夫婦的午睡攪醒了。他們大學畢業才一年多，來這裡當了看守，守護這片沈睡在地底下的廢墟，還不知等到哪一年才會發掘。也許是新婚的緣故，他們還不曾感到寂寞，非常熱情接待了我。這年輕的妻子給我一連倒了兩大碗泡了草藥解暑的涼茶。剛做丈夫的這小伙子又領我到一片隆起的土崗子上，指點給我看那一片也已開始收割的稻田，土崗邊的高地上也種的棉花和芝麻。

「這紀南城內自秦滅楚之後，」這小伙子說，「就沒有人居住，戰國以後的文物這裡沒有發現，但戰國時代的墓葬城內倒發掘過，這城應該建在戰國中期。史料上記載，楚懷王之前，已遷都於郢。如果從楚懷王算起，作爲楚國的都城，有四百多年了。當然史學界也有人持異議，認爲郢不在此地。可我們是從考古的角度出發，這裡農民耕地時已陸續發現了戰國時代許多殘缺的陶器和青銅器。要是發掘的話，肯定非常可觀。」

他手指一個方向，又說：「秦國大將白起拔郢，引的河水淹沒了這座都城。這城原先三面是水門，朱河從南門到北門向東流去，東面，就是我們腳下這土墩子，有個海子湖，直通長江。長江當時在荊州城附近，現在已經南遷了將近兩公里。前面的紀山，有楚貴族的墓葬。西面八嶺山，是歷代楚王的墓群，都被盜過了。」

遠處，有幾道略微起伏的小丘陵，文獻上既稱之爲山，不妨也可。

「這裡本是城門樓，」他又指著腳邊那一片稻田，「河水氾濫後，泥土堆積至少有十多米厚。」

倒也是，從地望來看，借用一下考古學的術語，除了遠近農田間斷斷續續的幾條土坎子，就數腳下這塊稍高出一些。

「東南部是宮殿，作坊區在北邊，西南區還發現過冶煉的遺址。南方地下水位高，遺址的保持不如北邊。」

經他這一番指點，我點頭稱是，算是大致認出了城廓。如果不是這正午刺目的烈日，幽魂都爬出來的話，那夜市必定熱鬧非凡。

從土坡上下來的時候，他說這就出了都城。城外當年的那海子湖如今成了個小水塘，倒還長滿荷葉，一朵朵粉紅的荷花出水怒放。三閭大夫屈原被逐出宮門大概就從這土坡下經過，肯定採了這塘裡的荷花作爲佩帶。海子湖還未萎縮成這小水塘之前岸邊自然還長滿各種香草，他想必用來編成冠冕，在這水鄉澤國憤然高歌，才留下了那些千古絕唱。他要不驅出宮門，也許還成就不了這位大詩人。

他之後的李白唐玄宗要不趕出宮廷，沒準也成不了詩仙，更不會有酒後泛舟又下水撈月的傳說。他淹死的那地方據說在長江下游的采石磯，那地方現今江水已遠遠退去，成了一片汙染嚴重的沙洲。連這荊州古城如今都在河床之下，不是十多米高的大堤防護早就成了龍宮。

這之後我又去了湖南，穿過屈原投江自盡的汨羅江，不過沒有去洞庭湖畔再追蹤他的足跡，原因是我訪問過的好幾位生態學家都告訴我，這八百里水域如今只剩下地圖上的三分之一，他們還冷酷預言，以目前泥沙淤積和圍墾的速度，再過二十年這國土上最大的淡水湖也將從地面上消失，且不管地圖上如何繪製。

我不知道我童年待過的零陵鄉下，我母親帶我躲日本飛機的那農家前的小河，是不是還淹得死小狗？我現今也還看得見那條皮毛濕漉漉扔在沙地上的死狗。我母親也是淹死的。她當時自告奮勇，響應號召去農場改造思想，值完夜班去河邊刷洗，黎明時分，竟淹死在河裡，死的時候不到四十歲。我看過她十七歲時的一本紀念冊，有她和她那一幫參加救亡運動熱血青年的詩文，寫得當然沒有屈原這麼偉大。

她的弟弟也是淹死的，不知是出於少年英雄，還是出於愛國熱忱，他投考空軍學校，錄取的當天興高采烈，邀了一夥男孩子去贛江裡游泳。他從伸進江中的木筏子上一個猛子紮進急流之中，他的那夥朋友當時正忙於瓜分他脫下的褲子口袋裡的零花錢，見出事了便四散逃走。他算是自己找死的，死的時候剛十五周歲，我外婆哭得死去活來。

她的大兒子，也就是我的大舅，沒這麼愛國，是個袣袴子弟。不過他不玩雞鬥狗，只好摩登，那時候凡外國來的均屬摩登，這詞如今則譯成現代化。他穿西裝打領帶，夠現代化的，只是那時代還不時興牛仔褲。玩照相機那年月可是貨眞價實的摩登，他到處拍照，自己沖洗，又並不想當新聞記者，卻照蟋蟀。他拍的鬥蟋蟀的照片居然還保留至今，未曾燒掉。可他自己卻年紀輕輕死於傷寒，據我母親說是他病情本來已經好轉，貪吃了一碗雞蛋炒飯發病身亡。他白好摩登，卻不懂現代醫學。

我外婆是在我母親死後才死的，同她早逝的子女相比，還算命大，竟然活到她子女之後，死在孤老院裡。我恐怕並非楚人的苗裔，卻不顧暑熱，連楚王的故都都去憑弔一番，更沒有理由不去找尋拉住我的手，領我去朝天宮廟會買過陀螺的我外婆的下落。她的死是聽我姑媽說的。我這姑媽未盡天年，如今也死了。我的親人怎麼大都成了死人？我眞不知道是我也老了，還是這世界太老？

現今想起，我這外婆眞好像是另一個世界的人。她生前就相信鬼神，特別怕下地獄，總指望生前積德，來世好得到好報。她年輕守寡，我外公留下了一筆家產，她身邊就總有一批裝神弄鬼的人，像蒼蠅一樣圍著她轉。他們串通好了，老唆使她破財還願，叫她夜裡到井邊去投下銀元。其實井底他們先放下了個鐵絲篩子，她投下的銀錢自然都撈進他們的腰包，酒後再傳了出來，作爲笑料。最後弄得她把房產賣個精光，只帶了一包多少年前早已典押給人的田契，同女兒一起過。後來聽說農村土地改革，我母親想了起來，叫她快翻翻箱子，果眞從箱子底把那一卷皺巴巴的黃表紙和糊窗戶的棉紙找了出來，嚇得趕緊塞進爐膛裡燒了。

我這外婆脾氣還極壞，平時和人講話都像在吵架，同我母親也不和，要回她老家去的時候說是等她外孫我長大了，中了狀元，用小汽車再接她來養老。可她哪裡知道，她這外孫不是做官的材料，連京城裡的辦公室都沒坐住，後來也弄到農村種田接受改造去了。這期間，她便死了，死在一個孤老院裡。那大混亂的年代，不知她死活，我弟弟假冒革命串聯的名義，可以不花錢白坐火車，專門去找過她一趟。問了好幾個養老院，說沒有這人。人便倒過來問他：是找敬老院還是孤老院？我兄弟又問：這敬老院和孤老院有什麼區別？人說得十分嚴正：敬老院裡都是出身成分沒有問題歷史清白的老人，身分歷史有問題或不清不楚的才弄到孤老院去。他便給孤老院又打了個電話。電話裡一個更爲嚴厲的聲音問：你是她什麼人？打聽她做什麼？其時，他從學校裡出來還沒有個領工資吃飯的地方，怕把他的城市戶口也弄得吊銷了，趕緊把電話扣上。又過了幾年，學校裡進行軍訓，機關工廠實行軍管，不安分的人都安分下來了，剛接受過改造從鄉下才回城工作的我姑媽，這時來信說，她聽說我外婆前兩年已經死了。

我終於打聽到確有這麼個孤老院，在城郊十公里的一個叫桃花村的地方，冒著當頭暑日，我騎了一個多小時的自行車，在這麼個不見一棵桃樹的木材廠的隔壁，總算找到了掛著個養老院牌子的院落。院裡有幾幢簡易的二層樓房，可沒見到一個老人。也許是老人更怕熱，都縮在房裡歇涼。

我找到一間房門敞開的辦公室，一位穿個汗背心的幹部腿蹺到桌上，靠在藤條椅上，正在關心時事。我問這裡是不是當年的孤老院？他放下報紙，說：

「又改回來了，現今沒有孤老院，全都叫養老院。」

我沒有問是不是還有敬老院，只請他查一查有沒有這樣一位已經去世了的老人。他倒好說話，沒問我要證件，從抽屜裡拿出個死亡登記簿，逐年翻查，然後在一頁上停住，又問了我一遍死者的姓名。

「性別女？」他問。

「不錯。」我肯定說。

他這才把簿子推過來，讓我自己辨認。分明是我外婆的姓名，年齡也大致相符。

「已經死了上十年了。」他感嘆道。

「可不是，」我答道，又問，「你是不是一直在這裡工作？」

他點頭稱是。我又問他是否記得死者的模樣？

「讓我想想看，」他仰頭枕在椅背上，「是一個矮小乾瘦的老太婆？」

我也點點頭。可我又想起家中的舊照片上是個挺豐滿的老太太。當然也是幾十年前照的，在她身邊的我那時候還在玩陀螺，之後她可能就不曾再照過相。幾十年後，人變成什麼樣都完全可能，恐怕只有骨架子不會變。我母親的個子就不高，她當然也高不了。

「她說話總吵吵？」

像她這年紀的老太婆說起話來不叫嚷的也少，不過關鍵是姓名沒錯。

「她有沒有說過她有兩個外孫？」我問。

「你就是她外孫？」

「是的。」

他點點頭，說：「她好像說過她還有外孫。」

「有沒有說過有一天會來接她的？」

「說過，說過。」

「不過，那時候我也下農村了。」

「文化大革命嘛，」他替我解釋。「噢，她這屬於正常死亡，」他又補充道。

我沒有問那非正常死亡又是怎麼個死法，只是問她葬在哪裡。

「都火化了。我們一律都火化的。別說是養老院裡的老人，連我們死了也一樣火化。」

「城市人口這麼多，沒死人的地方，」我替他把話說完。又問：「她骨灰還在嗎？」

「都處理了。我們這裡都是沒有親屬的孤寡老人，骨灰都統一處理。」

「有沒有個統一的墓地？」

「唔——」他在考慮怎麼回答。

該譴責的自然是我這樣不孝的子孫，而不是他，我只能向他道謝。

從院裡出來，我蹬上自行車，心想即使有個統一的墓地，將來也不會有考古的價值。可我總算是看望了給我買過陀螺的我死去的外婆了。

——一九九〇年十二月・選自聯經版《靈山》

施叔青作品

林彰三／攝影

施叔青

本名施淑卿，台灣鹿港人，1945年生。紐約市立大學戲劇系碩士。曾執教於政大、淡大，從事歌仔戲、平劇研究，並榮獲中山文化學術基金會研究補助、亞洲協會研究補助。1977年赴香港任職香港藝術中心亞洲節目部策劃主任，現專事寫作。著有《愫細怨》、《情探》、《維多利亞俱樂部》、香港三部曲《她名叫蝴蝶》、《遍山洋紫荊》、《寂寞雲園》等。曾獲中國時報開卷版年度十大好書、最高成就推薦獎，聯合報讀書人獎、推薦獎，上海《文匯報》散文獎，「香港三部曲」獲1999年香港《亞洲週刊》「廿世紀中文小說一百強」，第三屆台北文學獎創作獎。

【關於她名叫蝴蝶】

為香港三部曲之一。一八九二年，十三歲的廣東東莞縣農家女黃得雲，奉母命至周郎中處抓藥，並到天后廟為早產而通宵啼哭的弟弟求張靈符安鎮門宅，被人口販子用麻袋套住綁架至香港。適逢華人權貴遊行示威，反對蓄婢，賣到水坑口大寨當妓女。一八九四年端午時節鼠疫發生，二十二歲來自英國布萊敦的磨坊主人之子亞當•史密斯接任潔淨局的總辦，頭戴鋼盔、身穿塗油的外套，到疫區執行任務。唯恐自己死於瘟疫，亞當尋求蘭荳夫人旗下洋妓女的慰藉，卻誤闖南唐館，和得雲結下一段迷亂掙扎的情緣，喚她為他的黃翅粉蝶；得雲以為自己將因亞當而重生，一心一意以身相許，亞當卻認為自己因得雲而墮落……

通過廣泛而精密的資料搜集、檢驗、分析，作者以不凡的野心，架構起十九世紀香港割讓英帝國初期的時空網點和脈絡，凸顯出一女性自內地流落香港之風塵，筆端所及包括當年華人和殖民者的關係，各別的生死遭遇，以及彼此糾纏之命運。

她名叫蝴蝶

第一章 序曲

1

那年黃得雲十三歲，穿著洗白了的碎花短上褂，兩隻袖子柔軟的垂了下來，鬆鬆挽了個竹籃，從西頭角周郎中抓了藥出來。昨晚不足月出世的弟弟鬧了一宵，娘說他受了驚嚇，囑咐得雲回轉時彎到天后廟求張靈符安鎮門宅。

黃得雲繞過溪邊一排香木樹朝廟場走來，腳下半舊的絆扣布鞋，鞋尖踢著黃土，濺起一星點塵土，在九月清晨的陽光裡若有似無的飛舞。黃得雲村子裡的人世代就靠腳下這堅實的黃土地來養活。原產於中南半島安南北部的香木樹，唐朝人愛它香味四溢，當做奇珍異木移植中原，卻因土質不服，每種必葉黃枯萎。尋遍天下繁衍之地，最後找到廣東東莞磽硬的土質適合香木樹的生長。原本捕魚爲業的東莞人，明、清以來拋下手中魚網上岸，圈地種香木樹，生產莞香。

廣東史誌記載：「莞人多以香起家」，「當莞香盛時，歲售踰數萬金。」外銷的莞香，先用艇仔載至南海一小島的石排灣集中，再裝入大貨船轉運廣州、江浙大商埠。據歷史學家考證，小島上的石排灣因運輸香木被稱爲香港，以後延伸爲整個島嶼的總稱。

黃得雲挽著竹籃，掛記弟弟眉心一抹青紫，想著十三歲少女的心事，全然沒預感到當她踩上廟埸青石台階最後一階的瞬間，將改寫她的一生。黃得雲無論如何想像不到一個時辰之後，她將和世世代代賴以爲生的香木，沿著同一條航線，乘風破浪向南駛去，被載到因出口莞香而得名的香港。她絲毫感應不到兩地之間微妙的關係。

跨過高高的門檻，天后娘娘壽誕才過，廟埸一片清寂，她單腳跳過一條條青石板，還是個童心未泯的孩子，躍上石階，赤銅耳環盪了盪。南邊廟廊龍柱後閃了一個人影，階下桂花叢也稀索響動，揚起新開桂子的清香。黃得雲以爲又是鄰村的無賴潛入廟裡，狩候牆根灑尿的野狗，伺機下手。每逢秋季進補時節，村子內外的狗，不論肥瘦，無一倖免。

沒來得及抬頭，黃得雲眼前一黑，一隻大口袋像一口井，當頭罩下，沒來得及喊出聲，嘴的部位被一隻大手掌隔著麻袋粗暴的捂住，脖頸奮力一擰，朝那隻看不見的手咬過去，咬下一嘴的粗麻，又腥又鹹，海水浸泡過的。

攔腰被抱起，黃得雲整個人離地騰空，有東西掉下來，滾了過去，一隻赤銅的耳環圈——她此生唯一留在東莞故鄉的遺物。

黃得雲戴著另一隻赤銅耳環，被關在船艙黑暗的底層，潮漲船顛，她與暈船吐出的穢物為伍，翻過來滾過去，昏昏沉沉，不知過了多久。當黃得雲重又見天日，睜著小獸一樣的眼睛在甲板上東張西望，她還不知道自己到達了香港——維多利亞的女王城。

一八三九年，黃得雲抵達畢打碼頭的半個世紀之前，道光皇帝派遣欽差大臣南下禁煙。當時全中國吸食鴉片的人口已達二百萬，林則徐奉旨到廣州，雷厲風行，強迫外國鴉片販子交出二萬多箱鴉片，集中到虎門海灘，引入海水浸泡，又放入石灰，頓時海中沸騰翻滾，鴉片悉數溶毀，銷煙的清兵觀之，顫慄不已。

林則徐此舉，決定了香港的命運，也決定了自己的命運。

道光皇帝簽下中國近代史上第一個喪權辱國的不平等條約，割讓英國鴉片販子覬覦已久的海上落腳點——香港，他們判斷：「水陸環繞的地形，是世上無與倫比的良港。」野心勃勃的維多利亞女王卻認為英國吃了大虧，「南京條約」賠款，開五口通商口岸之外，只撈到連間磚屋都沒有的荒涼小島。林則徐的對手查爾斯·義律上尉繼清廷懲辦林則徐發配邊疆，也被英女王放逐德州，做為英方交涉賠償、辦事不力的懲罰。

這已是半個世紀以前的舊事。公元一八九二年九月廿五日，廣州府東莞縣的黃得雲，雙手被反綁運抵香港時，那面為保護以渣甸為首的英商鴉片走私而飄揚海面的米字旗國旗，悠然迎風招搖，沒有人會去記得鴉片戰爭爆發時，英國保守黨的議員詹姆士·古拉哈姆爵士，在議會上慷慨陳詞，駁斥鴉片戰爭為「不義之戰」。

正是在這面使古拉哈姆引以爲恥的米字旗下，維多利亞海港桅檣林立，裝卸東印度公司貨物的貨船、豪華遊艇、渡輪雲集，汽艇響著號角，在懸掛風帆的舢板之間穿梭急駛。

畢打碼頭人頭鑽動，拉人力車的苦力、小販吆喝連連，維多利亞女王口中的荒涼小漁村，早已變成「英國皇冠上的明珠」，海闊水深繁忙的維多利亞港，延續著大英帝國海上霸王的美夢，鴉片商以香港爲轉口港，在此永久設站的心願終於實現了。昔日草寮竹篷的岸邊，被怡和、太古各大洋行囤積鴉片的倉庫、棧房所取代，太平山下的這個海港城市奇蹟似的由水中冒起，皇后大道中的銀行、會所、教堂、店鋪、洋行大廈，清一色維多利亞時期新古典主義的建築風氣。也不知英國殖民者爲了炫耀日不落帝國海上霸權的延伸，抑或是保守、適應力極差的英國人無論到哪裡也改變不了家鄉的生活方式，山光水色的香港，到了殖民者手中，立刻變成與孟買、加爾各答、新加坡風情類似的海港城市，儘管一磚一瓦、花崗岩、大理石等建材無不來自中國內地，泥水匠、石匠、木匠也是渡海而來的移民。

黃得雲立在甲板上，不知身在何方，岸上苦力的短衣布鞋，盤在頭上的辮子是她相識的，畢打街殖民象徵的紅磚鐘樓使她感到異鄉。

碼頭起了一陣騷動，鐘樓下聚集了一列衣冠鮮華的隊伍，他們黑綢葛緞的長袍馬褂與歐洲式的鐘樓形成一種奇妙的對比，和碼頭週遭中、西混雜的景象一樣，看久了，眼睛逐漸適應起來，產生一種奇異的諧調。

這個由殖民地的華人紳士名流所組成的隊伍，正聚集向太平劇院出發，召開全民大會，取締華人家庭蓄養、虐待婢女的惡習。

早在一八八〇年，港督軒尼斯便向殖民地大臣提出蓄婢問題。十二年之後，這些受西方教育的華人權貴，基於西方式的人道立場，展開破天荒的壯舉，高舉「反對蓄婢會」的旗幟，散發傳單，爲一紙賣身契，牲畜一樣被對待的女性討取公道。傳單印了一個受盡凌辱的小童婢邱阿梅，兩條手臂傷疤斑斑，蓬面赤足，翻起死魚一般木然的白眼珠。

要是艇仔一靠岸，沒碰見這種聲勢的遊行，綁架黃得雲的人口販子，也不致爲紳士反對蓄婢的示威所嚇阻，得雲的下場一定和傳單那個未成年的邱阿梅一樣，當牲口賣到黃泥涌一帶富裕的人家，一紙賣身契，勞碌至死。她將遭遇到麥梅生編撰的《香港舊婢問題》一書所說的：「……主人或施籐鞭，不許啜泣，或以爛布塞口，拑熾以烙身、沸水」的懲罰。如果黃得雲給賣去當婢女，幾十年後，社會學家將從保良局所藏的豐富文獻，抽出得雲爲婢女受虐待的紀錄當做研究香港社會史上的資料之一。

日後，黃得雲和保良局的確關係至深，但絕不是她以這慈善機構當庇護所，而是以她的名義樂捐巨款。至今東翼孤兒住的宿舍樓梯口，還懸掛她晚年的巨幅彩色照片，古裝扮相，胸前一長串翡翠項鍊，顏色褪了，照片中人美得陰慘，雨天黃昏，被收容的小孤兒常被嚇得捂住嘴又不敢哭出聲。這是日後黃得雲母以子貴，封爲黃太夫人。

這是後話。

2

艇仔甲板上，人口販子一把扯過黃得雲的頭髮，第一次打量她——疏疏落落的眉毛下，眸子近乎淡褐色，映著下午的海水，顏色異乎常人的淺，單眼皮拖得長長的，微微往上翹。這雙淺褐色的眸子，使他想起擺花街倚門賣笑的妓女，澳門過來討生活的，多半是雜種。

黃得雲的童婢沒當成，她走的是當時從內地被拐賣來的女孩的另一條路，只是更爲悲慘——她被賣到水坑口大寨當妓女。

黃得雲和一箱箱貨物一起卸上岸來，中環石板街的石階，一條條往上鋪展，她邁著踩過水車灌田，結實而正在抽長的小腿，一步步往上爬。才幾天以前，她腳下也是青石板，她童心未泯一路跳過去，給受驚嚇的弟弟求靈符，踩上天后廟石階的最後一級，黃得雲眼前一黑……再睜開眼，她面對一張大得像房子的黑漆大床，空氣浮散灰塵一樣的濃煙，那股焦香嗆得她喉嚨發癢，斜掛的帳幔吊了一把葵扇，大床朝裡躺了個人，正在吞雲吐霧。香港就是斷送在這股白煙焦香裡，床上這個人，和幾百萬中國人，以同樣的姿態蜷縮在床上，昏昏沈沈，死了一樣，如若再有洋人的槍砲打到門下，也得先過足了癮才起身。

伸出床沿擱在酸枝大方凳的那雙腳，看出是個女人，一雙黑緞繡鞋，鞋底嶄新，躺著的人似乎從沒下來走過路。鞋面繡的一對紫鳳凰，黃得雲覺得眼熟，三舅媽生孩子死去，入棺時腳上穿的壽鞋……

床裡有了動靜。倚紅慵慵坐起，蓬著頭，滾綠邊大襟短襖的領口敞開，露出一截桃紅褻衣，浮腫的眼皮抬也沒抬，聽見響動進來侍候的僕婦把得雲拉到床前，袖子擄上去。

「皮色倒還算白，」買牲口的口氣：「看看牙齒！」

僕婦一雙男人的大手，一上一下掰開黃得雲的嘴，一口白白的碎米牙，煙床上的女人哼了哼。

僕婦出去打發人口販子。

倚紅原是跑馬地茶商的媵妾，被引誘到「半掩門」接客，滿足情慾，年紀大了，才在荷里活道覓屋自立門戶。「倚紅閣」外表看來，似是住家的私娼，她收買貧苦人家的女兒、內地拐賣來的女童，認做契女，又派遣龜爪到港、九各嬰堂認領遭遺棄的女嬰，到尼姑庵收購不守清規的尼姑偷生的私生女撫養長大，倚紅言傳身教，授以彈唱才藝、床上媚術，再待價而沽。世俗對龜鴇這種勾當稱之為「槽豬花」，髫齡女孩為「琵琶仔」。

黃得雲令東莞天后廟前擺攤的劉半仙搖頭的腮邊那顆胭脂痣，看在倚紅有經驗的眼睛，是一項天賦本錢。她披衣下煙床，親手調理，連洗臉擰手巾都有僕婦代勞，怕得雲粗了手。她恩威並施，從女孩愛美天性入手，教她細勻鉛黃，對鏡梳妝，學習配色穿戴，儀態舉止，又延有才藝的寮口嫂教習彈唱，甚至英語會話，無一漏過。

兩年工夫不到，得雲猜拳飲酒、唱曲彈琴一一學會，只是，倚紅一走開，她坐在窗前，蹙眉想心事。

那天，久未上門的肥佬吳福，捎來雲南煙膏孝敬倚紅，此人爲怡和王買辦的心腹，剛從內地幾省收鴉片煙賬回來，倚紅把他讓到接待貴客的偏廳酸枝大煙榻，傳煙技精靈的容嫂進來主持煙政，製作煙荷侍候。倚紅枕著高高瓷枕，對住崖州竹管煙槍一氣吸盡，接過容嫂一杯熱茶，癮足神怡，大爲暢快。

「咳，以後想抽口好煙，只有指望你肥佬囉！別的倒還罷了，你們洋行的煙膏不摻假，一等一貨色，沒話說！」

肥佬吳福躺在煙榻上，像一座肉山。

「生意差多了，現在可比不得早幾年了，同行多，競爭大，價錢愈壓愈低，沒兩個銅板的小洋行不怕死，眼紅怡和一本萬利，出門幾個月，畢打街又開了好幾家……」

「怡和賣老字號，怕什麼？從前老頭子還在，就抽你們商標！」

「渣甸先生也撈夠了，大班山腰的家，地上鋪金磚，王買辦親眼看到的……」

侍候得雲的僕婦進來回話，教英語的楊姑娘人沒到，誤了課，倚紅有心巴結吳福。

「喚得雲進來，現成放著老師，」又囑咐：「記住扣楊姑娘鐘點！」

僕婦瞪大眼睛，對煙榻上這座肉山不免另眼相待，半掩門規矩，琵琶仔開苞以前，連被看一眼都怕會掉身價似的。

拂過一陣細風，煙榻前俏立了一個人影，家常打扮，頭髮蓄長了，挽成個髻，劉海下的一張臉，在煙燈閃爍中，美得不近情理。肥佬吳福趕忙坐起身來。

「倚紅閣的門檻，快給我踩平了，放這麼個人才，虧妳藏得密不透風！」

「肥佬，這裡的規矩你少裝咩羊，今天破了例，貪的是你咕嚕那幾句夷語，幫我對對，給楊姑娘的銀子怕是白花了！」

吳福拍拍胸口：

「今後這兒的煙土，我全包了！」

倚紅聽出弦外之音：「放心好了，你來我倚紅閣，哪回虧待過你？等下找個乖女好好侍候你。」

黃得雲垂目端坐，一派矜持，吳福自知高攀不上，也就不與娼鴇討價還價，當眞考起得雲的英語，一問一答，無非是簡易的家常會話。一聽說他老家也是東莞，得雲顫動了一下，煙燈閃了閃，沈吟半晌，忍不住還是壯起膽子問起故鄉近事，吳福從大班司機學來的幾句洋涇濱英語漸漸不夠用了，他搔頭拼湊幾句，突然心有所悟，啊了一聲。得雲身子前傾，十指抓住膝上羅裙，只能用眼神哀求他多說些家鄉事，肥佬吳福偏過頭去，挖空肚腸把上個月東莞收鴉片煙賬，路上見聞支離破碎地扯了一些，得雲撫平揉皺了的羅裙，臉色開朗起來。倚紅一旁暗喜，學費畢竟沒有白交，契女夷語珍珠落玉盤似的，身價又抬高一截。

娼鴇何等人物，恐怕兩人深談下去會出枝節，揮手打發得雲離去。得雲款步提衣上樓，坐在柵欄圈圍的窗前想心事，兩眼發光。

倚紅對她另有打算，倚紅閣再是嫖客盈門，身分高過吳福的也還屈指可數，水坑口的大寨娼妓領有執照公開營業，才是官僚巨賈的銷金窟。

她向「天香樓」的老鴇推銷：

「契女姿態才貌千中挑一，開口能唱坐下會彈，一口夷語嘰哩咕嚕，洋行買辦親自教的！」

給最後這句話打動了，天香樓老鴇卻做狀起身就要送客：

「王買辦都上了妳的煙榻，找我多餘！」

這才糾正，是王買辦的心腹肥佬吳福。

「誰教的還不一個樣，嘰哩咕嚕嘛！」

談了條件，議定擺房開苞各分一半，轉讓金則看了得雲姿色決定。倚紅辭出，天香樓老鴇多了一條心思。去年除夕夜，擺花街來了群洋婆子，說是澳洲一個劇團來香港演戲，戲完了，女戲子留下來沒走，在天香樓隔鄰街角一棟洋樓大張豔幟，對住威靈頓街的羅馬天主教堂的塔樓，幹起送往迎來的營生。聽專程去嘗葷的嫖客回來形容，豔窟佈置得像皇宮，奢侈豪華到了極點，洋妓肌膚個個賽雪，輕輕一碰，就會溶化了似的，兩粒羊脂球似的奶子，露出大半個任人白看，床上的墊子厚厚的，一睡下去，整個人往下陷，哪還想得到起身。

自從洋娼鴇蘭荳夫人在英文早報登了一則俏皮的甜心廣告之後，生意簡直忙不過來，離鄉背井到香港來的英國士兵，讀到「女人打扮得像一朵花，躺在花床上等著男子攀摘」，便再也坐不住了。

倚紅的契女一口夷語嘰哩咕嚕，天香樓的娼鴇摸著下巴打主意。

花徑不曾緣客掃

按照華人的審美標準，得雲也被打扮得像一朵花，穿上紅雲緞襟衫，腰繫翡翠灑花洋縐裙，滿頭珠翠，步出兩年來一步沒離開過的「家」，依依拉住侍候她的僕婦，幾次欲言又止，最後還是默默上轎。垂下簾子，過了這一帶住宅式的半掩門娼館，轎子轉入威靈頓街，一把撕得極碎極碎的紙片從轎內灑了出來，在青色的月光下打轉，雪花似的一路飄過去，漸漸混入路旁燒紙衣的火盆裡。這天是盂蘭節，花街一帶妓女一年中的大節日，誠心無比的祭餓鬼打清醮，希望今生罪孽已滿，轉世不致重複這分營生。沿路冥紙堆成小山，家家盆中火舌竄飛，照亮了老妓們風塵的臉，旁立剛解人事的契女，聽老妓口中唸唸有詞，一紮紮冥紙恨恨往火盆中投，討好鬼神之餘，心中忿然。幾條花街、妓寨火光煙灰熊熊，仍在承受煉獄似今世不得翻身的熬苦。

天香樓內又是另一番景象，樓房軒敞分上下四層，賭局吆喝聲四起，麻雀賭得正酣，飲廳花箋傳喚，賣唱的歌妓手抱琵琶，婉轉低唱，一曲曲穠詞豔句，訴不盡風流債，撩撥飲客情懷。

黃得雲下轎時，天香樓的東廂豪客晚上的飲宴正待開筵，飛箋所召的妓女，連翩而來，巧坐嫖客背後之椅，今晚主人所召諸妓，自以女主人自居，侍立行觴，上魚翅時，親自動筷子挾翅勸客。一時之間，紅袖淺斟，飲客銜杯。

漂染大王在西廂宴會廳大擺筵席打通廳，今晚是他和琵琶仔瓊花「定情」之夜，廳內張燈結綵，燈火輝煌，各色鮮花綴成上、下對聯：

蓬門今始為君開

鼓樂迎客，寨中妓女爭妍鬥豔，傾巢而出。瓊花照規矩「出毛巾」，分贈到賀賓客，漂染大王接過金絲銀縷的華美毛巾，怎麼也沒想到有今天。香港開埠，他帶了一家老小從上海來這冒險家的樂園，初初用家中的澡缸幫人漂染，以廿元港幣起家，老妻浸泡染料日久，至今顏色未褪、裂紋斑駁的那雙手，為他換得眼前這粉色脂豔、花朵一樣的處女。漂染大王撫著將白鬍鬚，呵呵直笑，也不經人勸，自己倒了一大杯酒，起身仰頭而盡，一半從嘴角流了出來，濕了簇新長袍，口中喃喃不知說些什麼。

類似的故事，牆犄角下，盲公手中的弦子，咿咿啞啞，拉也拉不盡。得雲開苞的嫖客，更是視銀錢如糞土，此人承辦各項捐稅，是個舉止粗糙的捐商，一對吃人的斜眼，收入財源來自海面，派出爪牙出沒港灣，恩威並施，分贓海盜劫持之財物。他為得雲「擺房」，天香樓從上到下，算是開了眼界，說不出名式的奇技淫巧的洋玩意，堆滿新房，擦手的毛巾每一條穗子掛了一枚外國金幣，老鴇咬了一咬，金子成色十足。

奢靡到了這等田地，牆犄角盲公的弦子也噤聲了，他垂頭蜷縮，像一堆破爛，被發現時已經去世了兩天。

殖民政府開埠以來的娼妓制度，頗值得玩味，先是驅逐出境，到了戴維斯總督，認爲妓女把性病傳染給寂寞的海員、英軍，下令每月抽取「妓捐」懲罰罪魁，更由妓女合資開設性病醫院，治療得病的嫖客。以後公布施行「檢驗花柳傳染病條例」，娼妓申請牌照，合法營業納捐，被視爲殖民政府正常收入。

一九〇三年，移山塡海的工程完工，石塘咀仍是荒涼一片，繁榮這片新塡地唯一的法子，似乎只有借重方興未艾的娼妓業，於是政府以水坑口淺窄擁擠容納不下更多娼寮爲理由，下令搬遷石塘咀，發出更多妓院牌照。

這也是後話。

天香樓的老鴇沒放棄靠得雲發洋財的初衷，她估計蘭荳夫人看不準華人的年紀，憑得雲腮邊那顆胭脂痣，必以爲剛涉入風塵，老鴇轉手又可撈上一筆，可惜蘭荳夫人豔窟門深似海，拉不上線，只好退而求其次，「挑燈」給隔壁接待洋人的「南唐館」。

得雲箱籠搬過去那天，是七夕的黃昏，牛郎織女離別在即，灑下依依不捨之淚。

「看，七娘娘在哭了，又要等上一年才見得到牛郎！」

姑姑說完，眼圈有點紅。從前在東莞鄉下，七夕是女孩的節日，姊妹們採鮮花供七娘娘，有一種紫紅色球狀的小花，每到這一天，開遍屋後池塘岸邊，得雲摘來一束，學著姑姑拜七娘，還供上一面鏡子、一塊水粉、胭脂。

「七娘娘見情郎，打扮打扮，好看些！」

人間的姊妹也愛美，聚集在一起，用鳳仙花來染指甲，把採下的花放入小缽裡搗碎，加入一點明礬，照指甲形狀剪好的布塊，浸透了花汁，撈上來覆在指甲上，拿布條纏好了過夜，第二天拆開一看，十個指甲紅豔豔的，幾個月不褪。

妓女們也很看重這節日，雖是送往迎來，個個心中以未嫁女兒自居，即使從良出籍，第一年七夕在自己家中仍拜七娘娘，這是規矩，第二年才正式成爲人妻，可免了這儀式。

得雲七夕齋戒一天，只進鮮果，她坐在窗前，十指豔紅交叉疊放膝頭，塗的是舶來的蔻丹，恩客孝敬的，色澤光鮮，少去鳳仙花的香味。雨絲猶自纏綿，七仙女的離情更甚於往年，得雲幽幽嘆了口氣。這是她來香港的第三個住處，較之前兩個更令她感到異鄉，南唐館沿山坡依山而建，洋樓騰空有若倒懸半空，轎夫吃力爬坡，轎子幾乎打直了上來，裡頭的得雲四腳朝天，害怕極了。她第一次坐山頂纜車上山頂找亞當．史密斯也有同樣的危險感覺。

不過，那是以後的事。

她被安插到尖頂的閣樓，像個幽禁孤島的女囚，四面藍得妖氣的海水包圍，她無路可逃，就是逃出去了，也無處投奔。得雲死了這輩子還能重見爹娘回東莞的心，原先她還盼望老天偏憐，讓她遇上個鍾情於她的恩人，爲她贖身，出去做奴爲婢也還甘心，被「搭燈」轉到南唐館來，她只能斷了此念，怎能把自己下半生寄託於赤眉紅髮的番鬼佬爲她做打算？

幾個不死心的勾欄姊妹焚香拜了七娘娘，心中禱告明年此時無需倚門而立。

南唐館接待的對象以西人爲主，總得拿點中國給人看看，這裡妓女青一色旗裝打扮，捏著繡花手絹，腳下高跟旗鞋搖搖擺擺，儼然滿清公主現身。纖手微微朝上一提，掀起百鳥朝鳳的蘇繡門簾，金漆屏風後，藏了個外國人心目中的中國：牆上掛著臨摹的山水古畫，屋角立著景德鎮的粉彩花瓶，沙發絲絨躺椅之間，青花鼓凳、硬木桌交錯，古玩擺件堆得滿坑滿谷，當中少不了鴉片煙榻。

這個捏造出來的中國和得雲毫不相干，如果她立起身來，踩著腳不著地的旗鞋，從窗外羅馬教堂尖頂極目向北望去，越過帆檣密集的維多利亞港灣，九龍半島西角一道蜿蜒的紅磚城牆，形狀與長城一樣，也是築牆把自己緊緊包圍起來，在這六英畝的土地圈圍起來的九龍城砦，裡頭自成一個封閉的天地。城砦內，有著得雲熟悉的祠堂、土地廟、住瓦屋的農民按四時節氣播種農耕，城中龍津義學一副貢院氣派，照壁的「海濱鄒魯」四個大字，墨氣淋漓。

何以在海上門戶大開的角落，會躲藏這麼個古老中國的縮影？甲午戰爭後，英殖民者得寸進尺，強行租借新界，滿清王朝為了最後一點顏面，保留了九龍城砦的管轄治權，於是，城門兩旁，黃龍大旗招搖，學堂傳出琅琅書聲，背誦四書五經，朝廷命官在築牆自限的城中，翹起二郎腿，大做「……外夷亦得歡感於弦誦聲明，以柔其獷悍之氣」的春秋大夢，無視於外夷船堅礮利，群集伺機尋隙，準備又一次侵略掠奪。

清朝廷命官也有他得意的理由，清晨城外碼頭一群五花大綁的海盜，砍頭示眾就是他下的諭令，兩年前給得雲開苞的掮商也牽連在內，身首異處。七娘娘的淚水，點點滴滴，灑落石板的血跡，拓散開來，流入海裡……

得雲眼中的異鄉，在初期英國殖民者心目中，也是窮山惡水、一無是處的蠻荒孤島，人人視之爲畏途。當時英國人流行一條「香港，你去沒我分」的歌曲，被派調到在當年太平洋區最落後的女王城，等於變相的放逐，即使野心勃勃的年輕行政官員，也無法欣然就任，將之視爲以後升遷的資本。守衛的海軍英兵，本來打著吃軍糧終老的主意，一住進西營盤軍營，立即改變初衷，井水使英國人水土不服，紛紛病倒，甚至連走私貿易的大班，也難以忍受岸上惡劣的天氣。冬天，海拔才一千多呎的太平山，連年飄雪，一入五月，還來不及脫下毛質內衣褲，潮溼悶熱的夏天立即肆虐。英國人一吃蒼蠅停留過的肉類，整個夏天捂著肚子找醫生。

先是不知哪來的熱病，西營盤的駐防兵軍像蒼蠅一樣死去，接下來，瘧疾從東區的沼澤地蔓延開來，炮隊四分之一的士兵，躺在床板上發寒發熱，樹葉般的顫動，異鄉做鬼的士兵，埋葬的墳場稱快活谷，就是中文的跑馬地。

3

一八九四年端午時節，大批老鼠在華人寓居之區出動，噬咬粽葉殘留的米粒，細細不停的咬聲，耳朵靈的人聽了，心裡不知怎的一陣發毛，夜裡出門，感覺腳畔軟軟的東西在蠕動，有如涉水而過，手上的燈籠往下一照，嚇得手一鬆，沒命的跑，燈籠墜地，吱吱一陣慘叫，令人毛骨悚然。老鼠從溝渠、洞裡、囤積糧油的地窖倉庫成群結隊冒了出來，走廊上、樓梯口、廚房、牆角、屋樑、閣樓的老鼠，好像在跳一種腳尖舞，劇烈的扭轉幾下，翻身死了，尖嘴噴出一撮血，像一朵朵紅花。

每天清晨，潔淨局的垃圾車，木輪子在石板上一路滾輾過去，刷刷的聲音，直到街尾才消失了，穿制服的工人，前後推挽，邁著葬禮一樣的步伐，沿山坡陡勢，把載滿鼠屍的垃圾車運去焚燒。老鼠死得太多、太快，來不及清理，一到下午，鼠屍鼓脹，端午前驟熱的天氣，發出難聞的屍臭。

老鼠屍體的鼓脹蔓延到人的身上，脖子、腋下、鼠蹊突起硬硬的腫核，病人四肢向外攤著，體溫上升到華氏一百零二度，沈重的呼吸時而間斷，人們可聽到尚未死絕的老鼠垂死前的呻吟聲。女王城變成疫區，對抗鼠疫的藥在那個年代還沒有發明。

十幾年前，殖民政府考慮到香港華人有人滿之患，限制每層樓的居住人數，如果超額，即被處罰，官員經常夜間出查，使人躲之不及。瘟疫發生後，華人重施故技，窩藏患者躲過檢查，走避親戚家，天明再回去，如此一來，擴大傳染，死者日多，家屬害怕了，趁夜黑天晚，把死屍抬出門外丟棄，潔淨局工人每天清晨抬走死屍，送到瑪麗醫院，以供醫學院的學生解剖之用。

不得不佩服第十屆港督威廉·德輔的先見之明，為防止華人業主勢力擴大，港督頒布「歐人住宅區保留法例」，以「保護歐洲人避免受傷，怕與中國人混雜」為理由，殖民政府法律明文規定，不准華人在半山區、太平山山頂建屋居住。

把華人隔離在山腳下，猶不放心，總督特別設立了潔淨局，規模之大僅次於防止暴亂、反對殖民主子的警察局。負責環境衛生的潔淨局，任務之一，便是到華人蟻居的地區，強令大清掃——

「洗太平地」，令居民抬出睡床板席、木製家具，泡浸消毒水中以除臭蟲，藏污納垢的街市、廚房、溝渠亦定時清洗。

鼠疫一發生，潔淨局的總辦狄金遜先生，授權華人通譯屈亞炳領導清潔工人，加倍消毒水，沖洗疫區，整條荷里活道冒著白泡，氣味幾日不散。最近狄金遜先生案頭的文件工作似乎特別忙碌，他不再像往日洗太平地時，把戴著白手套的手交叉、握在背後，大搖大擺逐戶檢查，下令不合格的住戶重洗。

在瘟疫期間狄金遜山頂加利道下午茶仍照例舉行，他立在大理石柱的門廊，迎接從花園走道前來的客人。若非大門口停的那頂轎子，幾個園丁遮陽的客家草帽，在亞熱帶的花叢樹中時隱時現，點綴東方情調，客人們繞過羅馬式的噴泉，跨入擁擠的維多利亞時期的客廳，坐在桃花心木綠絲絨的椅墊，會以爲身置倫敦，有著回家的感覺。

這種感覺對狄金遜先生的下屬，亞當·史密斯尤爲強烈，他是個綠眼珠、長雀斑、鼻頭俏皮翹起，臉色蒼白的青年，年初才抵女王城。

狄金遜夫人穿著吃茶的棕色絲質長裙，肩膀和胸前堆擁蓬鬆的花邊，掩飾她下面一把瘦骨。一年一度維多利亞女王生日慶祝宴會，是煩悶的殖民生涯的大事件，她和警察署總辦的夫人爭搶坐在海軍上將旁邊的主位。據目擊者形容：大熱的天，兩位依照倫敦氣候長裙禮服打扮的仕女，戴白長手套的手肘，刺蝟一樣向外伸張，簡直忘了身分。

今天下午，狄金遜夫人燙成小鬈的亞麻色頭髮下，那張長長的馬臉拉得更長，家中走失了一頭她心愛的暹羅貓，她剛在樓上起居室嚴厲訓斥了總管家。現在坐在客廳光可鑑人的銀盤茶具前，腰板挺直，昂起下巴，右手握住銀茶壺的手把，上身微微向前傾，親自爲客人倒茶。

輪到亞當．史密斯。

「先倒茶，抑或先擱奶？親愛的亞當。」

狄金遜夫人側過臉，吹氣如蘭。儘管這青年從未缺席她家的下午茶。

「請您先倒茶，非常謝謝您，親愛的狄金遜太太。」

年輕人禮貌地欠了欠身，積極參與這儀式，以之治療他未見減輕的鄉愁。

狄金遜夫人滿意的點點頭：

「很好，親愛的亞當。」

狄金遜夫人遭人取笑的兩隻胳臂緊緊貼住腋下，她用拇指和食指捏起細瓷茶杯的把手，優雅地啜了一口茶，小指頭微微翹起，談起倫敦的音樂喜劇團秋天將來大會堂演出。

「去年回倫敦，貝絲和我曾去欣賞過……」

狄金遜先生顴骨紅潤，蓄了腮鬚，硬領子擠出來的方型下巴，剛毅果斷，是近年來最受歡迎的丈夫典型。

這天下午，最後一個辭別主人的亞當．史密斯步下台階，走過黃昏的花園，一團黑黑的生物，搖搖擺擺穿過梔子花叢，鑽入小徑邊的轎子。事後回想起來，那是一隻帶著病菌的老鼠，牠步履蹣跚，脆弱的吱叫聲，溶入暮色深重的空氣裡。

第二天早上，穿制服的傭人捧著銀茶壺，立在碗櫥、餐桌擦拭雪亮的餐廳，等候不到狄金遜先生像平時一樣，吹口哨下樓吃早餐。夫人拉開臥室絲絨的窗簾，發現她丈夫衣衫不整，四肢向外攤開，跌坐在窗前梳妝椅上，臉色漲紅，呼吸沈重。

「一道牆，……應該用牆隔開，該死！」

狄金遜先生昏迷之前喃喃著。

潔淨局幫辦的職務落到亞當·史密斯身上。驚恐萬狀的總督抖著手傳達一道新的命令——疫區所有感染的病人必須隔離，釘封病疫的樓宇，強迫搬出。

亞當·史密斯頭戴鋼盔，身穿塗油的外套保護，由華人通譯陪同，率領一隊清潔工人，扛木板、抓鐵鎚，穿過因儲藏冰塊而得名的雪廠街，向疫區走來。

爬上斜坡，荷里活道就在前面，女王城開埠所鋪的第一條街道，平時喧鬧擁擠，此時在日午猛烈的陽光下，靜得像死，人力車、轎子隨便棄置，江湖郎中那面「華佗再世百病到除」的招牌，斜掛牆角，神醫不知去向。瘟疫開始傳染時，神醫從石板街搬上來，穿著白褂、趿著拖鞋，坐在荷里活道街口，懸壺濟世，把提神醒腦、驅風救急一類的藥油，吹噓爲祖傳家製鼠疫剋星，那一陣從早到晚，攤子擠滿了人。

亞當·史密斯立在荒涼的街口，有著被世界遺棄的感覺。他沒有像一起長大的少年一樣，留在家鄉，繼承小溪旁祖傳的磨坊，夏日午後，偕同鄰家一起長大的安妮，到湖中划船，輕哼小曲，共度光陰。那天他偶然在閣樓雜誌堆中的發現，改變了以後的一生，亞當走上閣樓，發黃的日記本裡，記著他叔父生前走過的路。在布萊敦飄雪的初冬，亞當·史密斯行囊裝著英國殖民地部海外服務的聘書，輪船緩緩駛入鯉魚門狹長的水道口，那是個陽光燦爛的十一月午後，維多利亞海港在他廿二歲的眼睛裡，活像個熱鬧的海上舞台。

曾經使他像迎接生命一樣的陽光，此刻針刺一樣的垂直淋瀉下來，穿過他的頭盔，汗水沾溼了他近乎白色的睫毛，令他視線模糊。他的生命在受威脅，他還沒來得及適應這窮山惡水的孤島，也失望被分派的不是輔政署的行政部門。在這陽光灼人的日午，他的上司昏迷倒在醫院裡，鼠蹊如拳頭大小的硬塊，醫生正用手中尖銳的刀十字交叉割開，噴出膿血。他讓史密斯獨手對抗力大無邊的瘟神，很快他將步上他上司的後塵，而叔父漫遊神秘東方日記中的奇遇，他一樣沒碰上，卻已經站在生命結束的邊緣，只要他再跨出一步，瘟疫之神將點燃他，令他胸脹發熱，出現黑斑，脈搏跳動微弱，他能夠丟下這一群腦袋拖了一條長辮，模樣可笑的華人下屬，轉身就走？

他毫無選擇地穿上塗了油的外套，企圖把瘟神隔絕在外，扣扣子時，他的手顫抖，避開華人通譯屈亞炳陰鬱不祥的眼神，揮手命令執行任務。店鋪住宅蒙在灰塵裡，垂下重重的簾子，大門緊閉，耳邊掃過瘟疫的耳語，聒噪不休。狄金遜先生家裡最後一次下午茶，湯姆斯牧師提到歷史上最嚴重的鼠疫，發生在羅馬巴維西亞，厲害到活著的人無力埋葬死去的屍體，只好和死屍關在屋子裡，聽任死神再次出擊，整個城的上空發生難聞的屍臭，鳥雀不敢再來盤旋。死神派他的邪惡天使，拿著巨大的獵矛，從空中打擊屋頂，打幾下就表示屋裡死了幾個人……

左邊第一間樓宇的大門被撬開了，半天沒動靜，也不見屍體抬出，接連幾家店鋪住家杳然無人，荷里活道是被死亡浩劫後的空城。

瘟疫一旦橫行，中國人習慣搖著鈴鼓嚇退瘟神，史密斯寧願聽到傳說中的鈴鼓聲，他把這儀式和歐洲中古世紀的痲瘋病人連想在一起：一群全身上下長布捲裹的病人，露出眼圈開始紅爛的眼睛，搖鈴一路過來，警告行人避開。鈴聲繞耳，起碼還是生命的跡象，儘管是殘缺腐臭的生命。

前面與荷里活道交叉的擺花街，總算有了人類的聲音，沒走的住民，從午睡中被吵醒，抗議釘封他們的屋子。才只一條街之隔，擺花街、威靈頓街人氣畸型的旺盛，不理會瘟神如此貼近，鴉片煙館、賭花六的賭場、妓院潛伏各色人馬，一等裹屍衣般的晚霞退盡之後，全體出動，賺著危險的錢，拿生命當賭注。每天有人倒下去了，直挺挺的被抬出去，每天從腥鹹的岸邊爬上更多的人。擺花街新開的幾家辦館，櫥櫃上整齊的貨品在向瘟神示威，有年分的白蘭地一長排，掌櫃打著瞌睡，挨延燠熱的午後，等待揮霍夜晚的降臨。

似有輕音樂從蘭荳夫人的豔窟傳出來，前天史密斯在男廁聽到兩個警察交頭接耳，互道周末豔遇，使他的內裡鼓噪無以名之的焦慮，他有一大片空白必須塡滿，特別在這個可能沒有明天的時刻。往日掩蓋積堆的熱情極需要一個發洩的出口。

陽光垂直淋漓，烘烤他的身後，爲了躲避燃燒的背，亞當・史密斯推開一扇門，以爲走進的是蘭荳夫人的黷窟，陽光使他誤闖入隔壁的南唐館。這一門之隔，帶給黃得雲一生的轉變。在發生之時，她無絲毫預感，仍坐在去年七夕初到南唐館窗前那把櫸木的玫瑰椅，她午睡剛醒，寬袍大袖，敞開黷紅的肚兜，手抓一把葵扇——倚紅鴉片煙床長鉤掛的那把，有一下沒一下的輕拍，她腳上的繡花鞋輕踢床沿，也不知是心煩還是和自己玩，打發夜晚以前的時光，這雙被踢得鞋頭凹陷的繡花鞋，顯示走動的痕跡，不像倚紅伸出煙床、枕在方凳上的那雙。得雲還沒對自己完全放棄。

門被推開前，窗外羅馬天主堂塔樓的十字架，在火焰一樣的陽光裡幾乎要溶化了，她的眼角閃進一個影子，仆倒似的趑趄進來。職業訓練使然，得雲在脖頸轉過來之前，先飄過一個眼風，兩道仍是淡掃的眉並無驚動豎起。她的房間是陌生男人可以隨便進來的，尤其是瘟疫猖狂，上門的客人白天、晚上亂了套，龜奴不知躲到何處，早已不照規矩先上來通報了。

亞當·史密斯頭上的鋼盔、塗過油的外套還是使得雲倏地站起來。來人向那團黑影子衝過去——他還沒適應房間的幽闇——雙膝一軟，跪了下來，得雲的腰被抱住了，他的頭埋在她的大腿之間，鋼盔滾落，露出一頭棕色捲絨一樣的短髮。他已經筋疲力盡，他剛從瘟神的幽谷爬了出來，平生首次和死亡貼得那麼近，瘟神的呼嘯席席捲他，拖他向黑暗的深淵，無止境的墜下、墜下……

史密斯悚悚顫抖，驚魂未定的回到人間，抹過油的外套被陽光曬乾了，龜裂了，隨著抖動，發出細微的落葉似的窸窣聲，他擄住了一個軀體——有體溫、柔軟的女人的軀體。他感到安全。

「讓我抱抱、讓我抱抱。」

得雲撫弄他鹿一樣無助豎起的招風耳，又是一個離鄉背井，來向她索求片刻慰藉的孩子，她閱歷無數的眼睛閃過一絲幸災樂禍、冷冷的光，嘴角輕佻的嚅動，她扶起懷中的頭，紫緞大袖滑溜下來，露出她赤裸的肩膀。史密斯仰起半個臉，正好對住她豔紅的、娼妓的肚兜，血光一樣的刺眼，他怔悚了，被褻瀆似的摔開女人撫弄他的手，站起來返身便走，得雲來不及看清他的臉。

黃昏，亞當・史密斯跪在聖約翰教堂的聖壇前，傾聽湯瑪斯牧師用吟詩般飽滿的聲音，事不關己的佈道：

「……災難降臨到他們頭上來了，已經開始懲罰那些不信主耶穌的異教徒了，他們罪有應得……」

講道壇上的牧師，披上神袍，使他看起來和喝下午茶時判若二人。他冷酷的引證鼠疫的歷史，聖經〈出埃及記〉，上帝為了打擊異教的法老王「鼠疫像雨一樣的灑下」，牧師一路引證下來，最後指著座無虛席的聽眾，嚴厲的指責：

「你們以為星期天來一次教堂，便已經綽綽有餘，其他的日子便可各行其是，你們以為把膝蓋一屈，就可補償你們滿盈的罪……」

史密斯聽不下去了，他步出教堂。門廊下、彩繪玻璃下站滿了不安的聽眾，有幾個穿制服的軍人拿著火把，站在逐漸黑盡的花園，垂頭祈禱。

他累得骨架就要散開來，一腳高一腳低踉蹌下坡，記不清是今天走的第幾個坡。他想去維多利亞會所的吸煙室，用盡最後一點力氣，爬上二樓，坐在他最喜愛的位置，兩腿交疊，打開銀煙盒，點起香煙，在繚繞煙霧中想念他湖邊青梅竹馬的戀人安妮。他常是這樣度過殖民地太長的黃昏。

他想像等一下從黃臉侍者接過一杯雙料威士忌的剎那，一定有著劫後餘生的慶幸感，兩杯下肚，他才會有精力打聽狄金遜先生病情的發展。

海面最後一抹晚霞血光一樣招引著他，史密斯發現自己又沿著石板街陡斜的石級，他又在上坡。從他傾斜的角度，南唐館倒懸半空，像隻等待啓航的船——朝著湖邊的家的方向。

擺花街昏熱、灰塵密布，香煙攤、水果、零食攤販的煤油燈，閃著青色的光，辦館旁邊的鴉片煙館、賭場的藍布門簾不斷被掀動，門外招徠賭客「發財」的吆喝聲不絕。剛上岸的水兵，漿挺白色制服下，擺動紅紅藍藍的南洋刺青，閱兵一樣成群招搖而來，老鴇倚立柱子，抱著手仰起臉和他們討價還價。華人尋歡客手上的燈籠像黑暗中盛開的大理花，使老鴇紅爛的眼角無處遁隱。

水兵們拔開長腿，爭相推開蘭荳夫人的門，比下午更響的輕音樂從門的一開一闔中溢出，在熱氣凝止的擺花街來回衝撞。瘟神隱身黑暗的角落，伺機待發，處處都是陷阱。

島另一端的海灘，堆積的屍體正在舉行火葬，死者親人無聲叫喊，向火堆撲去……然後明天太陽照樣昇起，香港島像隻帶菌的坩鍋在海水中蒸煮著，史密斯戴著鋼盔，走在沒有陰影的垂直陽光下，封釘一棟棟疫屋，直到有一天他像狄金遜先生一樣倒下……

亞當・史密斯從南唐館酒保手中接過那杯雙料威士忌，酒精沒令他提神，他的眼睛和表情因疲倦而模糊，他攀著迴旋樓梯的扶手上樓，幾次抓空了差點滑下來，酒精在空腹裡激盪，一種飽漲的空虛。他踢開得雲的門，燈影下她獨自一個人在玩字花，旁邊安放著他的鋼盔。門聲沒有驚動她，燈下的女人在等候他，算準他會回來，手中的字花扇子一樣張開、翕上，張開、翕上，無視於來人的存在。

牆上的影子愈擴愈大，終於整個罩住了她。像搶劫一樣，史密斯奪過他的鋼盔，緊緊抱在懷中。

「我回來取這個，我回來取它。」他說。連連後退，背抵住門。「明天一早要戴……狄金遜先生病了，他受了傳染，病了……我頂替他的位置。」

他的肩膀塌了下來。燈影下的女人放下手中的紙牌，站起身，對著門上的男人。今晚將是她的初夜，她悉心修飾，彩繡輝煌。

天已黑盡的窗，天主堂的十字架隱去了，黑夜像扇屏風，鑲嵌著的麗人活動了起來，嫋娜的向門上的人走來。

「可憐的孩子！」

——一九九三年八月・選自洪範版《她名叫蝴蝶——香港三部曲之一》

廖輝英作品

廖輝英

台灣台中縣人，1948年生。台灣大學中文系畢業，曾任廣告公司企劃部經理、業務經理、建設公司企劃部經理、《婦女世界》月刊總編輯、《高雄一周》發行人兼總編輯，現專事寫作。著有長篇小說《盲點》、《今夜微雨》、《落塵》、《輾轉紅蓮》、《負君千行淚》、《愛殺十九歲》；中篇小說《不歸路》；短篇小說集《油麻菜籽》、《芳心之罪》等。曾獲中國時報文學獎小說首獎、聯合報小說獎中篇小說推薦獎、中國婦女寫作協會文藝獎、中國文藝協會獎章、金馬獎改編劇本獎。

【關於迷走】

江之安遇見汪尚朋時，她已經是別人的妻子，也有了兩個小孩，但愛火卻逕自在兩人心中肆無忌憚地漫燒開來。她越來越不能掩飾這份對汪尚朋的感情，如果汪尚朋能給她一點示意、一點鼓勵、一點點眼神也好，她就會不顧一切地跟他而去！

可是命運卻硬生生地將他們扯開，江之安原以為和汪尚朋會就此失去聯絡，沒想到他還是千里迢迢地尋來，被一個人喜歡竟是這麼甜美的事，這一份甜美，抵得過任何痛苦與煩惱，抵得掉世間一切的失望與失去！

作者深入都會男女內心世界，情慾交纏，在試圖解開道德與禮教的枷鎖之際，鋪陳命運的撥弄。文字綿密，節奏井然，與時代相應合。

迷走

七

現在她終於知道，只要牽涉到感情的事，就不能妄想一個人要替所有的「當事人」決定所有的事。

她必須等待那「對決」的時刻。

俗語說得好：「小孩在長是不會等人的」，即使是腹中的胎兒，一個星期大過一個星期，彷彿妳在外面隔著肚皮摸他，都會感覺那種看不到、卻非常快速的成長似的，尤其是當他來得不是時候、妳無法高高興興期待他的來臨時，身爲母親，就特別感到那種左右爲難、逼人的壓力。對汪尚朋說出懷孕的事之後，接下來的兩週，見面時，江之安特意不去提這件事，因爲，她知道汪尚朋如果沒有大壓力，一定不肯面對現實，解決也結束這種局面，在他還沒下定決心時逼他，只有把氣氛弄僵，彼此生氣，何必呢？而汪尚朋雖然對之安懷孕而不肯拿掉這件事耿耿於懷，但他實在害怕江之安會執意要反其道而行，硬要將小孩留下，屆時就得破壞他們目前這種雖是偷安，卻很愜意的日子，所以只要之安不提，他也樂得裝糊塗；反正之安絕不可能這樣拖下去而不行動的，她如果多想一點，一定會知道蠻幹是不行的。所以汪尚朋非常篤定，他心中想，過兩週，也許江之安就會跟他說：胎兒拿掉了！在那之前，他何必多事而自找麻煩兼自討沒趣。胎兒已經三個月，不管事情會如何演變，都已經是攤牌的時候。江之安悶悶的觀察了親密愛人兩個星期，終於不得不悲哀的確定：如果沒有讓事情整個攤開來見陽光，汪尚朋一定不肯面對這件事的；之安打定主意，決定單獨面對這件事——甚至是單獨解決這件事，如果解決得了的話，她不想把汪尚朋直接扯進來。

不想扯進汪尚朋的原因，當然是因爲愛的緣故。他對改變現狀絲毫無心，甚至連「我是獨子，要傳宗接代，是要結婚的。」這種話都講出來了，他難道以爲她會連這種弦外之音都聽不出來？他的意思，不是點明了她不是他可以結婚的對象，而得另覓對象結婚？不是等於他和她這幾年的關係都不算數、只是玩玩？

但她現在不能想這個問題，她現在已經走到最最邊緣的地帶，再往前一步就要跌入深淵、粉身碎骨了！她要相信那只是汪尚朋怕事的一種暫時性的膽怯表現，只要她把困難排除，把會讓他頭痛、困擾、爲難的所有事情都解決掉，他就會完完全全的接受她的。

她現在也沒有任何退路可言，要她把胎兒拿掉，裝作若無其事再和從前一樣與他暗度陳倉，她是做不到的！她已經隱約看到他的退縮和準備走避，如果她拿掉孩子，他不是更無後顧之憂、更能說走就走？或是她拿掉孩子之後，照樣若無其事的回到丈夫身邊、回歸家庭，把和他的這一切都忘掉？不！她才不要再這樣和成雲杰過下去，她不能再回到過去那貌合神離、行屍走肉的日子去！她一定得跳脫這種日子！她才三十多歲，未來還有比過去的日子更多上一把的歲月要過，她才不甘心如此委屈下去！

再來的那整個星期，江之安神不守舍的思慮著、煎熬著、計畫著、斟酌著、演練著，希望成雲杰能一說就通，能夠諒解她和汪尚朋這一段不合法但卻合情的感情！只要通過成雲杰離婚這一關，她有信心能讓汪尚朋服服帖帖的跟她在一起——最少，他們已經有合作的第一步了，他們有了她腹中這個不請自到的孩子……

星期六下午，她照例和汪尚朋見面，兩個人去看了一場凌波和樂蒂主演的「梁山伯和祝英台」。電影很好看，裡面的黃梅調更好聽，但樓台會一開始，之安的眼淚就不曾停過，哭得唏哩嘩啦的。這一哭，教汪尚朋很有些手足無措。因爲之安從來不是這樣愛哭的女人，她甚至是非常堅強的、不輕易掉淚的鐵娘子；所以今天這樣，就讓汪尚朋有些不安。

他拉了拉之安的衣袖，低聲勸道：

「演戲嘛，別那麼當眞。」

之安沒理他，反正大家都在哭，她也跟著哭罷了。

其實，她只是藉機發洩一下自己緊繃的情緒而已！雖然她義無反顧、一往直前，爲了這段感情不輕言害怕和退縮，可是，在心底深處，卻是難掩害怕與傷心的。這一點，她現在不期待汪尚朋能夠了解；但一旦事情明朗化之後，她卻也希望能讓汪尚朋明白這一段時間裡她所有的辛酸與委屈！

看完電影，兩個人散了會兒步便分手了。之安回到幼稚園，捱到了下班時刻，搭車回基隆，一路上思潮起伏、心緒不寧，想東想西的就是靜不下心來。

該當和成雲杰攤牌了，不僅是胎兒的問題，而是拖太久，她擔心汪尚朋會落跑，他們之間的感情會起變化。

星期六是個談判的好時機，因爲這種事談起來一定錯綜複雜、盤根錯節，幾個小時都沒辦法談妥，如果是一般上班日，第二天還得起個大早，事情不僅談不好，還會影響次日上班的心情。而且，也比較能將孩子的衝擊稍稍降低一些——她至少能多少告訴孩子一些她的情況、她的心情，她不是不喜歡他們，而是感情把她引導到一個萬劫不復的地步，她已經回不了頭，回不到從前了！她希望孩子們多少能懂一點。

而且，最少不會影響孩子第二天上學的心情。她已經造成太多傷害，最少這一點，讓她能替孩子做一些什麼吧。

吃過晚飯，之安神不守舍的收拾著碗筷，由於太專心在想心事，所以做起事來難免有一搭沒一搭的。等在外面非常不耐煩的成越忍不住就催她：

「媽，妳摸什麼啦？我要洗澡，今天功課好多，我星期一要月考呢，妳能不能快一點？」

之安這才如夢初醒，頭也沒回，大聲喊了回去：

「快好了……等一下就好……」

她打起精神，暫時專注的努力洗著碗盤——無論如何，總是要面對的，那就面對吧。

洗了碗，之安讓出廚房兼浴室的小小後院加蓋的狹隘空間。

現在，成越在洗澡，成湘和成櫻在裡屋；成雲杰獨自坐在客廳裡，什麼也沒做，僅是發著呆。

江之安走到成雲杰面前，用一種大無畏的口吻對丈夫說：

「我有話要告訴你。」

成雲杰抬起眼來，看著他結縭十幾年，但卻幾乎完全陌生的妻子，有一陣子，他顯得十分茫然，好像不太認識眼前這個女人，又彷彿沒聽到她剛才說了什麼。

他把自己往下縮得幾乎要滑到地板上的身體往上提了提，用一種模糊的眼光望著之安。

之安勇敢的再次對他說：

「我有事要告訴你。」

成雲杰露出有些赧然的表情，解釋著自己的遲鈍：

「我剛剛打盹了……」

「我有很重要的事情要告訴你。」

之安嚴肅的表情感染了他，十幾年夫妻下來，她很少鄭重其事這樣和他說話，事實上是：她很少正眼和他說話，要有，就眞的是很嚴重的事，而且通常都是壞事。

成雲杰把身體坐正，所有的睡意消失得無影無蹤；他把眼垂下，用手指了指對面的椅子對之安說：

「妳也坐吧。」

之安說：

「我站著就好。」

「隨便妳。」成雲杰冷淡的說道：「我是想，既然有事商量，一定是重要的事或麻煩的事，站著說，妥當嗎？」他只差沒跟她說：我不是在示好，也沒意思將妳留久，妳不必將我當瘟疫一般看待。但長久以來，他已經習慣了言簡意賅，特別是面對自己的妻子時。

那江之安只堅持了一秒鐘，便依言坐下，兩個人隔著一張椅子的寬度。

「我想，我們不該再這樣繼續下去……我想要離婚……」

成雲杰心裡大吃一驚，夫妻做了十幾年，感情雖然談不上，至少也有恩義，更何況兩個人走過戰亂、待過難民營，眞的是同甘共苦過來的；即使不談這些，不談他們兩個人好了，他們之間卻還有著三個從十五到八歲的孩子。她雖然不愛他，卻也從未說過要離婚的事，他眞的不明白她爲什麼提出這個要求？最近，他難道做過什麼令她生氣的事？

「我要離婚！我不能再這樣和你過下去……」

「我知道自己沒能讓妳快快樂樂的，但妳不覺得——」

「不干這些事！」江之安大聲截斷成雲杰的話，粗暴的說道：「我……覺得這樣對你不公平！」

成雲杰很快答道：

「我早就不在乎了。」

之安大聲問他：

「我懷了別人的孩子，你也不在乎嗎？」

此話一出，說的人和聽的人同時瞪大眼睛！之安原來並不是要這樣唐突而拙劣的做出開場白的，可是臨場什麼都走了樣，她現在是整個都亂了方寸，不知要怎麼走下一步？

而成雲杰一直不相信自己聽到的是眞的，他一定聽錯了，不會是眞的，不可能是眞的！她要有孕，準定是和汪尚朋有的，可是，她和汪尚朋眉來眼去也不是現在才開始的，早在十幾年前就開始了，那時候他倆天天見面，有一陣子還耳鬢廝磨的膩在一起排戲，那時沒鬧出事來，怎會現在才做出這種醜事？

一定是他聽錯了！

他清了清喉嚨，想著該怎麼問個清楚。正琢磨間，之安忽爾又說：

「我肚子裡懷了別人的孩子，已經三個多月了。」

這下子再清楚不過了，她明明白白說她懷了別人的孩子！他們，他們這名爲夫妻的人，事實上已經將近十年沒同房、沒同床、沒做這件事情了！所以，如果她懷孕，那鐵定不是他下的種！

不是他下的種，自然就是別人的，是別的男人的……她跟別的男人有了孩子……成雲杰呼吸急促起來，他覺得自己全身的血液，不知是燒起來，還是結了凍，他只感覺頭暈，又好像一陣痛，全身都在痛，他腦袋裡只縈繞著一件事，那就是：她，他的妻子，和別的男人上床，有了孩子……

昏亂中，只聽江之安又說：

「這是別人的孩子，不是你的，不能賴你頭上。」

這就是她的道義嗎？一個偷情的妻子，和別的男人有了偷情的結晶，然後居然告訴丈夫：那是別的男人的種，不要做丈夫的負責……

「妳是什麼意思？」

之安看著丈夫，沒弄懂他的意思，因此又重複了剛才的話：

「我們那麼久沒在一起，這個孩子，我是說我肚裡的孩子，不是你的……所以我必須老實告訴你……」

「這是誰做的好事？」

之安聽出成雲杰言語裡的恨意和憤怒，不知不覺便有些怯懦，但是，既然說都說了，一定要把它說完，要把它辦妥！於是，她挺了一挺腰桿，非常明確而勇敢的說：

「我不說你也該知道，我這輩子只愛一個人，那就是汪尚朋。」

成雲杰看她那副樣子，不但絲毫沒有愧疚和歉意，反而還有些洋洋得意的神情！她說她一輩子只愛一個男人汪尚朋，那他這和她結縭將近二十年的笨蛋丈夫又算什麼？她讓他戴了綠帽，居然還在他面前大言不慚，完全不把他看在眼裡頭！完全沒當他是個有血有肉、有感情、有知覺、有自尊，也需要尊重的人！是可忍孰不可忍？成雲杰突然破口大罵：

「妳以爲這是光榮的事？偷男人還可以這麼理直氣壯是不是？妳把我當做什麼？烏龜也有感覺、也有尊嚴，妳、妳、妳這個女人，妳會和丈夫以外的男人談情說愛，妳能幹，但至少妳也尊重一下我的感覺……」

江之安沒想到成雲杰這麼快就暴跳如雷，她想：這下子談不下去了！談不下去就得再拖，她不能再拖，不能再等，這件事非得今天解決不成！不能拖的，不僅是肚子裡的胎兒，還有汪尙朋那邊；如果她這裡沒先談好，萬一盛怒的成雲杰去找汪尙朋算帳，萬一成雲杰鬧到汪尙朋的上級單位去，或者成雲杰拿刀動槍的去找汪尙朋復仇，那都是不得了的事！她不能讓這件事發生！她必須在達成目的的前提下努力安撫成雲杰。

「我覺得很對不起你，但感情發生了也沒辦法，多少次我想要離開他，可都做不到……」

「妳可以選擇拿掉胎兒，神不知鬼不覺的繼續做妳的成太太。」成雲杰盯著她，希望從她嘴裡聽到一些比較順耳的言語，那他還比較能接受。

「不行！我再這樣做下去，不僅騙自己，也騙了你，我不想再像行屍走肉這樣過生活了，我一定要離婚，這樣騙人騙己太痛苦了！」

她並不想買他的帳。連他明說了要她回來、她也不領情。看來她是吃了秤坨鐵了心、回不來了！

成雲杰的腦袋越來越痛，他覺得自己突然變笨，什麼辦法都想不出來。

「孩子不是你的，我的心也不屬於你，你勉強把我留下，有什麼用呢？」之安懇求著，但她的言語聽在成雲杰耳裡，只是一片諷刺；她的焦急和懇求，看在成雲杰眼裡，只有咄咄逼人。「我求你成全吧，結婚這麼久，我沒求過你，這次算我求你，拜託！」

「那個人——那汪尙朋知道妳來找我談？他爲什麼不來？這是他搞出來的紕漏，他爲什麼不敢出面？這算什麼男人？」

「是我不要他來的，我惹出來的事，我自己解決。」

成雲杰不屑的哼了一聲，冷笑說：

「妳倒眞會疼惜這個人，但是，他答應要娶妳嗎？」

這句話叫江之安頓了一下；成雲杰看在眼裡，罵道：

「妳這個笨女人，妳當眞以爲他會娶妳？」

「他當然會！只要我這邊解決了，他一定會跟我結婚的！」

成雲杰冷冷哼著，露出不相信的神情。

江之安依舊低聲下氣求著：

「我只求你跟我辦了離婚，其他你根本不必管。」

「妳因爲和那該死的男人通姦懷孕，就想離婚。我問妳！肚子裡的那個胎兒就那麼重要，如今活生生在妳眼前活了十幾年的這三個也是妳親腹生的孩子就這麼不値錢？他們不也是妳親生的？

不也跟妳一起同甘共苦這麼多年？妳就爲了一個男人，說不要就不要，連一點點眷戀也沒有？」成雲杰越講越氣，額上青筋隱隱浮現：「沒錯！我們是錯配了鴛鴦，亂世裡大家沒得選擇；但好歹兩個人也一起生活了這許多年，就算再沒感情也會有了！不錯，我年輕時是賭過，但也就賭那幾年而已，我那時那麼年輕，也是因爲被同袍影響了，但就那麼兩年而已，妳就拿來當藉口，拿來當做紅杏出牆、不守婦道的理由……好了，就算是我錯好了，是我那麼不值得妳留戀、不值得妳尊重好了，但那三個孩子有什麼過錯，必得失去母親？難道他們三個，抵不上妳肚子裡那個還沒成形的？這世界上，妳自己去問問，這世界上有那個母親，只想到自己要和姦夫雙宿雙飛，而一點點都沒想到自己親腹生的孩子？這算什麼母親？不錯，這兩年妳忙著享受自己的愛情，雖然還在這個家庭出出入入，但魂早已不在了，只怕妳根本無視於他們三個的存在……妳看不到我沒關係，可怎麼連自己的孩子也看不見？這算什麼母親？」講到後來，成雲杰幾乎是聲淚俱下。他用手背抹了一下雙眼，右拳猛力捶著椅背，是悲痛至極的樣子。

這話雖也擊中了江之安的要害，她不是沒想過自己和成雲杰生的那三個孩子，但比和汪尚朋的愛情，任何人任何事都會失色不見。

但此刻，丈夫拿這件事責難她，她卻也不能不有所表白。

「三個孩子都大了，他們一向獨立，已經不需要我這個母親……」

「孩子無論多大，沒有不需要母親的。」成雲杰餘怒未熄，繼續指責：「這些年，妳盡了該盡的責任了嗎？明明可以在新竹工作照顧家庭，妳卻爲了男人，把孩子家庭全擱下，一個人到台北去！我尊重妳、沒有阻止妳去，妳卻濫用了我的好意，藉機去搞外遇，現在好了，熱戀姦情還不夠，竟然還要——」

「爸爸，讓她走吧！」

突然聽到成湘冷冽的聲音，正陷入談判糾結中的成雲杰夫妻兩個人都大吃一驚！三個孩子成湘、成越、成櫻一字排開，站在房間外面瞪著父母，也不知他們站了多久，可能剛剛夫妻二人爭執的一切都被兄妹三人看到了吧？

「她從以前就不太管我們了，以後沒有她，我們也不會怎樣。她那麼堅決要走，就讓她走好了！反正她的心全不在這裡！」

「成湘，媽不是——」之安企圖解釋。

「沒什麼好說的，這幾年妳對爸爸怎樣、對我們怎樣，我會不知道嗎？我以前一直不明白，爲什麼自己的母親放著在家附近的工作不做，非得自己跑到台北去不行？現在我終於懂了！」

「小湘，妹妹只有八歲……」成雲杰看著長子，又看看一字排開的三個兒女，想到自己的這樁婚姻和命運，不禁悲憤交加：「我不會如她的意，我不會讓她走的！她對你們有責任……」

「爸，算了！我是說眞的，她的心早就不在這裡，留她也沒用。」

「小湘，你帶弟弟妹妹進去，我和她談，我要討個公道，她憑什麼這樣對待我們父子四人？」

成湘在成雲杰的催促下，狠狠的瞪了母親一眼，然後便將正在哭泣的成櫻和發著呆的成越推進房門。

「看到了沒？那也是妳的兒女，而且是三個，難道三個抵不上那邊的一個？而且還不知是什麼東西的一個！妳、妳爲什麼對我們父子這樣殘酷？妳想過我們的感受？想過我們的尊嚴嗎？妳想這事一鬧出去，我們還能再在這村子住下嗎？

「對！我是不懂那些什麼音樂什麼琴的，可我又犯了什麼錯？我這十幾年來，努力盡我的責任，雖然錢賺得沒妳多，但我是軍人，軍餉就是這麼多，我也沒比別人拿得少，我究竟犯了什麼錯？還有那三個孩子犯了什麼錯？做母親的竟要丟下他們？」

「雲杰，不是你們的錯，你們沒錯，可——」

「那妳怎麼能這樣對待我們？」成雲杰抬起頭來，用一種怨毒的眼光看著江之安，恨道：「我不會讓妳走的，我寧可要妳死！」

他突然站起身，趨前用力連續摑了江之安兩個耳光，又伸手去揪江之安的頭髮，之安的頭髮短揪不住，成雲杰快速反手抓住她的手臂，將她往廚房拖！

「妳要走？看妳走得了嗎？我讓妳屍身成一塊一塊的，看妳往哪裡走？」

他拚命拉著江之安往廚房拖，現在之安明白了！他要拖著她到廚房拿菜刀，他要用菜刀砍死她！

一旦明白成雲杰的企圖，江之安也是拚了全力拚命想要掙脫！她不能在這裡！她的生命才要開始另一番局面，她怎能死在他的刀下？

就在快接近廚房門口時，成雲杰被門檻絆了一跤，將摔未摔之際，江之安奮力一掙，擺脫了成雲杰的掌握！江之安飛快跑向大門，頭也不回的往村子外奔跑！

之安這種拚了死命的跑法畢竟太離奇太不尋常了，眷村裡大家前門對著後門，老成在和之安爭吵時早有人聽見，雖然聽得不是太清楚，但總也八九不離十，大家都聽出了一個端倪。這時再看到江之安披頭散髮的狂奔出來，沒一分鐘，成雲杰手上握著一柄菜刀，兩眼赤紅、發狂也似的緊跟著追出來，看到的人一傳十、十傳百，一下子紛紛探出好多人來！

「不得了！老成要殺他老婆！你看他手上拿著刀，一副發狂的樣子！」

「誰去勸勸他，要出人命的。」

「老孫、老孫，你快出來！老成要殺他老婆，你快去拉住他，不然眞的會出人命！」

「老左，你也去吧！小心他手上的刀！」

七嘴八舌中，就有平常和成雲杰比較走得近、談得來的三、四個人紛紛奔出，大家跑近成雲杰，手口並用的嚷著：

「老成，停下來！你別發傻！殺了你老婆是出了氣，但孩子怎麼辦？」

有人伸手自後抱住成雲杰，另外有人就抓住他的兩隻手臂，然後就有人將成雲杰手上的刀，半勸半硬拿了下來。

「你不知道，她……欺人太甚……」成雲杰也不知是哭過還是跑得太喘太急出汗，滿臉的水柱，橫七豎八在他臉上糊成一片。

「她偷人懷孕，還要離婚……小孩也不要了……我不殺她，難消心頭之恨。」

「冷靜一下、冷靜一下，這不是解決問題的辦法。」

在幾個好朋友勸慰之下，成雲杰不自覺就哭了起來：

「你們不知道，這些年，她要做什麼我都順她，沒想到……她……竟做出這種事來……」

來拉他的一位姓左的男子用手臂擁著他，溫言勸道：

「你到我屋裡坐，我們一起想想辦法。」

老成還在激動莫名的嚷嚷：

「她什麼都不要，連那三個孩子也繫不住她……」

「我知道、我知道，你現在聽我的，到我那兒坐一下，我們一起想辦法。」

另有其他的人也紛紛附和著說：

「你聽老左的沒錯，這種事得從長計議，先到老左那兒坐一下，大家一起想辦法。」

一群人簇擁著成雲杰進了左家，左太太趕緊給成雲杰沏了一杯茶，又遞上一條手巾給他擦臉。

成雲杰擦過臉，兩個眼眶紅紅的，看起來沮喪、悲憤、哀傷又不知所措，他一再的表示：

「我平常奉公守法的，不錯，我錢賺得少，但軍人嘛，哪家不是一樣？她嫌我不懂音樂，不會弄那些風花雪月，這也可以編派我的不是……」

大家讓他發洩了一會兒，直到他稍稍穩定、能夠聽進別人的話，左祖明才問他：

「現在什麼情況？你說你老婆懷了別人的孩子？是個什麼人？」

「原來是我們家庭的朋友，十幾年來，雖然有各種閒言閒語，但我一直沒對他怎樣。幾年前，他從金門回來，我還招待他，在我家過夜。」

成雲杰在左祖明一個問題一個問題的詢問下，將江之安和汪尙朋的事一五一十的和盤托出。左祖明聽完，放心的說道：

「我本來還擔心是何方神聖呢。既然同樣是當兵的，這事就好解決。我問你，老成，經過了這許多事，你還願意你老婆回來嗎？」

成雲杰只想了一下下，便說：

「不瞞你們，其實我和我老婆，這幾年一直沒同房，夫妻關係早就是貌合神離了，有幾年她還自己一個人上台北做事，所以即使她不回來，我也習慣了。我只是忍不下這口怨氣，不想在自己手裡看他們雙宿雙飛。而且，我那三個孩子，最小的才八歲，我不忍心看他們沒有母親。」

「你的意思是希望她回來囉？」

「自然是這樣。」

「那我明白了，這件事交給我辦，不必那麼急，過兩天，我上台北找那姓汪的，保證他馬上打退堂鼓。」

座中一位姓孫的有些忿忿不平：

「可這未免太便宜那姓汪的了！人家說朋友妻不可戲，他不但犯了大天條，而且還破壞人家好好一個家庭！就只教他退出，未免太便宜他了！」

左祖明說：

「這事分兩部分來辦，一種是修繕部分，先把成太太穩下來再說；那姓汪的，要告他，我們再來計較。總得教訓他一下嘛，不然讓他以爲這世界這麼溫暖，就變成反面教育了。」

幾個人陪著成雲杰又安慰又商量的，直到他完全穩定下來才讓他回家去。

回到家，成湘還沒睡，看到成雲杰狼狽的回來，這個十五歲少年不覺眼眶一紅，低低叫了聲「爸。」

成雲杰走過去，用手環住成湘，脫口說道：

「不要擔心，你媽過兩天會回來的。」

成湘一聽，即刻掙脫父親的手臂，尖聲質問父親：

「她做了那樣丟臉的事，而且對我們又這樣狠，你還要她回來？」

成雲杰沒想到成湘反應這樣激烈，他喃喃的辯解著，不知是爲自己還是爲江之安：

「家裡不能沒有母親，何況小櫻還那麼小。」

「她才不管我們死活！她心裡只有那個男人，根本沒有我們。即使她回來也沒用，她心裡根本不想回來，強迫她有什麼用呢？小櫻八歲，沒有她，我們四個人也可以自己過。爲什麼要讓她回來？」

成雲杰也無法回答這種控訴。那成湘也不多說，忿忿轉身進房去了。

客廳裡照舊剩下成雲杰一個人，其實，這幾年一向如此，他和江之安不同房之後，她避他像避鬼一般；孩子們做功課的做功課、玩耍的玩耍，很少人會來打擾成雲杰，久而久之，他就變成家裡的一個擺設：幾乎不說話、固定陳列在一個角落……好像那是他長久以來不變的宿命似的。

即使江之安不回來，對他也沒什麼影響，但對孩子可能就不是如此了。母親還是母親，終究替代不了，即使這個母親有外心，也還是母親。

更何況他一定不能遂汪尙朋和江之安的意，一旦他答應江之安離婚，就等於是親手將汪尙朋和江之安送做堆，等於是他一手成全他們的好事！無論如何，他絕不能答應江之安離婚。這些年來他一直忍辱負重，他們居然想把他這個丈夫踢掉？這還有天理嗎？

不！他不離婚！即使維持這個貌合神離的婚姻也無所謂，他就是不離婚！

成雲杰一個人在那裡咬牙切齒的思前想後、左思右想，想來想去就碰到阻礙、想不下去。漸漸的，他覺得既無望又疲倦，他對這個婚姻、對這個人生一向都不貪心、所求不多，卻沒料到，連這樣也不能自保……他越想越洩氣、越洩氣越疲倦，最後終於矇矇矓矓的睡著了。

而在丈夫拿刀追殺下、倉皇逃出的江之安，逃出村子時，隱隱約約聽到人聲鼎沸。她知道一定是成雲杰拿刀追出，被眷村鄰居看到。這下子一傳十十傳百，全村子的人都知道了！好事不出門，壞事傳千里，本來就想過這種事一定會傳出去的，即使不這樣鬧，最後一離婚，謠言鐵定也是滿天飛，只是沒想到是被丈夫追殺出來、如此狼狽的逃離家門。

她怎麼也沒想到成雲杰反應這樣強烈。他們早就不同房，不同心、也不同調，她不明白他這種反應從何而來？這和她預期的發展差距過大，以致到現在她還不知怎麼反應？

倉皇中，她很自然搭上往台北的車子，搭上車之後，思緒紛亂，根本定不下心來。本來以爲是輕而易舉的談判，現在成了生死相脅的混戰。她原先寫好的劇本全派不上用場，此刻，她連在那她準備要拋棄的「家」多待一會兒都不可能，就更不用說接下來的那許多離婚「善後」的商討了！

成雲杰不離婚！這是她想也沒想到的問題，她都有了別人的孩子，以他那種觀念保守的男人，豈能容忍自己的老婆偷人？他一定容不下她繼續留在這個家的，可誰知一向沈默寡言的成雲杰，飆起來會這麼銳不可當？她原先是想過會遭遇一些困難，他會破口大罵，會想要讓汪尚朋好看、會刁難她……可就沒料到他如此不理性。眼看著有一段日子回不了「家」又沒地方可去，更無從去投奔汪尚朋，這麼狼狽的日子可眞是始料未及。

她在台北火車站下車，腦中迅速快閃過幾個可以求救的地方，又一一將他們剔除，不行！像她這種不守婦道的女人，誰會同情？誰能夠諒解？要她開口解釋自己被逼離家的原因已經很爲難了，如果再碰上一個不能諒解她作爲的人，如何能讓她安心住下？

何況，她也不能找那種和成雲杰太好的人家，她擔心她人剛到，成雲杰就得到消息來堵她。依照他方才表現的不理性，她很擔心他會在人家面前打她或羞辱她，不管是什麼，她都不能忍受。

她也不能去找路校長，老人家也許更不能諒解她這種行爲，尤其如果知道她到台北來上班是爲了要方便偷情，豈不讓路校長更後悔介紹她到台北來上班？這樣一來，她怎能繼續在目前的職場工作下去？

最後，總算讓她想到一個人——程春和與孫秀逸。那是她在新竹當幼稚園園長時撮合的一對夫妻，男方哥哥程春申是成雲杰的同袍，女方是之安任職的同一幼稚園的老師，目前兩夫妻住在中和，這些年來一直和江之安保持聯絡。江之安算是他們的大媒，如果她去他們家暫住幾天，程家夫婦應該不好意思不歡迎才對；而程春和與成雲杰又沒有直接關聯，如果程春和要通知成雲杰，應該也會透過程春和的哥哥程春申才對，這樣一來，成雲杰就不可能直接衝過來找她，所以可以說這是目前最理想的投靠處所。

之安想到這裡，即刻就到火車站前的公車站牌，搭上五路公車到永和，再走了一小段路到程春和家。

路上之安已想好，反正紙包不住火，這件家醜很快就會傳開來，程家夫婦早晚都會知道實情，乾脆她自己今晚先對他們說了。主意既定，一顆心反而安定下來。

來應門的是程春和，看到之安，大表驚訝：

「江園長？怎麼這麼晚？來、來，裡面請！」一邊回頭喊自家老婆：「秀逸，是江園長呢。」

孫秀逸很快出來，畢竟是女人細心，看了之安臉色，她馬上動問：

「發生了什麼事？江園長？」

之安未語淚先流，孫秀逸將之安拉到椅子上坐下，安慰之安說：

「慢慢來，慢慢說，沒關係。」她看了一眼丈夫，問之安說：「要不要春和迴避一下？」

江之安苦笑了一下：

「沒關係，反正他早晚都會知道，這件事鬧大了。」

「成先生他……對您怎麼了？」

之安流下眼淚：

「是我對不起他，不能怪他。」

之安斷斷續續將自己和汪尚朋之間的事，以及與成雲杰之間的談判都說了，最後加了一句：

「我沒妥當的地方去，未來這幾天，只怕要給你們添麻煩……」

程春和慨然說道：

「那有什麼問題？您儘管住下。只是您這件事要怎麼解決？那汪先生爲什麼沒自己和成先生說？男人嘛，敢做就要敢當。」

「他一直教我把孩子拿掉，是我不肯……我也沒對他說要和老成攤牌。」

程春和皺著眉問：

「那他沒跟您長久的打算？」

孫秀逸拉了說話太直爽的丈夫一把，忙著替汪尚朋說話：

「也許事情太突然，他還沒準備好。」

程春和不以爲然：

「事情不能就讓一個女人自個兒頂，尤其又是自己喜歡的女人。」

這話觸動了之安的痛處，她不自覺又掉淚。

「我看園長先去休息好了，這事不好解決，我讓春和明後天去探探他大哥的消息，看看成先生那裡怎麼計較？」

之安憂心的說：

「以老成今天的反應這麼激烈看來，他不太可能會善罷干休，也許會用什麼方法對付汪尚朋……」

秀逸覺得之安什麼人都不掛念，連兒女都沒在她心上，只一心惦記者自己的情人汪尚朋，不覺有些替成雲杰和之安的兒女難過，但也沒說什麼。倒是程春和直率的說：

「那也是人情之常，汪先生應該想到的。」

之安聽出了程春和對汪尚朋的不以爲然，所以也知趣的不再在這上頭多說。現在，該說的都說了，能做的也沒什麼，已經深夜兩點，孫秀逸讓她去洗澡休息，之安雖知必然是個無眠的夜，但事到如今，也只有耐心等待事態的發展。

現在她終於知道，只要是牽涉到感情的事，就不可能妄想一個人替所有的「當事人」決定所有的事。

她必須等待那「對決」的時刻。

——二〇〇一年一月·選自皇冠版《迷走》

黃凡作品

黃　凡

本名黃孝忠，台北市人，1950年生。中原理工學院工業工程系畢業。曾任食品工廠主任、台灣英文雜誌社企劃、《聯合文學》特約撰述。作品曾連續三年入選年度短篇小說選。著有短篇小說集《賴索》、《自由鬥士》、《都市生活》、《曼娜舞蹈教室》、《你只能活兩次》；中篇小說《大時代》、《慈悲的滋味》；長篇小說《躁鬱的國家》、《傷心城》、《天國之門》、《反對者》、《解謎人》、《財閥》等。曾獲中國時報文學獎首獎、聯合報小說獎、1981年英文版大英百科全書年鑑推許黃凡為八〇年代台灣最具代表性的小說家。

【關於財閥】

就像歐美崇尚自由化，台灣經濟高度發展，夾帶著龐大的人脈、錢脈，大財團建構自己的金錢王朝，漸漸主宰起小島人民的生命。這些財團崛起的背景和內部的明爭暗鬥，往往不為人知。作者運用超寫實筆法，建構一部東方的「朝代」，毫不隱瞞地揭露大財閥的秘辛。

寫詭局多變的商場，更直指人性的虛偽貪婪，為商戰小說之翹楚。

財閥

二

財務部的一個人告訴我，賴樸恩那一天帶著大批人馬衝進興和欣的結果，著著實實殺掉了八億新台幣的工程費。

「老闆把興和欣那些人找進他的辦公室，」財務部的這個人比手畫腳地，好像他就在場或者裝扮成倒茶水的小弟，同時把耳朵貼進鑰匙孔，「告訴他們他對興和欣很滿意，不過他也知道興和欣非接這筆生意不可，因爲啊——」

財務部這個人說到這裡頓了頓，他希望我把焦急的臉色給他看，但是他不知道我已經學會了應付這些賣關子的傢伙，所以我就立刻給他一個莫測高深的微笑。

「老闆說，『因爲我聽說，新的勞基法有一條提撥退休準備金的規定，我算一算貴公司的員工，發覺這是一筆大錢哪——。』」

「是政府幫了老闆的忙。」我說。

「政府只會找麻煩，」財務部這個人說，「老闆這是『以毒攻毒』。」

我們的談話到此爲止，因爲我已經知道這傢伙（財務部的一名副理）的來意，他送給我一個情報，同時希望我還給他一個情報，這種交換情報的遊戲，在每個辦公室裡隨時都在進行著，但很抱歉，我沒有任何情報給他，尤其關於老闆的。

經過幾次這種類似的試探後，再沒有人有興趣來向我轉述某些事情，就好像你看到一個會發出回聲的山谷，你對著它大吼，卻沒有得到任何東西。又過了一段時間，開始有人散播我是「圈內人」的耳語。

所謂「圈內人」就是隸屬於某一個派系，同時也自然而然躋身於高級階層。

但是，說老實話，這一段日子，除了每週一次向董事長做例行報告外（我那單位的人全都在場），私底下我從沒跟老闆接觸過。

不過，倒是和四娘見過一次面。

四娘每年在美術館有一次插花展覽。我的秘書傅雅萍告訴我公司裡有頭有臉的人都會去簽個名。

於是我就帶著有一副甜甜笑容的秘書，坐上那輛新的BMW轎車（這輛車是我母親送我就任新職的禮物），前往中山北路的美術館。

我們抵達時，美術館前正有一群人在示威，他們在身上披了白布，額頭上繫著紅帶子，白布上寫「台灣藝術死了」、「黑心館長不要臉」、「爭取藝術人權」等等。

我把手放在小姐的肩膀上，做出一副保護狀，傅雅萍臉上的笑容更濃了。

「要是他們知道四娘在這裡開插花展，」傅雅萍說：「就不敢這麼放肆。」

「爲什麼？」我們走進大門，門裡可是一個世界，大家低聲說話，未曾標價的藝術品靜靜地注視著遊客。

「四娘和她的朋友們是台北藝術品的大買主，藝術家才不是笨蛋。」

展覽廳外擺滿了花籃，而且太多的花籃已經侵犯到另一間展覽廳。我停下腳步，看看究竟是什麼人會送花籃。

「不用擔心，主任，我已經幫你訂了一只。」祕書小姐說，「就是那個特大號的。」

那只花籃大概裝了十打以上的紅玫瑰，我驚咦了一聲。

「一千兩百塊錢，報公賬。」

「看不出妳小小年紀，還挺會做人。」我稱讚她。

我是出自眞心，而且我當下決定，假如我要組織班底的話，那麼她會是第一個被考慮的人選。

我們走進展覽廳，看到了更多的花。

那些花擺出各種奇特的，過度人工化的姿態。因此我覺得會場裡的花實在不見得比門外花籃高明。

但我沒有把這個感想告訴任何人，反而很高興地在簽名簿上簽了個又大又漂亮的名字。

它好像有那麼一點點氣勢。

然而，我一回頭就看到四娘跟一群人站在一盆菊花前。

嚴格說來，那不應該叫「菊花」，那是個比菊花更複雜的東西。同時那絕對是四娘的作品（這次展覽名義上是她的個展，實際上還有一大堆幫襯的作品，因爲再怎麼說，一個人也沒辦法完成擺滿整個會場的作品），因爲有幾個看來像是記者的傢伙正把照相機對準那盆花。

於是，我筆直朝著「作品」走過去。我假裝欣賞作品，但是在心裡想，要多久四娘才會叫我的名字。

我兩個月前見過她一次，那是在公司的晚會上，會場擠滿了將近千位公司員工及眷屬（當然只是公司所有員工的一部分），晚會結束後，我們不過匆匆交談兩三句話。

這幾句話我一時想不起來，我正在努力想的時候，四娘叫我的名字：

「瑞卿！」

我立刻把臉轉向她，看著她的眼睛，同時說：

「好漂亮的花！」這是個雙料的讚美。

她很高興，她把這句話當成我對她的敬意。同時她那張姣好的，已經有點歲月痕跡（她快五十歲了）的笑臉對著我，於是，我在心裡想，她其實人還不壞喔，唯一的缺點是她太有權力慾了，她掌握了整個公司的福利制度，而且把她的女兒放到「有德醫院」去，有德是賴樸恩父親的名字，這家大醫院擁有兩千張病床和一個世界級的「腦部問題」小組，賴樸恩的父親死於腦溢血，因此賴家對腦子特別感興趣，他們都有很好的腦子，但是他們懼怕腦子使用過度，血管會失掉彈性，就像你小時候玩的用橡皮筋彈射的模型機，有一天你發現那條橡皮筋疲乏了，當你用力拉扯時，模型機飛了起來，但是立刻摔落在你的腳前，後來它便只能在地上爬，賴家懼怕失掉彈性，所以那個小組隨時待命著，同時那個小組也隨時準備「外借」。四娘掌握了這個東西，而且如果給她機會，她也會用這個東西去診治一下公司的腦袋。

「瑞卿，你知道嗎？」四娘張開嘴，一種充滿母性的聲音便從那排象牙色的牙齒（說不定這排牙齒眞的是象牙做的）流了出來，「你剛進公司的第二天，我就跟董事長要你。」

「眞的嗎？」但這是一個驚訝的，而非懷疑的問句。

「但是董事長說，你年紀還輕，需要到各個單位歷練歷練，」她說，「怎麼樣？有沒有困難？」

我察覺到她有點心不在焉，好幾次把視線投向門，大概有什麼夫人要來捧場。果然門口傳來一陣嘈雜聲，於是我趕緊說：「謝謝妳，四娘，有任何問題，我一定去請教妳。」

「一定囉！」她說。很快地轉過身，用小碎步往門口走去，身旁那群記者，頓時緊張起來。

我跟在人群後，聽到一個人低聲說：「院長夫人來了！」

我把傅雅萍拉離人群。

「她好有氣質呀？」我的小祕書說，一邊眼睛仍然望著那個方向。

「她是誰？」

「行政院長夫人。」

「那四娘呢？」我漫不經心地問。

「她出身低微，」傅雅萍低聲說，「憑什麼跟人家比。」

●

我這一部門的工作好像很上軌道的樣子。工程如期開工，開工典禮那天，我們還舉辦了一個盛大的酒會，員工自由參加，會後還舉辦摸彩，當然獎品和節目完全由廠商提供。

事先，我就要求興和欣那幫人，無論怎麼樣都得幫我把開工典禮搞好，（我屬下這幾個人哪裡忙得過來。）我說：「我們把話說在前頭，不管你們打算動什麼手腳，都得先把面子做給我。」

典禮結束後，賴樸恩顯得很愉快的樣子，他穿著一套白西裝，戴墨鏡，站在光禿禿工地中央，一個貼身侍衛替他打著一柄大遮陽傘（有一組特別警衛全天候保護他。）他揮手召我過去，我半個身子便進入陽傘陰影裡。

「辦得不錯，瑞卿，」我看不到他墨鏡後的眼睛，但是我知道他正在注視我，「大概花了不少錢吧？」

「一毛錢都沒有，」我說，然後我拚命擠出笑容，「全部廠商提供。」

他沒有說話，但示意要我跟他走，我想別人以爲我們正在視察工地呢。

我們默默地走了一段路，那把陽傘仍然緊跟在身後。在一堵臨時圍牆邊，賴樸恩突然停下腳步，轉過身，面對著我。

「你得學會一件事，」他說，嚴肅地，甚至帶點責備，「不要小錢。」

「是的，董事長，」我說，「我今天就把開銷全部退給他們。」

「我從來不向人家要小錢，我只要大的」，他的聲音突然變得柔和，就好像一段急促鼓聲後的小提琴，「這是我給你上的第一課。」

我回到辦公室後，便開了一張五十萬元的支票給興和欣，這是我那個單位的第一筆大支出。我塡寫金額的時候，覺得很愉快，「賴樸恩這個老傢伙，可不是蓋的。」

晚上，興和欣的人果然來拜訪，他們帶了一大堆禮物，同時帶著假裝惶恐的臉色。

我告訴他們，能幫我準備節目和抽獎用品，我已經很感激了，當然沒有必要讓他們破費。

「可是，這麼一點錢，」他們說，「而且是敝公司的榮幸。」

我笑了起來，我想到賴樸恩談到「錢」時的嚴肅表情，以及興和欣的人面對同樣東西的惶恐模樣，就不免覺得好笑。

我笑了一陣然後說，「告訴諸位一個祕密；我何某人從來不會用錢來結交朋友。」

送走他們後，我上樓看我母親。

我們喝著茶，但找不到話說。我母親知道興和欣的事，但是她卻保持莫測高深的態度，在晚上的燈光下，她的臉看來有些倉白，而且卸了粧之後，那些要命的皺紋也放肆地浮了起來。

我們默默喝著茶，好像茶几中央升起了一道玻璃牆，我原來打算用些尖刻的批評興和欣的話打破玻璃，但是我忍住了，經過這件事後，我突然也世故起來，我開始了解別人的想法，而且別人的想法如果有利用價值，那麼這種了解才有必要，否則就是浪費時間。

因此，我認為母親對這整件事情保持緘默，絕對是非常、非常聰明。

同時我發覺，我開始想眞正了解她。

這個想法令我十分震驚。

●

我那個部門的每個人知道了我對付興和欣的態度後，便慢慢對我敬畏起來。而且他們把這件事用耳語的方式傳遍整個公司。

耳語在大公司裡是種很有效的溝通方式，但是耳語多了，有時候你會覺得門打開時激起的一陣風也會夾著一些悄悄話。這也就是說，沒有多久，賴樸恩也聽說了。

於是，從那個時候開始，我這個部門的人便做出很恭順很聽話的樣子，他們大概認為我已經在金字塔的尖頂搭好了一座木梯，而且董事長就站在木梯的頂端等我，臉上還帶著微笑呢。

於是，我發覺我要做的事越來越少，我自己的時間越來越多，後來，我找到了原因，一個是：我這個部門的人工作得非常賣力而且受到別的單位的尊重。另一個是：很多不同的人來找我，有些根本跟工作無關。

例如四娘「福利中心」裡的「泛華俱樂部」，這家俱樂部在泛華大飯店的頂樓，是台北有名的交際場所，會員不乏達官貴人，有時候大一點的聚會，附近的街道都要實施交通管制。

俱樂部的經理親自給我送來一張「榮譽會員證」，他的態度很親切，就好像我是那種每次光臨時都會給他小費的人。

「榮譽會員證要四娘親自批准，」他說，「關係企業裡有十八名總經理，四十五名副總經理，但總共只發了廿六張。」

「爲什麼？」我問，但立刻後悔問了這麼個傻問題。

「四娘不是隨便發的，」他低下聲音，說完這一句，聲音再度提高，同時眉飛色舞起來，「何主任，哪一天撥空讓小弟親自帶你參觀。」

「我聽說它很——，」我沈吟著，找一個適當的字眼，「很豪華。」

「這麼說好了，」他互擊一下雙掌，同時兩道眉毛好像要飛出他的臉頰，「應有盡有，你要什麼，就有什麼。」

「當眞？」我說，「改天倒眞要去看看。」

隔了一個星期，我才眞正有個空閒的下午，而且還身負某種特別使命。因爲我無意地把四娘的好意報告董事長，董事長點點頭說，

「她倒是喜歡你，」這是種很隨便的腔調，但是並不大像是隨便說的，「那邊我很少去，你順便替我看看。」

因此我就在週末的下午，開車到忠孝東路的俱樂部去玩。不！應該說是替董事長去看看。

以董事長的眼光視察當然和一個小主任驚訝的視線所獲得的結果不太一樣。

所以，我就發現了幾件事，而且把它記下來，準備向老闆報告。

一、泛華的設備與服務好像超出一般的俱樂部。

二、政府官員好像特別多，我就在理髮廳碰到了一位部長，在三溫暖碰到另一位部長和一位黨部主委。

三、公司的同事倒是很少出現。

我讀了一遍筆記後，不自禁地笑了起來。我第一個念頭是，我好像成了老闆的密探了。第二個念頭是，老闆雖然高高在上，但是沒幾個人他能信任的，同時有很多事情他不便過問，很多地方他不便去。

這樣想過之後，我便有點同情賴樸恩起來。所以在我向他報告俱樂部的事時，一邊留心他的反應。

他仔細地聽著，微皺著眉頭，然後問：

「公司裡有誰在那裡？」

「我去的時候沒有人，」我說，「但是我聽說葉總剛剛離開。」葉總是總管理處的經理葉啓政，他在公司裡的權力非常大，據說有三分之二的老人都是他「帶」出來的。

「啓政去那裡做什麼？」

「好像招待了一批人。」

賴樸恩站起來，轉過身走向他收集的那些象牙雕刻，他低下身子，開始數那座多層的寶塔。

「瑞卿，」他回頭叫我，「你也來數數看，只准數一遍。」

這是一座手工非常精巧的象牙寶塔，每一層雕得一模一樣，一不小心還眞會數錯。

「廿七層。」我仔細數了一遍。

「好眼力，」他說。

我們相視笑了起來。

然後我們又回頭坐到原來的沙發上，但是這次他無意再繼續剛才的問題，好像他把俱樂部發生的事忘了。於是我們的談話轉到另一個方向；他問起我那個單位正在進行的事。

「我常常爲一個問題傷腦筋，」賴樸恩停頓了一下，然後用眼角的餘光在我的臉上掃射一下，看看我有沒有微皺眉頭：「回扣！」。

「回扣！」我提高聲音，「董事長認爲我？」

老闆搖起手來，然後再把這隻手放在我肩上，就好像聽完告解的神父安慰信徒的動作，「我卅年前就認得這個東西，我自己也給過和拿過，在台灣做生意，不搞這個花樣是不可能的，不過我相信你是清白的，絕對是，瑞卿，公司裡很多傢伙拿回扣，我一定要改掉這個壞習慣，你要幫助我。」

我沒有答腔，我用一種奇異的眼光望著他，我想老闆在耍詐了。因爲——我覺得他對我推心置腹未免太早了點，即使我父親和他建立過良好關係，但我畢竟是公司裡的新人，假使不是因爲這個臨時「新建大樓工程處」的特殊性質，我要跟老闆談話還得透過層層主管，然後那位漂亮的祕書小姐才會給你安排時間，同時加上這麼一句，「只有五分鐘。」

「他媽的！」賴樸恩咒罵一聲，「我從來沒有禁止過別人拿回扣，就是不能太過分。」

「我保證我那個單位。」我說，有點生氣。

「你只能保證你自己，」賴樸恩說，「你不能保證別人。」

我不知道老闆究竟打什麼主意，如果他這麼了解「回扣」，那他就應該拿得出辦法，而不是嚇唬我這個小孩子。

「我要你做一件事，隨時張大眼睛。」

「我會的，董事長。」我說，覺得自己的聲音怪怪的。

然後我起身告辭。當我走到門口時，賴樸恩從背後叫住我，

「明晚我在家裡招待一些人，你也來一下。」

在前往賴樸恩仰德大道的大宅子（我料想那房子一定大得像童話中的城堡），我先到律師家簽一份合約。

這份合約是關於新大樓一百六十套衛生設備，總值三千萬元。得標的是一家義大利廠。整個招標過程完全由財務部負責，不過財務部爲了尊重我，把入選的幾種廠牌先給我過目。

「你的意思？」我問那位經理。

「啊！不！」他急急揮著手：「我們總經理說，這件事完全要由何主任決定。」

「我對衛生設備非常外行，你呢，徐祥和，你有什麼意見？」徐祥和是我那單位的採購。

財務經理與徐祥和對望一眼，同時兩個人的臉上逐漸浮起笑意。

「總經理逢人便誇耀何主任年輕、有幹勁，」財務經理竟然拍起馬屁來，「而且做事公平、作風OPEN。」

「那麼總經理的意思？」

「總經理要我轉達，他只是給主任一點點不足採納的建議，」他特別強調「不足採納」四個字，「他認爲義大利廠的格調不錯，可能董事長會比較喜歡。」

「那就決定吧！」我說。

董事長可能會喜歡，但是我才不會傻到去問董事長衛生設備的問題。因此事情就很容易解決，總經理既然插手這件事，那麼就按照他的意思吧。

然而，爲什麼不在辦公室簽約，而要在律師家裡，同時選擇星期天。

●

且不管這些個煩人的採購問題，我決定採取比較優閒的態度去看看律師家裡有些什麼寶貝東西。

他們爲我開了個小型酒會。

我跟嚴俊賢大律師握了手（這傢伙承攬了我們公司大部分業務，同時還拿了一份法律顧問的薪水），大律師肥大濕潤的手掌緊緊抓住我的手，好像一只浸過油的鉗子。然後又跟總經理握了手。

「我就住在附近，正好沒什麼事，過來看一看，」總經理葉啓政說：「有空到我那邊坐坐。」

在總經理和大律師的監督下，這場簽約儀式自然充滿了祥和氣氛，也就是說義大利廠牌代理商和我都沒話說。

隨後酒會正式開始，我原以爲就我們幾個人互舉杯子，碰個幾次，就各自回家。但萬萬沒想到，從某個房間出來了一群人，一群美女。

我自然吃了一驚，但嚴大律師解釋，這是她女兒嚴寧經營的服裝公司旗下的幾名模特兒。

「她們正好在花園裡做ＭＴＶ。」大律師笑著說，「一聽說這裡有酒會就衝下來了，嚴寧妳過來，這是我常向妳提起過的青年才俊，何瑞卿何主任。」

我便是在這種有意無意的安排下認識了嚴寧。

「久仰，」她說，同時笑得很開心，「我爸爸喜歡給我介紹男朋友。」

我握住她伸過來的手，心裡想一定有很多人慫恿她去拍電影，她的美貌很適合上雜誌封面。

「那是我的榮幸。」我說。

廿分鐘後，嚴寧邀我到花園「呼吸」新鮮空氣，她說她受不了男士們的煙味，還有那無聊透頂的談話。

「知道嗎？你看起來，不大像是他們那一夥的。」她用小指指著屋內。

「為什麼？」

「你沒有肚子。」

「妳爸爸也很瘦呀？」

「他有肚子，」嚴寧說：「告訴我，你對『美』的看法？」

我們站在一處纏滿藤蔓的花架下，幾尊大理石雕像環繞著一座噴水池，看起來頗有那麼一點藝術氣氛。

「要談『美』之前先得界定什麼是『不美』。」

「克羅齊，你讀過克羅齊的書！」

「翻過而已！」我說，「我猜妳的生活一定過得很『美』。」

「美極了！」她說，一面向我眨眨眼睛。

我想嚴大律師生了個可愛的女兒，於是，我望著她的面孔，仔細端詳著，陽光使她捉狎的表情一覽無遺。

「你看來不錯，」她說，然後拉著我離開花架，「來，我給你介紹一些朋友。」

果然，拍「MTV」是眞的，有幾個年輕人坐在台階上抽煙、喝可樂。

「這是何瑞卿，」嚴寧向大家介紹，「台北標準的雅痞。」

我在黃昏時候離開律師家。

我一手開車一手把玩著嚴寧送給我的一個小禮物——一座水晶玻璃製造的小金字塔。金字塔裡鑲進一具獅身人面像，在埃及這個東西是放在外面用來守護金字塔，但是現在它被關在裡面，不過臉上沒有顯露出絲毫悲哀之色，因此，我想這是頭豁達的獅子。

我把金字塔收起來，我得回送嚴寧一個禮物。因爲這是個人情，因爲她說，「送你一個幸運符。」，但是我不欠律師和總經理，他們晚上還準備了一個節目，（代理商稱它爲「簽約後的餘興節目」）如果我去了，我便欠他們人情。他們被我拒絕後露出失望的表情，不過當我告訴他，我和董事長有約時，總經理的表情馬上改變，他笑了一下，但那是種假裝的微笑，同時他的眼睛瞇成一線，臉上的線條錯綜複雜，就好像刻上無數的問號。

「董事長爲什麼請你去他家？」也沒有問，但是我知道他一定在心裡問上一百遍了。

因爲這件事多麼不尋常啊！

董事長請我沒有請他。

我把車子開到陽明山下時，暮氣已經籠罩了整個城市。由於是週日，馬路顯得有點擁擠，在一處彎道前我等了十幾分鐘，兩個人爲了一次小小的擦撞在馬路中央打起架來，除了我，被阻擋的駕駛都搖下車窗看究竟。

我對這種不用大腦的活動從來不感興趣。我正在考慮是否回頭找另一條路時，警車來了。交通警察下了車，但是他沒有立刻分開他們，他沒有傻到這麼做，而且那兩個傢伙打起架來好像有些力不從心的樣子。所以，他就站在旁邊偏著頭想了一下。他大概在想，「挺好有個傢伙被對方打昏。」但是這兩個傢伙沒有停下的意思，反而打到馬路另一邊去了。

於是，這位聰明的警察搖搖頭，一邊伸出手去摸摸撞歪的車燈，然後打開車門把車子開到路邊。

我經過他身邊時，對他豎起大拇指，他也朝我揮揮手。

這件事很有趣，而且我忽然想到，如果嚴寧在場她會有什麼反應。

她大概會給那位警察一個飛吻吧。

●

我取出職員證（幸好我隨身攜帶這個東西，否則還眞有一番麻煩呢。）讓門警查對名單。

「謝謝你，」門警說，「今天客人不太多。」

我不知道後一句話是對他自己說，還是對我說的。我把識別證放進口袋，走回駕駛座。

自動門打開，我啓動油門。在經過警衛室的當兒，我看到一整排的電視螢幕。

我想屋子裡也一定還有同樣的一個房間，而且也有一個專門監視螢幕的人。於是，我便一邊開車一邊留意有沒有安裝在樹叢裡的攝影機，果然我發現了幾處可疑的地方，我這麼做完全是爲了好奇。

這條路大約花了我三分鐘，然後我看到了一塊非常非常平坦的草地，而且很亮。

是的，草地上置放了十餘根水銀燈，我把車子緩緩開進雕像間，覺得他們好像在列隊迎接我。

一名傭人過來把我的車子開走，另一名傭人引我進入大廳。

我不曉得一般人進入億萬富豪家裡的感覺，我聽說某個人在大廳裡裝設了一座人工瀑布，但是我想他一定還得有一部大發電機才行，因爲一旦停電（在台灣停電是很平常的事），沒有水流動的瀑布就像一頭被剃掉毛的綿羊一樣，是會令人哭笑不得的。

我對賴樸恩家大廳的印象是：它很亮，而且好像每件東西都發著亮光。

賴樸恩在餐廳等我。

一座不很起眼的門打開，令我驚訝的不是裝潢的豪華，而是整間餐廳的一面牆是玻璃做的，同時它也是一座溫水游泳池的牆壁。

穿著睡袍和拖鞋的老闆示意我坐下。

「對不起，董事長我來早了。」我說，在他身邊坐下。

「不必拘束，」賴樸恩說，「今天只有你一個客人。」

眞正嚇我一跳。

「一個人年紀大了，就不喜歡晚上出去應酬，」他望著我驚訝的表情，「你肚子餓了吧？」

「不太餓。」

「那我教廚子給你下碗麵好了。」

「您呢，董事長。」

「我早吃過了，醫生開的菜單。」賴樸恩一邊說一邊按了遙控裝置的電鈕，廚子進來。

「你看過這樣的游泳池沒有？」

我搖搖頭。

「幾年前，我看了一部〇〇七電影，裡面的大惡棍有一座這樣的游泳池，我當時想，爲什麼電影裡總是壞人享受，好人受苦，所以我也造了一座。」他說，「關暗一點好了。」

他又按了遙控裝置，燈光逐漸暗淡，游泳池卻愈來愈亮，於是幾分鐘後，一座澄藍色的游泳池出現在我眼前。

「有人！」我忍不住輕叫了一聲。

泳池竟然有個人，而且是個金髮的年輕女人。

「那是我的英文家庭老師，」賴樸恩笑著說。

那是具非常性感的軀體，而且非常暴露，把這麼個東西放進泳池裡大概也是得自〇〇七電影裡的靈感吧。

我們興趣盎然地瞧了一會兒。

突然間我覺得這座大游泳池不過是賴樸恩的金魚缸，缸裡養了各式各樣的金魚。

「要是你早點來，我可以帶你參觀後面的花園，我還養了幾隻漂亮的孔雀，你喜歡孔雀嗎？」

「我對孔雀沒什麼概念。」

「那就好，這種東西中看不中吃。」

「中部有一家專賣孔雀肉，董事長吃過嗎？」

「沒什麼味道，」他說，「對了，待會兒我那些小孩會回來，我吩咐廚房得準備點吃的。」

我的麵也送來了，那是一碗奇怪的麵，很好吃，但不知用了什麼材料，尤其那只青花瓷麵盌，我猜是古董。

我低頭吃麵的當兒，賴樸恩走近玻璃，在很近的距離看那條魚。不過那條魚看不到他。有那麼一會兒，我打算挖掘一下賴樸恩腦子裡那堆亂七八糟的東西，但是我立刻放棄了。第一原因是：要看進他內心裡，得花很多力氣，第二個原因是：我對他產生了一點點好感。

他轉過身，臉上有副沈思的表情。

「老四知道你要來，很高興，本來想親自下廚，」老四指的是四娘，「但今天是老大吃齋的日子，老四待會兒才能過來。」

賴樸恩有四個老婆，大老婆替他生了三個兒子一個女兒，二老婆聽說長得最漂亮，但跟老大不和自殺了，三老婆很早就移居國外，未與賴樸恩住在一起，四老婆非常能幹，卻只有一個女兒。

「實在不敢當。」我說

「不要見外，等一下小孩回來後，就熱鬧了。」賴樸恩說，「你也是我的小孩。」

「我本來打算收你作乾兒子的，你爸爸答應，你母親卻拒絕。」他嘆了一口氣，好像事情沒成功是他此生最大的遺憾，「也不知道爲了什麼？」

我靜靜聽著，讓他把對我父親的感情發洩在我身上。

「我對你有一個計劃。」

我在心裡說，我早知道你這個計劃了，老闆，你想讓我做父親的事，世世代代爲你們家服務，說老實話這個計劃並不新鮮，也不高明。因爲啊——老闆，你還看不透我。

但是老闆並沒有說出那個計劃的內容。接下來的半個鐘頭，他開始大談自己的「奮鬥史」。

他說這番話的時候，表情和動作雖然誠懇，卻不免有一點點難以覺察的破綻（多虧我那個「不相信」的個性），有一會兒，我忍不住想，老闆好像在談一個別人的故事。

這個「成長」的故事大致是這樣的：

很久很久以前，日本人剛戰敗離開的那幾年，有一個叫「賴樸恩」的小伙子，雖然他跟很多本省人一樣沒受什麼教育（大約讀了幾年公學校），但是他有一顆向上的心和聰明的腦袋，而且最重要的是——他非常誠實。店裡的日本老闆常常豎起拇指稱讚他，因此他就從學徒一路升到了正式職員。日本人宣佈投降時，那個老闆還是相信他，於是把「銀樓」整個交給他，囑咐年輕的賴樸恩「好好幹」，同時像麥克阿瑟離開菲律賓時說的一句，「我一定會回來」。但是日本老闆卻沒有那麼幸運，當他能目視到國土時，他的船卻碰到了一枚美國人沒有清除乾淨的水雷。事情就這麼樣，賴樸恩擁有了自己的事業，而且學會了一身做生意的本事，終於他的誠實與遠見（他發現銀樓的發展有限，便搞起地下錢莊來），使他的生意越做越大，到卅歲那一年，他已經賺到了第一個一百萬。

聽完這個故事後，我沒什麼感想，也不可能有什麼感想，因爲這個故事太合情合理了，而且沒有一點瑕疵。不過，我們兩個都覺得很舒服。

賴樸恩臉露滿足的微笑，好像西部電影裡那些剛殺完紅蕃的白人。

然後我們離開餐廳，在門邊我回頭看一眼那面玻璃牆：發現那個比基尼裝的美國女郎不見了，於是我忍不住想，或許她也游到我們現在正要去的地方——二樓的起居室。不過，令我失望的是，那個房間裡沒有玻璃牆。反之大娘和四娘都在那裡。

所以，我就把一些雜七雜八的想法（包括那個計劃究竟是什麼東西）拋在一旁，我很有耐心和兩個女人閒話家常。

我們的話題雖然五花八門，從醫藥健康到男女關係什麼話題都有。但是到末了，我終於發現和我母親的例行交談差不多。於是我便找了一個適當的機會告辭。

我和老闆一起下樓，在樓下的過道裡，我們碰到了那位英文老師，她叫蘇絲，長得十分漂亮。

「我喜歡叫她壽司。」老闆說，「你去過日本嗎？」

我搖搖頭。

「日本有個辦事處，那裡一人當三人用。」

我們走到門口時，我那輛車子已經等在那裡。

賴樸恩伸出手給我握了一下，那隻手溫溫熱熱的。然後他用一種帶著感情的聲音說。

「瑞卿，有空不妨來玩玩，就像你小時候一樣。」

我點點頭，不曉得說些什麼才好。

「我那幾個孩子不常回來，有時候不知道生孩子爲了什麼？」

我仍然不曉得說什麼才好。

●

我告訴母親，原來我預料它是個重要聚會，但卻演變成家庭式拜訪，而且賴樸恩還對我有個計劃。

我母親露出沈思的表情，然後嚴肅地說：

「你爸爸希望你接他的班，我一直反對，你知道爲了什麼嗎？」

「我不知道。」這個話題不新鮮，但是她的表情卻很新鮮，她輕咬著嘴唇，努力做出一副憤怒的神情，但是她的眼神卻全然不是那麼一回事，也可以這麼說，那是一副水汪汪的眼神。

「因爲——賴樸恩是個大混蛋！」

隔了幾天，那個我母親嘴中的大混蛋又找我去。

我們站在那座新大樓模型前。

「我聽說你們星期天在嚴俊賢家裡簽了個約，爲什麼沒跟我報告。」

「那是個小合約。」

「葉總也去了嗎？」

「他就住在附近，他說過來看一下。」

「你對葉總的印象怎麼樣？」

他臉上古怪的表情，使我採取較爲審愼的態度。

「不錯，精明能幹。」

「哼！」賴樸恩用手指關節在壓克力模型上敲了幾下，發出輕脆的響聲。

他的語氣和態度微微洩漏出不滿，因此我保持緘默。雖然我也聽到了種種風聲，有關於「權力鬥爭」、「接班人」等等，但這在大財團裡根本就是正常的事，而且到此爲止，這一切似乎都與我無關。

「都怪海元走得太早，」海元是我父親名字，「你爸爸是他的死對頭。」

「我爸爸？」

「我跟你爸爸有個計劃。」

「什麼！」

我眞正吃了一驚。原來他所說的對我有個計劃，就是那個大計劃的一部分啊。

「我稍微透露一點，我希望你進入總管理處，你一定要利用這幾年時間培養人望與聲望。」他邊說邊把臉湊近我，同時瞪大了雙眼，好像想看進我的腦部裡。「在這之前，你要什麼儘管開口，你要做什麼儘管放手去做。」

在我告辭走到門邊時，賴樸恩從背後叫住我。

「瑞卿，」我回過頭，發現他的表情十分古怪，「我們好好幹！」

●

我再笨也應該明白賴樸恩那個「大計劃」了，那個計劃跟總經理有關，跟「接班」有關，跟賴家世世代代的榮華富貴有關。

所以，我就隨時準備豎起耳朵，拉起我頭上的天線，我希望接收到一些訊號，能夠解釋那個大計劃的訊號。

但是我那個單位，即使獲得充分授權，被公司視爲「新貴」的單位，也不是我能夠信任的。因爲，我發現我抽屜裡的東西有被搜索過的痕跡。我有一本小筆記本，通常它是放置在我前口袋裡，但有時我也會把它遺忘在抽屜裡，那個筆記簿裡記載了一些人名和電話，以及只有我自己看得懂的祕密記號。

我發現筆記簿裡黏的那條金黃色的細繩，並不在我習慣置放的第一頁和第二頁間，它跑到封底去了。

雖然也有可能，我把封面和封底弄錯了，不過我情願相信有人動過手腳。因爲我不相信我那個單位，因爲我那個單位有好幾個人來自總管理處，因爲賴樸恩說過那些話。

所以，我就另外想了辦法，我成立了一個新單位，這個單位雖然隸屬於舊單位——「新建大樓工程處」，但是它絕對是全新的，因爲所有的人都是我登報找來的。有六名之多。

當然我事先向賴樸恩報告過，同時也徵得總管理處的同意（我又一次地利用董事長語氣曖昧的批示）。我想總經理一定有點懷疑，不過他永遠猜不到這是那個對付他大計劃的一部分，因爲啊，我在他心目中還只是個少不更事的小毛頭。

我那個新單位有一個很曖昧的名字，「新建工程研究發展部」。

我向別人的解釋是，公司將來必定還有許多新建工程，而且將來的建築工程日趨複雜，成立一個研究發展部絕對符合未來的需求。

每個人都覺得很有道理。除了人事室幾個核發薪水的傢伙，他們看到每年要付出幾百萬一定會抱怨兩聲，說「這幾個傢伙到底眞正做些什麼。」

眞正的用處是，把總經理的人踢走。

——一九九〇年一月

東年作品

東 年

台灣基隆人，1950年生。美國愛荷華大學寫作班研究。

曾任聯合文學社務顧問，現任歷史月刊總編輯兼聯經出版公司副總經理。著有短篇小說集《落雨的小鎮》、《大火》，中篇小說《去年冬天》、《地藏菩薩本院寺》、《我是這樣說的：希達多的本事及原始教義》、《再會福爾摩莎》、《愛的饗宴》，長篇小說《失蹤的太平洋三號》、《模範市民》、《初旅》（英譯本Setting Out，由A Pleasure Boat Studio Book在美國出版）等。曾獲聯合報、中國時報小說獎。

【關於初旅】

一九六〇年代，基隆鄉間一個知識分子家庭的五年級小學生李立，以他童稚而坦白的眼光，觀察當時台灣社會的種種風貌：美國大兵和船員穿梭來去的港邊酒吧、流亡學生出身的女校長、穀倉中偷情的二舅、同學的爸爸是匪諜、冒著煤煙的火車駛過蘭陽平原……人世中複雜費解的一切，就在童年的心靈中化作一幅素樸幽遠的水彩畫，色澤清淡卻真摯深刻。

初旅

七

父親吃過早餐就出門去談生意了，他和許多外國人來往，下午他又匆匆忙忙和朋友到海邊去釣魚，他們開車子去釣太平洋。以前，我和他們去過一次，他們用輪盤捲線的釣竿釣魚，海水很深魚很大。如果趕上潮水，他們總會釣上許多魚，有時候魚大得必須兩人抬。

父親穿短袖短筒的卡其衣褲，戴米色扁帽；他背著竹簍，另肩扛兩支釣竿。釣竿是整株荊竹做的，細長的尾梢隨著他的腳步，高揚在空中不停的晃動。

李立必須隨時加緊腳步才能趕上父親的背影；他背著水壺，提著乙炔燈。

他們走出村子，在外圍的路旁溜下一條雜草叢生的坡道，走進一片瘠磽的窪地；這裡原來是個小湖泊，被肥料工廠傾倒的電石粉和煤碴日積月累而淹沒了，只剩得窪地裡一角落的池塘。

「我已經抓得到那種大蜻蜓了。」望著一對綠身藍腹的黑尾蜻蜓，李立志得意滿的說：「今天早上我抓到五隻，一隻母的四隻公的，朋友教我的，我用掃把在水草中撲到一對，然後用那隻母的綁在線上騙了三隻公的，我看清楚了，那公蜻蜓是用尾巴勾住母蜻蜓的頭，呃，有時候那母蜻蜓也把尾巴彎起來貼在公蜻蜓的肚子下面，那樣是在做什麼啊？」

「喔。」父親說：「牠們一定做了些什麼。」

酷熾的烈日已經消失多時，徐緩的晚風也吹起幾分涼意。他們橫過窪地，從另一邊的坡道走上山路。

「你應該從山和海學一點東西。」父親說。

「是啊，我希望學會游泳。」李立說：「我好幾個朋友，頭已經可以浮出水面了。」

「我是說，呃——」沉吟片刻，父親沒再說下去。

從路旁的樹林間俯視不遠處的村子，李立看到幾個鄰居的孩子在村子外圍的榕樹下嬉戲。這些剛洗過澡的孩子，穿著新洗的白布汗衫；他只能在濃密的樹蔭和房舍的磚紅間，看到他們穿梭的影像。他幾乎也聽不到他們愉快的笑鬧，僅能從樹林間到處鏗鏘作響的蟬鳴加以揣想。

父親對於蟬鳴卻有不同的看法；那時候，在滿腦子歡樂的想像中，李立正好抬起臉尋找那些興奮的蟬兒。

「牠們只能活個十來天。」父親說：「就是這樣的夏天和秋天之間某一個十來天。」

「喔，那麼，那麼牠們是在哭呵？」李立停下腳步，盯看半空中一隻緊抱樹幹奮力鼓腹的蟬；牠的亮麗黑殼和透明翅膜，在夕陽的餘暉中閃閃發光。

「天知道。」父親聳了聳肩說：「也許是在唱歌呵。」

「那麼蜻蜓呢？」

「蜻蜓什麼？」

「蜻蜓活多久？」

「差不多吧，也是這樣的夏天和秋天之間某一個十來天。」父親說：「牠們從土裡來，從土裡去。」

「老師說蜻蜓是從水裡來的。」

「是的，意思是一樣的，最後呵，任何東西都回到土裡去啦。」說著，父親又邁開腳步。

「靈魂會飛上天。」李立說。

「那樣會較好。」父親說：「地下又黑又冷。」

李立再度從樹林間去俯視村莊；現在，村莊離開他們爬高的半山好一段路了，他只能夠看到高矮參差的屋頂和幾縷炊煙。

「你落後太遠咯！」父親喊著。

他用手抓緊身邊的水壺，再度像出門的時候那樣，不時的趕步子去追逐父親的背影。這一會兒，山林間已經浮起厚重的暮氣；他們匆匆趕過一段路程，從一道階梯鑽出樹林。

「是個好天氣。」站在山頂上這麼讚嘆，父親又自顧自的溜下和緩迤邐的青草坡地。

海水橫臥在山崖下面，響著萬頃潮汐洗刷沙灘的喧譁。彎澳中引擎啓航的漁船也此起彼落的在排氣煙囪裡撞出空洞的聲音。此外，遙遠的某處仍然有蟬鳴繚繞，像是白晝最後的嘆息。

溜下山坡，他們橫過山谷間的一塊平地，從另一座山的山側斜道走下山崖。一波接一波的浪潮在沙灘上涮出翻滾的白色花沫，一艘又一艘的漁船在海面刻劃出交錯的浪紋。但是，只一會兒，當他們在沙灘邊緣橫過一個小漁村和一片蜜花黃堇點綴的草地，漲滿的海水忽然平靜下來，而天際最後的雲彩也一片片的被逐漸昏暗的夜空埋沒得無影無蹤。

最後，橫過一片海蝕平臺，他們走上一座突出海面的岬角；一個小孩等在上面觀望。

「是不是李先生？」他說。

「是的。」父親說：「你是？」

「我阿公生病了。」小孩不自在的說：「我來給你們划船。」

「喔，那要先謝謝你咯。」父親說：「你阿公什麼病啊？」

「太老了。」在岬角邊緣跳上一個突兀的礁石，小孩收緊繩纜把一條舢舨拉近岸。

「今天讓我划船。」在小孩的口袋裡塞了一張鈔票，父親說：「我今天晚上突然想划船哩，哪，你先上去吧。」

「我可以划船。」小孩脹紅了臉說：「我常常划船。」

「我知道，我看你長得很結實。」父親說：「下一次一定讓你划，好嗎？」

當他們離開海岸，天色已經完全暗下來浮出眾星閃爍，而黑暗的海也到處隱伏熒熒漁火。

漁家的小孩背海坐在船頭的三角板上，李立和他面面相對的坐在船中的橫板；父親在船尾划槳，優閒的望著逐漸遠去的黑色山巒和山褶間燈火昏暗的漁村。

「今天晚上怎麼沒有看到月亮？」李立說。

「今天晚上沒月亮。」小孩說：「明天清晨才看得到月亮，一小片月亮，在西方的天邊，只能看到一下下它就落海了。」

「你怎麼知道？」李立驚訝的說。

「我每天看啊。」小孩因爲興奮，急促的繼續說：「後天清晨的月亮會比明天的大一點，停留在天空的時間也會久一點，因爲它出現的地方比較高一點，就這樣，它每天出現的時間和形狀都改變一點，所以啊，到了某一天，太陽一落海，我們就會在中間的空中看到滿月。」

「眞的嗎？」李立轉過頭去問父親：「眞的嗎，爸爸？」

「喔，那是眞的，他是個聰明的孩子。」父親說：「然後，月亮每天出現的地方往東邊移一點，形狀小一點，最後，有一天它又不見了，是不是這樣呢，小孩兒？」

「是的，是這樣呵。」

「這很有趣哩。」李立讚嘆的望著夜空。

「你應該從山和海學一點東西。」父親說。

「一條魚能夠活多久？」李立說。

小孩的眼睛在黑暗中眨了一下。

「什麼東西能夠活多久？」父親停了船槳說：「你是問什麼啊？」

「一條魚能夠活多久？」

「怎麼樣活多久？」

「呃，就是活多久？」

「這個嘛——」父親說：「如果被釣上岸來，只能夠活幾分鐘，如果在海裡——」聳了聳肩，他又說：「那要看運氣，沒被別的魚吃掉就能夠多活一會兒，所以，嗯，就是活一會兒吧。」沉默片刻，他又開始划槳，同時喃喃自語：「這結論眞奇怪。」

「你們是有錢人呵。」

「什麼叫有錢人？」

「要什麼有什麼的人。」小孩說：「你可以一直在學校讀書，我不能再讀書了。」

「爲什麼你不能再讀書了？」

「我就是不能再讀書了。」小孩說：「但是，有一天我一定會做船長。」

「我相信你一定會。」父親說：「你懂得天空和海，有一天你一定會做船長。」

「對啊，我希望跑得很遠。」小孩興高采烈的說：「遠遠的離開海岸。」

遠離的海岸和山巒全都被黑夜吞沒了。

「是不是夠遠了？」父親說：「是不是放線的好地方？」

「再划一下子。」小孩堅定的說：「我知道一個好地方。」

望著黑幽幽的深海，李立開始覺得昏眩：「我們可以把燈點起來嗎？」他說。

「我們現在還不需要燈。」父親說。

「我們等一會兒會需要燈。」小孩說：「我有一組很好的燈。」

「我也有燈。」李立說。

「你有什麼燈？」小孩說。

「我這燈是炮彈做的。」揚了揚那盞造形精美的乙炔燈，李立說：「這上層裝的是水，下層是電石——」

「我知道乙炔燈，但是那太小了。」小孩說：「我用鉛酸電池，我的燈可以照進深海。」

「我會釣到魚。」李立說：「我們今天晚上會釣到魚，是不是，爸爸？」

「也許。」父親說：「你呢，小孩兒？」

「我每次都能夠釣到魚。」小孩自信勃勃的說：「我好像從來沒有空手回家過，我懂得怎麼把魚拉上來。」

他們終於停了舢舨，並且亮起電池燈和乙炔燈來整理釣具。那漁家的小孩最先把漁線拋進遠處的海面，鉛垂在黑暗中發出清脆的聲音。待李立和他父親也拋出了漁線，小孩把刺眼的電池燈放進固定在船舷的鐵筒，玻璃面的鐵筒立即在海水中照出一片亮麗的藍彩，令人覺得溫暖而且充滿希望。

「今天晚上我一定會釣到魚。」小孩說。

「今天晚上我們會釣到魚嗎？」李立說：「爸爸？」

「這很難說，我們並不是總是要什麼就有什麼。」父親說：「我們才在學呢，這海太大了。」

——一九九三年三月

李昂作品

李　昂

本名施淑端，台灣鹿港人，中國文化大學哲學系畢業，美國奧勒岡大學戲劇碩士，曾任教於中國文化大學中文系。著有短篇小說集《混聲合唱》、《人間世》、《愛情試驗》、《一封未寄的情書》、《他們的眼淚》、《花季》等；中篇小說《殺夫》、《暗夜》；長篇小說《迷園》、《北港香爐人人插》等。曾獲中國時報文學獎報導文學首獎、小說甄選獎佳作，以《殺夫》獲聯合報中篇小說首獎，更造成國際文學界震撼，先後被翻譯成英文、德文、法文等十數種語言在國際出版。

【關於自傳の小說】

這是一部傳記：以台灣現代史上最斑斕的孤傲花謝雪紅的故事為經緯。滿身反骨、聰敏美麗的她，注定一生顛沛。從反抗日本帝國主義，反抗國民黨封建政權，到反抗中共獨裁統治，以致數度遭通緝、入獄、被刑求，但她始終以不惜以身殉死的女性革命者自許！

這是一部小說：作者幻化入謝雪紅的靈魂，代她鋪陳內心的慾念。於是在想像的熊熊烈燄中，眷戀著張樹敏歡愛時的狎戲；仰望著林木順燠熱滾燙如荼如火的身軀；吮著楊克煌月牙形印記的雙眼皮……

這是一部紀錄：以第一人稱的童年回憶，記載行徑奇特的三伯父的講古。有關於狐狸精、梵塔那尼、魔神仔等匪夷所思的神怪魔女；也有關於噍吧哖事變、霧社事件等政治歷史……當然，還有二二八事件女英雄謝雪紅的血淚史。

交織著複雜多變的文體，梭巡在史料幻像中的《自傳の小說》，映現出的不只是謝雪紅的生平，也不只是女性政客對權力的操控；或許，真正含藏的是百年來女人的一生……

自傳の小説

全新的所在

1

終於，她到抵一個與她全然無涉的地方，一個與她全然無關的國家。

當她第一次有機會遠離台灣，她被帶到日本，日本是台灣的殖民母國。幾年後她再離開台灣，到抵的中國，則是她的「祖國」。

而終於，到蘇聯，到莫斯科，她來到的該是一個全新的所在——不同的人種、文化、制度，不同的生活方式。

只仍有關聯延續。

這裡是她的「社會主義祖國」。

（永遠糾纏不清的牽絆啊！）

會有一個地方，眞正是無有關聯的所在？

一九二五年十一月底，謝雪紅、林木順與前往蘇聯留學的人被通知到「蘇聯領事館」辦入境手續，隔天中午，船由上海南京路口啓航，是一條蘇聯商船，先前往海參崴。

她會記得這是她坐過的「第十條船」；船是下午一、兩點鐘開的，船駛過黃浦江，又出揚子江，直到開進外海時天還沒黑。

在她往後的口述自傳裡，她會強調這是「坐往社會主義國家的第一條船」，「以前乘船時，都感到周圍充滿著險惡的氣氛，這回則感到好像受到保護般的安全和自由自在。」

而爲她口述自傳作紀錄的楊克煌，則計算她「一生共坐過十八條船」。

在那以船作遠距旅行的其時，十八條，意味著的該是十八次跨國、跨洲的旅行，十八次的離開與到抵。只這回，同行的已然換成林木順，到抵的是蘇聯的國土海參崴。

「船在海參崴港口外的碼頭靠岸，我們全都下了船，腳踩的地方全是冰塊，人家告訴我，我們站的地方還是海呢！我就會害怕起來，擔心走到薄冰上會沉下去，別人又說，整個海參崴港內的海都冰凍了，不但人能在上面行走，馬車也能走，人們甚至來這兒開設夜市。這是我第一次踏上社會主義國家的土地，見到這些從未見過的情景，興奮極了。」

然接下來是坐二十一天的火車，目的地是莫斯科。

我總是夢到我在搭乘西伯利亞的火車上作著夢。

是的，我夢到我在火車上作夢。

在那無止無盡往前行馳的火車上，我的眼目所及儘是一片雪白，數不清第幾天第幾夜了。事實上自從到抵，我一直看到的都是白色的雪，從灰白到髒黑到新下的白雪，我平生第一次見到如此多雪；要不然就是冰，那堅硬殘酷的冷冽白冰。

行進中的火車兩旁，爲冰雪覆蓋的原野，極目所望，眞只有一片白色。雪封的山陵因白雪緩平了峻峭的山壁，壓撫了樹木生長的稜線，白色淡化了一切高低起伏，所有的一切俱成柔美順暢的線條，在廣大的荒原中，沒有突兀也少有巨大落差的高低。

然那雪原中也不見得全無變化，形成差異的便多半是樹，遠樹封入山原白雪中，不足辨識，近火車行經處，才見差別。不落葉的松、柏，樹尖葉叢頂著白雪，底下仍可見一截暗綠針葉，黑擠擠的一塊一塊。落葉的樺、楊，剩下光禿禿的枝幹，不足覆雪，大片樹林便只是一根根挺立雪中的樹棍，間距中空無一物一片清朗。

只除卻雪。

不知是多長久的幾日幾夜裡，眼見的仍只是一片白雪，幾回黑暗後陽光又出來，不僅不見人蹤，也少有鳥獸，只有一種黑鳥，中度大小的沉黑鳥身，偶爾停棲窗外雪樹上。

那雪必然能吞聲，因著在白雪封存中，一切看來俱是如此的靜謐。

我先是嘗試睡眠，在這局限的火車上，一切似都暫止不再發生。然睡過黑夜、白日，窗外仍是不變的雪景山林、冰封平原。不知始自那個晝夜，甚且手錶、時鐘上的時間也失去意義，指針上的下午四時可以是十日下午四時，也可能是十一日，或者，爲什麼不是九日下午四時？

「今天是星期三。」

「不對，是星期一，十七號嘛！」

「十六號星期二才對。」

之後，我們連幾號、星期幾都不再爭辯。

我們還要發現，連說話都十分困難。

火車上同行的，有我們台灣人，還有中國人、朝鮮人。

中國人：只會講中文

台灣人：會講中文、日語

朝鮮人：會講日語或俄語

中國人想買一個東西，不會俄語和日語，只能用中文同我講，我再用日語轉告懂日語的朝鮮人，由他翻成朝鮮話給會俄語的同伴，再由他以俄語去買、去交涉。有了結果，同樣還要如此一個個倒傳譯，最後才又傳回中國人那裡。

每回都要經過如此複雜的手續，我們便也少交談。

爲了排遣時間，我們通常「很早」入睡。「很早」可以是午後三時，那時候，天已黑了。

那下午三點鐘即天黑、隔天十時太陽方出來的奇異天候，總沒來由的令我感到暈眩，在火車不停的、規律的搖動中，昏暗的黑夜更似無有盡時，恍若火車狠命不斷前趕，就爲追逐黑暗，咬住黑夜的尾巴不放，才會使自身永遠陷在黑暗中。

既然天黑了，不妨就睡覺去了，在仍前行的火車搖晃著的窄狹臥鋪裡，是躺下來，也睡著了，可是爲什麼仍聽到所有的聲音？汽笛、車輪轉動的喀隆、喀隆，停車時吱一聲長叫，下車月台上雜沓的人聲，還清楚聽到叫賣：

「便當，便當。」

看到的果眞是木質方盒的便當。

應該是醒過來了，可是總沒能睜開眼睛，昏昏的又入睡，知道是夢來了，還作了很多夢，只俱無以辨認，然後夢到自己在火車臥鋪上坐起身來在說：

「蘇維埃的便當呢！趕快趁熱買一個，要不待會兒吃什麼？吃酸麵包？」

說的一定是中文，爲了京腔的「待會兒」，舌頭在嘴裡轉僵了，就是說不準，還腫起來，滿滿的溢出唇外，愈流愈長，最後只有努力將它塞回去。

塞入嘴裡，是一團團的肉羹，嚼著咬著，又好似吃豬血糕，澀澀的仍有著血味。

買了便當沒？便當呢？

（怎麼裡面還是酸的黑麵包，白飯、番薯簽飯也可以啊?!）

又是車站，這麼多火車站？剛不是才停過一站。

（窄礙的臥鋪裡不適的眠夢總提著心等待下個車站到來，是不肯醒來還是害怕買不到便當？喀隆、喀隆的車輪轉動聲響遲疑了，像將斷未斷的氣，在間隔的空檔中反倒緊豎起耳朵，等待下聲喀隆的到來。）

一定魘住，就要醒過來？或者魘著呢！

（終於停車時前後搖晃的巨大震動到來，該是被搖醒了，怎麼臨上心頭的是無盡的淒涼與哀傷，卻又無從分辨爲何傷感，只是牽牽扯扯的午夜夢迴心中溢滿酸楚，便也間雜著對未來的淒惶。）

在這走也走不完的火車旅程裡，我究竟害怕著什麼？

「火車走了約一星期，來到『貝加爾湖』湖畔，火車繞行這個湖畔約半個星期的時間眞夠長……我們跑到貝加爾湖畔遊覽，人家告訴我這是世界第一大湖，位在歐亞兩洲的交界，我們算是已經走過一洲了。

我走在湖畔，看到結成冰白皚皚的湖面和一望無際的天空和大地，一切都望不到邊，眞是無限廣闊的銀色世界。使我回想起幾年前張樹敏將我安置在他父親臨死前住過的房子，每天在外面嫖賭飲，我私藏一把宰鰻的尖尾刀想自殺。張樹敏以爲我藏刀是要來殺害他的，找來一位日本警察。

當時那穿和服的日本警察對我講一句話，給我印象很深刻：

『外に出て見ろ，世間は廣ぃぜ！（出去外面看看，世間是廣闊的呵！）』看到那四望無際白茫茫的天空、湖面和大地時，我回想起那個日本警察對我說過的話：『世界是廣闊的啊！』直到現在，我還沒找到一個正確的語言來形容這遼闊的大自然當時給我以如何雄偉壯大的印象。」

你在冰雪封存中見到乾淨如新的自己，一如那皚皚白雪。沒有一個地方有如此巨量無盡的雪，如此遼闊無邊無盡的林原、湖面、大地與天空。絕不是我們位處亞熱帶的故鄉台灣，曾居住過的殖民母國的神戶，也不會是中國上海。

這是一個全新的所在。

（如若有一個名字，必然要有那新生的白雪。）

可是我爲什麼總是夢到我在搭乘西伯利亞的火車上作著夢？

在那無止無盡往前行馳的火車上，過了最始初對白色雪原的新奇讚嘆，長時間一致的景物使緩慢移動的火車成徒勞的負擔，好似永不可能到抵的火車似眞要直奔天涯海角，或那事實上並不存在的世界盡頭。

我一定害怕著什麼。

那火車睡鋪上永遠淺淺的眠夢，不曾眞正熟睡，夢便恍若都只集中在腦的外圍，頭殼四周佈滿一個又一個夢，淺淺的無從深入腦的內層，永遠是吉光片羽閃掠的片段，輪流翻轉的來到我深層的腦中的夢裡。

我夢到我外殼的腦子四周佈滿的夢，便有著那淒惶的不安，在夢到的夢境裡，由雪原中那聒噪不祥的黑鳥張翼的巨大黑色羽翅觸動心弦。

我究竟害怕著什麼？

我是不是一直懼怕著離去與到抵，才每回在感到火車將要靠站時魘著醒來，因為火車一停止，必是離去一個地方、到抵另個地方，而離去與到抵，意指的就是我得起身去面對……面對的誰知道會是什麼？

面對如若只會是一片模糊的不安，便努力試著又使自己入睡了，睡著雖要夢到在作的夢……但總是——

睡了就好。

我的三伯父最愛講述他在「唐山」的事蹟，特別是在「滿洲」的經歷：

「我是在康德三年到奉天的。」

我們一直懷疑有「康德」這樣的年號，直到事後證實，「康德三年」確實存在。

「康德」不只是「國父孫中山先生」的英國老師，還是清帝國末代皇帝溥儀的最後一個年號，當溥儀在長春成立「滿洲國」自立為帝時，年號便是「康德」。

確實存有，年號「康德」的滿洲國，在中國歷史上被稱作「偽」滿，不符合「中國五千年悠久歷史」的編纂，在中、小學教科書裡被簡略或根本刪除。

我們因而從來不曾背誦「康德」這樣的年號，在記憶中也從缺。然縱使「康德三年」確實存有，對三伯父由「奉天」越過中蘇邊界，進入「白毛仔」蘇聯的事蹟，我們仍不敢確信。

特別是，三伯父有關「魔神仔」的講述。

「唐山北方有『孤狸精』，我都親身見識過，無啥稀奇。倒是蘇聯『白毛仔』那邊，有一款『魔神仔』，聽說較『孤狸精』厲害千、百倍。」

那「魔神仔」出沒的時刻，是不論白天黑夜、一年四季。當然，雪天裡的夜是她們的最愛，特別是有月亮的晚上，月光輝映著白雪，反射雪光一如白晝，輝煌燦爛。

便是在月明如水的雪夜裡，「魔神仔」飛馳在枝葉盡落，只餘光禿枝幹的白樺林間。她們先是成群結隊呼嘯而出，一當看準適合的所在，便各自分散。當一群眾多「魔神仔」飛馳而過時，沒有人曾看清她們的體貌，甚且是男是女也無從分辨。但當降止在固定地點，多半時候她們以女貌出現，雖則大都仍臉面模糊、五官尚未清楚分佈。

「這是她們尚未成形，正在學習如何飛舌取氣。」

一當「魔神仔」降落，方圓十、百里間，便突爲一陣驟來的寒氣襲擊，棲息的鳥獸如果警覺，爲襲來的寒氣驚醒，便得趕緊四處逃竄奔命。

這時便可看出「魔神仔」的功力了。修行已俱火候的「魔神仔」，臉上五官雖未全然成形，但一張櫻桃小口，已然嬌艷欲滴。只見她輕啓紅唇，一吐口舌，紅舌竄出瞬息快速延伸，長成數尺、數丈長舌，擊捲鄰近鳥獸。

只要爲「魔神仔」長舌觸及，一陣舐吻圈捲，任何大小鳥獸，渾身完好無傷，只是身體熱息逐漸被吸走，終至全身僵冷冰封。

初學者就算紅舌無能延伸數丈，也能伸出數尺，擊捲較小鳥獸。如此，初飽的「魔神仔」有了氣力，飄飛起身，盤旋於枝葉落盡的白樺林間，繼續狩獵。快速飛馳配合靈活長舌，所到之處，必有斬獲。

2

一九二五年十二月十八日，火車到抵莫斯科。大革命後的七年，冷冬裡氣溫在攝氏零下四〇度左右，「地上的雪已有三、四尺厚，街上的電線，已經變成白色，過路的車輛，都發出一種『格』、『格』的聲音，路上的行人，都是俯著頭，好像有什麼緊急事情一樣的很快跑過」。

東方大學中國共產黨的「旅莫支部」，派人來接待，三、四個人分乘一輛馬車開往學校，馬車由兩頭大馬拉著。

「當馬車在莫斯科的大街飛跑時，我的心裡湧上一股極其榮幸的感覺！因爲，這是全世界人民羨慕的國家、嚮往的城市，我多麼幸福啊！莫斯科的馬路是用方形木塊鋪成的，到處都很乾淨，我感到很稀奇，見到什麼都覺得很新鮮。」

全名叫「東方共產主義勞動大學」的東方大學，校址在「高爾基大街」的「普希金廣場」，由

「共產國際」在一九一九年創立，爲國內少數民族和東方亞洲各國培養革命幹部，讓學生來此地認識馬克斯主義和列寧主義。

「東方大學」被稱爲「出產世界歷史的酵母」。

謝雪紅與林木順先被安置在「中國班」。

到莫斯科安頓下來後，他們最先參觀的自然是「紅場」，那時，距列寧去世還不到兩年，被保存的列寧遺體在廣場中躺著栩栩如生。

「這就是世界無產階級的偉大革命導師啊！」

當時，列寧被稱做「父親列寧」。

「爲什麼紅場與紅軍穿的衣服、戴的帽子，都不見什麼明顯的紅色？」

那紅場以其巨大及冷肅，震撼了暫被編入中文班的來自台灣的女人的心。

在上海外灘，或由浦東隔著黃浦江遙望外灘，她曾以爲，世界的盡頭就在此。

那外灘石塊堆砌的雄偉一長排高樓華廈，那有「東方巴黎」之稱的紙醉金迷城市，華洋匯集的大都會，因著她是女人（何況還是個面貌姣好，聰明狡慧的女人），有著更多涉入權慾聲色的機會。

她曾以爲，她做爲一個女人可以追求的，儘在這個城市叢林的大都會裡便履行不盡。

然那紅場無以倫比的巨大雄偉，周圍在新權力中心的克里姆林宮、具歷史意義的教堂、古老宮殿間的巨大廣場，喚起了大都會外的都會，權力外的權力的可能。

這才是世界。

便是在她到抵及往後的期間，她會看到這作爲世界無產階級革命中心的大都會，在市內所有的大小廣場上，建起一座又一座的雕像。

在那蓋於十八、九世紀，圖案雕像裝飾繁複立面的石質長排街屋，有街道交會的地方，便容易形成大大小小的廣場（這於她是怎樣新奇的經驗，她來自的地方少有廣場，「廟口」是唯一類似的地方，但一個村莊通常只有一處。）

便在多半漆成暖色調黃色、磚紅、橙色、正紅的廣場四周樓房間，矗立著一個又一個深綠色近黑的雕像。各式各樣知名、或不那麼知名的革命領袖、人民英雄；有利國家發展的科學家，甚且與人民站一起的文學、音樂家，也不曾被遺忘的成爲一個又一個站立的雕像。

是啊！那雕像巍峨的聳立，永遠是站著的身姿才能高大雄偉，他們或還身體微略前傾，一種不穩定的平衡，朝前伸出一隻右手，微仰的頭望向前方，充滿對未來的企盼。

那冷冬的莫斯科空氣中，翻飛的便俱是這些抬手、仰望的雕像的光明前景。

（被編入中文班的來自台灣的女人，悄然自問：這些雕像爲什麼不坐著呢？如若坐著，要坐在哪？樹幹、石塊？難道要坐在椅子上？什麼樣的椅子？當然不能是國王雕飾雙頭鷹的雄偉寶座，也不會是搖椅。那麼，普通的椅子總可以吧！

「父親列寧」的雕像坐在一張簡單的四腳椅子上？）

然來自台灣的女人張大眼睛，只敢怯怯的問：

「爲什麼紅軍穿的衣服與戴的帽子，都不見什麼明顯的紅色？」

回答的人微微的笑著。

「軍隊之所以稱作紅軍，是在主義上面講。共產主義的旗幟是赤色的，軍隊爲共產主義的理想奮鬥，所以稱作紅軍。」

「這我知道。」女人的臉面上泛起一陣紅霞。「我的意思是，爲什麼不用更多的紅色？」

「顏色並不重要。如果『巴黎公社』那次示威遊行中，不是從一個女人身穿的紅裙撕下一塊作旗幟，今天就不會稱作紅軍、紅旗、紅色思想了。」

「不，一定仍是用紅色爲表徵。」她氣急的辯駁：「那天遊行，一定有許多女人穿著不同顏色的裙子，但爲什麼不用呢？因爲，要挑選的，一定是紅色，只有紅色。」

（如若有一個名字，必然要有那革命的紅色？）

她果眞在紅場上看到一隊紅軍。

這是她第一次親眼看到紅軍，而且就近臨身旁。雖然她往後會一再看到他們，大革命剛過七年，保安工作仍十分嚴密，對敵人的警惕性也很高，在蘇聯本國不可能買到一張蘇聯的地圖。保衛家園、主義的紅軍當然就在身邊。

然第一次畢竟不同。女人的身量儘管在同胞中已屬高，仍較碩壯的紅軍矮上一截。女人得抬頭仰望，心勃勃的強勁跳動，彷若眞要跳出腔膛。

零下四十度冰封的巨大廣場，吸取的不只是熱氣，似乎連生命的氣息都能攫獲。只有這一隊紅軍，抬頭挺胸衣裝步履整齊，高聲唱著莊嚴的軍歌，雄壯的前行。

革命剛過七年，就算再冷的冬天，朝前望的炯炯眼神仍充滿企盼與希望。

他們一大隊一大隊的走來。如此臨近以至她聞到大隊紅軍的氣味。分開來該有嘴裡呼出帶乳的酸味、藍綠色軍服布的味道與包藏的男人體味，以及，皮革的氣味，在那冰雪封凍一切氣息，而至空氣總特別清新的巨大廣場裡，堅持的匯聚成一股氣味，人的氣味、男人的、軍隊的氣味，還有超越此的——

紅軍的氣味，一種凍止的乾淨的團體氣味。

（在她的故鄉，軍人——他們叫「兵仔」，不管是日本兵、台灣兵，在亞熱帶的溫濕氣流裡，甚且在冬天，腋下、背上的土黃色軍服濕淋淋成片片的汗漬，散發著流汗後濕悶住的汗酸味。一重又一重濕了又乾的汗酸，累聚成發餿的臭味，濃重的撲襲而來，在濕濕的空氣裡一如腐敗的肉體、腐酸味令人作嘔。）

那大隊紅軍則有著未曾被零下四十度呑蝕的清潔的團體的味道。（她聞到那白種男人的各式氣味，只除卻汗酸味）。那紅軍即使不穿紅衣或戴紅帽子，便也不再只是傳聞中解放不公不義的正義之師。

他們確實存在。

且他們除了是紅軍外，還明顯是軍人，是男人。

來自殖民地的女人有著認同上的困擾。

「當時留莫斯科的學生，台灣人共有兩位，與日本人一起讀書。其中有一人叫作謝飛英（當時是一位二十四、五歲的婦人），另一位叫林木森（比謝女士年輕二、三歲的男性）。謝女士聽日本話並沒有任何不自在，不過在表達自己的意見時就用華語，而由林來翻譯，林的日語相當好。我們與這兩個人極爲親密，從未有過任何爭論。」

他們在到校後大約一個星期，由第三國際決定轉到日本班。

初臨乍到這共產主義祖國的女人，在一個全然陌生的國家，在高鼻、白膚、藍眼的「蘇聯大鼻子」中，原以爲即將開展的是一個與她過去無涉的開始，她將學習俄文、與俄國人讀書、工作、生活在一起。然後，她很快發現，她的過往仍羈絆著她，她身上有著來自台灣——日屬殖民地的烙印。

她原還有著疑惑。

「爲什麼我被安排到日文班？」她問。

「一九二二年舉行的共產國際第四屆代表大會時，通過一項東方問題綱領，規定：殖民地母國的各國共產黨，必須擔負起殖民地無產階級的革命運動，在組織上、精神上，物質上給予各種支援的任務。」

「你來自的台灣此時爲日本統治，而且，日文也是你到目前爲止最熟練的語文。」

「殖民地本國（日本）的共產黨員應該對殖民地（台灣）的共產黨抱持什麼態度？」來自殖民地的女人問。

「殖民地的人變成共產黨員後，任何事情都應站在平等的立場，而不必考慮他們的出身。」有日本同學說。

持不同論調的相馬一郎有不同的意見：

「在現實裡是受到我們本國壓迫的被殖民者，對於統治國的人當然是不信任的。我們本國共產黨既然主張要解放殖民地，就應該對殖民地的共產黨員謙讓一些。否則，要獲得被殖民者對統治國人民的信賴是不可能的。」

反對者認爲：

「做爲共產主義者就應該有一定的自覺，要超越出身國的立場，而具備前衛勞動者的水準，不應該還有那樣的民族偏見，所以，對他們的謙讓是不必要的。」

（我剛到日本班時，同學大都是出身「好」的，大部分是現代產業工人或產業工人的子弟，只有幾個人是資產階級知識份子。他們認爲日本是東方工業最發達的國家，他們認爲現代產業工人才是眞正的無產階級、是最先進的，無形中產生了驕傲的心理，看不起落後民族，歧視殖民地人民，對殖民地人民的革命漠不關心。

我就這個情況和日本班支部的負責人秋田（原名相馬一郎）討論過。我用列寧的教導——即無產階級要幫助資本主義國家的殖民地人民及落後民族起來革命，不應該歧視、疏遠或拋棄他們

——來批評日本班的態度。

在理論上，秋田感到無法同我爭辯時，就有意要迴避之；我則不肯罷休、不作妥協，一直追根究柢要他正式回答我的問題。

有一次，他對我說：

「我眞佩服妳啦！像妳這種頑強的鬥爭性，在日本婦女中找不到第二個。」

而與他們同來自中國的中共黨員學生，則將林木順與謝雪紅視爲「日本學生」：

「謝雪紅是台灣人，瘦長的個子，嘴裡鑲了一隻金牙，另外還有一個男子跟她一道，說是他『表弟』。她對『表弟』是很嚴厲的，動輒咬牙切齒用台語斥罵，中國男女同志看不慣她那驕橫樣兒，言語之間，對她不免有些諷刺，但她個性倔強，仍罵如故。大家不懂台語，見她橫眉怒目，聲調高亢，知道她又發了雌威。大家都討厭她，奇怪的是她那位臉黃身瘦的『表弟』始終一聲不響，異常馴服。他們會說國語，日本話講得更好，到了莫斯科，她就入日本學生班上課。日本班那時沒有一個女生，她是非常受歡迎的。之後，她和日本青年打得火熱，早把她那位『表弟』給拋棄了。」

〔我知道，她們一向歧視我來自殖民地的身分，視我爲亡國奴。

有人會說，她們嫉妒我的美貌，或者，擔心我在男人間無往不利的戰果。可是我以爲，她們最不願意看到的是我與日本同志親善。

她們不是說我和日本同學打得火熱嗎？在參與改革的陣營裡，我常是那唯一的女性，我充分享受到女人在男人間得到的嬌寵（我知道我極擅長加以利用，她們當然也知道我所擅長的）。由著日本勢力在中國的掌控，她們必然不喜我與日本同學在一起。我，來自日本殖民地的女人，「亡國奴」，不知羞恥的與日本人在一起，是「亡國」「滅種」的雙料淫婦。

特別是，萬一那天我和日本同學中的任何一個結婚（這些熱情的革命份子，不乏迷人之處呢！）成爲山本、上野太太，我捨去娘家的姓，那來自殖民地的烙印，至少在表面上消逝。嫁給殖民母國的男人，會是我提昇階級、國別的進身階。我的中國女同學，無疑不願看到我這個來自被割讓的殖民地、被她們中國人稱作「亡國奴」的邊陲次等女人，高嫁的還是統治她們的日本統治者。

最重要的是，這統治者如果還是「共產國際」的同志，是同信仰偉大社會主義的同學，她們連嘲笑我與敵人爲伍的機會都沒有，更不用講罵我是雙料的淫婦。

她們怎會不嫉恨我與日本同學親善？

而我，終於明白到，日本同學在自許是最先進的現代產業工人、或產業工人子弟的驕傲所在。」

在她晚年口述的「自傳」裡，她會一再提及日本同學「總以爲殖民地來的人，不是具有資產階級或小資產階級的身世就不可能有文化、也不可能出外留學」的歧視，以及日本做爲東方工業最發達國家的驕傲。

只有片山潛、近七十歲的日本左翼運動早期理論專家，得到了她的敬愛與一再的稱讚：

「直到我畢業的兩年時間，片山同志在政治上幫助我，在生活上照顧我，如同親人一般。」

由於為日本不容，片山潛長年流亡海外，俄國革命成功後，移居莫斯科，是為第三國際的執行委員。

「因為我胃不好，吃不下東西，身體漸漸衰弱。片山同志知道後，偶爾給我一點錢，叫我買白米飯吃。一九二六年底，秋田和高橋貞樹也都會給我一些錢，叫我買一點米做飯。

「片山同志來宿舍接我，坐他的小汽車一起到一所醫院。結果，我發現我因缺乏胃酸以致於不能消化食物。」

她還很快發現，一個只有吃米飯才會感到眞正飽足舒適的胃，是他們——不管中國人、日本人、台灣人，超越國家、殖民地、階級的眞正共同點。

學校供給的食物事實上並不匱乏，除了麵包外，早餐有牛奶、牛油，中午和晚上則是牛肉、馬肉、羊肉，有時是雞肉豬肉和馬鈴薯，只是很少青菜。

「這些動物性的食物我也不能適應，因為我的腸胃已習慣大米飯和大量蔬菜。」

學生們在領到每個月的零用錢時，便經常到莫斯科郊區一家中國人開的「菜館」，吃老闆自作的豆腐、豆腐湯，兼賣的幾樣炒菜、大米飯。

而這些同來自米食地區的同志們，只有在嚼著熟悉的大米飯，才會停下手中的煙，嘴裡的爭論，如此專心致意的咀嚼，好似每一口米飯都是最後一口，而生活中最大的滿足，便是有大碗大碗吃到飽足的白米飯，再拍拍脹大的肚子，還不妨打個舒適的飽嗝。

她發現自己有一個吃米飯的胃，而只有吃米飯才會感到實質飽足的胃，是他們——不管台灣人、中國人、日本人，超越國家、階級，超越一切的眞正平等與共同點。

3

春天終於來了。

對她而言，到來的春天已是七月，蘇維埃人的夏天方是她實質的春天。空氣中有著和暖的騷動，厚衣衫終於眞正除下來了，輕盈的薄衫上身，仍需早晚加件外套。

淺色頭髮白皮膚的蘇聯人，早穿上夏季的白麻紗，有陽光的晴天，還直嚷嚷熱。她現在對太陽有了較大的警覺，她永遠不會忘記初來乍到時，看到寒冬光耀亮麗的一天白花花陽光，以著位屬亞熱帶故鄉有陽光即暖和的知覺，從床上起身即不加衣物走到室外。

那冷徹骨髓的冰寒幾使她無法移動，隨後，因受風寒著實的病了一場。

（甚至有謠言相傳她一到莫斯科就害起病來，不久便返回上海，去蘇俄只是走一趟，沒讀過什麼書、研究過什麼學問。）

她喜歡「春天」——實質上是蘇維埃人的夏天，還爲著學校自六月一日起開始放暑假，同學們乘坐火車，到一處叫「馬洛歐喀」的鄉下地方，作軍事訓練。

終於不用做筆記了。

「上課時，看到許多同學拚命做筆記，我不會做筆記，也懶得做，又擔心比人家落後，所以，上課時就拚命注意聽課。結果，我這辦法很好，因爲「東大」兩年間未曾舉行過筆試。「東大」重視歷史，以蘇聯革命史和共黨史最重要，我最感興趣的是歷史，其次是政治經濟學。

「我不做筆記使我寫作和認字的能力都不能進步，一輩子我就吃這個虧。」

在「馬洛歐喀」，先學習軍事理論，也學習一些簡單的手榴彈、火藥等製造常識，後一階段主要是軍事操練，如步槍射擊、手榴彈的投擲等訓練。

「馬洛歐喀」除了車站前有幾家商店外，都是集體農莊的農地和農民住家，還有集體農莊的俱樂部和電影院。

學生們分別住進以前富農的房子。

那富農也較以爲的樸實，牆是用整根木頭，一根根疊起來的，雖有兩層，但並不爲給富農更多的居住空間，整個底層都做爲牲畜的欄圈與堆積穀物的儲藏室。所以，富農的兒子結婚後，只得在通往二樓的樓梯頂端與屋頂銜接處，巧妙的利用此空間釘成一張木板雙人床，再四周垂上帳幔作爲新房。

（當夜晚動時，四角支撐的木柱，會不會窸窸窣窣震天價響？）

那集體農莊的俱樂部原是一棟避暑的舊日華宅，坐落松林間數十個房間，圖畫室、遊樂室、音樂室。敞大的花園裡有叫不出名字的花木，還有一座露天劇場，夏天的河溫婉的在花園盡端淌流過，小小的木質碼頭上棲泊著小船。

「那時候雖是夏天，晚上卻很涼，大家就圍著一堆燃燒的木頭開會，晚上八、九點天還沒黑，有一次會開到翌晨兩點多鐘，太陽又出來了。

「我們也進行批判『cup主義』的思想作風，不贊同革命者因隨時都有被捕、被殺的危險，男女關係便可以隨便，如茶杯一樣，誰口乾了要喝水，誰就拿去用。」

而那昔時的華宅仍存著逸樂，改為食堂的客廳舊日裝飾俱已不見，她仍從中看到往昔的華貴。看，天花板上彩繪的圖像仍在。穿絲質長衣的林中仙女衣角飄飛，高舉起在空中相互勾住的手依舊豐腴圓潤，周圍著伊們的繁花也還五彩繽紛盛開。

（大革命方過七年。）

那以各色彩石拼成星形圖案的地面，踩在上面仍如同置身行星之間，一個滑步飛梭過點點繁星，耳邊細碎的音樂響起，探戈或恰恰，要不，上海人稱的「狐步」。

（方離開的上海生活並不遙遠。）

在學習軍事理論、手榴彈火藥製造常識，及步槍射擊間，他們白天午間還被強制午睡。無從入睡她會在彎旋樓樓梯下隱蔽的角落、置廢棄物的閣樓、陰暗潮濕的地下室酒窖，看到了歡愛的可能。

「你起哮了？」

男人這樣說。

「林木順到日本班，他認眞學習理論和俄語，只因日本班一般水平都比較高，因此，他在課業方面沒有什麼突出；但在體育方面，他是全校撐竿跳高最好的運動員，因而全校學生差不多都認識他，一看到他就叫：

「ハャシ！ハャシ！林！林！」

然他終敵不過她著魔似的狂熱，時序進入七月中的兩個禮拜，那中午過後眞正暖熱的夏天。隨著溫度升高，他清楚她薄衫裙裡的身體滿是慾望。

更何況那幾十個日共學生中，不乏虎視眈眈者。

終於他隨同她進入陽光直曬、下午後積鬱熱氣而眞有點悶熱的閣樓。在窄礙的空間裡，他那全校最擅長撐竿跳的長手長腳，很快讓她嫌笨拙，翻身讓他躺下再騎上他，隨著擺動她逐一脫除自身衣物。

………到這裡後來月經，是新抵一個地方的第一次，非常困難。

我們剛好去拜訪一個農民，他房裡一邊掛著列寧的照片，一邊掛著上帝的畫像，老農民說：

「『父親列寧』是孩子們的，上帝是我的。」

參觀的時間很長，我內急找不到方便所在，到農舍後松林，連血都流在地上。大股的血還有紅黑色血塊，滲入土裡留下深色痕跡。我不知道這痕跡多久、會如何消逝，不過我想那濃紅色的經血還混著血塊，一定很滋補，入土後，它會變成養分，滋養了松樹，春天到來，會有一支樹幹的新葉，因吸取我的經血長得特別茂盛，葉片成肥碩發亮的奧綠色，久據枝頭不去，即便多次季節交替，枝葉入土，仍轉成明春新葉的養分，再入巡迴。

如此我與這農民的土地，便有著永恆的實質關聯。

我懷想著那經血含著血塊，滑過我陰道的推移動感，那積鬱後的霎時暢通，出來滴落泥土褐色土地上的鮮紅色濃稠液狀與凝結帶黑的血塊，羶腥的刺激與不能自已的心跳神馳，我的臉面一定漲紅並發熱了………

坐在男體身上衣物盡除的女人有著脫扯衣服間撩撥到的乳頭，已然昂揚奮起色轉暗紅。摸索間她很快納入體內男人突出的那根，匆促進入擁塞擠過的滿脹填撐，使她的陰道起了一陣陣微小的痙攣。那騷麻從下體擴展開來，成一波又一波的顫動，片時渾身上下肌膚凡有毛孔處，全一一暢開，似有電擊的劈啪聲響、電光石火延燒過去。

接下來只消整根沒入，只消壓著觸及，她便感到全身泛起細密的汗水。

當她開始擺動，那禁受不住卻又銷魂蝕骨的快感自體內向外宣洩，汗水原本只是晶晶凝露，微顯乍現，然午間的日照在密閉的閣樓間悶住了熱氣，催發出更多的汗水。終至，鬢邊流下第一顆汗珠，恍若眼角滴淌下的淚。

如滾動熱淚的汗水在軀體遍處凝聚再顆顆滾落，相互牽連成條條汗河，騷麻麻的吮著炙熱的肌膚，撫慰輕觸。有多久不曾如此恣意舒服的流汗?!女人在喟嘆中加速身體的動作，然後發現男人已不支。

她輕笑出聲，他急忙用手掩住她口鼻，她吃吃笑著繼續擺動，無視他早自她體內滑出，更放肆的狂亂巨幅擺動。原淌流的汗水速急的湧落，先是滑入眉眼造成酸澀的刺激，她揮手撣落，順勢掃去臉面上的汗水。

那汗水不僅不曾止息，還被全面觸動似的，更大點大顆的湧聚淌落，騷麻中她以雙手順著頸脖處往下去汗，就著手中的汗水，手掌貼處滑過高挺的雙乳、艱險的乳溝、平坦的腹部……

一聲喟嘆來自女人被掩的嘴鼻處。

追逐著汗水，汗濕的雙掌於是緊密貼著、滑過、或施壓於濕淋淋的肌膚。女人把玩、撫摸、壓擠著自體處處，吃吃的浪笑，一面加速擺動，以催發出更多的汗水。

有多久不曾如此暢快的流汗！

那兵總是在腋下汗濕一片，濕漬處隨汗水的多寡蔓延，滲透不管是土黃色成綠色的制服成較深一層的沉重色澤，彷彿那汗眞是帶著清楚的重疊，來拖累、描繪出它的所在。而汗流多了，便不只是腋下、前胸後背，甚且下肢體的鼠蹊部，也濕淋淋一片片。

那汗水事實上是在標示出男人的身體，也是胴體的一種延伸，用它排出的體液，去侵佔、擴展它的所在，那汗水事實上是一種記號，留下佔領的一種標記。

流出來浸透成漬的，難道只是汗水嗎？不會有更濃稠的黏白體液造成的遺跡，才會使每一處濕灑都驚心動魄，是爲胴體各處的擴張、遺流與抛捨，春情迸發中無盡遐思。

還有那味道，即使沒有腥腥的羶味，那酸中含沉腐的肉的氣息，操使到盡端達於飽和令人窒息的氣味。

……………我一定要在這房裡歡愛，我要我隱蔽私處淌出的淫水沾染滲入屋內的木質地板，持留不去。雖然在此不會有一株植物的枝葉因它的滋養而茁壯，但我會與這舊社會裡原只屬於富人的華廈留下彼此最深切的記憶。

而你，你不會想要與這新興的、朝氣勃發的無產階級新樂土有進一步的關聯嗎？當你的精液噴灑在我最深的內處再隨著我的淫水滴滴下落，淌流下的還有我們肌膚的汗，那肉體在最極致中的拋捨，在這我們不可能重回的所在…………

她會在此研究「游擊戰爭」：

一、游擊隊人數之多少，以任務、敵人數目、地勢不同來決定。切記人數過多則有害無益。

二、如進入敵後之任務，應在行動前數小時集合，同時以小隊在相反的方向開始動作，分散敵人注意力，自己堅決的向預定衝鋒地前進。

三、保持行動敏捷、妨礙敵人進擊、避免與敵人正面交戰。

四、作戰方式：（一）保密、散布謠言。（二）擇奇道而行。（三）分派小隊誤導敵人。（四）夜間行軍。（五）進攻時同時作二處衝鋒，一為實、一為虛。

五、主力不應分散、佔領一地後，將力量分為二，第一部分以小隊繼續進攻、搜索、破壞，第二部分作後備軍。

她也會有機會看到殖民母國在理論實施上的路線之爭：

是相信山川均認為的，當時日本資本主義尚未完全成熟，共產黨還不能以「合法」姿態出現，主張解散日共組織，由合法的勞工罷工、示威進行運動。並主張日本社會有其特殊條件，不能把列寧主義無選擇的套在日本社會裡，該發展適合本身社會條件的革命路線，而非盲從聽命於共產國際。

還是，相信「福本主義」，強調「分離」——通過強烈的理論鬥爭來清除不徹底、動搖的馬列主義者，再「結合」——團結純粹的、絕對的馬列主義者。並相信日本的革命情勢已成熟，為促使階級意識加速成長，必須引進外來革命理論，職業革命家、採菁英路線並遵守共產國際的決策與指令。

在一九二七年間於莫斯科召開的日共中央委員會，以清算「福本主義」作成日本共產黨有名的「二七提綱」後，片山潛並告訴日本班的委員：

「會議在徹底清算福本主義後作出決議：該決議中提到日本無產階級必須援助在日本帝國主義統治下的殖民地人民的革命鬥爭，要幫助台灣無產階級建立共產黨。」

片山潛並安排謝雪紅與林木順到他住所和渡邊政之輔認識，這是組織的安排，當時已決定由渡邊負責領導組織台灣共產黨。稍後，片山亦安排會見德田球一等同志。

只基於安全考量，當時並未曾告之謝雪紅、林木順關於組黨事宜。

「在莫斯科的兩年學習、生活是我一生中最難忘、最快活的。」

說這話時，謝雪紅的表情像回到少女時代陶醉的喜悅之中。兩頰顯現出深深的酒窩。

「所以妳改名『雪紅』是嗎？」

「對，是莫斯科冰雪中的一點紅。」

（如若有一個名字，必然要有那新生的白雪。

如若有一個名字，必然要有那革命的紅色。）

「每一個人可以過著自由、幸福的生活是我多麼渴望的社會啊！有一張照片，遍地覆蓋著皚皚的白雪，遠景的冬宮已被炮彈打中許多處，近景則躺著許多已犧牲的革命戰士，鮮血灑滿遍地……

……

「看了革命戰士的鮮血灑在滿地的雪上，我知道這就是革命，革命就必定要流血，要革命就會有人犧牲。看那灑在雪上的戰士鮮血，對這個印象我決意不要忘記它，於是，我就決定把『雪紅』兩個字做爲自己的名字。」

她確定了自己一生最後的一個名字：

謝雪紅。

（我們走抵很遠的地方，甚且飄洋過海赴異鄉，有的時候，就是爲換一個名字。

爲表示告別過去，有個全新的開始，我們會叫自己瑪麗或安娜，我們知曉的最通常的外國名字。然後，只消在異地住下，我們就知道洋名不只瑪麗、安娜。我們於是更換更合宜的當地女子名字，叫娜塔莎或叫安妮塔。

而不管叫娜塔莎或安妮塔，我們自許成了新的主體，有著種種無盡的可能。

可是事實並非如此。

即使我們改了名字，要重新開始一切，仍不曾改變的，還有我們的姓。我們永遠會被稱作安妮塔·王，娜塔莎·趙·或甚且伊莎貝兒·陳。

光叫安妮塔或娜塔莎，我們通常能快快回應，但被稱作安妮塔·王，娜塔莎·趙，我們總是無從立即會意，我們有些不安，恍若叫的是別人。

卻又明明白白的，叫的是我自己。）

謝雪紅在這無產階級的祖國成就了她的夢想，她見過史達林、托洛茨基、布哈林、莫洛托夫、加米涅夫等共產主義與黨的重要人士，聽過他們演講（甚至還見到列寧夫人）。她在「東方大學」著重的歷史科（蘇聯革命史和蘇聯共產史）培養了她的史觀，還特別喜好政治經濟學；她也學習又稱「塔庫季庫」的共產國際戰略與策略；接受軍事訓練。

她參觀過蘇維埃政府辦公的地方「克里姆林宮」，參加共產國際召開的各種會議，檢討會、示威遊行。至於回去後的工作，則由片山潛同志正式代表共產國際傳達：

「回國組織暫稱『日本共產黨台灣民族支部』的『台灣共產黨』。」

而那作爲「東大」翻譯、精通多國語言的俄國盲詩人愛羅先珂(Erosenko)在畢業時對她說：

「認識妳快兩年，妳的性格是勝過男子的剛毅婦女（まさりの勝氣で、氣丈は女だ。）但是，妳的形像長得如何，我怎樣也想像不出來。」

我的三伯父最愛講述他在大雪蒼莽的中國北方與蘇聯邊疆的故事。然對三伯父由「奉天」往此越過中蘇邊界，進入「白毛仔」蘇聯的事蹟，我們仍不敢確信。

特別是，三伯父最愛講述的有關「白毛仔」的「魔神仔」。

「唐山北方有『狐狸精』，不能叫『精』，要叫『狐仙』，那無馬上來找汝麻煩。『狐仙』我都親身見識過，無啥稀奇。

「眞正厲害的，是聽說『白毛仔』那邊，有一款『魔神仔』，此『狐仙』厲害千、百倍。『魔神仔』要修練上千年才成魔神。那修練成功後，『魔神仔』不再臉面模糊，只有一張紅唇，伊隨時能化身爲一個又一個絕世美女。」

她們一年四季、白天黑夜皆能出沒，有月亮的雪天夜裡是她們的最愛，便是在月明如水的雪夜裡，「魔神仔」飛馳在冰雪封凍的原野山岳間，在雪色中穿梭，尋找錯過旅店的商隊、旅人，或紮營露宿的獵人、採參人。

她們或單獨現身或數人聚集，乍然出現在營地的火堆前，甚且不曾僞裝荒山雪地裡何來如此弱質女性，也無需假扮山姑村婦。她們必然美艷、肌膚賽雪、長髮如雲、紅唇似血，零下四十度的冰寒地凍裡，她們仍絲薄衣衫，透明的衫裙下胴體若隱若現。

她們向旅人求宿，甚且無需狐媚法術，一定被應允。在那荒蕪的雪地裡，即便要致命，也抗拒不了。一得人許諾，便欺身依上，男人必然動手向她全身一陣撩撥撫摸。她們紅似鮮血的小口在嬌喘吁吁後於是乍然洞開，靈巧的肉色薄舌燦若蓮華，遍尋旅人的九竅。

旅人在血紅口舌一陣舐吻下，騷麻暢快，欲仙欲死，一當被舐遍九孔，只覺一陣極度冰寒之氣從身體孔竅入侵，迷醉氣力盡失。

「魔神仔」則噘起小嘴，捲動舌尖，朝旅人口鼻處緩緩吸氣，有若啜飲著生命的芳甘美泉。不消多時，男人不僅體腔熱氣全失，還周身凍若石塊、僵硬似冰。

「『魔神仔』不愛男人。像狐狸精、女鬼一愛上書生，便會放他逃命的情形，絕不可能發生。凡是人，碰到『魔神仔』，完全沒有活命的機會。」

三伯父說，有若仍心存餘悸。

「『魔神仔』不要男人，她們有自己玩樂的方式。」

飽吸人氣的「魔神仔」，在月明如水的雪夜裡，飛馳於山林原野間的白樺林內，穿梭盤旋於枝葉落盡齊齊挺立的白樺樹幹間。她們輕啓櫻桃小口，一吐口舌，便只見那紅舌瞬息快速延伸，長成數尺、數丈長舌。以此長舌盤繞、纏捲於一根根光禿禿傲然挺立的脫皮白樺木樹身，「魔神仔」變換各種身姿，或倒掛、垂吊、或橫躺、斜依，以求讓胴體密貼粗挺樹身廝磨觸撫。

就著粗壯直立樹幹，紅舌變幻或長或短，或伸或縮，而胴體也或急或緩、或進或退，無盡纏綿的隨著樹身依附廝磨，纏纏繞繞無限依戀。

而林外一天月明如水，輝映著白雪光耀燦爛，四處是一片鳥獸絕跡、氣息全無的滅絕死寂。

——二〇〇〇年三月·選自皇冠版《自傳の小說》

詹明儒作品

詹明儒

台灣彰化人，1953年生。屏東師專畢業，現執教於台北縣安溪國小。著有短篇小說集《進香》，長篇小說《番仔挖的故事》、《阿福林與鄰里們》等。曾獲台灣大學外文系「中外文學獎」、中國時報「時報文學獎」，以《番仔挖的故事》獲民衆日報暨文學台灣雜誌社第一屆台灣文學獎百萬小說獎，台灣筆會推薦為1998年本土十大好書。

【關於番仔挖的故事】

明末，戰亂頻仍，社會凋敗，閩人詹陳龍離鄉應募鄭成功渡台墾荒的行列，想望到台灣後求得一塊成家落户、繁衍子孫之地，不幸途中遇颱風造成船難，醒來已淪落在澎湖海盜手中；海盜將他騙至笨港賣給荷蘭人為奴，一夥奴隸看中番仔挖港的好土好水遂佔地墾荒起來。

詹陳龍娶荷蘭船長與土著生下的混血孤兒娜蘭為妻，飽嚐天災人禍之苦……歷經荷蘭、明鄭、滿清三個殖民者的統治，每逢歷史轉折總希望命運會有好的改變而帶來更多福祉，但希望總是落空。他們的後代命運也無多大轉變，滿清之後是日本，其後是來了中國國民政府，每一變天便死傷無數、悲怨罄竹難書。

在詹陳龍死後四百年，一位早期從番仔挖僻村離鄉奮鬥成功而落籍台北都會的詹姓父親，以及他即將在新婚後代表所屬公司離台赴海外拓展商務的兒子，由一把鏽跡斑斑的祖傳老鑰匙上，溯流追源找到了本身詹姓一族的家世根源，並開啓了一只番仔挖地區古老傳說的「荷蘭寶箱」之謎，揭示了島國台灣屹立不倒的「難能可貴」之道。即是：「生死犯難，開創新機；面對風雨，無畏無懼。」

番仔挖的故事

五 生機

1

白茫茫，菅芒花開遍番仔挖地區。

霜降後，菅芒花絮隨風飄飛，秋意濃得更似化不開的鄉愁。

小雪前，在紅尾伯勞之後，小水鴨、琵琶鴨來了，停在沼澤間、港灣裡，和那條老烏溪的浮洲上，整日整夜聒譟。

大雪時，大雁也到了；大雁編隊飛行，關關而鳴，並不在番仔挖停留，匆匆擦著島岸，像擦著夢境，向海平線外畫出一抹無來由的荒涼。

晨曦顯得極清冽，夕照則更變得陰沉與淒楚。

往東遷徙到番仔埔和番仔寮一帶的紅烏鴉部落，例行性的鹿皮鼓聲早已擊響；鼓聲遠近飄忽、起落有致，但卻輕重有別地，敲擊在詹陳龍和瓦莫那迥然相異的心思裡。

瓦莫那遭受塔吉雅老巫母一番折騰後，虛脫得像生過一場大病；這天，才初癒不久的瓦莫那，再也受不了鹿皮鼓聲的催促，終於動身離開尤厝。

詹陳龍為他送行，找遍整個尤厝墾地，才衹找到「甘藷」這種粗賤的食物權充離別的贈禮，以聊表化解雙方仇恨的誠意。

「漢人龍仔，你窮得僅剩田裡的甘藷，卻挖那最大、最好的送我，眞是我的好朋友呀！」瓦莫那緊擁住詹陳龍，用力拍打他的肩膀。

目送瓦莫那走後，詹陳龍返頭回望已經免再流血的尤厝，和那片完全屬於自己的新墾地；本來，他該萬分高興的，但現在，他猛底覺得孤獨與空虛更加重了起來。

當年在唐山老家，人挨人、厝擠厝，日子壓迫得每個人必需拋棄些什麼，迴避些什麼，才得勉強呼吸過活。如今寬寬闊闊的尤厝，卻反而空茫得讓他搆不著和撞不到半點什麼？

冬至過了，小寒也過了，他西眺番仔挖，以前大夥兒常走的路痕荒了；他又東望番仔寮的方向，紅烏鴉族人的獵徑也長草了。

晝間，他更加賣力的闢墾大片荊棘地；夜裡，他透過老烏溪浮洲上的鴨鳴，遙念家鄉的親友。整個冬季，他藉助南颶的風沙，緬想投靠國姓爺而去的夥伴。

猴叫與雉啼，使他想到患難東征時的潮州人林跳，和耶穌教士伯羅；北風颳過禿樹梢的尖嘯，則讓他追憶起替他而死的尤旺，及裝在「安平壺」內的戰亡同伴。是失去了這群親族友人，偌大片的尤厝田地，才顯得了無意義吧？

他極想渡海返鄉探一趟親，極想南下找一趟難友，和前往番仔埔看一回林跳；甚至，也極想北去鹿仔港，瞧一瞧當年那個發悔瘋的海豐苦力。

大寒來了，遮天蓋地的風與沙，逼得他必需日夜不停的搏鬥，把僅剩的精力消耗在編籬擋寒上，把多餘的心思花費在風吹沙的威脅裡；那使他整個冬天的這些想望都破滅了。

然而，雖然如此，他還是忍不住趁著風歇日跑了一次番仔挖街，去看一眼任何人的臉，聽一句任何人的聲音。

番仔挖街上，在荷蘭人離去前，大家都流行羅馬音；現在，番仔挖人大多改回紅烏鴉語，小部分偶爾說說唐山話。街童在嬉耍得妄然時，則三種語言都會脫口而出的呼嚷兩句。

街民們只在上教堂做禮拜時，才吐洋言；那是唯恐主耶穌聽不真確，使他們的祈禱打折扣。

先前，自從泉州人洪充用荷蘭鎗打壞耶穌堂後，東逃而去的傳教士伯羅曾經幾次差遣土民教徒回番仔挖探親，將掉落的十字架和耶穌聖像重新釘回祭壇上，好讓大家繼續做禮拜；然而，無緣無故地，十字架和耶穌聖像總會在大家作過團契後，重又自行掉落到阿姆斯特丹出品的風琴旁。

如此反復多次，最後竟壞到教堂無緣無故遺失了十字架和耶穌聖像，缺乏信心的番仔挖人，便漸漸少上教堂了。

這段期間內，少數虔誠的番仔挖信徒們，祇好將就著面對教堂的空聖壇做禱告，而在心靈深處，騰出一個缺席的神位來；這種眞神缺席的空虛一經他們說出後，立刻傳播開去，感染得整個番仔挖人心惶然，深信連救苦救難的神都棄離了，無名災禍遲早會降臨本地方。

罹患這種無神恐慌症的街民中，紅烏鴉族人紛紛在這個冬季循著鹿皮鼓聲，往東尋找母族傳送過來的慰藉而去；漢人們則戶戶擺起牲案，朝西遙拜漫天遍海的空茫。

這種情況下，有不詳人士開始在風霾中造謠，說冥冥裡，番仔挖人嚴冬深沈的心境，將要遭逢天地神鬼重組前的大危機啦。

2

詹陳龍逛蕩在久違的番仔挖街上。

整個番仔挖，大概只剩漢家郎與紅烏鴉女人組成的家庭，最爲落實篤定了。一個接一個呱呱落地待哺的小後生，取代了神的位置；勤奮做活的疲勞，佔據了神事荒曠的空妄。

一戶漢家男人，正在自家簷前吊起一串串準備風乾過冬的鹽水鴨，那是他以剛學會的紅烏鴉獵技，在溪洲上捕得的獵物；他的紅烏鴉女人則跪在簷下，用唐山巧藝紮綑菅芒梗，編製一支支精美實用而上得了街坊的好掃帚，那對他們來春家計，將是一筆不無小補的額外收入。他們的兒女們戴著雞翎鳥羽做成的彩冠，穿著綴滿菅花芒絮的雲裳，大大小小圍湊在門口外，廝玩著紅烏鴉勇士搶婚的「扮家家酒」遊戲。

詹陳龍靜靜繞過那些門戶，悵然行抵街上惟一的打鐵店前，半晌憧憬回顧。

這時候，打鐵店旁出現了三個漢人，其中二人恭喜著另外一人，以家鄉俚語打諢說：

「呶，有錢無錢——娶個女人過年，這件好事我們幫你到底啦！」

前二人是番仔挖的老墾戶，後者是荷蘭人的爐奴，來自澎湖的晉江籍鐵匠丁福。

鐵匠丁福看見詹陳龍，立刻站定腳步，緊張問：

「您可不是投效國姓爺而去的憨龍仔嗎？你們打跑了紅毛鬼沒有？——」

他趕忙把詹陳龍和兩個老墾戶拉進打鐵店裡奉茶，詳細打探荷蘭人會不會重返番仔挖的消息。

「哎，國姓爺打不跑紅毛鬼的話，我這房媳婦就娶不成了！」丁福喃喃道：「老天爺，我這輩子，總是天生注定，凡事空歡喜一場的歹命壞運哪！」

丁福娓娓地向三人談起他的命運，說他幼時被窮苦的寡母賣給鄰村做養子，以為從此能有個吃飽穿暖的好日子過，想不到卻遇到了一介暴養父；及長，被送去鎮上學打鐵，以為是個脫離暴養父的好機會，想不到卻碰上了一個更苛的壞師傅。好不容易出了師，回到村裡借高利貸開家小鐵舖，某天來了個一口氣要打一百把鋼刀的大鬍鬚漢，他以為對方是個大客戶，心想這下將足可把貸款統統給償清了；想不到刀打好後，那大鬍鬚漢領來一夥同黨，將刀連人一起帶到了澎湖媽宮澳，當起海賊船的磨刀伕來。然後，媽宮澳來了紅毛鬼轟走海賊船。他又以為從此可以逃脫海賊窩，好好歹歹過自己的生活啦，更想不到卻遭荷蘭人擄進奴工寮當守爐奴，再由笨港轉來番仔挖港，挨到如今來了大救世主鄭國姓；現在，這是這輩子最後翻身作主的機會啦。

詹陳龍告訴怨嘆「命運」、期待「救世主」的丁福，此次投效國姓爺打荷蘭人的台江之行，他並未走到目的地便折返了，所以不能確知前線的戰況；但是，國姓爺登陸台江跟荷蘭人交戰的事，是假不了的了。

「在一處番社口，我確實聽到了戰地傳來的火炮聲；」他據實以告，另外，關於當初國姓爺登陸台江鹿耳門的傳聞，詹陳龍則轉述洪充等人口中所謂的「神蹟」，說：「那是四月初的事，當時小滿本該淺汛，卻突然漲起大潮，助國姓爺登陸成功。那大潮，聽說是媽祖婆顯的靈！──」

「媽祖婆顯靈？──」

丁福一聽，「叩」底一聲，雙膝跪地，對天祈禱起來：

「媽祖婆啊，我當初進教堂信耶穌是吃人的飯、受人的管，被紅毛仔所逼的，請您原諒吧！求您再顯靈一次，保庇我達成娶親心願，好傳宗接代，丁家後嗣會永遠敬拜您！」

原來，鐵匠丁福在荷蘭人撤離番仔挖港後，佔有了鑄鐵房做起打鐵生意來，獨家供應番仔挖地區所需的五金用品，儼然成了自己把帳的光棍頭家；日前，一個紅烏鴉窮獵戶願意以他家閨女，向丁福交換三籃檳榔、六隻豬、十二甕酒、十二擔粟，以及從荷蘭人在時賒欠至今的一切獵具債務。

有個女人，好成家立業──正是丁福此刻最大的心願，當然一口答應了那獵戶。

剛才，他便是央請二位唐山老鄉，幫忙張羅迎娶需要的物品；還有，也私下悄悄拜託他們做僞證，證明他已經幫這位準丈人把積債都向荷蘭人償清了。

這件大喜事萬事俱備，只欠迎人過門；現在卻因爲詹陳龍出現，以爲台江有了逆變，使丁福產生幻滅的聯想。

「唉，愈接近大喜日，我反而愈擔憂！總在半夜驚醒，夢見鎗聲響了，紅毛仔又來了，自己又變成兩手空空的守爐奴啦！」丁福悲嘆道。

「我們尢厝人欠了紅毛仔五輩子都還不完的債，也巴望著趕快變個天年，好翻身跳出苦海。唉，是的，但願媽祖婆再顯靈保庇鄭王爺打贏這一仗，好讓大家都有好日子過！」詹陳龍同病相憐地告訴丁福：「台江前線一有好消息，三更半夜，我都會趕來通報你！」

趁這喜事當頭，詹陳龍開口向丁福賒了一把犁；扛起犁，因丁福憂喜不定的情緒，牽引著自己複雜深沈的心，詹陳龍遂顧不得繼續逛街，便邁步急急趕回了尢厝墾地。

他立刻牽牛套犁，一言不發地投身於荒廢多日的墾作上；祇有這樣不停忙著做活，他那離鄉背井的心思才會落得平靜而快樂些，墾荒的日子，也才會顯得踏實而安穩點。

投效國姓爺而去的洪充一夥人，始終杳無音訊。然而，鄭國姓打敗荷蘭人的捷報，由南往北輾轉，終於還是傳抵番仔挖了。

那好消息，是由一介瞽目老叟帶來的；瞽目老叟由一個癩頭小童牽著走，自稱從鹿耳門頂著老北風出發，將一路行往極北端的雞籠八尺門。

老叟似僧以道，卻又滿口儒者的文言；所說的話，必需經由小童翻譯與註解，番仔挖人才能聽懂。

有人認爲他便是「洪」和尙的化身，但老叟既不承認，也不否認。

老叟向街民討了水自己喝，討了剩飯殘肴給小童充飢後，便繼續頂著老北風蹣跚前去。

當初糾聚番仔挖人搜殺荷蘭人的帶領者中，野心家許興已遭十字架擊斃，地痞瓦莫那則失魂落魄的返回紅烏鴉部落。這次國姓爺打勝仗的喜訊，於是自然而然由最高興的鐵匠丁福帶頭，牽領大家敲鍋打罐繞境遊行，向唐山媽祖設案遙拜，面海歡呼：

「媽祖婆垂憐，番仔挖翻身啦！番仔挖人得救啦！——」

半途，丁福抽身疾奔尤厝，拉來滿身泥巴的詹陳龍，也加入遊行的行列。

愛跟腿的那對印度狗，當然也一起來了；興奮地隨在人後，跟街狗們混成一夥，狺狺爲番仔挖人的歡騰添聲助勢。

3

那年，年底至翌年春天，整個番仔挖像患上了另一種熱血如沸、心緒昂揚的季節熱症，家家戶戶，無不浸泡在熱烈歡慶國姓爺來台的氣氛中。

荷蘭人撤走後，走私船少來番仔挖了，眼明手快的老海盜們開始改頭換面，改行做起搬有運無的港口生意。常來番仔挖港的廈門籍謝艄頭，是個消息靈通人士，每當船隻靠岸，便運達一批新貨，同時也一路帶來了許多番仔挖人未曾聽聞的新消息。

「唐山兵來啦，唐山兵由南往北安營屯軍而來啦！——」

此次，謝艄頭和他的苦力們，這麼告知渴盼著南方訊息的番仔挖人。

還說，國姓爺正率領大明王師從安平、蕭壠及魍港往北出巡，不日抵達笨港。

穀雨時，再度進港的謝艄頭，更帶來了最立即的大新聞：

「國姓爺，聖駕光臨番仔挖啦！——」

番仔挖人聽後，人人興奮至極，奔相走告這件大事。

一連數天，家家戶戶攜老扶幼齊聚番仔港澨，擺香設案、敲鍋打罐，準備熱熱鬧鬧恭迎國姓爺的聖駕；歡迎情緒，達到了最高潮。

穀雨水滿，正是插秧種蔥的時節，詹陳龍卻感染著那股大喜氣，而顧不得田裡的活兒；因一時找不到好牲禮，他便下沼潭捕了遭驚蟄雷聲引出穴口的越冬水蛙、鱔和鱉，和自己收成的藷芋湊成五樣，擔到番仔挖港迎王爺犒鄉兵。

然而，經過大家將近半個月的苦候，卻祇等到經由國姓爺的四級部將，差來宣揚德威的一員老兵長。

這位老兵長是個目不識丁的粗漢，聽說，從軍前還是個龍溪街坊的大屠夫。

他高高跳到港澨的荷蘭炮台上，朝下跪的番仔挖人喊：

「吆，能讀書寫字的人起立，來幫我替延平郡王寫張大詔誥！」

詹陳龍義不容辭站出列，片刻，按照老兵長的意思擬妥了一張安撫街民、鼓振人心，矢志爲

「反清復明，重返唐山」而淬礪圖強的告示。

當詹陳龍代替老兵長宣讀誥文，讀到文末押的大明永曆帝的年號日期時，有個番仔挖街民突然發出疑惑聲，抗議應該在中國年旁附按西元公年，才符合番仔挖人的記憶。

「你是何人？說這話，想造反嗎？——」

老兵長嚴重問著，凸睜著粗眉大眼，看向那人。

那人一臉醉相、滿身襤褸，詹陳龍初看覺得很眼熟，卻一時叫不出姓名來。

「他，就是任何字都由左往右寫，任何事都由左往右想的歐．西摩！」街民們看老兵長一臉怒樣，感到即將有事發生，不禁齊聲爲那人緩言說：「歐．西摩先生，走遍五湖四海，閱歷諸國萬事，是以前荷蘭人的通譯秘書，行爲舉止不免開放衝撞；荷蘭人走後，他變成了無業遊民，整日爛醉如泥，是個無親無故的可憐人！」

「歐．西摩？——」

老兵長把這名字重唸一次，並不理會街民們的說情，探身就將歐．西摩揪上荷蘭炮台，仔細端詳一陣。看他既非洋番也不是土民，明明是漢人模樣，看法卻跟漢人相左，更有個四不像的姓名，愈想愈覺得這是個有意掩人耳目的化身術，便更加嚴厲再問：

「你漢姓爲何，漢名爲何，籍貫哪裡？好好說來，否則，我拿你當紅毛番或滿虜的奸細論處，像宰一條豬般宰了你！」

「我的姓名是歐．西摩，事實上，這並不重要。至於籍貫嘛，我從小是個孤兒，聽說母親是南越濮族與暹羅人的後代，父親是耶穌教士與東瀛扶桑國女人的兒子。但事實上，這也並不重要，」歐・西摩說：「重要的是，我現在是此地的番仔挖人！」

「你眞是個頭腦不清楚，族種亂糟糟，家譜一塌糊塗的大雜種！」老兵長又生氣又稱奇，猛猛搖頭嘆息道：

「姓可復，名可改，可以不重要，籍貫是祖宗根源的大事，這——也不重要？」

「這麼說，父親是支那福建人、母親是東瀛平戶人，又讓明朝皇帝賜姓朱的鄭國姓，豈非也是個家譜一塌糊塗的大雜種啦？但事實上，這很重要嗎？」

老兵長一記大巴掌，將醉言醉語的歐・西摩，打下荷蘭炮台。

押上大明永曆帝年號的詔文，被張貼在耶穌堂門口昭告民眾，迎著番仔挖港的海風，嘶嘶作響。

番仔挖既然已納進鄭國姓的版圖，便得有個識字的本地人出來當頭聽差，老兵長伸手指向詹陳龍：

「吺，就是你了！替官家聽差做事，少不了你一份好處的！——」

「不，我不要當差領好處，」詹陳龍急忙搖手推辭：「我只想平凡的墾地種田！」

「官家的差事，由不得你要不要，誰叫你比他們多識得那麼幾個漢字？立夏，你便正式就職任事！」老兵長丟給詹陳龍一枚做爲任命用的令牌，突然想起一件事，說：

「對，知道一個叫伯羅的洋教士嗎？火速協助官方通緝此人到案。去年三月，洪和尚執行敵後工作失手被捕，荷蘭人指明要伯羅這人去換俘，這就是你的第一件差事！」

恭送這員老兵長下船返航後，番仔挖人仍然捨不得離去；三五成夥，歡欣鼓舞的滯留在街上與坊間談論時局，並預測往後可能變好的日子。

詹陳龍憂煩著給官家當差和抓伯羅的事，收好擔頭便惦掛著一抹不知是福是禍的疑悶，獨自默默走回尤厝。

回到家，看見辛勤墾作的田地和莊稼，想像著「反清復明，重返唐山」的一天，詹陳龍這才心情變好些，精神也重新又來了。

那使得他暫時撇開心頭的煩惱，即刻牽出印度牛套犁翻田、撒穀栽蔥，加倍於平常的賣力，冀望以更多收成來響應國姓爺的號召，好增產復國、衣錦歸鄉。

4

立夏，轉眼而至。

這次，前來番仔挖覆察的老兵長已經連跳數級，高升爲北路軍番仔挖支軍的副軍，有了隨行的師爺及武裝侍從；聽說，這支北路軍的番仔挖支軍，除了將在番仔挖、二林一帶紮營屯兵外，也奉命緊急追查一口荷蘭大鐵箱，以俾著手整理番仔挖人口、土地及各項可用資產的檔案資料。

副軍帶來了相關的先遣人員，臨時公衙，就設在閒廢的耶穌堂裡。

鐵匠丁福即刻發動番仔挖街民，殷勤款待了這批來自台江戰地，浴血拚命驅逐荷蘭人，使他重獲新生的救世軍。

詹陳龍被傳喚到臨時公衙報告緝俘成果時，仍然再三重複他那墾地種田的初衷。

這惹毛了老粗副軍，動起了新官上任的肝火，大喝一聲說：

「來人，將這個說家鄉話夾雜著客家腔，屢不聽命的憨田漢，拖下去砍啦！」

「哎，人命關天，不經審判就殺人，這是什麼世界？」

這時候，街民裡又響起一句充滿酒意的質疑聲，向堂內嚷喊抗議。

隨即，那人便被門口侍衛架入，按跪在地。

「又是你這族種亂糟糟，凡事從左往右想的歐什麼西摩！這次，饒不了你啦。來人，連同這愛說醉話的酒鬼，也一併拖下去——」

老粗副軍的「砍」字，剛要喊出口，深沈多謀的師爺即刻堵住他的嘴：

「且慢，請容屬下說句話！——」

這位師爺，姓陰，捻著翹嘴鬚，傾身一番耳語，說得老粗副軍頻頻點頭稱好。

陰師爺認爲，如今鄭王爺初領台江用人方殷，加上番仔挖草萊未闢，能用之才貧乏，彼等一者擅長墾耕、一者通曉各國語文，留著必能造福番仔挖人，甚或助益反清復明的聖業，殺不得也；更何況，歐．西摩既是以前荷蘭人的秘書，必然跟荷蘭人走得近，或許能從此人身上，問得出伯羅的下落。

這是陰師爺對副軍長官的進言。在心裡，他想，歐．西摩既然閱歷諸國萬事，必是全番仔挖最聰明的人——他倒要留活口鬥鬥他，看荷蘭祕書行，還是中國師爺厲害。

詹陳龍被撤消差職，追回任命物，負有戴罪立功，隨時主動察舉耶穌教士的祕密任務；歐・西摩則遭陰師爺親自罰笞二十竹鞭，限制只能在番仔挖街活動，有事隨傳隨到而釋放。

老粗副軍皺了皺大橫眉，越想天底下竟有這般不在意族種與籍貫的人便越氣，遂於案外加罰了歐・西摩一罪——當眾宣示此後番仔挖人，一律改以「歐西摩」稱呼這故作洒脫的瘋酒鬼！如此一則以合乎漢人的姓氏習慣，另則更可讓歐・西摩嚐嚐人間失姓無根的身世之苦。

兩人退出臨時公衙，詹陳龍如釋重擔地返回尤厝；歐・西摩，不，該說是「歐西摩」——則滿肚子不服和怨氣，提著半壺酒跟在詹陳龍後面追，似乎有話要說。

然而，祇勉強含糊說了一句：

「憨龍仔，想必你知道伯羅的去處吧？——」

他便等不及詹陳龍回答，醉得躺倒在城門外「石敢當」的巨石下呼呼睡去了。

任憑詹陳龍如何拍搖叫喚，歐西摩醉得連眼皮也沒再睜開一下，詹陳龍只好像扛死豬般將他一路扛回家；這是詹陳龍與歐西摩命中註定的第三次接觸。

緝捕伯羅及追查那只荷蘭大鐵箱的事，一直到芒種水稻網花，國姓爺的這隊北路支軍仍不得要領，毫無所獲。

聽說，扣押「洪」和尚等候換俘的荷蘭船，久泊鹿耳門外港，已感到不耐；北路軍承受承天府城的壓力，派員轉飭番仔挖這邊加緊偵緝行動。老粗副軍和陰師爺心力交疲，不得不藉助番仔挖住戶，懸重賞抓人了。另外，傳達這項加緊偵緝令的傳令兵，同時也轉給臨時公衙一件上級的口諭，要老粗副軍周知並教導地方百姓，詳讀荷蘭人的投降條款，以便各項接收工作順利進行。

如此這般，懸賞通告與荷蘭人的十七項投降條款，於是同日在耶穌堂門口及荷蘭城牆上張貼示眾。前者的獎品是生地一塊、耕牛一隻，犁具全套，外加三年免租免稅。後者，關係到番仔挖人部分的，大致有二點：

其一，前荷蘭國王及荷蘭東印度公司的一切租稅債權，財產權（包括動產、不動產），全部移交國姓爺。

其二，前荷蘭國王所屬番仔挖的人民與土地，各項相關文物資料、文件檔案，全部移交國姓爺。

文盲的番仔挖漢人，面對這兩張白紙黑字的官方公告，有如墮入五里霧中；從未摸過中國紙，嗅過唐山墨的紅烏鴉人，則就更不知從何看起了。

番仔挖家家戶戶既好奇又著急，不得不全區停下工作，動員所有走得動的人分頭去尋找詹陳龍或歐西摩，來幫大家解讀這兩張方塊豆腐字築成的官方謎題。

好不容易，大夥兒在荷蘭兵棄置的港哨裡找到歐西摩，立即連請帶抬地將這介墮落的酒鬼帶到耶穌堂前。歐西摩半瞇著醉眼閱畢告文，驀地大笑三聲，口吐充滿酒味的先知眞理之言般，說：

「呶，天下烏鴉一般黑！——」

既是眞理之言便自古難懂，且又沾染著濃濃酒味，則就更讓番仔挖人聽得滿臉茫然了。

大家央求歐西摩頭腦清醒點兒，多再透露一些口風，若屬壞事願彼此分擔；若有好處，大夥兒則願禮讓由他先得。

歐西摩不說一句話，撕下懸賞公告和十七項條款，便望著尤厝的方向走；且走，且大笑，且舉壺借酒澆愁。

被從尤厝請來的詹陳龍，在大城門口「石敢當」巨石前，遇上了自顧大笑不止的歐西摩；番仔挖人，即刻團團圍住他們兩人。

臨時公衙方面，發現兩張公告被撕的侍衛們，這時候也迅速趕來了。

侍衛們排開番仔挖民眾，抓住歐西摩，聲嚴色厲地喝問：

「歐西摩，憑你一個酒鬼，就想揭走官家公告嘍？」

「不，還有一個人——他，忠直的墾農，憨龍仔！」

歐西摩掙扎著，指著也遭官兵架住，一臉迷惑的詹陳龍。

番仔挖人覺得事情非比尋常，兩張公告勢非問個清楚不可，遂又跟著被押走的詹陳龍和歐西摩回到街上。

大家邊圍向耶穌堂，邊向酒鬼歐西摩催促：

「歐西摩，你行個好心快告訴我們，這兩幅方塊直行的唐山字，到底是怎回事？」

在進入臨時公衙前，侍衛強取下歐西摩的酒壺。歐西摩這才空出嘴來，給番仔挖民眾答話：

「你們是一群番仔挖的印度牛，走了荷蘭牛蝨，來了支那牛蜞啦！——」

歐西摩還要再說明白些，侍衛已粗暴地將他拖入公衙內。

歐西摩說的兩句話，全沒有說中番仔挖人心中的重點，大家聽不進耳裡，任其飄蕩在街面亂轉亂竄，致使話聲歷久不散，三百年後才被番仔挖子孫重新發現，那話竟眞的是句句眞知灼見。

番仔挖人一直聚在耶穌堂前吵，既然歐西摩不說，大家要求官方釋放老實的詹陳龍出來唸告文，或請寫告文的陰師爺出面宣導清楚；儘管侍衛們揮戟驅趕，大家仍然不怕，不走。

老粗副軍和陰師爺，懊惱地坐在耶穌教士們坐過的荷蘭搖椅上，這時候不禁著急了，不得不在歸還歐西摩酒壺外再另賞半壺酒，要他想想辦法出去勸散大家。

「各位番仔挖的父老兄弟姐妹們，大家聽著：——」

歐西摩站到耶穌堂門口，迎著番仔挖人的眼睛，揚了揚撕下來的懸賞文告：

「衙裡長官有令，活捉耶穌教士伯羅者，有重賞！一人捉到一人獨得，二人以上捉到，獎賞平分！」

以下，歐西摩當眾宣讀獎賞內容。

土地、耕牛、犁具和免租免稅的厚賞，使番仔挖人心動了，紛紛趨前大聲問：

「這倒是一件好消息，但是——伯羅會躲在哪裡呢？」

「我也在找伯羅，我知道的話，還會呆在這兒嗎？」歐西摩飲著陰師爺的賞酒，更大聲道：

「然而，漳州人尤旺想必知道！尤旺是伯羅所殺，他的鬼魂必定死死纏住伯羅不放，找得到尤旺的鬼魂就找得到伯羅！」

聽過歐西摩提示，番仔挖人各自找尤旺的鬼魂，捉伯羅領賞要緊，立刻一哄而散了。

事實上，歐西摩前句話，是說來消解陰師爺的懷疑；後句話，則是講給詹陳龍聽的。

當初，尤旺中伯羅的鎗拖命而死，就是死在詹陳龍懷裡；整個番仔挖地區，便只有詹陳龍，最能感應到尤旺鬼魂的存在。

歐西摩認為詹陳龍聽過他的話後，必會有所反應，再藉由反應，推測詹陳龍究竟知道了伯羅多少事；當然，那事中，必然還包括伯羅那只被土民教徒扛走的荷蘭大鐵箱在內。

歐羅巴洲學界最新論述——「心理學」、「理則學」上，是這麼說的。偏偏，從小在唐山老家見到官兵就像見到閻王的㹻佬詹陳龍，這時早已嚇得縮成一隻台灣鯪鯉（穿山甲）啦，身體器官，哪還有感覺與反應的餘地？

歐西摩失望地搖搖頭，白了詹陳龍一眼，就要溜出臨時公館；然而，陰師爺早有防備，眼明手快的攔住他。

陰師爺建議老粗副軍，軍令如山、官無戲言，除非歐西摩在撕下來的懸賞公告上簽下追緝生死狀以示負責，否則絕不可隨便放走他。於公於私，陰師爺都想逼逼歐西摩，鬥鬥這個全番仔挖最聰明的人。

歐西摩依言照做，押上姓名，捺下手印；並且，指明漢人詹陳龍是此項追緝生死狀的連帶保證人，硬將詹陳龍也給綁在一起了。

有了兩顆人頭擔保緝捕耶穌教士伯羅，老粗副軍和陰師爺當然樂於立刻放人。

走出臨時公衙，詹陳龍急忙將歐西摩阻在街央，哭笑不得地罵他：

「我倆非親非故，雖然你幫過我們，但也不能要我拿命報答。這下子，我可好端端被你拖下水啦！」

「誰說我們非親非故？我們同信一個眞主，有共同的理想，是同兄弟了！還記得我們說過的理想國度嗎？我們一起去尋找伯羅吧！」有忠直的詹陳龍爲伴，歐西摩酒醒大半了，他告訴詹陳龍：「找到伯羅，你就擁有千萬倍於尤厝的地了！」

「眞主？理想？荷蘭人在時，你是個小幫辦，國姓爺來了，你變成了酒鬼；」詹陳龍看著閱歷諸國萬事，卻衣衫襤褸、了然無成的歐西摩，說：「眞主指引了你什麼，理想又帶給了你什麼？我寧願辛勤墾作尤厝自己的那塊鼻屎田，也不同你去抓伯羅得橫產，奢想那比番仔挖外海還空茫的理想國，還不著邊際的大片地。」

「尤厝那塊鼻屎田，就實實在在嗎？呶，現在已經不是你的嘍！你如今跟我一樣，孑然一身，一無所有，祇能擁有心中唯一的眞主和夢裡唯一的理想啦！——」

歐西摩帶詹陳龍去大城下，看荷蘭人投降的十七項條款。

5

詹陳龍死也不信那城牆上的白紙黑字，不信那詔文裡的條文。

人，是從唐山老家漂洋過海逃難而來的；土地，是冒死向紅烏鴉酋長承租，再拚著三條人命和兩條狗命受賞得到的。現在，卻一切全歸到鄭國姓名下了。

除了「十七項條款」外，幾日之後，更不幸的事也來啦。

府城方面，在荷蘭人移交的眾多檔案中，居然翻出了有關番仔挖地區林跳等十餘名尤厝人，積欠荷蘭國王、荷蘭東印度公司、荷蘭教會的三筆老債。三則文件，被火速遞達番仔挖；晉江籍鐵匠丁福，及一干好奇的番仔挖街人，以奉承而怕事的態度，自動帶著衙兵和專差找來了尤厝。

原本，府城方面翻到這三則文件時，以爲那必是一股組織龐大的私商集團或大私墾戶所積欠；及至專差親眼見到孤苦落魄的詹陳龍與他的破墾寮，並經過詳細再三查問原委後，不得不也替詹陳龍搖頭嘆息了起來。

專差愛莫能助地表示，這三筆巨債得等他返府呈報，經上司研議才能再做適當處理後，便讓詹陳龍大失所望的走了。

事畢，丁福及那干番仔挖人又矛盾地折回頭，安慰詹陳龍：

「唉，紅毛仔走了，當年一夥人也散了，想不到這三筆冤債還五鬼纏身般纏著你；媽祖婆保佑，但願那位好心差爺幫你說好話，能把債一筆勾銷！」

詹陳龍激動極了，原想將誥文上的十七項條文，向他們據實相告，卻怕大家傷心悲憤惹事，重蹈當初一夥人的覆轍，再度搞得番仔挖一發不可收拾；尤其，剛娶新婦，對日子充滿憧憬的丁福，聽後一定精神崩潰，不上吊自殺也要犯失心症讓自己瘋掉。於是，詹陳龍把衝到舌尖的話，又硬吞回了肚裡。

詹陳龍打眺著一夥難兄難弟辛勤墾熟的尤厝田地，無奈得眼淚直流；事到如今，他知道該怎麼做了。

他在番仔挖港漧廢哨寮內，找到了遭他嚴詞拒絕的歐西摩，當即表明無條件協助他尋找伯羅，就是得不到墾地也不在乎的意願。滿腦子怪念頭的歐西摩，那時正醉眼瞇茫地對著波濤動盪而難以捉摸的番仔挖外海，及一艘泊岸的官船發呆；聽完詹陳龍的話，立刻收回眼神，酒再度醒了，精神也再度來了。

兩人當即打包啓程，詹陳龍回想患瘧疾半昏半睡的那段記憶，猜忖那個餵他吃藥後往東而去的人，應該就是傳教士伯羅；於是，他帶著歐西摩沿紅烏鴉獵徑向東走。

那些老獵徑，好在有番仔埔、番仔寮的紅烏鴉獵人不時走動，使詹陳龍仍然依稀可辨，不致迷路。

首先，他們行抵林跳歸附的部落，那部落並沒有多少變化，倒是墾作的土地面積擴大了。林跳已經改名叫瓦瑪，正跟一夥族人在一株老茄苳樹下劈柴唱歌；他們的女人搭配著他們的歌聲在織布，和舂米。

三五成堆的族童則廝混在竹籬前，或汲水灌蟋蟀，或堆土窯炕甘藷。

林跳親切地接待遠道而來的難友，喝小米酒，吃鹿肉，高興得哼起他糅合老家民謠和紅烏鴉野歌改編的曲子。林跳更叫來他那接連出生的三個兒子，以漢族禮儀向客人鞠躬問好。

三個剛學會說話的第二代，先是用紅烏鴉族語獻唱一首「兒童向客人問候歌」，做父親的怕老朋友聽不懂，要他們再以漢語重唱一遍；含混不清的童嗓，惹得詹陳龍和歐西摩拍手叫好，暫時沖淡了兩人內心憂急與跋涉的疲累。

「部落的族人由老至幼，個個喜歡唱歌、跳舞；爭吵毆鬥，必受懲罰，是絕無僅有的事。」林跳心滿意足地告訴老友；然後，帶領客人去看他跟女人巴妲的田地。「部落的土地，勤勞者享有，懶惰者無份。誰賣力燒墾種作了，誰就是那田的主人；誰不再耕鋤，不再種植了，誰就失去那塊地！」林跳的話，和他們夫婦的田，讓詹陳龍羨慕極了。

詹陳龍告訴林跳，荷蘭人已經撤逃，「延平郡王」鄭國姓帶著許多唐山老鄉渡海來了；笨港之東的打貓社郊，聽說已經駐有國姓爺的唐山兵，番仔挖如今正在建立初步的統轄資料，再過不了多久，國姓爺的王威便要擴及濁水溪（西螺溪）以北的地區了。

詹陳龍希望林跳得有心理準備，免得他的族人和官兵衝突流血。

另外，因爲當初林跳代表一夥人簽下那三份五代子孫都還不完的賠償款，詹陳龍提醒他最好從此埋名隱姓；即使日後死了，墓頭也千萬別留下「林跳」兩字，以免累延子孫。

「唉，萬不得已，」詹陳龍嘆口氣，要林跳這麼做：「就把那三筆永遠還不了的債，推給尤旺，讓他用那副慘死的屍骸去抵償了！」

最後，詹陳龍向林跳探問傳教士伯羅的消息。

「那時，立夏過後，風向轉南，伯羅是曾經帶了再娶的帕瀑拉新娘、大目降養女和兩名荷蘭商人，求我們協助過境；」林跳證實了詹陳龍的猜測：「你們涉過東邊另一條流濁水的溪（東螺溪），攀上橫在額頭上的嶺子，找到巴布薩族的山社問，應可問到伯羅的去向！」

林跳教導詹陳龍和歐西摩有關於巴布薩族的禮儀與禁忌，替兩人備足了乾糧，便囑咐兩名善行山路的族人護送啓程。

6

東邊的山和嶺子，跟一股流清水、一股淌濁水的溪一樣，都還未有正式名稱。那嶺子遠望像山，爬上後卻成了丘原，是一大片群鳥飛翔、萬獸鑽動的原始莽林。紅烏鴉人稱它「半天嶺」，巴布薩人則自稱：殺鹿坪。

詹陳龍帶著歐西摩，靠依稀的記憶入社表明來意，拿出包括唐山菸草、歐羅巴洲雪茄在內的獻禮，要求晉見生重病的老酋長巴達。

老酋長巴達的病很奇怪，既無熱無寒、也沒有痛苦，只是不食不飲，日益消瘦；整天不發一語，彷彿一尊唐山老佛般晝夜呆坐著，獨自陷入於某種無法解釋的黑暗玄境裡。

在巴布薩族的疾病史上，此病從未有人患過，簡直比躺下來死去還使人費解。

部落長老連日開會，歸納出三種可能的原因，一是族人們不小心冒犯了先祖被遺忘的禁忌，二是老酋長受到了異族非難的暗咒；三是年前分支東北方去尋找老巫師四顆門牙，或留在原部址的族人，有了大災禍。

詹陳龍和歐西摩在部落住了四日，第一天旁觀了由全體長老聯合主持的，請求祖靈原諒族人無心犯忌的祭典；祭典完後，老酋長依然不食不飲，冥坐如故。

第二天，長老和巫師們齊聚在公廨裡，分析四方異族的巫法及施巫的動機。東北方的泰雅、賽夏兩族，雖然兇殘無比，但彼此既無宿仇新恨，獵場又不衝突，應無施巫相害之理；況且，二族巫師擅長於使人翻滾痛苦，使人冥想不動，並非他們所能。北方的巴宰海、卡哈布族的巫術，大多用於驅鬼與治病；帕瀑拉族則只在捕魚和打獵中施法。西及西南方的紅烏鴉族，更南方的西拉雅族，都族性和平，土沃水豐、衣食充足，自無跟巴布薩族興波為敵的必要。

遠在極北的道卡斯族，極南的魯凱族，極東的排灣族與阿美斯人，他們與巴布薩族的利害關係便更風馬牛不相及了。

排除以上兩種原因，再參照老酋長的症狀，長老們終於肯定了第三種推論。老巫師率族人分支而去的半線之東的山野，是泰雅、布農兩族的獵域與戰場；布農族人數並不多，其巫師卻精通各種法術，是最擅長於使巫致勝的部族。他們的竊影法，連陽光都失去作用，偷魂術則連鬼神也難以察覺。

「布農族不但殺害了老巫師，也把老酋長的靈魂給偷走啦！」

巴布薩長老和巫師們都一致這般認為。

即刻，長老們派遣去年追蹤大野豬的族勇，帶著印度狗與本族最佳獵犬雜交的第二代好狗，出發探尋老巫師的屍骨下落，以及追查該支同胞的生死去向；此外爲了萬全著想，另又派出健行的族人攜帶厚禮分赴四鄰部族，一則互通這件消息，另則更替老酋長的怪病尋覓名醫。

第三天，長老們才允許兩名訪客晤見老酋長。

「這是失神症，」看了老酋長後，詹陳龍說：「按照唐山漢醫的說法，老酋長的病不是病，是操心勞思過度、精神不支，暫時失神所致！」

「老酋長沒有病，也不是著了布農族的巫法；」讀遍諸子百書、閱歷千國萬事的歐西摩，不同意詹陳龍的說法。但同意詹陳龍的解釋，他取出一只放大鏡察視老酋長的眼睛，打亮一具火石器燒起一堆火，引出老酋長的影子說：

「老酋長並沒有遺失影子，他是耗盡全副精神，在跟歷史之神交戰！」

歐西摩又取出一顆叫「吉卜賽水晶球」的洋物，囑人捧來一盆水，將那顆通體透明的怪玩意兒放進盆裡，幫助老酋長從歷史的幻象中，脫離內心的戰場。

「唉！——」

長嘆聲，從老酋長塗滿戰鬥迷彩的嘴縫吐漏出來，老酋長終於回醒了。

長老們呈上老酋長最嗜愛的菸，老酋長選了歐羅巴洲雪茄，覺得不對味；又嚐了唐山菸草，放進口裡，再三咀嚼那辛辣的滋味。

詹陳龍糾正他，那菸草得裝在吸具裡點燃，而跟歐羅巴雪茄一樣用嘴抽，用鼻子嗅的。

「不，這種生長在巴布薩先祖故土之上的草，是用舌蕾嚐的；那地方來了你們漢人祖先後，才改以鼻膜感受它的煙氣。噢，如夢如魘的況味呀！」

老酋長淌下眼淚，悠悠忽忽地搖起頭來：

「我的靈感如今應驗，千百年後的今天，你們學著橫越一片陸地的祖先，終於又橫越一片大洋，再度找上門來啦。巴布薩先祖究竟中了漢人怎般的詛咒啊？」

老酋長並未完全恢復神智，卻清楚指示長老們，快快取他的淚水和鮮血，沾在八隻大雄雉的尖舌與翅頭上，明日黎明請族內最老的巫師施法，讓雉對日鳴啼，便有神跡顯現。

老酋長奮力說完這番話，已經筋疲力盡，又不言不語的陷入冥坐中。

在巴布薩族的巫法裡，這是一種召喚遠方血族、姻親和盟部，緊急開會的法術；除非發生特別重大故事，這種總動員式的召集令，是不輕易發出的。一位碩果僅存的五代長老巴魯，痰嗓顫抖抖地告訴大家，他從小至今已看過一百二十餘次山桐開花，卻只記得在看過第十次山桐開花的孩提時代，族裡為了抵抗東方山洪之魔作惡成災，才曾經召開過那麼一次超大型的八雉大會。

那次大會，參與施法的各部族巫師全數犧牲死去，卻也重創山麓下的水魔裂身為二，一者變為清水向南逃竄，一者化做濁水殘喘西流。

五代長老言畢，長老們了解狀況嚴重，個個神情嚴肅的分頭依指示辦事而去。

第四天，天色破曉，八隻台灣大雄雉朝著八個方位竭力嘶鳴，振翅擦雲撲飛，把沾染巴布薩老酋長血與淚的訊息，急急傳向八方。

午時，旭陽轉為烈日，萬道光芒普照整個山野，老酋長這才又悠悠醒來，有了元氣與精神跟客人談話。老酋長心情似乎開朗許多，表示願意開放一處族中的聖地，以回報這次詹陳龍和歐西摩的幫忙。

「請跟我來，你們要找的三個人就在後面；──」

詹陳龍和歐西摩跟隨老酋長爬到公廨後的山巖上，攀進一座結實乾淨的岩洞裡。

「這是我和巴布薩族人獻給他們三人的住所！」

老酋長領兩人入內，穿過懸在洞口的一具相思樹幹釘成的十字架，走到一本舊聖經旁。舊聖經壓綴著三綹紅髮，三副燻葬乾屍，就安厝在三綹紅髮正下方的石棺中。

老酋長指著三副乾屍，心思深沈道：

「這就是那三位朋友，布包裡的東西則是他們的遺物！」

從極西海涯的紅烏鴉族挖仔社，往東深入巴布薩部落而來的三個荷蘭人，其中兩人因患嚴重的思鄉症，憂鬱而死；第三個，正就是曾經贈送老酋長一把聞聲斃命的神奇兵器，幫助巴布薩與紅烏鴉二族和平解決獵場糾紛的好朋友，伯羅。

他，好朋友羅伯，又是因何而死呢？

「是眞主耶穌，召喚了他；──」

老酋長往事歷久彌新的凝視著詹陳龍，痛苦道：

「你也是那場不流血之戰的好朋友，我記得你！但是，伯羅的鎗和你們的狗，使巴布薩族裂開了，肝、膽、腸，各置一方了！」

平路作品

蕭永盛／攝影

平　路

本名路平，山東諸城人，1953年生。台灣大學心理系畢業，美國愛荷華大學碩士。曾任職美國郵政總署、美國經濟與工程研究公司、《時報週刊》、《中時晚報》主筆、台灣大學新聞研究所與台北藝術大學教職。現任香港光華新聞中心主任。著有長篇小說《捕諜人》、《行道天涯》、《何日君再來》；短篇小說集《玉米田之死》、《紅塵五注》、《百齡箋》、《禁書啓示錄》、《凝脂溫泉》等。

她的頭皮，S的手，強壯而有力，那是一雙年輕男人動作後微微滲出汗味的手。

她也最愛梳頭的感覺，她的頭髮長到腰際，髮絲細而且軟，很容易打結。S拿一把玳瑁殼的篦子，徐徐滑過她鬆散開的頭髮。一早一晚，那是如同儀式一般慎重的事：夜裡披下來睡覺，早上起來，S再幫她梳一個亮光光的髻在腦後。

每天晚上，S伸出手，讓她把髮油抹在他的掌心。S合起雙手，然後將摩搓後的油脂搽在她頭髮上。洗完臉，她總把得來不易的潤膚霜敷一層在臉上。關燈前的最後一個步驟，她的手心手背也要塗滿上海出的雪花膏。

●

當年，她第一眼就中意面前這位派來做她生活祕書的男人了。

S彎下腰爲她點菸，屋裡明明沒有風，S也殷勤地用手圈起一個小小的罩杯。她可以感覺併著的手指傳遞過來的體溫。她遷就地偏低了頭，不要讓自己的鼻息干擾到那一點小小的光焰。她想，如果剛才戴了老花眼鏡，她就看得見S手背的汗毛，放大了幾倍的，在火柴畫出的亮光裡，應該呈現一種年輕的昂揚。

●

她原本對於長得英挺的男人就有異樣的好感。看著年輕男人嘴角上青青的鬚芽子，有時候，她簡直忍不住要去觸摸一下。

中央揀選來的幾個女祕書都做不長，她很快找出她們讓人難以忍受的毛病，一一被她罵走了。在S跟前，她卻從來再沒有發過脾氣。

有時候，坐在藤椅上，她靜靜地聽S講述外面的事。她微閉著眼睛，不可思議啊，這個男人是軍隊裡冒出頭的，軍隊中另有一套存活的規律，要費多大的能耐，才巴結上侍候國家首長的差事！而這一瞬間，他們倆的位置顛倒了過來，她彷彿又回到當年那個一派天眞的少女，深情地望著身邊的孫文。新婚時，她還在給別人的信裡寫著：「結婚竟好像上學校，除了沒有傷腦筋的考試之外」。確實，與S穿著草鞋從北闖到南的經驗比較起來，她的周遭舒服多了，這男人又這麼機伶，不久就在金絲鳥籠般的世界裡先一步想到所有她想到的事情，若S偶然忘記了一回，她還會半眞半假地不依著。

●

丈夫的手掌在她記憶中總一片涼滑，或許事關早年醫生的職業，打量女人的眼光帶著有經驗的冷峻。S的手卻溫暖潮濕，爲她推拿了一個早上，S額頭以及眉心正沁出一粒粒汗珠，汗珠沿著髮根下滑，好像一路散著蒸騰騰的熱氣。

●

S是在準備扶持她，或者在導引她的路。但另一個角度看去，兩人在併肩同行，她只是彎起手肘讓S托著。當然有時候，她也不得不在人前顯出某種主動的姿態。

全虧S，是S給她一個無庸置疑的原因年輕下去：S教她把頭髮盤在頭頂上，而不是一成不變地梳個髻在腦後。她從來沒有做過的！S甚至扶她的腰，呵她的癢，再頑童似地把她手臂反剪到背後。在那之前，不知道多久的時間，她的肌膚皺了、鬆弛了，卻益發強烈地渴望著與人的接觸。

把自己交給別人不是件容易的事，小姑娘時候她不曾這麼做，做孫夫人時候也沒有，雖然她有個長她一倍年齡的丈夫。現在老了，她學著把自己交給他！她悄悄問S應該穿什麼式樣的衣服、戴什麼顏色的圍巾，見與不見什麼樣的訪客。重點是，她雖然世面看得很多，但她試著讓S知道，自己正參考S的意見。她費盡心力在取悅一個小她三十歲的男人！以她來說，這才是最新鮮有趣的經驗。

●

看著S在她身旁繞來繞去，她回憶起丈夫對待自己的心境，都是看一位初出頭的年輕人，聰明、勤奮、好學。再沒有別的事，能夠比讓年輕異性甘心情願的奉獻來得可喜。

背著S，她撿起自己落在浴盆周圍的頭髮，一根根白的、分岔的、毫無生機，湊在一堆顯得十分猙獰。她回手就沖進抽水馬桶。她想到當年，鴛鴦枕套上那些稠稠硬硬的顆粒。有一天，她大驚失色，一顆顆居然來自丈夫的鼻孔裡。

挖出來的！她偵探一樣偷眼覷著，覷著丈夫那隻覆著老人斑的手。

在上海閒居的日子，星期天早上，丈夫照例仰起下巴，對著鏡子，從抽屜裡拿起一把小鉸子。是他從前當西醫的手術刀嗎？她見到就趕緊擺過頭去，眞懷疑他剪下的鼻毛沾著那些黏黏的小東西，說不定還會放出臭氣！

臭臭的還有丈夫的口涎。那是最後的日子。口涎，混著嘴唇上焦乾的一層表皮，牽成白色的纖維，順丈夫口部的動作在上下唇中間拉長又變短……

最後那段時間，丈夫的皮肉也黏滯起來，摸在手裡的感覺粉粉的，好久都去不掉……

丈夫生病的那些日子，她反覆夢到一碰就要碎成灰屑的男人身體。丈夫無言的眼睛，死魚樣地露出一大塊白。

儘管在那麼詭異的夢裡，念頭仍然閃過：眞想把丈夫一雙手抓著，泡進熱肥皂水裡刷刷乾淨。她又記起了丈夫挖鼻孔的動作——

用哪一隻手指呢？

現在，她迴避去想自己處處顯出年紀的身體，她的手倒是例外，從來細細嫩嫩的。她先挫了挫左手的指甲，再伸出右手，撒嬌地要S幫她修成跟左手的指甲一模一樣長。

十一

「北嶺丸」靠近天津外港的時間是十二月四日上午時分，從上海分途入天津的人員已經作好種種安排：汪精衛先乘小船到大沽口，攀上「北嶺丸」，向先生報告京津情勢。

先生凝神聽著，不知道是因爲體內正一陣陣疼痛，還是消息都令人失望，先生多少顯得有些恍惚。

「別重複了，」先生一揮手，打斷其實很扼要的簡報，「這次他們讓我來，就是我們極好的宣傳機會。」

繞過艙裡面亂哄哄整理箱子的人們，先生轉身戴上帽子，踱出了船艙，頂頭一陣寒風，讓先生記起來上次船到天津，已經十三年前了，那時候是盛夏，才從大總統退下來，先生一心辦實業。職位讓給了袁世凱，先生非但不積極參與政事，對於黨務也不多過問。多天眞！先生想著自己居然相信「十年之內，大總統非袁莫屬」，只怪當時熱中實業，認定實業才能夠救國！想的是一個安定的國內環境，便天眞地以爲袁總統的長處既是練兵，就在元首位子上訓練一支兩百萬的軍隊，先生自己找另外的舞台，專志爲修築二十萬哩的鐵路而籌謀。因此，十三年前，先生只希望袁世凱委任他主管全國的鐵道事務。與袁懇談的期待下，民國元年七月中旬，先生由上海搭「安平輪」到達天津。

先生那次北來的情形，後世人亦有所聞。一個月的時間裡，孫袁見了十多次面，每次都長談數小時。結果先生與袁妥協、被袁利用，散播了許多信任袁的言談，還要國民黨員「全力贊助政府及袁總統」，一方面鞏固了袁的地位，一方面卻增加日後倒袁的困難。而先生與袁世凱周旋的經過，不僅是民初南北政壇上眾說紛紜的議論；十三年後此刻，也是先生自己仍然在反覆思量的謎題：如果不讓給袁就好了。當年眞的由得先生嗎？——雖然說奉承話的小人，刻意把禪讓政治的美名歸給先生，就如同有些不明就裡的同志，義正詞嚴地質問先生爲什麼把民國大總統的權位拱手與人，但在那時候，先生未嘗沒打過政治算盤！一來，先生自忖不是細密的人，他並不喜歡現實政務裡的瑣屑無聊，關鍵時刻，章太炎的說法雖然不懷好意，卻也道出了某些事實：「孫君長于議論，此蓋元老之才，不應屈之以任職事。」窒礙難行的現實之下，先生依然習慣於高談闊論，他寧可面對的是一張中國全圖，在圖上揮灑他雄才大略的實業計畫：因此，先生反而擔心支持實業發展的袁世凱被守舊的氣氛束縛住。二來，先生其實有不得已的地方，除了這早就說妥，乃是袁世凱站到革命陣營的交換條件，只要看那噩運連連的南京臨時政府，從一開始即陷入嚴重的財政危機，就知道「舉袁」爲什麼是當時既定的方針：「革命軍起、革命黨消」，那時候的同盟會形同解體，而同盟會初期延續下來的，湖南人與廣東人之間的歧見一直難以化解，更關鍵的是軍餉的問題又迫在眉睫！先生在南京總統府裡，那是江蘇諮議局的舊址，椅墊還沒有坐熱，催餉的電報已經一封緊似一封：「軍隊乏餉即潰，莫怪對不住地方」，臨時政府應急地發行一百萬元的軍用鈔票，商店不肯接受，米店作出停業的抵制。先生只好繼續等待外國的貸款，雖然電報一而再催問，今天是星期六，明天是星期日，外國人在休假日照例不辦公，先生告訴爲了軍餉急得咯血的黃克強說，明天不會有覆電的，後天可能有覆電來，以後又過了幾個星期，直等到總統府取消的一天，外國借款還是杳如黃鶴。

事實上直至此刻，先生的廣州政府裡，錢方面的壓力還是如影隨形。自從矢志革命，而先生最大的功能就在向外國借貸、向華僑募款。換句話說，先生喪氣地想，他人生的一半時間都在辛苦的籌錢！另一半時間呢？當時中國的艱難處境之中，如果由著先生自己說，花在廢除不平等條約，反對帝國主義的壓迫。看起來，先生反帝的目標與他目前所面臨的困境更有直截的關係：就在他抵達的前幾日，駐天津的法國領事，還四處揚言：先生登岸後不准通過法租界；亦不許人們在法租界的國民飯店開歡迎大會。就好像先生這回途經上海，上海租界裡英國的〈字林西報〉也在事前挑撥僑民，意圖攔阻先生在滬停留。果然當先生的船徐徐進入天津港，俄國以外的其他各國，已經聯結成反對先生的主要力量！而先生北方最強硬的對手張作霖，近日也頻頻以先生這方面的弱點攻擊先生。譬如，張作霖就公開向早報的記者說：「北京各國公使，都不贊成孫先生。」張作霖與汪精衛交涉的過程裡，張更不加掩飾地說著：「只要你可以請孫先生放棄他聯俄的主張，我張作霖包管叫各國公使，都和孫先生要好的。」事實上，這眞是絕大的諷刺！先生對西方事務的熟悉，曾經是十三年前先生的信譽保證，以及在武昌起義後先生眾望所歸的首要原因。若干年後，爲了同樣的革命理想嗎？贊成他的人都變得反對他了。此一刻，望見岸邊的先生無限悲涼地想著。

——一九九五年三月·選自聯合文學版《行道天涯》

張國立作品

小說卷

張國立

江蘇人，1955年生。輔仁大學東語系畢業，曾任業務員、外銷部經理、記者，現任《時報周刊》社長兼總編輯。著有長篇小說《嘿！你到過忠孝東路沒有》、《匈奴》、《小五的時代》、《跳進嘴巴》、《鳥人一族》等。曾獲中國時報文學獎、聯合報小說獎、聯合文學新人獎、亞洲華人小說獎、皇冠大衆小說獎。

【關於鳥人一族】

作者化身以痞子小說家的第一人稱，敘述一票哥兒們消磨於一座夜生活城市PUB的種種故事，進而推進到人與飛的想像，飛行的欲望，並試著探詢我們肉身內裡潛藏的飛行基因（DNA），這是緣由於人類只能是爬行的動物，充其量，我們只能跑得快，但永遠無法飛行，即使是天使，鼓動雙翼飛行時，所有美好的人間丰姿亦將失色。況且，我們永遠不可能加添一對翅膀，地心引力使我們的雙腳只能貼著地面步行，這是無法遁逃的宿命與原罪。……一場在復活島舉行的無動力飛行大賽，成為本書的最大高潮——也成為所有人的救贖。

鳥人一族

史上第一個會飛的人

根據正史的記載，中國第一個成功的飛行家名叫元黃頭，故事發生在西元五五九年，這個元黃頭用竹蓆製成的翅膀，從首都鄴城的金鳳台上起飛，腳不著地地持續飛行了三公里，直到鄴城西邊的紫陌才降落。

因爲飛行三公里足以證明元黃頭是眞的會飛，後來英國考古學家彼得・詹姆斯和尼克・索普就把他列爲古代最偉大的飛行家。

其實元黃頭從不知道自己會飛，壓根也沒飛行的念頭，他本是北齊皇帝高洋寵愛的臣子，一生最大的願望是有一天能外放爲刺史，做個地方上的百里之長。他有三個妻子，全家十餘口就住在鄴城外的紫陌，一處皇帝御賜的大宅院裡，他對前兩個妻子已經很滿意，惟一可惜的是沒有爲他生個一男半女。元黃頭不是很有野心的人，對此倒也不在意，他總是告訴自己，能對付兩個女人就不容易啦，先別想孩子吧。倒是後來又有第三個老婆苻氏，在鄴城也是出名的美人，又懂得侍候婆婆和兩個「姊姊」，身材纖細，元黃頭老是擔心手用了力會捏碎苻氏的腰。他最喜歡看苻氏走路，搖曳生姿，楚楚動人哪。更令元黃頭意外的是，才過門就生下一個兒子，元黃頭對她簡直到了捧在手心的地步。他常對親人說，有了苻氏和兒子，人生最後只剩下當刺史這個心願了。

元黃頭也是皇家子弟，他的祖先是鮮卑族拓拔一家，在五胡亂華之後，統一整個中國北方，建立起國號魏的新國家，並且改了漢人的姓氏爲「元」，大有一統天下的雄心，可惜好景不常，由於後代子孫不爭氣，大權又掌握在權臣手裡，沒多久就分裂成東西兩個魏，元家雖仍爲東魏和西魏名義上的皇帝，可是實際掌政的是高歡和宇文泰兩個家族。再經過幾年，迫於形勢，皇帝不得不禪讓，把皇位讓給了高家和宇文家，由高歡兒子高洋建立的齊帝國，歷史上稱之爲北齊。

改朝換代在那個時代裡是沒什麼了不起的事，再說元家每個人都對大局看得很清楚，儘管高洋是新皇帝，但元家滿天下，在朝在野都是重臣，高洋也不敢對前朝的遺族不尊重，甚至還特別引用元家的族人，來拉攏這個北方的第一家庭。元黃頭是北魏皇帝的直系遺屬，如果不是高洋篡位，說不定也有做皇帝的一天，有些親人在聊天時爲此感傷不已，元黃頭卻不以爲然，他親眼看到堂哥小小年紀在高歡的扶持下登基，坐上龍椅的刹那，尿也灑得一地。做皇帝不如地方上的一個刺史，不是元黃頭不長進，他只是想得比較開罷了，再說，他老爸臨終前也叮囑，千萬別滿腦子都是過去，不把皇帝夢扔得乾乾淨淨，遲早會惹上殺頭之罪。

高洋篡位，元黃頭是前朝皇族第一個去叩頭恭賀的，日後歷史上對他的記載必然是忠心耿耿、識大體，如同家裡的苻氏，明明兒子是她生的，卻對元黃頭的前兩個老婆很尊敬，比她們早起，比她們晚睡，親自送洗腳水，招呼每個人最愛吃的菜式。苻氏在床上撒嬌地對元黃頭說，實質上的寵愛才重要，其他的，都無所謂。

苻氏是前秦皇帝苻堅的後代，自從前秦帝國垮了之後，苻家的人不是被殺就是流放，苻氏母親在北方嫁給鮮卑人，才算從奴隸中脫籍。高洋爲了感謝元黃頭的擁立之功，把苻氏賜給他，本來元黃頭心想慘了，怎麼弄個皇帝的女人來盯他，進了門才發現苻氏有如天仙，連續三個月他連前兩個妻子的房門也沒踏進去一步。不是母親揪著他耳朵，罵說身體會搞壞，他根本連房門也不想出。

有件事元黃頭則不知道，天下也僅有元黃頭的堂叔彭城公元韶知道，因爲當初苻氏就是元韶送給高洋的。元韶是正二品的特進官，在北齊王朝內也是少數受重用的前朝人，他自認最看得清天下大勢，府裡養了幾十個從各地買來的女子，分別送給朝中大官，尤其是高洋，從小就英武善戰，擺明了高歡之後就是由排行第二的高洋接手。一天他請高洋回家吃飯，利用侍酒的機會把苻氏推到高洋面前，當晚在元韶的房內就成其好事，以後高洋也常藉機來元府私會。

至於把苻氏賜給元黃頭，倒是頗出元韶意外的，主要還是高洋接了皇位，苻氏雖然已非奴隸，卻仍是賤民，配不上皇帝，高洋又喜新厭舊，他經常騎著馬在京城裡逛，興致一起就衝進百姓或官員家，遇著女人就強姦，那天在元韶府見到元黃頭，不由分說地便把情婦脫手給元黃頭。明義上苻氏是元韶的義女，對元黃頭而言，一來是皇帝之賜不可拒絕，二來可以和元韶攀上親戚，何樂而不為。

把苻氏接回家，元黃頭才見到她的眞面目，驚為天人，前兩個妻子都沒有生育，苻氏一舉得男，元黃頭更快樂瘋了。問題是，苻氏八個月就生產，這讓元黃頭的母親很不高興，幸好苻氏孝順，孫兒長得又活潑可愛，隔了幾個月大家也就不談此事了，倒是元韶聽到消息，心裡很清楚，這個孩子當然是高洋的。

高洋只有一個十二歲的兒子高殷，對於皇室而言，一個兒子是很危險的，萬一有什麼，斷了嗣，將來的皇位繼承就麻煩大了。元韶把這件事放在心裡沒對任何人說，倒是初一十五都親自送東西到元黃頭家，對這個半外孫也疼愛有加，每個人都說，苻氏有個好娘家。其實元韶仍不敢確定這個孩子是不是高洋的，他送禮來主要是探視這個孩子長得像不像高洋。很好認，高洋的高鼻子是鮮卑人少有的挺，孩子越大，鼻子越明顯，元韶對自己說，應該沒錯，連高洋自己見到也不會懷疑。

元韶一度想過把兒子的事告訴高洋，但他擔心出意外，太子高殷的母親是皇后，如果給她知道，難保不對這個半路殺出的皇位競爭者下手。元韶打定主意，要在適當的時機才開口，而適當的時機最好是太子的健康出了狀況，或者高洋對太子不滿。高洋是瘋子，幾天前他在鄴城開了個御前會議，要和尚和道士比賽說佛道法，誰贏，才能享受皇家的禮遇，結果和尚贏了，高洋竟逼所有的道士全剃度去做和尚，國內的道觀更全改成寺廟，道家信奉的老子神像全被放火燒了。

高洋嗜酒，一次酒醉居然連皇后的母親也被他打得半死，誰也沒膽去攔他，在鄴城，高洋出巡前，兵卒先把道路兩旁用白布圍住，附近居民都得避開，否則生死難料，因為皇帝興起，就會衝進民宅殺人。元韶認定高洋的造孽，必會報應在兒子身上，那時他再開口，元黃頭的兒子較能順理成章入主朝廷，他也必然是輔君的重臣。

總會等到機會，只要掌握住元黃頭的兒子。元韶笑看天下，其他都是假的，皇帝老子才是眞的。元韶有他的野心，雖說元氏是前朝皇裔，高歡在世時對他們甚為重視，到了高洋，才幾年功夫，封王拜侯者一半都改成姓高的，元韶一個月也難得見到皇帝一面，更談不上說體己話。元氏不能沒落，等高洋死了，只要小皇帝控制在自己手裡，說不定有一天元韶能恢復元魏的基業，或者自己做皇帝。

做為皇帝，高洋的功業遠超過他的父親，不僅鄰國的北周被他打得抬不起頭，南方的南梁也上表稱臣，怪的是高洋對此從不滿足，他最大的心願是飛，這件事也只有一個人知道，他的貼身侍衛劉桃枝。

北齊天保七年，西元五五六年，高洋視察鄴城新建的銅雀台，他一興奮，居然脫下鞋子爬到工人搭建的竹子護欄頂端。竹欄高十多公尺，上面有個平台，寬僅一公尺，工人做工時不忘用繩子綁在腰間以防不小心失足掉下去，高洋就一個人在竹欄的台子上又跳又舞，鄴城居民都圍在下面嚇得合不攏嘴，誇讚皇上有膽量，劉桃枝卻心裡清楚，皇上是膽小，幾次要往下飛，最後都臨時收腿。

在宮裡，高洋也喜歡待在宮頂，劉桃枝奉太后之命，隨時帶著幾十名宦官，一人拎一床厚被守在下方，一旦高洋要往下縱，眾人便馬上疊起被子，免得傷了皇上的千金之體。據劉桃枝後來對外人說，高洋有好幾次幾乎跳下去，都是到了屋簷邊才停住，劉桃枝說他不相信那些厚被能護得住高洋。

劉桃枝更說，每回從宮頂上下來，高洋都會不停地嘆氣，他上街強姦民婦也多是在跳不成樓之後，有次還鑽到皇太后的床下，硬是把床拱翻，皇太后也摔個半死。

劉桃枝跟過幾個皇帝，他說高洋爬樓不爲別的，他想要飛，他夢過自己能飛，覺得自己絕對能飛，可是每次臨到要往下跳試試飛行能力時都作罷。爲了試驗，高洋將許多囚犯抓到鄴城，關進高塔裡，下令只要能飛的就免了刑，否則一律斬首。死了幾十人，沒一個飛起來的，這並未讓高洋死心，他認爲有此天賦的僅他一人。後來高洋在三十一歲那年死亡，臨終仍爲沒有飛行成功而抱憾。

高洋怎麼也沒想到第一個會的人竟是元黃頭，當然，元黃頭更沒想到，他刺史沒幹成，卻會飛。

曾經向元韶請託了很多次，一來元韶跟高洋已講不上話，二來元韶也不肯讓元黃頭一家離開鄴城。元黃頭弄不到刺史，只有繼續在京城做個五品官，有事沒事受些鳥氣。苻氏勸他乾脆連官也別做回北方去，反正元家本來就來自北方，拓拔一族以狩獵起家，不愁過不了日子。元黃頭不甘心，而且母親和兩個妻子也反對，誰都不願回去過祖宗的苦日子。事情一拖久，元黃頭聽到苻氏的話也當成耳邊風，即使沒有刺史，能到地方上去做個長史或司馬也好，心願不大，總是會等到的吧。

至於元黃頭的飛行，發生在天保十年，高洋感覺到身體不適，很擔心萬一死了，太子年紀太小會受到他兄弟的威脅，就找個理由，先把三弟永安王高浚和七弟上黨王高渙抓起來殺了，即使如此，他的六弟常山王高演仍在朝中掌權，高洋便想重新重用前朝元氏家族的人，以取得平衡，第一個找的就是元韶。

失寵多年，突然間皇帝召見，元韶很緊張，高洋那天對他也出奇地親切，賜坐賜茶，甚至問起他的身體，元韶一時失控，跪在高洋腳前便說：

「老臣一顆心全繫在皇上的龍體呀，不瞞皇上，當年苻氏爲元黃頭所生的兒子，實在是皇上的龍子哪。」

說著說著，元韶已老淚縱橫，他說：

「苻氏入了元黃頭家門，八個月就產下一子，老臣每月去探視，只見孩子越長越像皇上，尤其是英挺的鼻梁絕對是遺傳自皇上。這個祕密藏在老臣心中，誰也不敢說，死守三年，今日得見皇上才說出來。」

高洋大驚失色，他在民間竟然還有一個兒子。這件事原該進一步的查證，高洋沒有，他肚子裡打定了主意，皇家的事豈能外洩。他淡淡地問元韶：

「你的忠心我曉得，既是前朝重臣，先帝在世時也常誇你，如今我打算要你入朝爲大司空，你能不能先說說，當初劉秀爲什麼能中興漢室？」

聽到皇上說要重用他，元韶頻頻叩頭，額頭都碰出血來。他是元氏少數飽讀漢文經書的文人，他不加思索地回答：

「不是劉秀有本事，是王莽沒把劉氏一族的人全殺光。」

話才出口，元韶就知道不對，他抬起頭，見高洋冰冷的眼神正盯著他，元韶剎那間汗水濕透外衣的背心。

高洋說：

「你不愧念過書，說得好，我就照你的話去做吧。」

當天，劉桃枝帶了虎威營士卒滿城捕捉元氏的族人，不分老少，全部屠殺。一個下午，四十四家數百口人的鮮血，染紅了鄴城的北門口。惟獨元韶沒有被殺，高洋將他關起來，餓了十一天，元韶連衣袖都吞下肚，最後還是餓死。元黃頭不知道城裡已發生如此大的事，還在家裡抱著苻氏親熱，劉桃枝帶領軍士，幾十把明晃晃的大刀進門來見人就砍，劉桃枝一手抓住元黃頭的頭髮大喊：

「叛賊，該受千刀萬剮。」

劉桃枝並沒有殺了元黃頭，而是送他進大牢，苻氏和兒子則不知下落。元黃頭只記得苻氏抱著孩子呆呆地看著自己，沒說半句話，也不驚慌，眾兵靴腳下踢起的灰沙把妻兒埋進記憶裡。

元黃頭先被關進城西的大牢，也有其他元氏的族人被關在這裡，陸陸續續他聽到消息，皇帝還派兵去晉陽，殺掉所有姓元的人，一天之內再死了七百多人，而一切都只因元韶的一句話。

唉，攀親不成，反被元韶害了。苻氏和兒子呢？元黃頭安慰自己，好歹苻氏是皇上恩賜的，應該不會有事，否則當天不也被殺了？

一個多月後，元黃頭被移送到城南的金鳳台，幾十人擠在狹窄的木欄裡，早中晚兵卒都用棍棒往欄縫裡戳，戳到誰，誰倒楣，有的受不了，兩三天就失血而死，兵卒早晨來收屍，囚犯一天天地少，欄內也不擠了。據說高洋便是這麼把他兩個親王弟弟給殺掉，他喜歡慢慢折磨他憎恨的人。儘管元黃頭始終想不明白皇帝為何連他這個小吏也恨，他從沒有叛亂的念頭呀，難道只為他姓元？皇上會不會想起他是第一個表示效忠的前朝遺臣呢？不管日子多苦，元黃頭心裡仍抱著一絲希望。

隔幾天，人犯每人分到一張蓆子，劉桃枝在欄外吼著：

「皇上有令，你們能活到現在，表示你們的身體不錯，法外開恩，每人可用蓆子做翅膀，兩天後由金鳳台跳下飛行，飛不起來的一律腰斬，飛起來的免除死罪，賜官左羽林卒上士，黃金百兩。三天後皇上親自來看你們飛行，想活命的就飛吧。」

金鳳台有七層，高一百公尺左右，從上面摔下來不死也半條命，台前還有手持大刀的虎威營軍士趕上來補一刀。每個人犯都用盡心思地拆了蓆子做翅膀，元黃頭也學著其他人做翅膀，但不論他怎麼綁怎麼折，蓆子都散成一片片的竹子，到了飛行那天，他在手臂兩側僅綁出幾十片像去了毛的雞骨頭，兵士看了全都大笑。

皇帝來了，他坐在台下，劉桃枝揮揮手，人犯一個個被押上台，第一個不敢往下跳，被劉桃枝大腳踐下去，飛也沒飛，整個人匡噹跌到地面，哼也沒來得及哼一聲。第二個也不敢跳，這回劉桃枝沒踐，他的刀子直接刺進人犯的背心。

其他的不敢再不飛，拚了命地揮動竹蓆做成的翅膀，那時剛過正午，金鳳台的樓影拉出幾公尺長，沒一個人能飛過影子。原來早該輪到元黃頭，皇上卻臨時要他排到最後。元黃頭略感安慰，總算皇上還記得他，不過飛仍是要飛，望著台下一地的屍體，元黃頭閉起眼往下跳，他努力地揮舞兩手臂，絲毫沒有效果，不自覺地，他蹬了蹬兩條腿，突然間，他掉下的速度減緩，他再划起手臂，人浮了起來。元黃頭睜開眼，他看到底下的高洋張著嘴驚訝地看他。元黃頭手腳並用，越飄越高，人已超過台影，他繼續地動，人更逐漸升高，他回頭看，劉桃枝只剩下一個指頭大小。元黃頭飛起來了，他是北齊第一個會飛的人，不，歷史上證明，他是全世界第一個會飛的人。

元黃頭下意識地飛到鄴城西門外的紫陌才落地，他本來可以飛得更遠，可是他想飛這麼遠應該夠了，皇上會免了他的罪，他得趕快回家看苻氏和兒子。

落地處離家不遠，元黃頭狂奔而去，大門敞開著，家人的屍首仍散亂地倒在庭院四處，烏鴉滿天，驅趕不散。他找到母親，找到了兩個妻子，就是沒看到苻氏和兒子，元黃頭放聲大喊，沒喊出妻兒，劉桃枝帶領著騎兵卻追來，綑了元黃頭便回城去。路上元黃頭哭泣地問劉桃枝：

「皇上不是說能飛就放人嘛，我的妻兒呢？」

劉桃枝冷笑一聲：

「你在作夢啊，不能飛是死，能飛更得死，普天之下只有一個人能飛，皇上他自己。元韶蠢，你比他還蠢。」

我對小六說明我調查的結果，他不感激，一腳便踹過來：

「你個死痞子，你罵人呀。」

雖然劉桃枝沒罵元黃頭白痴，但元黃頭怎麼不是白痴，他會飛，不在劉桃枝來之前先飛走，還等著人來抓，不是白痴是什麼。

關於元黃頭的下場，和元韶一樣，被高洋下令活活餓死。高洋爲什麼喜歡把人餓死，是歷史上的一個謎，可能他認爲過去元氏爲帝時過於奢靡，才用飢餓做爲元姓族人的懲罰，但他當了皇帝不也一樣。

在牢裡，元黃頭幾次懇求見皇上，都沒有得到回應。元韶餓了十一天斷氣，元黃頭餓了二十二天，足足多出一倍，他每天在牢裡大喊大叫，也經常在牢室內飛來飛去，牢官不得不把他鎖進只容一個人蹲坐的木籠內，他把木皮剝下來啃，把綁木頭的繩索咬下來嚼，死的時候嘴角仍殘留著一束木片。

死得慘，元家人都死得慘。

小六又踹我，他不相信歷史上對這種小人物的死也寫得那麼清楚。我承認加了點料，可是，我說，元黃頭會飛卻是千眞萬確的事，不信他可以去翻兩晉五代史、北齊書和資治通鑑，要是元黃頭不會飛，我把這輩子、下輩子可能認識的女人全讓給他。

苻氏和她兒子的下場沒人知道，但歷史上卻對高洋的後事交代得很明白。

高洋的死因，歷史上的陳述是酗酒，得了一種怪病，吃什麼東西全會吐出來。我的判斷是他酒精中毒，整個新陳代謝失去平衡，才會吃不進任何東西。另有一種說法，他終於從皇宮屋頂往下跳，不幸地沒飛起來，摔在宦官墊的厚被上，當場受到重傷，劉桃枝也幾乎因護衛不力而被殺。躺在床上，高洋知道活不了多久，他對兒子，也就是太子高殷的未來很擔心，曾對皇后說，自己逃不過一死，怕的是死後有人會奪走兒子的皇位，因爲這種事情在他的前幾代不停地演出。

在心中，高洋認定他的弟弟常山王高演必對皇位有意思，他甚至把高演找來，開門見山地說，高演要想當皇帝，無所謂，只是希望能保全高殷。新的王朝把舊王朝的遺族、遺臣全殺光，在南北朝也是司空見慣的事，高洋當初這麼下手，他要求弟弟不要這麼做，似乎有點強人所難。

西元五五九年，元黃頭成功飛行且被餓死的同年十月，高洋也死了，十五歲的太子高殷登基，任命皇叔高演爲三公之一的太傅，隔一年再調升爲太師，錄尚書事，所有大權集中在高演手中，而新皇帝也下旨，所有元家的後代，發配爲奴隸的，都恢復自由。而苻氏和她的兒子呢？是不是也在這道赦免令之內？歷史上沒交代，可以想見，皇帝絕對不會想留個可能搶皇位的弟弟在人間，高洋的妻子已是皇太后，更不會留下老公的小老婆。

高殷的下場也悽慘，他想殺掉高演，臨下手時，卻因爲口吃而誤了時機，還被迫再任命高演爲大丞相都督中外軍事，第二年，高演在他母親，太皇太后婁昭君的支持下動手，罷黜小皇帝爲濟州王，自立爲帝。西元五六一年，高殷被押往晉陽，高演派的侍衛追去，強迫高殷喝毒酒，高殷不肯，被侍衛掐死。

耐人尋味的是，婁昭君為何不挺自己的孫子，偏相信另一個兒子高演呢？據我的觀察，可能婁昭君也身不由己，她曾要求高演保存高殷，可是元韶的話是歷史上的名言，劉秀能中興漢室，原因在於王莽沒有殺光姓劉的呀。

小六不再踹我，他感嘆小皇帝的可憐，感嘆南北朝的血腥，他說：

「喂，痞子，你很無恥，把歷史改說成這樣。唉，你的意思是說我是元黃頭的後代嗎？元黃頭不是掛了，他的兒子，按你說的，是高洋的兒子才對，高洋不會飛呀，再說，也是你說的，元黃頭的兒子也應該沒活下去，那我是誰的後代？」

我說：

「你是你媽從垃圾堆裡撿回來的。」

元姓家族的人並未在高洋手中全被殺光，定襄縣的縣令元景安，也是北魏拓拔氏的皇家後裔，他很久以前就認為姓元的將來會倒楣，有天和堂哥元景皓說，大勢如此，不如改姓高。鮮卑人本來就因為漢化才改姓元，最初有很多人反對，北魏皇帝還下令強制執行，甚至規定鮮卑人搬進洛陽後，死了也不能送回北方故土去安葬。目的是希望把鮮卑和漢人融合在一起，免得發生族群衝突，也淡化鮮卑的異族身份。因此鮮卑人對於姓氏，並沒有太深的認同感，元景安有改姓的念頭也沒什麼好奇怪的。

偏偏元景皓漢化已深，受過孔孟的教育，他堅決反對，認為元景安怎麼會有數典忘祖的念頭，簡直無恥到極。沒想到元景安向高洋打小報告，高洋一氣，把元景皓給殺了，反而賜元景安姓高，這使元景安一家人逃過了滅門之劫。

其他沒被殺的尚有開府儀同三司元蠻和祠部郎中元文遙等幾家，這可能與元蠻和是常山王高演的岳父有關。

小六說：

「那我是哪個元的後代，你一定說是元景安對吧。」

我覺得小六眞是孺子可教，「沒錯，你是元景安的後代。我可沒說你的祖宗數典忘祖，無恥已極，禽獸不如，是中華民族的渣滓，我的意思是，只有元景安改姓高，你又姓高，會飛的DNA只有元家才有，你當然是那個宇宙超級無敵大狗腿元景安的後代。」

「我操，」小六翻臉了，他很少說髒話，「你存心找揍挨。」

「不是我亂掰的，全是你家族譜上寫的，不信，自己看。」

小六把家譜接過去，他的臉色很沈重，那是他老頭的字跡，寫的都沒錯，有拓拔，有元，更有元景安，接下來是高。出乎我意料之外的，他竟然如此頽喪。我一向覺得祖先是祖先，我是我，除了遺傳了雙小眼睛之外，彼此毫無關係，小六卻顯然不這樣想，他很難過地抓起酒瓶，猛灌了一大口才說：

「痞子，你要是把我家的事說出去，或是寫在你那個沒人看的小說裡，從此我們情斷義絕，別怪我飛你家去放火。」

看小六的模樣，我有些良心不安，他不必太在意，改姓元是北魏孝文帝下的令，鮮卑人原來稱大地爲「拓」，一國之主是「拔」，自稱是黃帝的後代，在全面漢化而改姓時，選擇「元」爲姓，是由於「元」代表了萬物的開始，是個好姓。再說：

「喂，小六，別想太多，這年頭沒幾個人不沾點胡人血源的。」我說，「你看，像我，姓于，你知道于是怎麼來的？我的祖姓勿忸于，據說是匈奴的後代，我這張大餅臉像不像迪士尼卡通花木蘭裡面的匈奴？也是漢化時候改成姓于的。」

我硬把祖先污衊爲匈奴，也沒讓小六快樂點，老天，我這個于應該不是勿忸于的于吧，說不定我也該找找自家的族譜。

離開小六的住處，我跑到「Wine Bag」去，小乖他們都不在，克莉絲哀怨地說，他們很久都不見人影，大呆存心躲她，大哥大也打不通。我不敢說老實話，大呆早換手機了。

店裡來了一批新面孔，想刁克莉絲，細漢在廚房不時地伸出頭來瞧狀況，看到我出奇地親熱，可能他以爲我已經出局了吧。

克莉絲黏著我去吃消夜，反正沒事，我們就走到華視後面的巷子去吃麻辣鍋，她不停地問我大呆和其他人的近況，我憋不住地說，她爲什麼不能喜歡小六呢，小六馬上會成爲上市公司的大股東，在我們這票人當中，他最有前途。

「喜歡就喜歡，強迫不來。」克莉絲辣得快掉出眼淚。「我本來很喜歡你，可是你太屁，你如果不那麼屁，會有很多女孩子喜歡你的。」

謝啦，克莉絲也有窩心的時候。

「我最近忙著調查小六會飛的原因，查了他的家譜，很有意思，你聽了說不定就會愛上小六。」

鮮卑族的由來很神祕，大部分的歷史學家都認爲他們是匈奴的一支，我翻了不少書，有不同的看法。西漢從武帝起大舉北伐匈奴，出了不少名將，有衛青、霍去病、李廣利、李廣等等。漢武帝天漢四年，西元前九十七年，李廣的孫子李陵率步卒五千遠征，兵敗被俘，匈奴很禮遇他，單于封他爲右校王，李陵也在胡地娶妻生子，他的後代自成一個族群，這才是鮮卑人的祖先。

「你說了半天，小六會飛是因爲他是鮮卑人的後代，也是李陵的後代？」

「沒錯，」我說，「我不敢告訴小六，他的祖先是李廣，他媽的，他那個人超屁，曉得祖先是李廣不更屁。」我不小心瞄到克莉絲露在外面的大半個咪咪，嗯，也許我該重新考慮趁大呆和小六僵持的機會，把克莉絲弄上床的問題。「你不念歷史，總聽過李廣的綽號是飛將軍吧。」

我們又喝了好幾瓶啤酒，克莉絲難得地有點茫，她問我，李廣也會飛囉？

李廣會飛？我倒是從沒想過，搞不好李廣眞會飛，他才叫飛將軍，李陵也會飛，於是鮮卑人會飛，姓元的姓高的也都會飛，最後小六會飛？

要送克莉絲回家，她不肯，她要去我家，酒害了高洋，也害了我。我帶克莉絲回家，渾身的血液在大腿與肚皮間急速運轉，我該先發動呢，還是等她來動手？克莉絲看看我租來的房子，「你很愛乾淨嘛。」我沒說，那是我老媽每個月來幫我打掃的。她沒動手，自顧自地進浴室去洗澡，出來時只圍了條浴巾，我發覺，克莉絲迷人的地方不僅僅是咪咪，她的腿白嫩到我有去咬兩口的衝動。可是她實在喝多了，躺在我床上就睡著。

我望著床上半裸的女人，首先，她爲什麼要隨我回家？其次，她爲什麼直接進了我的浴室。再來，她爲什麼圍了條浴巾就出來。更重要的，她躺到我的床上。這些似乎都說明了我必須有進行下一步行動的責任。我慢慢地脫掉衣服，整個人陷入爆炸的邊緣，沒想到居然聽到她細微的打呼聲。

這使我有機會再思考朋友的道義，我趴到她身上，天雷勾動地火，第二天早上她會抱著我說，痞子，我愛你。接下去，我要每天晚上去「Wine Bag」喝酒，和小乖他們吃消夜時，克莉絲也理所當然地參加。大呆會瞄我，小六會瞪我，阿丁會損我，傑克會用口水吐我，小乖會不屑我，然後我離他們越來越遠，最後只剩我一人去「Wine Bag」，克莉絲下班去我家，我們瘋狂地做愛，做到地板塌掉，床垮掉，太陽燒掉，克莉絲說她懷孕了，我得不做小說家地去姊夫公司當業務員，在一家餐廳舉行婚禮，小乖他們都會來，都會冷冷坐在一起喝他們的酒。小六的小妹也會來，手勾在小乖臂彎裡，高媽也來，和我媽商量哪天打牌。我沒酒可喝，克莉絲不准我喝，十個月後，我抱著小痞子，坐在客廳看克莉絲拚老命地踩腳踏車恢復身材，偶爾傑克會酸溜溜地逛來吃克莉絲做的白酒蛤蜊麵，剔完牙，捏小痞子的臉一把，扔句小六仍醉在酒瓶裡的消息，拍拍屁股走人。我則和克莉絲感慨小六的墮落。

我沒趴上床，在沙發裡看著毯子的起伏，一夜輾轉難眠。第二天早上克莉絲比我早起來，她親了親我的臉頰說：

「痞子，少屁點，會有女人喜歡你的。」

克莉絲走了，我徹底醒悟，經過這一夜，我和克莉絲確定無緣。奇怪的是，我反而鬆了口氣，趕快打電話給小六，他仍在睡覺，他已經練成助手在屋內工作，他在床上睡覺絲毫不受干擾的境界。

我對著話筒大吼：

「他媽的，小六，告訴你老實話，你的祖先是李廣，漢朝飛將軍的那個李廣。」

說完我扔下電話去洗澡，浴室裡瀰漫著一股女人的味道。我的大哥大響起，不是小六，竟然是細漢，他問我克莉絲呢，她家一晚上沒人接電話。我說我不清楚，可能是她喝多了，根本聽不到電話聲。

唉，愛克莉絲的怕眞是細漢一人吧。

那天到了傍晚我才接到小六的電話，他說：

「你是不是打過電話給我，說我的祖先是李登輝？」

我操，管他祖先是誰。

——二〇〇二年四月・選自印刻版《鳥人一族》

吳繼文作品

小說卷

吳繼文

台灣南投人，1955年生。東吳大學中國文學系畢業，日本國立廣島大學中國哲學研究所碩士。曾任聯合報副刊編輯、時報文化出版公司總編輯、台灣商務印書館副總編輯。現專事寫作。著有長篇小說《世紀末少年愛讀本》、《天河撩亂》，譯有吉本芭娜娜《廚房》等書。曾獲聯合報「讀書人」年度文學類最佳書獎、中國時報「開卷」年度十大好書。

【關於天河撩亂】

曾經，命運的潮水推湧著他趨近那個集完美與缺陷於一身的造物，那位既是父親同時也是母親的人，那支沙漠中的船隊，在一條復活了的河流上，航向廢墟中的歌聲與眼睛，回歸那座夢幻似漂泊的湖……

出生五〇年代的台灣中部小鎮的時澄，家族中有三個失蹤人口。十歲隨父親遠赴日本，因為同是性別取向差異，與姑姑成為忘年之交。八年異國生涯，讓他見識到外在世界。同時也因此和在家族中缺席的姑姑一起認識身心受傷的邊緣人。

十八歲他返回台灣，發現美好諸事已都遠離。他開始揮霍自己，數度與死神擦身而過。當姑姑去世之後，時澄回憶昔往，總有

一個漂浮的自己以悲憫之眼凝視一切。而另一個旅程又將展開。

天河撩亂

二十七

成蹊在一片涼意中抵達卡薩布蘭加，但白色的街道、喧鬧的市集、穿長衫的蒙面婦女、高塔傳來的提醒人定時祈禱的廣播聲，和偶爾從沙漠吹過來燥熱的風，夾雜著疑似駱駝糞便的味道，提醒他這是一塊叫非洲的大陸。

那家醫院在新城區，並不難找，是一棟潔淨明亮的現代建築，而不是想像中有著塗白灰的厚牆、雕花窗櫺、陰暗曲折走道的房子。醫師是典型的阿拉伯人，看不出眞正的年紀；他留著落腮鬍子，說話聲很輕柔，但不善言詞，講話有些結巴，好像該緊張的人是他，這樣反而使成蹊能夠保持冷靜。他只大略瀏覽了成蹊的病歷表，並口頭和成蹊確認一些事項，包括最近的身體狀況，並沒有問一大堆「你確定要嗎」、「你不怕後悔嗎」、「你知道你在做什麼嗎」，或說要他「再慎重考慮」之類的話。最後他叮嚀一些手術前飲食方面該注意的事項，同時和成蹊敲定手術時間，第三天上午九點半。

接著成蹊到隔壁房間辦理住院手續並繳費，接待他的人一看就知道是醫師的妻子；她可不是戴著頭巾蒙著臉、不太敢和陌生人說話的阿拉伯婦女，她講話清楚俐落，處理事情透露著一種精明的冷漠。她有一頭剪短的紅髮，白皙的膚色，稍稍發福的身上穿著歐洲時興的名牌套裝。她將手術費點清之後，笑著對成蹊說，第二天晚上最好能先住進醫院。成蹊臨走，她握著成蹊的手說了一句祝福的話，意思大概是「美夢成眞」，成蹊笑了。

次日成蹊醒得很早，離天亮還有一段時間，他發現他是因爲興奮而睡不著的，因爲這是他男性——雖然只能說是百分之一的男性——的最後一天。他打開通往陽台的落地窗，發現外頭正下著小雨，路上幾乎看不到往來的車輛；疏疏落落的街燈好像倦於一整晚的照明而顯得特別昏黃。

天亮之後雨就停了，空氣中的濕氣放盡，眼前的景物在陽光中輪廓鮮明，顏色飽滿而富於立體感，不像昨日之前所見那樣，好像整個城市都被染上一層褐黃，缺乏景深。

他在外頭幾乎逛了一整天，他實在等不及第二天的到來。離開旅館前，他請外頭一個顯然想當導遊的老實而伶俐的少年幫他把行李送到醫院，然後開始在早年阿拉伯人所建的城寨「梅地那」舊社區起伏而沒有章法的巷弄中穿行，甚至因爲迷路而一再走回同一個地點但走不出去，他也只覺得有趣而不慌張。他和許多好奇的眼光擦身而過，那些眼光無一不是深邃而美麗；耳朵裡面滿滿是陌生的聲音，尤其有些婦女發出的高亢奇異腔調，他聽了儘是感到快樂；各種味道在空氣中飄盪，炭爐中烤著的餅，櫥櫃中不知名的香料和草藥，窗台上的花，羊圈的堆肥，薄荷香的濃茶，燒焦的咖啡，摩爾澡堂的蒸汽，呼嚕呼嚕響的水煙，剛洗好晾晒的衣物，他都禁不住貪婪地嗅吸著；只有經過皮革加工廠和染色廠時，必須像當地人一樣將搓揉過的薄荷葉塞在鼻孔裡面，以免被難以形容的惡臭嗆倒。

他又順著兩旁植了椰棗和橄欖的小路走到郊外的高地，躺在一棵大無花果樹下午寐，醒來後坐在面海多風的墓園凝視不遠處深藍的大西洋，哼著不成調的歌。他整天都沒有進食，也不特別想吃什麼，下午三、四點太陽的方向飄來一些厚厚的層雲，氣溫陡降，才覺得肚子有些不適；正好有兩個牧羊人趕著一大群羊路過，成蹊向他們要點吃的，其中一個少年從兜囊中倒了一杯含有微量酒精的酸奶給他喝，不久全身遍覺暖意，他才向燈火逐漸點燃的城市走去。在抵達醫院之前，他特地繞道，在貧民區的一座清眞寺前廣場稍作布施。

第二天，他在約定的時間準時被推進開刀房。施行全身麻醉時醫師的妻子在旁邊握著他的手，臉上帶著祝福的笑意，再次睜開眼睛，好像只是一瞬，但人已在病房。房中的黑人年輕看護告訴她，手術用了將近九個小時，她離開開刀房的時間是下午六點多，而現在是晚上八點過了。

也許下半身的麻藥未退，她並不感覺疼痛，但無法動彈，好像身體有一部份凝固成爲岩塊，僵硬而沈重。然而她的心情卻是輕快的，雖然已經疲憊得連微笑都不能。那一夜，她睡睡醒醒，做了好些夢。

在一個夢境中，她仰面漂浮在一座被雪山圍繞的湖上，身旁有各種巨大但不知名的水獸游來游去，對她絲毫不以爲意，她也清楚知道牠們不會加害於她，但她總覺得水下有什麼東西一直以利爪或尖牙用力拉扯她的下半身。

她還夢到一個女人一直在哭，四周都是好奇的路人，一開始她並不知道這個女人爲什麼哭得這麼傷心，後來終於聽清楚了，原來這個女人身上突然長了男性的性器官，她還掀開裙子展示給大家看。成蹊很想走向前去告訴那個哭泣的婦女，只要去警察局登記就不會有事，但她不敢，因爲她怕大家認出她自己就是上一次在路上大哭的人。

半夜，她的下腹部開始有劇痛間歇襲來，而且微有尿意，看護過來幫她處理，她才知道那裡裝了一支臨時導管。原來的輕快心情突然轉爲狂喜。

成蹊在手術後第五天開始起床走動，待三個星期後出院時，她已經能夠自由走動，只是時間不許太長。她在鄰近卡薩布蘭加港埠的青年旅館又住了一個禮拜，那個禮拜多雨，她好像一個新生的嬰兒般，好奇地看著這個位於乾燥邊緣的潮濕世界，好像她從來沒有到過這個城市。

有一天天色剛暗下來不久，她在梅地那又迷了路，彎彎繞繞，不知怎的竟繞進了人家的院子，也許是後院，那裡有一口水井，從屋裡透出的昏黃燈光，照射在一個正在嘩啦啦的水聲中沖澡的男性裸體上。黝黑的膚色上都是光滑的水衣，使得他的身體閃閃發亮看起來好像剛鑄成的青銅雕像。他雖然瘦而高眺，手臂、雙腿細長，卻有著勞動者賁起的肌肉，使得他的背脊、腰部和臀部的曲線充滿強烈的魅惑。成蹊在暗處驚心地看著，突然下腹部有腫脹的感覺，第一個念頭仍然以爲那是勃起，很快她就笑起自己來。她這才了解這個醫師之所以名聞遐邇的原因，而且確定自己體內那個改頭換面的部分仍然具足應有的敏銳，只要她願意，也可以繼續爲她帶來快感。

回到日本，她幾經遲疑，還是將「喜訊」告知了家鄉的親人，並附上一張近照。不用說，這對家人簡直青天霹靂，很有默契地，這件事馬上變成家族最大的祕密和禁忌。

三十三

時澄並沒有和姑姑談過出賣肉體外加廉讓靈魂的往事。那些作爲其實只發生在一個月裡面，可是記憶總有一種錯覺，好像持續了很久。山楂很快就感到不對勁，而且對他常常不上課、不回家的行爲很不以爲然，見面故意對他說一些難聽的重話，即使如此時澄仍沒什麼反應，於是山楂就懶得再理他。

然而他知道山楂曾經在巷口等他很多很多回，也聽說山楂在台北車站附近及西門圓環一帶到處找他，每次他深夜不管多晚回去住處，山楂和他養的老土貓小牛都立刻警醒起來看他，他知道山楂並沒有睡好。山楂也留了幾次字條在他房間，寫些問候和規勸的話，「我只希望你沒事。」他寫道。

有一天傍晚山楂到德惠街送貨，看到一個很像時澄的人和另一個他不認得的人走進一家旅舍，兩人明顯年紀很不相稱；他滿腹狐疑，硬是在下著冷雨的街頭等了一個半鐘頭，等到兩人出來一看，果然一個是時澄沒錯。時澄和那人也沒說什麼就各走各的路，山楂迎上前去，劈頭就問：「你在做什麼？」

時澄有些驚訝地看著他，山楂頭髮全濕了，臉上都是雨水，像個鬼魅一樣站在眼前，他不知道他在山楂眼中才是一縷蒼白而毫無重量的幽魂。

「那是誰？你在做什麼？」山楂又問了一次。

時澄故做輕鬆地笑答道：「沒什麼，就是玩玩。」

山楂臉色一變，解下時澄送他的圍巾，用力甩在時澄臉上，大聲說道：「你去死吧！」回頭就走。

時澄呆站在店招和路燈都已經次第點亮的路上，開始感到有點冷；他開始有點感覺。他流下連祖母過世時都沒流過一滴的眼淚，流了滿臉。他從沒見過一張詛咒的臉，這是第一次，「你去死吧！」山楂的聲音一直在耳中迴盪。

然後就是那個日子了，他記得很清楚，那是十九歲那年的一月十八日下午四點多還不到五點。

那天天氣好得不得了，氣象局說台灣北部、東北部山區午後有雨，他在新生南路巷子深處的住所卻滿溢冬日午後的陽光；由於季節的斜度，光線覆蓋了別的季節絕對不會觸及的一些角落，返照在房子的高處。這樣的陽光日後仍將持續照射，一次又一次地覆蓋，在名叫大安的城市森林公園中，在人工的草坪、小丘和湖泊之上，彷彿這裡從來沒有過很多綠瓦紅門的房子。

時澄這天早上一起床就忙著整理他的房間，他非常徹底地打掃了一遍，把該丟的東西丟掉，然後將剩下的每一樣東西仔細地歸定位，有的在書架、櫥櫃擺整齊，有的裝進箱子；又挑出一些放在書桌上，做了些標記，無非是人的名字。他還到庭院中爲長得比較不好的一棵桂花鬆土，替客廳中的魚缸換水，也清理了室友山楂的房間。等到他倒過垃圾、洗完澡、把髒衣服洗淨晾好，已經是下午四點多鐘。

他環視了一遍夕照到處貼上金箔好像連空氣都金色漾漾的屋子，這樣的時刻讓他感到欣喜，甚至有些興奮。多好的陽光，多好的日子。他把喜歡膩在他身邊的小牛請到客廳沙發上，然後輕輕關上自己房間的門。

他坐在窗台旁邊掛的那方大鏡子前面，瀏覽了一下自己，背後全是金晃晃的一片。好安靜，好像從來沒有這樣安靜過。他拿起那把上周才買的美工刀。

習慣性地是用右手，他笑了，交到左手，推出刀刃，放在右手腕跳動的脈管上，然後抬頭看著鏡子裡面，那裡有一張霎時陌生了的臉，因爲太平和，好像別人。左手的力道比較不容易掌握，不像用慣了的右手容易遲疑。一個禮拜前，他曾用右手行過左手腕的割禮，但失敗了，只流了點血，像一般割傷，於是權且當作彩排。這次將是正式演出，是首演，但也不會有下一場了。馬上就是永遠的落幕。

他用力一壓然後劃了下去。

血液激射而出，像噴泉，不像前次流得有氣無力的，他告訴自己，成了。

他將刀刃收攏，放著，閉上雙眼，意識竟是如此清醒。血水在地上叭搭叭搭地響，右手腕麻麻的，但不痛，一點都不痛，不像上次；血比想像還要溫熱，天冷的關係。

間歇的暈眩陣陣襲來，但他一點都沒有惛沈。他的呼吸更為平緩，他的聽覺甚至更靈敏了，他可以聽見很多聲音，來自四面八方，毫不嘈雜，好像管風琴的每一個風管一起發出無聲之聲，催他入眠。

突然管風琴像是炸裂了一般，發出尖利而急促的巨大聲響，幾乎將他震倒。

時澄錯愕地正了正身子，試圖習慣那種非常不愉快的聲音。

電話。是電話在響。

時澄有好長一段日子刻意疏遠所有的人，最近已經幾乎沒有人會給他打電話了。也不會是山楂，現在正是山楂打工的地方一天中最忙最亂的時候。

他知道只要等一會兒鈴聲自然就停。約十一、二響後，果然停了。時澄鬆了一口氣，繼續等待最後的時刻。

電話很快又響起來，時澄耐心地等著，但這一次似乎沒有停的意思，一次又一次地撕扯他的耳膜。

到底是誰呢，偏偏在這種時候出來攪局，還不識好歹地霸住電話？好像不管怎麼樣這個發話人就是頑固地要成為聽見他說話的最後一個人。他突然對發話人產生強烈的好奇。

他決定接聽，而且儘量讓對方感覺不到他有什麼不對勁，教對方在對話中完全平靜而愉快。

他雙眼仍然緊閉，慢慢地，有些搖搖晃晃地走到電話旁邊，其實他已經沒有自己想像的清醒了。

「喂？」聲音有些乾澀。

「喂，時澄嗎？」

「？」聲音挺熟的。「我是。」

「時澄，我不想活了！」音量加大，因而聽出顫抖。是小犖。

「小犖！」時澄差點脫口而出說「我也是」，那才眞叫死黨了。「小犖，怎麼回事？」

「我也不知道，我手上現在有半瓶安眠藥，我好想死，我不知道怎麼辦才好。時澄……」小犖停了下來，時澄眼睛仍閉著，勉力傾聽電話彼端的動靜。小犖好像在啜泣，又好像嘆息之類的，但沒停很久，又說道：「你知道生命線的電話嗎？」

時澄睜開眼睛。

眼前一切都有些偏藍，季節的金色無比溫柔。

「你稍等，你一定要等我哦。」電信局的黃色電話簿還在不在？時澄沒有把握可以很快找到，血不噴了，但還在流，只好拿手帕將傷口綁住，免得來不及給小犖電話號碼自己就先不支，那可糗大了。

之後發生什麼事，其實是經過多方拼湊才搞清楚的，因爲他自己只記得離開房間去找電話簿，想要幫小犖查生命線的電話號碼，耳邊都是小牛的喵喵嗚叫聲。他再次清醒過來的時候，人已經躺在醫院，山楂坐在旁邊的椅子上打盹。

據說他曾跌跌撞撞，先到客廳，然後到山楂房間，最後終於在廚房的電鍋底下找到電話簿，他撕下有生命線號碼的那一張，回到電話旁邊，對小犖大聲地報了號碼，又一個字一個字說道：「你一定要答應我，你保證會打這個電話。」直到話筒那端傳來「好」，時澄於是和電話一起跌倒在地，昏厥一直到山楂回來。山楂首先差點自己也嚇癱在一起，勉強振作起來打了一一九，把時澄送到仁愛醫院急救。總之時澄活下來了，而小犖卻死了，不過那是若干年後的事，爲了一樁很不值得的戀情。

四十

時澄僅能有片段的睡眠，並不是因爲這一個顏色、聲音、氣味都迥異日常的醫院病室。姑姑有限的時日，讓他有些急迫感，想要更多地記起有關姑姑的一切，好像這樣子姑姑就不會眞正離去，她的影像仍無可置疑地留存在另一個生命裡面，即使這另一個生命也已經是風中之燭。

同時他也很想從姑姑那裡獲知自身生命史上一些若有似無的祕密，一些恐怕只有姑姑才會爲他破解的謎團。時澄一直不清楚當年父親突然帶著他跑到這麼遠的地方，到底眞正的原因是什麼。姑姑不是吞吞吐吐的人，可是在這一件事上卻顯得相當遲疑。時澄這一次來到姑姑身邊，是取得答案的最後機會了。

姑姑醒來後，精神體力似乎都不是很好，就一直躺著。時澄很想把握機會跟她談談這件事，沒想到姑姑卻要他回芝浦的家整理房子，將服裝、首飾、酒類等「比較有用」的東西打包，讓悌娜拿回店裡分送同事或老主顧，其他能丟就丟，一時丟不掉的，像笨重的家具，就買幾匹白布先蓋著，包括地板也用白布蓋起來，免得太久沒人住會髒得不可收拾。

由於辦這件事要花不少時間，時澄很早就離開醫院，先到附近市場買了上百碼白布，又買了大大小小二、三十個紙箱，請人家一起送到芝浦。

時澄一個人慢慢整理，在每個房間進進出出，好像又回到剛住進姑姑家的日子，姑姑不在，十歲的時澄一個人在空盪盪的房子裡搬演一幕又一幕獨腳戲。

他把落地窗打開，收起窗簾，遠處是平靜的東京灣海域，平靜得像凝結的藍莓果凍。十歲的他也曾經一次又一次望著海灣，淡淡想著彼岸的故鄉，淡淡地，想著父親帶他遠離故鄉的種種可能原因。

大學畢業後不久，時澄在嘉義大林接受短暫的訓練，然後從基隆上船橫渡海峽。他和百餘名新兵被放置在傾斜的甲板，於冷冽的強風巨浪中夜航。他被分配到馬祖群島中一座離福建最近的偏遠小島上，並在那裡度過嚴酷的冬天。

儘管時澄他們的據點高聳於海崖頂端，但生活起居的坑道仍相當潮濕，所以一有晴朗的好天氣，他們都會像貓一樣躺在蘆葦編織的廚房屋頂上曬太陽。由於據點的坑道等設施順著崖面呈梯狀分佈，廚房的屋頂其實和進出據點的主要通道等高，並向遠處的海面傾斜，很容易上去。只要沒有什麼任務，他們就在屋頂上消磨一個下午，睡覺、看書、讀信、唱歌、閒聊。腳下是蔚藍的海，以及以北竿爲首的鮮綠色島群，雲朵在藏青色的背景烘托下緩緩北移，慵懶有如飽食的羊群。天地開闊，時間也就特別悠長。在風聲和拍岸的海潮音間隙，還夾雜來自閩江口一帶船團的引擎鳴響。

有一次聊著聊著，突然有人問起最早的記憶，一如十五歲之夏，同學阿寬的問句。大部分的人只記得五歲以後的事，少數還有四歲前後的記憶。

或許是身心完全放鬆的緣故，時澄感覺到他意識的梭機竟得以一路溯行，恍如穿過潮濕的森林霧籠的小徑，直抵一座古老的城堡，輕易地推開緊閉的門扉，在霉跡斑駁的巨大牆面上逐一辨識時間祕密的印記，許多早已從他的記憶淡出的景象陸續浮現。

那一次，他告訴大家，父親曾經抱著他到小鎮邊緣一家木造兩層樓的酒家尋歡的往事，而且過程完整。

父親抱著他走在故鄉的街上，一路上和很多熟人打招呼，有時還會停下來寒暄；有一個和父親年紀差不多的男人貼近他，用手摸摸他的臉頰，時澄還記得那個男人頭上整髮液和手指間香煙焦油的味道。當他們抵達商店街的盡頭，父親毫不遲疑地轉進一間屋子，踏上木頭樓梯，然後把時澄放在二樓一間房間的榻榻米上；迎面來了兩位臉上撲粉、嘴唇畫得血紅的女子，對他諂媚地笑著。後來時澄看到父親和別人談笑風生，眉來眼去，把他丟在一旁，就開始鬧脾氣，吵著要走，爸爸叫其中一個女子去買了一包牛奶餅乾，但時澄不領情，一直吵，父親有些不知所措，好像只有喝了幾杯茶就抱著時澄回家了。

有一段時期，在那個沒什麼新鮮事的小島上，時澄創下的最小年紀上酒家的世界紀錄，成爲流傳島上的熱門緋聞。

由於這種在意識邊緣追逐的遊戲太有趣了，時澄常常沒事就躺在陽光下玩將起來，但並非每一次都那麼成功。好幾次，他強烈感覺到有一個影像呼之欲出，而且他知道那是同一個事件，巨大的、移動著的黑影，以一定的節奏，猛烈地撞擊大地，那種幽深與沈重，教他幾乎喘不過氣來；他每一次都用盡全部的力量，專注地、虔誠地呼喚那個神祕前進的黑影現形，但徒勞無功。

三、四月間，潮濕的南風帶來豐沛的水氣，大陸北方高氣壓轉弱的日子，列島大多籠罩在濃濃的霧氣當中。防風林的葉子、茅草屋頂的屋簷成天滴著水，坑道中直如災區，牆壁滲著汗，地上積水盈寸，棉被、衣物、香煙、配給米、麵粉甚至連蠟燭都在發霉，空氣渾濁，有如在哪個角落堆置了一具被遺忘的屍體。霧季的防務較爲鬆弛，反正誰也看不見誰，即使偶爾有可疑的漁船馬達聲接近，也只能豎耳傾聽，緊張無用；經過一個冬季的淒風苦雨，岩洞中的毒蛇、蜈蚣一感到些微熱意即刻傾巢而出，成群結隊的士兵無視禁令，在入夜後一手提著手電筒，一手拿著鋁製臉盆，在島上每一個角落逡巡，有如沈默的燈會行列，以捕捉毒蟲浸泡烈酒。

那時時澄已經調到營部，不用再站崗，改爲查哨。有一天時澄輪值下半夜查哨，與屏東人枝松搭檔，計畫在四個小時之內走完小島南半部的每一個第一、第二線據點。剛出發沒多久，他們就被不知何時湧來的霧氣重重包圍。由於據點與據點之間的戰備小徑他們不管白天晚上常走，所以並沒有減緩行進的速度。枝松在前時澄在後，雖然濃霧使他們拉開了距離，漸漸失去對方的身影，但他們一如往常，只偶爾低聲交談幾句，主要是聽對方的腳步聲確認方位，畢竟查哨者行蹤必須隱密。他們先爬上島上最高處的平台，繞過松樹林，再橫越手榴彈投擲場，抄近路走上往無名礁方向的小路；這裡直下是海，南風帶著波浪聲席捲過崖上的草葉撲面而來，突然再也聽不到枝松的腳步聲。霧氣以更快的速度聚集，貼著島嶼每一吋或橫或豎的岩石和土地蜂擁而過。路不在前方只在腳下，時澄試著提高聲音叫喚枝松的名字，可以感覺得到用力發聲時耳膜的震動，但枝松的名字迅即在黑暗中遁走。時澄一開始並不特別驚慌，他想憑著對島上大小路徑的記憶和對方向的直覺，一定可以順著枝松的腳蹤抵達下一個崗哨。

但是下一個崗哨好像永遠抵達不了，時澄漸漸有些慌亂，突然憬悟到自己正站在一個無法確認的所在，從而對記憶和方向感完全失去了信心，因此有一陣子愣在原地踏不出任何一步；時澄徹底迷路了。他坐下，閉上眼睛喘了幾口氣，仔細傾聽海浪的聲音，以及其他可資辨認方向的聲音，比方說據點傳來的狗吠。手電筒和卡賓槍管沾滿了水氣，時澄汗濕全身。他再次起身，往各個方向走幾步，試圖做一個比正確的判斷，以脫出意外的窘境，此時腳下是一片特別濕滑的草地，才走幾步，在全身重量正集中於左腳時猛然滑了出去。他的身體貼著懸崖滑降，而快速滑降會使得平時熟悉的引力暫時失去作用，彷彿處於失重狀態，進而產生漂浮的錯覺。漂浮帶來的快感代替了可能的驚叫，也許是了然於一切作爲的無效，而有一種自棄的味道。

雜沓的聲音穿過彎曲而狹隘的縫隙，以一種遲緩而朦朧的樣態嗡嗡傳來，有如密室中的風暴，或是在夢之彼方洶湧的海洋。

屍體，被時間所棄置的屍體，沈於幽暗但溫暖的湖底。

月之行進，潮水的推移，擠壓著脆弱易裂的耳膜，撞擊著初初成形的心臟，撕扯巍巍顫顫的脊椎。

疲倦釋放了所有痛感，而劇痛加深了倦意。在疲憊的頂點，當所有的感官失去作用，代之而起的是一種安詳、寧靜但無可置疑的快感，全面滲透意識之外層與內裡的極度歡愉。

當他再度感覺到光，同時也感覺到冷。他看到陰暗但已露出薄明的天色，空氣中隱隱傳來某種燒焦的味道，風吹拂著風景，像影片般倒退的風景。但他仍然沒有醒來。

他再一次進入不斷後退的風景，風景中交織著白色的蒸汽；方形的窗，很多方形的窗，風景在每一扇窗中複製。沿窗的一排座位，稀稀落落坐著幾個瑟縮的人影。古老的車廂，命運的逆旅；車廂中飄著燃煤的氣味和晶黑的碎屑。但時澄仍然找不到自己。

蒸氣機關車具韻律感的怒吼又一次催促時澄起身上路。在座位上，時澄終於看見了自己。

氣笛尖叫如潮。

時澄以爲看見了自己，但那是另外一個小孩，落寞地坐在那裡，低頭專心吃一塊小芝麻餅乾。突然有一種強烈的暗示刺痛了時澄，似乎是說：「媽媽也在這裡。」他感到強烈的想念，但她在哪裡？

「媽媽在這裡。」他知道，他必須告訴那個小孩，時澄大聲地呼喚，雖然他並不記得叫了什麼。他急切地想要引起小孩注意，不斷地呼喚，直到小孩緩緩抬起頭來，幽幽對他一笑。

從小孩緊閉的嘴形、大而澄澈的眼睛、雙頰上的酒窩，時澄立刻叫出他的名字：「秋林！哥！」他不確定秋林有沒有聽到。

時澄說：「媽媽……」他請求秋林去尋找媽媽，也許她在另一節車廂；秋林只是笑。

突然傳來一連串呼喚時澄名字的聲音，秋林也聽見了，迅即站了起來。

時澄說：「那是叫我；請你去看我的媽媽！」

秋林困惑地站在那裡，而叫喚時澄的聲音越來越急切高昂。

所有的景象一下錯亂了，形成不規則的拼貼，好像一面難以辨識的旗幟。

時澄用力睜開雙眼，馬上又閉了起來。一方面是白晝的陽光刺眼，一方面，時澄被完全倒置的風景嚇了一跳：天在下而海在上。他又聽到好幾個人在相當距離外叫著他的名字。時澄重新睜開眼睛，準備翻身爬起來，才剛一動，上面的那群人立即發出恐慌的驚叫聲，「不要動，絕對不要動！」

反正他也不想動，時澄想，是你們一直在叫我；躺在這裡非常地舒服，他覺得他甚至可以永遠這樣躺下去，即使是頭下腳上。

原來，在大霧中時澄完全偏離了正常的路徑，走到島上羊群所踏出來的小道上去了；那一帶遠離據點，坡度很陡但草較長較多，再下去百來公尺是由兩座突出海面的岬角所圍成的安靜海灣，過去常有解放軍兩棲部隊登陸的蹤跡，所以防禦工事也做得比較周到，舉凡前進碉堡、坑道、彈藥庫、壕溝、砲陣地、佈雷區一應俱全。時澄在滑倒之後一路下跌，由於坡度高達五、六十度，加速度驚人，最後不是在懸崖突出的岩石上撞個稀爛，就是直接掉入海中，成爲魚群的野餐。他是被雷區上架設的鐵蒺藜硬是鉤住了野戰長褲而頭下腳上地停留在翠綠的陡坡上，由於一路壓折不少青草，那些殘枝敗葉發出新鮮而濃郁的香氣，加上霧氣散後無比明晰的視野，青天無雲，海水碧藍，好像死神又一次拒絕收留，卻將他拋擲到一個全新的、無比潔淨的世界。

島上作戰官手拿佈雷詳圖，指揮幾個醫務班的兵士繞過地雷區，將時澄抬到安全地帶，實施急救。他們認眞而著急的臉在時澄的周圍晃動，時澄睜著眼睛，意識清楚，但他想他原來的表情一定呆滯近乎死亡，所以當時澄使盡全力想擠出一個笑容來讓他們安心時，看到他慘澹的笑容，一個兵士竟大哭失聲。

這次意外讓時澄有好長一段時間飽嘗肉體的疼痛，而且留下不少永久的疤痕，但他似乎從頭到尾沒有感到害怕，也不覺得悲哀。尤其，能夠以至近距離再一次和死亡擦身擊掌而過，反而有一種不足爲外人道的自得。

療養期間，傳來祖父過世的消息，他開始有些想家。在病床上，他不斷把滑倒之後一連串的神祕體驗拿出來咀嚼，特別是那奇異的夢境，充滿鄉愁的列車。秋林彼時正在歐洲讀書，軍中規定不准與外國通信，時澄又懶得請人轉信，他耐心地期待與秋林重逢的日子。

——一九九八年十月・選自時報版《天河撩亂》

張貴興作品

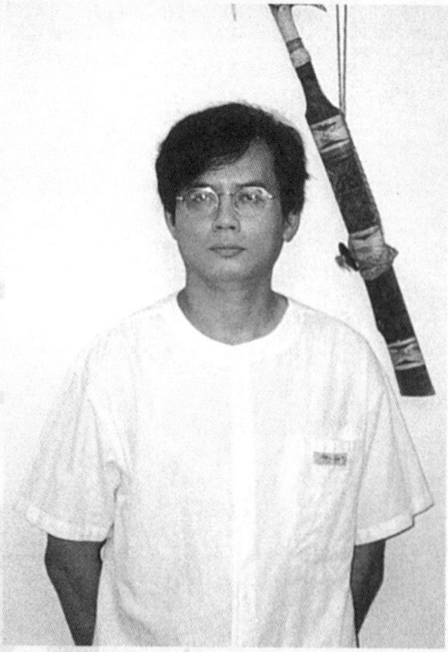

張貴興

祖籍廣東龍川，1956年生於婆羅洲羅東鎮。1976年赴台就學，臺灣師範大學英語系畢業。曾任出版社編輯，現任教職。著有《伏虎》、《柯珊的兒女》、《賽蓮之歌》、《薛理陽大夫》、《頑皮家族》、《群象》、《猴杯》及《我思念的長眠中的南國公主》。曾獲中國時報文學獎短篇小說優等獎、佳作獎，中篇小說甄選獎，散文佳作獎，時報文學推薦獎，中國時報開卷版年度十大好書，聯合報讀書人文學類最佳書獎，中央日報出版與閱讀中文創作類十大好書等。

【關於群象】

《群象》具豔媚、神奇、迷幻、幽深的撼人力量。這個發生在熱帶雨林，綜合家族史、馬共興衰、群象傳說、少數民族與華人族史的故事，涵蓋面從神話至歷史、過去至現在；橫切面從家族情感、雨林生態，綜合交錯，懸疑曲折，步步扣人心弦。

回憶生命，有時候「我」是一主體，有時候生命的背景為一龐大的記憶主體。《群象》便是以個人與龐大東馬雨林中施、余家史與華人族史進入記憶體的書寫。施家么子仕才與舅舅余家同則在此一體系中扮演靈媒的角色，遊走於命運及現實兩端，掙扎也就在這裡爆發。

群象

三

雨季終止。二月中男孩德中快槳划向上游。愈往上游水流愈急。像百年古碑的巖石豎在急流。險灘。大漩渦中，但航速有增無減。儲存二人體內兩個多月的精力使舢舨化成一頭年輕江豚。入夜後上岸紮營仍不顯疲態，活躍得像是不沾地的火蟻。月亮一臉橫肉，渾身脂肪。太陽像一頭睡豬躺在污雲穢光中。第二天清早繼續行舟，兩天三夜後才稍露疲相。經數天操勞，紮營時，月亮顯得清秀嫵媚，預言著明日的太陽苗條妖冶。

窸窸窣窣。滋滋軋軋。二人將睡未睡，提番刀走出帳棚外。野榴槤樹下站著兩個黑衫男人，手提獵槍，臉上塗滿黑垢，只露眼睛嘴巴。

「……施仕才？……」較矮小的男人用不標準的華語說。

「我是。」男孩說。

「找余領導？」

「是。」男孩說。「余家同是我舅舅。我四位兄長都是揚子江隊員，全都壯烈犧牲。」

二人沈默的睃著男孩。較矮小的說：「拿你的行李，跟我們走。」

「去哪裡？」

「帶你見余領導。」

「這番人是誰？」較高大的說。

「我同學，從小念華校，華語溜得很，」男孩說。「他家住畢加，我們……好朋友，帶我到這荒山野地找舅舅。」

「他不能去。」較矮小的說。

男孩回帳棚收拾行李，走時對德中說：「好朋友，沒有你，我已葬身拉讓江。送君千里，終須一別。你好好睡一覺，明天早上回長屋吧。……我回來時一定到長屋看你們。」

「早去早回，平安歸來。」德中注視男孩脖子上掛著的法蒂亞贈送的禮物：一串琉璃珠項鍊，嵌一顆野豬牙。據說是伊班女人送給出獵或出陣男人的護身符。「我們美酒佳肴等候你。我妹妹跳舞歡迎你。」

某種巨大夜行獸在樹椏上獵食。欷欷咻咻。枝斷葉碎。獵物已被迫上樹顛。

「本來非揚子江隊員見領導都要蒙眼睛的，」較矮小的說。「你是領導甥兒，兄長又對組織有大功，我們特別寬待你。」

二人打開手電筒，走向黑幽幽的密林。男孩也打開手電筒跟上去。一夜三人竟無一句對話。快走一會，男孩已失去方向，頻抬頭看天尋北斗七星。這一怠慢，已落後二位黑衫軍一段。路程迂迴，上山下坡，撥草穿林，整晚只顧低頭趕路，即使摔了十數跤，黑衫軍也是頭不回腳不停。漆黑中的手電筒光芒成了男孩唯一的辨識。黑衫軍對路程瞭如指掌，走來不分晝夜。經空曠處時，甚至熄了手電筒，只憑月色識路，如馬來黑豹躡於芒草叢。灌木叢。沼澤。男孩終於沒有跟上。「兩位叔叔……」喊了數聲，茫然踅了十數分鐘，踏了一腳泥。沙沙沙。喇喇喇。人？獸？匿於芒草。起初男孩以爲是二位黑衫軍，喊了數聲。熄手電筒，屏息站在芒草叢中。芒草和他齊高。響聲遏然停止。烏雲蔽月，星星浮浮沈沈，彷彿鑽戒落入浮沙。男孩渾身淌汗，以衣襬拭臉，下顎碰到冷冰冰的琉璃珠，彷彿碰到法蒂亞如夜色的皮膚。捫搎野豬牙，彷彿捫搎法蒂亞尖硬的乳頭。攥刀柄，彷彿攥自己勃起的陽物。番刀靜悄悄出鞘，隱身黑夜中。細聆四野，心臟怦怦亂跳。右邊芒草再響起沙沙沙。喇喇喇。男孩轉身向它。某種龐然巨獸，壓得芒草如攔腰削斷，擠得芒草如火燒。沙沙沙。喇喇喇。移向男孩右方……男孩隨聲轉變方向，最後完成一個三百六十度自轉。牠在男孩四周繞圈子？……男孩雙手攥緊番刀提至胸前，冷冰冰的野豬牙磨他的肋骨，彷彿法蒂亞指甲磨他的鼻尖。眉。額。一滴冷汗流經肚皮，流入肚臍眼。沙沙沙。喇喇喇。繞著男孩，又兜了半圈。男孩死瞪著芒草叢。用力抖了抖番刀，感覺它的存在，像覓聲感覺那獸的存在。……牠鬼胎滿肚，前後左右躑躅，估著男孩體積……襲擊策略……像法蒂亞繞著男孩跳迎賓舞……

「喂，幹什麼？走吧。」

二位黑衫軍終於出現，不管男孩有無反應轉身就走。男孩緊跟上去，數度回頭凝視芒草叢。走了半個多小時才番刀入鞘，法蒂亞身影揮之不去。全身瀰漫法蒂亞的觸感。有時男孩捫搎她，有時她捫搎男孩。晨光微出時，二位黑衫軍仍快速行走。黑衫軍在白晝明顯許多。彷彿腦後長眼，不管甩得男孩多遠，從不回頭顧他。敵意像一縷縷蜘蛛網從他們忙碌奔波的屁股搭向男孩。像獵物被拖入掠食者的穴。男孩偶爾故意放慢，約十秒後，前方之腳步也愈走愈緩。某種斬不盡的蔓，千鬚萬芒的，監視著男孩這個苞。他們在河畔岩石上坐下，手上多了數串野紅毛丹，無聲的剝皮啃吃，狀如獮猴，較矮小的丟了一串野紅毛丹給男孩。臉上泥巴已洗去。較矮小的黑衫軍正是畢加中小學騎腳踏車載送學童的華人老師。「是你……」男孩口乾舌燥，滋滋嗦嗦吃著紅毛丹。

老師看了男孩一眼，繼續吃紅毛丹。吃得七七八八後，二位黑衫軍凝望拉讓江，許久不發一語。

「我叫馬國雄，」老師終於看了男孩一眼。「白天教書，晚上打游擊戰。這是吳兆平。我們一九六三年加入揚子江部隊，屈指一數，已有十年。」

「我大哥如果還活著，資歷比你們深……」男孩淡淡說。

「施仕農？……」馬國雄乾笑數聲。「不錯，仕農如果還活著，我們揚子江部隊會更壯盛，連領導在內，湊得足——六壯士？……」

男孩一時沒有體會。嘴裡塞著兩粒紅毛丹，說話僵僵的，像一頭獖。「六——壯士？難道赫赫有名的揚子江部隊只剩五名隊員？」

「五名老弱殘兵，五隻老烏鴉，被政府軍追殺得無枝可棲，」馬國雄噗的將紅毛丹核吐入拉讓江。「兆平，揚子江最壯盛時……」

「報告隊長，」人高馬大的吳兆平用標準華語說。「揚子江部隊最壯盛時，共有猛將勇兵七百六十二人。男同志六百七十九人，女同志八十三人，年紀最大的五十二歲，最小的十六歲。」

「嘿嘿，」馬國雄又乾笑著。「你他媽的也是勇兵？你殺死過多少個政府軍？」

「報告隊長……」吳兆平微紅著臉說。「一……個也沒有……」

「你他媽的追隨我十年，居然連一個敵人也沒殺過，你眞他媽的丟揚子江部隊的臉！丟中國人的臉！我七十多歲的母親如果加入揚子江，肯定有數頭馬來豬被她的菜刀剁死！……」

吳兆平低頭不語。

「立正站好！唱！給我唱！」

吳兆平挺直腰桿，雙腿併攏。……

起來，不願做奴隸的人們，把我們的血肉築成我們新的長城。

中華民族到了最危險的時候，每個人被迫發出最後的吼聲。

起來，起來，起來，我們萬眾一心，冒著敵人的砲火，前進，前進，前進！

「他媽的不是看你唱這首〈義勇軍進行曲〉還有個樣子，早把你送給政府軍剁了。」馬國雄噗噗向拉讓江吐出兩粒紅毛丹核。

吳兆平呆呆的立在江邊，眼含兩朵淚花。

「仕才，」馬國雄親切的叫了一聲男孩。「你四哥被政府軍追殺，最後一次浮出江面時，唱完了這首歌才氣絕的。那些馬來豬根本不知道他在唱什麼，把他兩手都打爛了。」

男孩停止啃紅毛丹，凝視馬國雄。

「當時我和余領導，十數位隊員埋伏密林，對方人數火力遠勝我們，」馬國雄憤慨地剝著一粒青澀不熟的紅毛丹。「對方少說三、四百人，密密麻麻圍在江岸兩邊，手上都是自動步槍、衝鋒槍、手榴彈、迫擊砲。江上還盤旋著兩架直昇機。只敢在岸上揚威耀武，沒一個人敢下水對付你四哥。那些混蛋狙擊手百般羞辱你四哥，子彈像插秧密布江面，沒一顆打向他心臟、頭顱。」馬國雄啃著紅毛丹，表情苦澀怪異。「我們手上只有獵槍，其中一半嚴重卡彈。我們隊員最擅長獵豬殺熊。」

雙方沈默。男孩說：「舅舅好嗎？」

「甚好。甚好。」馬國雄喃喃說。男孩憶起他講課和騎腳踏車載送學童。

「拉讓江兩岸一度是我們紮營都不必放崗哨的地方，」馬國雄又喃喃說。「毛主席說：一時失去的是空城，保存的是實力。仕才……」

雙方又沈默著。男孩說：「今天不教書？」

「辭了。我是部隊放在學校的眼線，現在部隊變成這個樣子，留著做什麼？」

「山地孩子呢？」

「去他媽的。」馬國雄瞪著男孩。「仕才，想勸你舅舅投誠？」

男孩點點頭。……

「走，」馬國雄站起來伸了個懶腰，攥獵槍於手上。「領導等著你。」

吳兆平打頭陣，馬國雄居中，男孩殿後。二位黑衫軍左竄右竄，操著較夜晚更快捷的步伐，一剎那將男孩遠遠拋後。經此一夜，男孩已大致掌握黑衫軍行走的節奏習性。緊隨其後時，可以準確預測黑衫軍下一個方向。落後一截，甚至失其蹤影時，也可以感覺到某片密林後，某棵樹下，某塊岩石邊，漫著人類氣息。男孩曾整整半小時見不到半截黑衫，但仍自信走著，憑一股直覺和沿途的蛛絲馬跡。直到中午，男孩終於了解行走時快捷靈活之必要。四哥躺在樹屋上養病時，曾抱怨揚子江隊員引路時遲疑貪逸，盡擇現成途徑，一會就讓政府軍盯上。那是一九七二年，雖然政府共黨仍猛烈交戰，但像四哥離家投共的青年已少見。繼六八年小犀隊被滅後，砂共再一次面臨困境。缺糧，缺軍備，缺土著支持。長期戰亂致局勢不穩營生艱難，原支持者漸棄砂共，人民力量徹底殆失。政府對社會潛在共黨分子的逮捕和既往不咎寬待投誠者，馬印聯手剿共，砂共權力鬥爭……使砂共只能憑藉雨林自然屏障和政府軍作困獸之鬥。七三年十月十三日，火焰山部隊領導人王大達和政府簽署和平備忘錄，結束砂共和政府十二年武裝鬥爭，率領火焰山隊員放下武器重返社會。四百多位投誠者中其中一百多位是揚子江隊員。隨後揚子江隊員或陸續向政府投誠，或棄部隊逃竄雨林，盛極一時的揚子江部隊至此已名存實亡。黃昏。男孩在晚霞餘暉抵達揚子江設在雨林的祕密基地。粉紅的雲朵彷彿即將出仔的魚卵。雨林染上霞色，彷彿珊瑚。山如鸚鵡螺，巖如彩貝。草如琉璃。河如熔岩流。莽叢如破裂之視網膜。晚霞對面天陲之雲彩呈漩渦狀，如一顆巨大眼珠子，因他們之出現而覺醒，凝視他們如螻。祖母的眼珠子。政府對一個殘敗叛亂部隊領導人的懸賞巨額閃爍著余家同永不黯熄的威望。

●

一座巍巍小山立於莽林嵐霧，海拔二百公尺，山麓下是流往拉讓江的汊河，汊河源頭是一座湖泊。山壁陡峭，蠻猴不能攀爬。約一百公尺山腰上有一片廣大坪林，長滿熱帶雨林，從河畔仰視，或從天鳥瞰，坪林毫不顯眼奇特，但在叢林華蓋下，隱藏著聞名全國的揚子江指揮中心。通小山的鋼纜吊橋鋪著腿粗的枝幹，長一百公尺，離河面三公尺。吊橋繫於一棵十五人圍樹腰上。男孩和黑衫軍走上吊橋。數尾彎鱷浮游於汊河上。一隻夜鷺從橋下飛過，停在山壁一簇矮木叢。吊橋另一端繫於二塊巨巖，行人重量如果超過二巖，必連巖帶橋墜下。經一人工鑿出的石磴，曲迴登上坪林，彷佛置身江南鄉下農村人家。坪林約四、五座足球場，四周立著數十幢矮腳木屋和畜舍，居中一塊空地，聳著兩根竹旗竿，竿上垂著中華人民共和國五星旗和揚子江部隊紅底黑龍大纛。男孩聽見雞鴨和豬聲。兩隻狗睡眼朦朧趴於旗竿下，彷彿兩隻盡忠職守的護旗狗，看見男孩和黑衫軍只搖了搖狗頭，搧了搧狗耳。一群野鴿子在狗身邊徘徊，咕咕嚕嚕，鳴聲巨大。攔腰截斷的樹樁零星分布，但大部分巨樹仍被保留作爲掩護。廣場上暗無天日，五星旗、黑龍旗缺乏曝曬，潮濕滯重，彷彿枝頭上倒吊著的大蝙蝠。樹身上有槍靶、箭靶、標靶。樹上繫著吊桿。廣場上立著數十個歪歪倒倒的木人，有的斷手斷腳，有的睏臥地上，有的鳥屎遍曬，有的如十字碑。枝葉腐敗，畜便處處，馬陸，蝸牛，蟻，蚜蟲，穿梭。廣場從前顯是部隊集會操練場所。馬國雄引男孩走向一幢最寬長的木屋。木屋如一龜殼，使男孩憶起邵老師住處。「你在走廊上坐著等一下，領導可能狩獵去了，稍晚就會回來。」馬國雄臨走前說：「屋裡有茶水，請自便。」男孩登上走廊時，不自禁突兀了一句：「馬老師，你應該回去教書。」馬國雄面無表情覷了男孩一眼，嘴唇蠕了一下。二位黑衫軍徐徐消失夜色中。

長廊上放著數張長板凳和一張躺椅，牆上掛一面彷彿布告欄的木板，嵌數支圖釘。屋內點一盞煤油燈。男孩走入屋內，彷彿回到從前邵老師客廳。三面書壁，一面黑板，簡陋的木桌椅層層疊疊堆集牆角。黑板上方交叉豎著五星旗和黑龍旗，旗下是三巨頭玉照。數軸中國字畫掛在牆上。男孩略翻了翻壁上的書籍。相同的字畫，相同的書籍，相同的照片，相同的教室和讀書氣氛，邵老師的中國文化講壇移植這兒了！不同的是書籍少了許多，字畫照片比從前漶漫，教室和黑板卻比從前更寬長。板槽仍置著板擦和數支白粉筆。黑板上的板書雖已拭去，仍殘留邵老師「怒猊抉石，渴驥奔泉」的字跡。黑板前置著一張大書桌，桌上有一疊空白紙，一疊書寫過的和空白的九宮格，一筒筆，一疊數月前的中英日報，數本中文書籍，一塊硯台和一盞煤油燈。左角交叉立一對腕長象牙，象牙下立一張黑白照。久違的余家同扛獵槍於肩上，一手扠腰，一腳踩在一隻倒斃的公象屁股上，彷佛已一腳踩下屢攻不下的婆羅洲江山。照片後有一行小字：公元一九七一年七月十八日下午三點五十一分於拉讓江源頭砂勝越印尼交界處獵獲生平第一對象牙不亦快哉。夜色正濃，牆上一個小鐘長短針指著七點五十分。男孩搩長煤油燈燈芯。四周的山河，漢字，人像在閃爍不定的光芒中朦朧蒼茫或水秀山明，枯瘦或肥濃，紅光滿面或人瘦肌黃。高矮厚扁不一的書背千重萬疊彷佛迤邐萬里血字斑斑的長城。數尾壁虎以清瘦身形在黑板上以各種姿態書寫象形字，發出窸窸窣窣的摩擦聲。一群飛蛾白蟻蚊蚋衝撞著煤油燈的玻璃燈罩，發出叮叮叮的聲音或毫無聲息，如雷霆霹靂，如美人抹脂。男孩御行李番刀，回到從前書生模樣，在屋子裡觀察走動。一聲怪異的鳥啼，如斧鉞剖柴劃過夜空。數聲清澈猿叫，如指撥簫音掠過莽叢。男孩腳步聲在木製地板上摩擦出猶豫煩躁。

彷佛夢中之巨象，一塊龐大魁梧的物體驀然立在眼前，近得如迫在眉睫的法蒂亞胸脯，讓男孩不自覺的微微向後一仰。一幅巨大山水軸。畫幅從上至下一片雲靄山嵐中屹立一群峰巒，嶙峋岸然，山重水疊，不知綿延幾千里，如黃沙滾滾中漫步的象群，迎面向男孩踩壓而來。琳宇路徑，林木溪澗可有可無點綴其中。畫旁有一軸男孩沒看過的書法，摘錄了玉面戰神〈沁園春．雪〉最後數句，一望而知是邵老師手跡。「江山如此多嬌，引無數英雄競折腰。惜秦皇漢武，略輸文采；唐宗宋祖，稍遜風騷。一代天驕，成吉思汗，只識彎弓射大鵰。俱往矣，數風流人物，還看今朝。」一陣哄哄哄。哄哄哄的聲響，震動了整座山林，男孩忖測是河泊裡動了春情的雌雄灣鱷。煤油燈黯淡，窗外颳來一陣風，吹得畫軸咯嘞咯嘞，邵老師筆墨飽滿的字跡乍看下彷佛長屋走廊上一簍簍燻黑的骷髏頭。狗兒不起勁的吠了數下。有人來了嗎?男孩走到窗前視了視。人沒來,來了狗兒。兩隻狗兒上了走廊,趴在門口附近,坪林其他木屋隱於黑暗中,如沙灘上流淚下卵的母龜群,兩位黑衫軍不知去向,整座基地只有桌上的煤油燈發亮。男孩坐於桌前,視線在屋內轉悠,落在牆上剛才那幅山水軸上。男孩驚訝的挺直了腰桿。透過一段距離看過去,剛才看到的群巒疊嶂其實是一座高山,籠於山嵐雲靄彷彿被切成了數十截,難怪剛才有一種被壓迫得透不過氣的感覺。隱於山嵐雲靄的山壁峭巖這時才隱約浮現,彷彿一頭獨立荒野的母象沈靜地凝視腳下的男孩。男孩想起早在邵老師講壇上看過這幅氣勢懾人的山水。經十二年,男孩對邵老師的五官髮面已趨模糊,但對邵老師的講學仍印象深刻,其舉手投足、高大身形、渾厚標準的華語仍歷歷在目。「中國以農立國,對土地山川有難以割捨的感情,魏晉南北朝又鼓吹山林文學,所以中國美術家對山水情有獨鍾,發展出在世界藝術史上自成一格的山水畫。」邵老師從五代荊關董巨到清代四王吳惲,鉅細靡遺介紹中國歷代山水畫巨擘,從畫家的爲人和繪畫風格一一論述,興之所至,拿起粉筆在黑板上演練各種山水畫技,什麼雨點皴、牛毛皴、骷髏皴、捲雲皴等等在邵老師三撇二捺下宛若其名呈現。學生滋滋嗦嗦,揮筆如雞啄米,在筆記本上記錄一切雞零狗碎。邵老師講說到某位大師時,就在講台上摸索出一軸大師的複製畫或仿作,披掛於黑板上。學生立即停筆,配合老師講說欣賞,發出許多似懂非懂但由衷讚歎。邵老師最後慎重掛出一軸山水。此畫沒有落款,只於右上角題了〈風雨山水〉四字。講解前,命學生安靜賞析。那最後一軸畫就是現在男孩利用煤油燈凝視的巨幅山水。

「想想看。這是誰之作品？」邵老師說。

學生墜入深層冥想。有的翻筆記，試著用風格技法推塑出一個大師身影。一串美術史上響叮噹的大師從學生嘴裡遲遲疑疑吐出來。

「亂猜，亂猜，」邵老師說。「作者猜不出，且猜猜這是哪個朝代之作品。」

學生列出數個朝代。從五代至明清不一而足。

「亂說，亂說。」邵老師收斂笑容。「難怪你們不知道。這是南宋畫家吳暕之作。此人擅畫山水，但常不落款，所以作品雖多，名氣不大，一般美術史是不大提他名字的。這幅〈風雨山水〉是我邵家傳家寶，經許多名家考證，確實是吳暕眞跡。我從中國帶來十數幅山水極品，爲了辦報、辦教育，爲了黨，都奉捐了出去，只有這幅〈風雨山水〉一直捨不得割愛。每次看著它，就不由得想起祖國之壯麗山河……你們將來誰最有出息，我就將這幅畫送給他。」

大家眼光靜悄悄投到余家同身上。一位學生忽然舉手發問。「老師，如何辨別僞作和眞跡？」

「辨別僞作和眞跡不如想像中困難，除了利用科技，個人之美術和文化修養才是最大關鍵……」邵老師以〈風雨山水〉爲例，滔滔不絕詳列辨別眞僞的數個重要因素。一隻狗忽然站起來朝黑夜狠吠數聲，另一隻則趴在地上抬頭凝視屋外。站著的狗緩緩趴下，趴著的狗忽然一躍而起，飆出走廊融入黑夜。男孩站在窗前打開手電筒向屋外照射。須臾，狗兒回到走廊上趴在夥伴身邊，用爪子在木板上抓出金屬聲。男孩熄了手電筒坐回書桌前。邵老師，謎樣人物，年齡不詳。祖國受大學教育，在兩家報館當過記者和編輯，四〇年代初期和一批左傾知識分子南下進駐南洋學堂和傳播媒體，宣揚當時風起雲湧的紅色共產思潮。在砂勝越首府受華商支助籌辦《勞動日報》，宣導愛國主義和抗日運動，但逐漸鮮明的左傾色彩使邵老師被迫離開報社，於拉讓江畔大鑼鎮創辦大鑼中華華語小學。六二年被殖民政府逮捕，遣返中國，罪名是宣揚共產毒素和顛覆政府。六四年潛回砂勝越，輔導砂勝越共產黨員成立武裝部隊，據說邵老師是三支武裝部隊幕後總領導人。一九六八年健康轉壞再度潛回中國，以砂共中委會主席名義坐鎮北京遙控革命。據說北京當局十分器重邵老師，稱呼邵老師是「海外共黨偉大同志和戰友」。王大達和政府簽署和平協議時，邵老師在北京發表沈痛譴責，以「叛徒」和「機會主義者」稱呼王大達，並且讚揚余家同的不妥協和忠誠，守住了人民最後一座革命堡壘。

男孩在報上數度看到投誠後的王大達出現在各種公開場合，衣著光鮮談笑風生，完全看不出是一個在叢林和戰場上縱橫十二年的革命狂熱分子。記者問他對邵老師的批評有何感想時，起初他總是避而不答，後來終於發了脾氣，露出當年拗斷大番鵲雛爪的冷漠表情說：「那老頭在北京吃香喝辣，有什麼資格批評我們！」

〈風雨山水〉風雨飄搖，若遠若近，若有若無，承受著畫軸外一盞黯淡和氣定神閒的煤油燈的蒼老光譜。這彷彿是一幅變幻莫測的山水畫。男孩一個迷糊，似乎看到有人以手握筆在山壁上塗塗抹抹，以骷髏皴將山壁塗改得玲瓏剔透，窟窿處處，如棄置瓦礫荒地中的一堆骷髏頭，和邵老師筆墨遙相呼應。……

男孩看了一眼小鐘。九點二十分。兩狗怠忽職守，在門口閉目熟睡。男孩正饑腸轆轆，二位黑衫軍出現走廊外，手上各拎一支手電筒。

「領導還沒回來？」馬國雄對著屋內喊。

男孩走到走廊上。

「別急，再等吧。」馬國雄說。「這一帶野獸讓我們啃光了，領導可能走遠了點。餓吧？」

男孩點點頭。馬國雄遞給男孩一個錫盒，上面有熱飯和熟肉。「猴子肉。將就點，吃吧。」

男孩接過錫盒，說了聲謝謝。

「黑板邊有一扇門，裡面是領導睡房，有床和茶水，你如果累了，先到裡面躺一下。領導也許天亮才會回來。」馬國雄說完和吳兆平轉身離去。「放心，這裡安全得很。」

「二位叔叔去哪裡？」

馬國雄在黑暗中發出數聲笑。「我們住山下。領導不喜歡我們住這裡。」

男孩坐在走廊板凳上三兩口吃完食物，提煤油燈走入黑板後臥房內，將錫壺內的冷水倒入一個錫杯，一口氣喝了數杯。臥房內擺了一張鋪著竹蓆的木床，一張木桌和木椅，桌上放著錫壺、暖水壺、錫杯、塑膠杯。靠桌的牆上開了一個窗戶，其他三面牆上，其中二面各貼著一張婆羅洲和中國大陸地圖。婆羅洲西北角砂朥越版圖上用紅色蠟筆以虛線、浪形線、箭頭、星星、三角形做了許多記號，大部分集中拉讓江流域附近。二張地圖大得幾乎占據了牆面。剩下一面牆糊滿九宮格，以毛筆字謄寫著玉面戰神的「十大軍事戰略原則」，一格一字，占了四分之三面牆。旁側也是玉面戰神一首詠梅詞〈卜算子・悼國際共產主義戰士艾地同志〉：「疏枝立寒春，笑在百花前。奈何笑容難爲久，春來反凋殘。殘固不堪殘，何須自尋煩。花落自有花開日，蓄芳待來年。」也是一格一字。戰略原則寫得工整，詠梅詞寫得古樸，都非邵老師手跡。男孩趕了一日一夜路，戰略原則只看了三則就哈欠連連，熄了煤油燈躺到床上。半夜醒來，朦朧看見椅子上坐一人，嘴裡吞吐著菸，猩紅的香菸頭如一顆紅瑪瑙。菸被用力吸吮時，菸頭發出的光隱約照出一張臉，呈沈思狀。「舅舅，是你？……」男孩含糊說。臉隱於黑暗中。男孩不自覺吸入許多菸霧，喉頭痠癢，兩眼痠痛，正想起床，一隻手掌輕輕將他按住。「睡吧。明天再說。」男孩再度入睡時，已不記得那手掌還按在胸口，或已隨人離去。早上七點醒來，在走廊上看見舅舅余家同正飼雞鴨。

余家同穿一條黑長褲，打赤膊，正把兩桶死魚倒入雞舍鴨舍內。雖約百隻，鴨子約五、六十隻，毛羽污爛毿毿，許多雞隻大腿屁股光溜溜，腹部和脖子毛羽稀落，屁股上的膠肉一翹一翹如爛西瓜。男孩無聲無息走到舅舅身邊。余家同用一根木棒搗爛另一鐵桶中之大萍、野空心菜、過溝菜蕨、野果、死魚，倒入豬槽，十數隻大小豬立即埋頭搶食。余家同仍結棍碩壯，除了頭髮略長膚色略黑，背上結數個疤瘤，在下巴留一截無名指細長若紅辣椒的傷疤，彷彿十二年前三十多歲。濃眉大眼，唇豐鼻挺，下巴兩腮新長出許多鬚茬。男孩心中有一種說不出的複雜和惆悵。

「睡得好吧？」余家同兩手提起一個竹蘿筐，裡面有四雞四鴨。

「好。……」男孩說。

「你長大了，」余家同從上至下睃了男孩一眼。「快和舅舅一樣高了。」

男孩……注視舅舅手腕上青筋像番刀刀面上浮雕。

「餓吧？等一下吃早飯。」

余家同扛竹籮筐於胸前走向吊橋。男孩跟在舅舅身後看見他背部像立於拉讓江釀出許多急流漩渦浪花的巖石，想起自己發高燒趴在舅舅背上走過千山萬水。舅舅步伐穩健，走得比別人快，男孩夢囈連連，喋喋不休，像現在舅舅胸前聒噪不休的四雞四鴨。男孩隨舅舅走下石級，腳下浮動著峭壁深澗，彷彿又讓舅舅馱於背上。男孩憶起舅舅講過的一則小故事。一棵年輕植物寄生於一棵百年大樹上，一百年後，年輕植物吸收和阻絕了百年大樹養分，長成一棵百年大樹，原來的百年大樹則凋零死去。舅舅小時候總離不開外祖父，有一天讓外祖父馱著遊戲，不意從樓上摔到樓下，外祖父詐死，外祖母信以爲眞搧了舅舅二耳光。舅舅長大後常憶起胯下枯萎老去的父親，常感受到結實的腹部和鬆軟的陽具被父親骸骨硌得難受。

余家同將竹籮筐置於吊橋中央，取出二母雞扔到河中。母雞咯咯亂鳴，樸楞翅膀載浮載沈。須臾，五、六隻鱉鱷從四面八方集中橋下，幾乎同時朝母雞張開吻嘴。余家同又扔下二母雞，最後扔下四鴨子。河上聚集十多尾鱉鱷。肚如深壑，巨吻如流沙，尾如漩渦，爪如暗流，激起的浪花和水聲讓男孩兩股發麻。余家同丟下一畜，就像丟下一顆炸彈。四鴨試圖逃亡，踩著鱷頭鱷背，撐開翅膀蹼不著水撲岸，但著岸前就被水下竄出的大嘴吞下。群鱷徘徊橋下不肯離去，小眼如暗鏢，覷著橋上的余家同和男孩。余家同虛張聲勢，手一揮，彷彿扔下什麼，群鱷就像中了砲彈疊股枕臂。一尾鱉鱷被誤會獨吞了食物，遭數鱷追逐。

「這些小王八蛋被我餵習慣了，都賴在這條河上不肯走，」余家同喃喃說。「我有一個惡毒願望……」

男孩覷了舅舅一眼。許久，余家同手一揮說：「把王大達扔下去……把槍斃仕文的黃文廷扔下去……把殺死你哥哥們的政府軍扔下去……他媽的統統扔下去……」

群鱷像一群暴民翻山倒海。男孩酸苦激動，眼裡爆出數朵淚花。悄悄扭頭注視舅舅，一個潛伏已久的念頭蜿蜒而出，遲遲疑疑，裂成叉狀，如蛇吐信。

「仕才，吃早飯去。」

二人走入坪林其中一幢小木屋。小木屋也有小走廊。屋內放一張木桌和數張椅子，桌上擺一鍋熱粥和盆筷。余家同說：「凌巧，菜端出來吧。」左邊門內走出一個不到三十歲的女人，長髮黑衫，手上拿塑膠盤，盤上用錫盆盛數道菜。「這是凌巧同志，追隨揚子江部隊已有八年，是我們隊中巾幗英雄。」余家同用一塊濕巾擦臉，向廊外吐一口痰。「這是我小甥兒施仕才，爲黨犧牲奉獻拋頭顱灑熱血的施家好男兒。」女人笑容可掬，將菜置於桌上。「常聽領導和你哥哥提起你，果然俊。荒山野地，粗茶淡飯，眞是不好意思。」男孩有點拘束。「大姐不要客氣……」余家同用手勢叫男孩坐下。「我這甥兒對女人不大行。凌巧，妳去忙吧。仕才剛到，妳去殺一隻豬，晚上我們給他洗塵。」女人應了一聲，隱於一扇門。

余家同也走入那扇門。嘩啦啦。聲如撇尿。男孩聽見女人噗哧一笑，低語數句。男孩聽見房內綷綷縩縩。嗯嗯哼哼。余家同叼一根洋菸走出來，一屁股坐在椅子上。「抽菸？」遞給男孩一根菸。男孩接過菸，就著舅舅菸頭點燃。余家同用錫盆盛粥，用竹筷夾菜，呼嚕嚕吃著。「這是鹿肉，這是鯽魚，這兩種野味他媽的耗了我一個晚上。魚有十數尾，儘管吃。米是從前部隊種的。又香又脆，革命種籽。山下從前有一塊田，一季稻穫可讓全大鑼人吃三個月。姐姐好吧？」

「還好。」男孩說。

「還在飼雞鴨？」

「飼得比從前多。……」

「那是揚子江部隊最得民心時候，人民送米送酒，送菸送油，送兒女來革命。姐夫呢？」

「老樣子。……」

「還在賭？」

「賭得更兇。……大鑼有名的賭鬼。……」

「有沒有給姐姐添麻煩？」

「還好。最近好像贏了點錢。」

「革命成功，我可以把賭博合法化，在雨林蓋一座國際性賭場，給你父親去管理。」

「這不是資產社會玩意？」

「時代不一樣了。革命就是要革新。這句話，我從前對人民說過。那時候，我走在拉讓江畔，人民待我如皇帝，視我的部隊如御林軍。每至一鎮，人民烹雞宰羊款待。新聞界說揚子江部隊是拉讓江畔『地下政府』。『地下政府』？這名字多難聽。我們軍隊是人民保母。人民的困難，只要找揚子江部隊申訴，都可以得到解決。你來這裡做什麼？」

「來看你。……」

人民待我如皇帝？軍隊是人民保母？……舅舅說過這些話？……

余家同不語。隔了一會。「想不想加入揚子江？」

「我……沒這個膽……」

「唔。你算是你們五兄弟中膽子最小的。」余家同用手背拭了拭嘴角。「仕才，別急著走，多住數天吧。我去巡一下昨晚設下的陷阱，順便再弄點野味，傍晚才趕得回來。你在這裡走走看看，你昨晚睡的屋子裡有許多書。別到山下去。中午凌巧會送飯給你。我知道你心裡有許多疑問，晚上洗塵時再談。」

余家同走入房內，出來時已是一身黑衫，頭戴草帽，腰掛番刀水壺，手提一支獵槍，滋滋咂咂，踩著廣場上的枯枝腐葉，消失於通往吊橋的石磴中。行走的威武，動作的靈巧，眼神的機伶令男孩五味雜陳，那念頭躍出時的分叉狀更明顯。男孩呆坐椅上，直到凌巧收盆筷時才離去。二狗又在旗竿下護旗，二支紅旗沾了一身水露，偶爾隨風吹枝葉晃兩下，彷彿旗竿下的狗舌蚺蛇。一隻小啄木鳥努力啄樹幹，尋想像中的蟲，像余家同尋陷阱中的獵物和黑暗中虎視眈眈的敵人。野鴿子飛上飛下，動時質地如紙，靜時如木。木樁上的年輪，射靶上的射擊痕跡，形成巧妙對比，彷彿槍槍朝大樹襁褓時代射去。樹身上釘著寫了各種標語的板塊。「砍掉腦袋不過是碗大一個疤」「不打無準備之仗，不打無把握之仗」「可上九天攬月，可下五洋捉鱉」「婦女能頂半邊天」。一陣西北季候風颳來，樹葉簌簌，枝幹嘎嘎，一群大樹生長在一座樹塚上。男孩回返屋內，手握刀鞘找凌巧。

凌巧正在晾衣，看見男孩握刀鞘向自己走來，一剎那彷彿又看到男孩二哥仕書。她凝視男孩強壯的身體。男孩走過去了，沒有看到她。她發現自己一身黑衫，站在晾著數件黑衫軍的晾晒場上頗有擬態效果。她正想提鐵桶離去時，身後傳來男孩遲遲疑疑的聲音。

「我想做點粗活……」男孩說。「吃飽睡足……無聊得很……」

「你這個樣子倒像要殺人。」凌巧說。「書房裡有很多書，領導說你很愛看書的。」

「沒有……這個心情……」男孩提刀鞘的手揚了揚。「挑水……劈柴……砍草……什麼粗活我都愛做。」

男孩花了一早上，用斧頭劈了兩座小山般的柴薪，砍倒一棵腰圍粗的大樹，用番刀削去細枝和綠葉，曝曬烈日下。汗如雨下，褲衫全濕，全身散發著木屑樹汁味，吃午飯時聞到濃濃的泥巴香。下午他用釘耙將廣場上的枯枝腐葉和倒塌的木人扒攏，燃燒，燻得大樹落下許多昆蟲。攥番刀見野草就削，見枯枝朽木就斫成柴薪。番刀的新刀柄扎手，手掌上磨出數個水泡。刀柄愈攥愈滑，愈使愈順手。刀身沾滿樹汁草渣，芬芳如甘蔗。男孩以水洗刀。刀背黝綠，刀刃銀亮，如悠游急流的白帶魚，彷彿心中的小祕密所鑄成。傍晚他打赤膊，腰掛番刀幫凌巧飼畜。

「有這麼多雞鴨和豬，舅舅……爲什麼天天忙打獵？」

凌巧鼻翼微張嗤了一聲。「雞鴨不給人吃，純粹餵鱷魚。豬也一樣。你來不容易，才殺了一隻豬。現在雞鴨少了，從前，領導每天餵十多隻雞鴨，一、二頭豬。」

「……鱷魚吃得比人好？……」

凌巧臉皮手掌色如枯葉，腳丫子卻嫩滑如紅毛丹肉。男孩怔怔瞪著凌巧雙足。余家同提獵槍、數隻小動物、數尾魚走向畜舍。男孩將手按在番刀柄上。

——一九九八年二月．選自時報版《群象》

朱天文作品

小說卷

朱天文

山東臨朐人，1956年生。淡江大學英文系畢業。16歲發表第一篇小說，大學時期開辦三三集刊、三三書坊，26歲開始寫電影劇本，為台灣新電影的重要編劇之一。著有《喬太守新記》、《傳說》、《最想念的季節》、《炎夏之都》、《世紀末的華麗》、《荒人手記》、《花憶前身》等書。曾獲聯合報小說獎、中國時報文學獎、金馬獎最佳改編劇本、金馬獎最佳原著劇本、第一屆中國時報百萬小說獎。

【關於荒人手記】

這部小說似乎可以視為到目前為止仍被排擠在文化邊緣的、畸零的女性官能、女性知覺的經典作品。藉著敘述者男同性戀的身分認同，展開一場現代社會、政治權力結構之下的感官之旅。

在這部以私祕性的「手記」形式出現的作品裡，極端風格化的文字書寫，首先達成了重建或構築人的感官生活、感覺之旅的基本要件。正如敘述者自稱，他的手記，他的故事，是關於生命和生活的「文字鍊金術」，因此要探討和決定這部作品的意義，除了作者意欲傳達的訊息和訴求，如：享樂主義者的人民公社、色情烏托邦、官能享樂的淘金客，人類親屬單位的終結者，等等名目，更重要的應該是在於作品本身實際表現和完成了的東西。

荒人手記

八

一朵紅，正月長生一朵紅。

委塵紅，老人偏喜委塵紅。

我唸著我自個的經，挨度寂寞風暴，一如變蠅人阿堯在天涯海角向我打呼救電話。哥德曾說若是他沒有造型藝術和自然科學的基礎，那麼面對這個惡劣時代及其每天發生的影響，實在很難立定腳跟不屈服。

飄搖之世，偉哉歌德，能用詩文和顏色學植物學當做他的定風珠，走完高標一生。渺小吾輩，文字族，不過學了點法術，一套避火訣，隨時隨地即可遁入文字魔境，管它外面凶神惡煞在燒。

外面，外面是，一個吊梢眼男生出現在我桌前，脆脆的說，可以請我喝杯咖啡嗎？

我坐窗邊這個位子很久了，躲開交通尖峰時間。可以看見外面騎廊下人與地攤沸成一團，也可以凝望窗玻璃上疊疊的物影深處燈泡三五支渾如月子，男生就從那裡頭朝我走過來，直走到我跟前。我從那裡頭看他，很久了。

但他顯然已誤會我的意思，在對面坐下來，擺手向女侍要一杯墨西哥冰咖啡，跟我推薦只有這家店有，加了墨西哥咖啡酒，濃得不得了，沒有酒量的要注意，免得喝咖啡喝到醉，遜斃。問我要不要也叫一杯，我說不用。

他看出我無意交談，絲毫不以爲困，打開揹包，拉出一串線管原來是耳機，和一座玲瓏剔透的寶藍色隨身聽。他戴上耳機，靈巧撥弄好指示鍵，軟駝駝垂坐那裡聆聽卡帶，兩手壓在腿下讓腳懸空著，有時俯首，放任茂黑漩渦的頭頂心給我看盡。有時側斜臉顧盼店裡，流動眼珠，漠漠又幼稚。他那一身家當，帥奇錶，金項鍊，紅繩絡一塊綠玉掛在頸下，大膽小妖精，多半有人養他罷。他潔白的FIDO DIDO恤，同牌子塑黑揹包，上面揮撇著歪歪倒倒的印白字母昭告天下，「費多只是費多，費多不惹誰，費多明瞭每件事，費多不評斷。費多就是年輕，費多不老，費多就是天眞，費多有力量。費多來自過去，費多是未來。」

都是費多，哪有我們置喙餘地。

費多一代，其口音聽起來是六十年次以後出生的人種的國語——不不，正確說法叫做北京話普通話，活在台灣國的今天，此國語非彼國語也。只是費多並不管這些，數十年過後，台灣國媽媽的話也要被哀悼了，那時候，通行的國語，將是現前這個費多小兒的國語繼續異變下去的咬字和腔調。只要打開電視機，充斥於各頻道綜藝節目裡的國語，就是。到那時候，我輩人的國語，上個世紀的白雪遺音，會被訕笑也好，懷舊也好，都將一個一個凋零殆盡，爾後，這種語音，就從地球永遠消失了。

費多小兒，我無法直接目視他，他過於年輕的身體像大太陽下的金屬反射光，我不得不戴上墨鏡才能去看。之前我從窗玻璃的幽邃處發現他跟幾個男女孩子圍坐嬉鬧著，比我所有學生都更小更小的費多小兒們，月中兔影般，杳思不可及。後來他們都走了，敏捷輕巧像一尾尾雨後生出的紅蜻蜓藍蜻蜓，經過騎樓馬路一哄散去，令我由衷發出禮讚。

咖啡端來，費多望著我臉聽候吩咐。我只把視線留在那杯冰凍冒珠浮堆鮮奶泡沫紅櫻桃的咖啡上，介乎沈吟，介乎頷首，莫非鑑賞什麼藝術品？他似乎獲得了我的許可，遂動手吃。

如此，他坦蕩極了的吃，再不覺得有欠而要對我周旋，因爲他是那麼俊俏可喜任由我看，物超所值，是我佔了大便宜呢。他以耳機，以費多T恤和揹包上的費多宣言，表明了，謝絕打擾。他獨享於自我天地裡，何庸我有禮應對。

費多小兒是美的，他善知自己是美的，那股子必定於做愛時要打舞臺光的自戀勁，天賦異秉。LIMELIGHT，聚光燈，我曾經夜夜漂泊其間的小吧館。氫氧焰燃燒石灰照耀出強烈白光的舞臺，美麗受難者如嘉寶冰雕般的四分之三側臉供奉在上，被看，被寵，被崇拜，然後倏時枯萎，他達到了難以言喻的潮顛。尤物們生下來便是被看的，他要這樣好像才能完整。

好像，我們都有一個雌雄同體的靈魂。

被看，被取悅，好難取悅的，神祕莫測的陰性體。見到嗎，諸多出土於中亞跟小亞細亞遠古神母時代的，泥陶陽器密麻擺滿殿中爲了取悅大地女神。是啊，看看頂原味普羅的色情讀物，無非都在描寫女體的快樂和滿足，非如此不足以刺激男人，滿足男人。剝開數千層文明外衣，推倒意識籬障，女體溢散著氣味，引誘哺乳，致使勃大陽器讓隱晦女體發出「是的，還要」的呼喊，是雄性一類的種族記憶，集體大夢。

我往往延宕歡愉，著蠱於燈下我的情人的臉，似仙似魔，好像他並非跟這個實體的我在一起，而是跟一個在凝視他的魅惑之力在展開著，放恣著。我只是那個凝視之力的媒介，他自個被自個縱情暴露所大量釋出的醚味，沼氣，弄昏迷了，沉淪得無以復加。他越沈淪，我越粗暴。粗暴又溫柔，泫然欲墜的溫柔吻住他。

被凝視的陰性，與凝視著的陽性，並存於我們身上。

我每每訝歎，陰性體是他自己的一個創造物，他被他自己所創造出來。他只是展現，展現即存在，展現即歡愉。他像神話裡的，佈滿星星的身體吞下了太陽變成一個水平線，而太陽行經他身體時，他創造了夜晚，然後他產下太陽又創造了新的一天。

他從不說明自己，因此他是一元的，靈魂即身體，不曾分開。最美好的時候，他像是舞者所自視自矜的，傑的私淑大師曾經說，身體是件神聖的衣裳，是你的最初與最後的衣裳，是你進入生命亦是你告別生命之地，故而你應以愛敬的心對待它，以喜悅和畏懼，以感恩。舞者崇拜他自己的身體，他凝視著自己，脈脈無語。他顧影自憐。他像一首印地安人的歌唱著，忽焉美在前，忽焉美在右，忽焉美在左，我走在美中，我就是美。

我很訝異，所謂神性，亦即陰性。

陽性體呢，他才是那根從亞當身上剝離出來的肋骨。

他長成雄性的模樣，與他的雌性一類共同存在，卻又這般不同。面向這個含默的被動存在，他又好奇，又困惑。他探看著，觸近著，撫摸著，試圖去理解，說明。他做爲他自體，但他又是一名觀察員。有詩云，死海無生物，聽見魚發聲，當這個無語的汪洋終於對他掀開波瀾時，他狂喜極了甘願葬身之中。

不錯，科學是雄性的。吳爾芙講過，科學並非沒有性別，他是一個男人，一個父親，並且有感染性。

啊神話在什麼地方終止了？歷史在什麼地方開始了？史陀說，沒有文字和沒有檔案的社會裡，神話便是爲保證社會的封閉性，使將來能跟現在和過去一樣。

也許，一切的神話都在訴說著一件發生在萬餘年前的騷亂。

神話揭示出隱情，自然創生女人，女人創生男人，然而男人開造了歷史。是的歷史，男人於是根據他的意思寫下了人類的故事。寫下了女人是他身體的一根肋骨做成，更寫下了女人啃食知識禁果遭神譴責的原罪。

可依我來看，倒是男人偷吃了知識的禁果罷。是他，開始二元對立的。是他，開始抽象思維的。他觀察，他分析，他解說。

他建造出一個與自然既匹敵又相異的系統，是如此與自然異體質的東西呀，男神篡取了女神的位置。女神的震怒，遂成了人類的原罪。

記住啊，最後的女神說，有過一個時代，你獨自徜徉，開懷大笑，坦腹沐浴……女神背轉身走入了神話的終止裡，讓位於社會秩序登場。女神的哀悵，成了我們失去不返的伊甸園。

我剖視自己，是一朵陰性的靈魂裝在陽性身軀裡。我的精神活動充滿了陰性特質，但我的身體，這個攜帶著生殖驅力DNA之身體，人做爲一種生物不可脫逃的定數，亦是我們的鐵血命運。

DNA盲動要產造更多DNA，雌雄兩性各用了完全不同的生產策略。雄性是競爭者，數億個精子被一個卵子所選擇，雌性是選擇者。擔任生育的雌性需要一位肯合作的雄性夥伴，才能可靠傳播她的DNA，她好縝密，狡猾的選擇投資人。雄性的成功率則有賴到處播種，讓越多雌性生出越多帶有自己DNA的後代。瞧瞧我們，男人固然對女人負心，但男人對男人豈不是更加負心。

我們的陰性氣質，愛實感，愛體格，愛色相。物質即存在，此外別無存在。不冥想，不形而上，直觀的眼界裡所看見的亦即所存在的。一硃紅，月季紅，扇貝紅，柿子紅，瑪瑙紅，灰蓮紅，象牙紅，蛤蜊粉紅，銀星海棠紅，我誦著我自個的經，蒸紅，晴日蒸紅出小桃。

是的陰性氣質。可我們卻缺少育養天性，也無厚生之德。結果，我們的看見即存在，便傾斜到極端去了。如同一名維多利亞時代的女人哀嚎道，我震驚於我的美麗胴體，我一定要鑄造這座雕像！但是該如何進行呢？除非結婚，萬無可能。在我變醜，變老之前，必得鑄成。爲了鑄造雕像，我必須趕快結婚。

凍結之美，拒絕時間，有時間就有折損。我們變成了馬拉美筆下那隻絕色天鵝，在冬日寒水裡自顧太久終致冰封雙足，再也無法掙脫。

我們無能傳後的DNA驅力，無從耗散，若不是全數拋擲在性消費上，就是轉投資到感官殿堂，建之，鑿之，不厭其煩的雕琢之，有最多精力跟閒暇品嚐細節之末，浸淫難返，色情烏托邦。

被凝視的費多小兒，烏托邦之子。我羞怯不看他，只看窗外，微微詫異。從來還沒有愛過人折過翼的美少年，我祈禱他千萬莫愛上任何人。愛了人，就是墮塵的開始，我怎忍見他天人五衰弄到一身破爛臭敗。我不由唸出喃喃禱詞，他將負盡天下人，而絕不能有一人負他。

尤物不仁，以逐色者爲芻狗。所以到我這把年紀，不過是螻蟻偷生而已。

我隱隱作痛想著永桔，他一去湞緬毫無音訊，想得沒得想時便想他大概死了，今年第一場山雪會把他掩埋。淚水模糊了我的視線，他的容貌他的聲音他的體味我快要記不得了……在這華燈初上遍地黃金的大城一隅，我跟費多小兒對坐良久，未有交談。

到我起身欲走時，我們才首度對上目光。費多的眼睛沒有一丁點紅絲絲，黑白分明依稀還帶著嬰兒的眼白才有的那種骨瓷藍，定定看進我眼裡眞是無心肝。我自慚形穢，糟糕的支吾其詞把臉燙紅起來，完全不符合我的疏冷內心。也許我說了，不走嗎？

費多已摘下耳機，酷酷的牽動一下眉睫，說走呀，零碎東西已扔進揹包裡，一旋身已輕盈離開椅子，牛仔褲旅狐鞋，走在我前面逕自直走出去，把他修長富彈性的背影放肆展露給我。

我略一瞥已盡入眼底，就不貪看，去付賬。感覺遠遠處他的視線X光般，上下將我掃瞄了一遍。我自棄而笑，不錯是隻癩巴老鱷魚。

在門口，我說，那，就這樣吧……

費多說，玩過抓娃娃沒有？

我羞愧說沒有。他唉呀一聲拍了我手一下，招我走向隔鄰一家店裡。

好涼軟的手，我跟隨他去，稍有喟嘆。我的意思非常清楚了，「那，就這樣吧」，意味著，雖然寂寞，但今晚我並不想，不過眞謝謝你陪我坐了這半晌，畢竟我已老朽，你正似水流年如花美眷，承蒙相顧呵，那麼，是的，就這樣了，再見罷。我這一輩，像成瀨電影裡的人，女優高峰秀子，回頭一望演出法。

成瀨電影並不多的外景戲，總是倆倆邊走邊談話，有時成瀨使用軌道隨人物行走跟拍，最特別還是，讓一人走前一步回轉頭來，另一人緊上前去，二人再次並肩講話。以人物進行代替攝影機運動，營釀出細膩的韻致。

即使內景，成瀨亦執迷於室內外交界處，用光影落差造出來疊染和時移，復藉日式住宅互通有無的隔槅佈局，斜角，多層次空間，與固定鏡頭裡的縱深場面調度，築構出成瀨式景框。活動其間之人，行雲浮止，聚散無由。

小津曾說，我拍不出來的電影只有兩部，那是溝口的祇園姐妹，跟成瀨的浮雲。橫斷風格家小津，較接近於陽性氣質。他的景框，數學的，幾何的，在垂直線和平行線裡梭織著感情。空鏡，是他盛裝著感情的容器。

成瀨已喜男，比小津多了顏色，更無痕跡，更無情契的，紛紛開自落，比小津迷人。小津靜觀，思省。成瀨卻自身參與，偕運命一起流轉，他一生愛好是天然。

那麼費多一代，既被動，又主動，俐落直線條，酷派誕生，無性的。他們寧願乾乾淨淨自慰，也不想跟人牽扯慾情弄得形容狼狽。他們比新新人類攜帶還更深的，自戀的潔癖症候群。

我必須不斷不斷調弦，以便看懂費多不致誤判。似乎，他並無意從我這裡換取什麼。其實他打量一眼就知道，不論是色，是財，我都少得可憐恐怕還不夠抵他對我顰眉一笑。他是在施捨給我罷，我從窗玻璃裡看了他那麼久，而我們之間貧富懸殊到根本我連要婉謝他的施捨，也難於啓齒。單看一件，什麼抓娃娃，在剛剛興起來當時，我壓根也沒有聽過。

他指導我投幣，如何操控器械夾取玻璃箱裡翻滾的妍彩布娃娃。他下達命令了，ＰＡＰＡ你去玩那台，快，現在沒人，先佔那台。

ＰＡＰＡ是我？我也立刻順從他的指示佔住旁壁一台抓娃娃機。

ＰＡＰＡ？葩葩？琶琶？帕帕？杷杷？他叫我爸爸。我紅著臉，心臟胡亂跳，胡亂玩起抓娃娃，霎時銅板就光了。我回眼望費多，他正在抓得起勁沒有看我，唯露出璀璨之笑，叫我ＰＡＰ

A，去那邊有換幣機可以換零。

我亦果然去換了十個十元硬幣，都給費多。看他玩，看店裡各式各樣遊樂器，百家爭鳴發出震天價響，大片訊號燈和閃光的洪流，每人據得一磐砥柱便任它天塌下來不睬的埋頭自瀆者。我加入一圈小鬼圍住的桌檯，賽馬，押那隻無甚人押的塑料藍騎士橙褐馬，果然也一直輸下去。我堅持眷顧它，不改志，冥冥中竟似與它結成命運共同體。我不知身置何處，公元幾千年的未來世界？上個世紀末性和死亡的帝國維也納？抑或尼祿焚城前的羅馬？愛情神話嗎？

六九年還是七〇年，愛情神話於麥迪遜廣場大廳首映，在一場搖滾演唱會之後，有一萬名年輕人，大麻跟海洛因氣味瀰漫空中，整批嬉皮駕著摩托車跟奇麗汽車喧囂而來。天上飄雪，曼哈頓的所有摩天樓亮著燈。放映空前成功，每一幕年輕人都鼓掌，許多人睡著，許多人做愛。片子無休止放下去，銀幕上的正在演出銀幕下的，愛情神話，神祕不可思議找到它的唯一時空。多年以後費里尼憶及，彷彿神話的密碼頓然破解，古代羅馬，未來一代，與觀影的現在，瞬間接著在一起了。它不再屬於費里尼，它是地質學上的菊石遺痕，以其不對稱的迴紋展示出來兩個差距萬年的時代同時並列在一個空間裡。

所以這是眞的，費多來自過去，費多是未來。他的費多揹包，穿過兩臂縛在背後，像登山者，像旅人暫且駐足此刻。他的那雙艷白高筒球鞋泥塵不沾，又很像小龍女之輩，長居墓穴，睡時臥在一根懸繩上。

似乎，不知寂寞爲何物的他，並無意施捨我什麼。

自戀的潔癖症候群，他們要一種絕對舒服無害的植物性關係。清淺受納，清淺授予，絕不要深刻。深刻具有侵蝕性，只會帶來可怕的殺傷力，是不祥的。我明白了些，籠罩在愛滋和臭氧層破大洞底下長大的新生代，體質好脆弱，他們亦試圖摸尋出適於共存著的生活氣氛，他們要避免任何深刻，唯恐夭折。費多接近我，似乎只因爲我看來是並沒有給他一點點性方面的壓迫感。是呢，我原本爲一枝無臭無味的無色草。

比起他們，我們粗胚得多。邂逅，即火炎崑崗玉石俱焚，是再平常不過的事——沒錯只要對方溫煦，有意又是無比的歡快，容易就變得更容易了。

我告訴費多我要走了，整晚上他也不玩別的，總共抓到一隻娃娃。他說ＰＡＰＡ等一下，玩完這抓。他玩得兩頰水蜜桃紅快熟破皮的，使我眞想跟一個親愛的爸爸一樣在上面親一口。但我只是兩手壓壓他肩膀，表示幸會，表示再見，我得走啦。

我站在大街，空白站立甚久，忘記要去哪裡。

初冬的夜風一陣颮來，動搖了我爲捍禦寂寞所費力築起的長城。寂寞襲至，正如蒼狼裡的成吉思汗於月黑風高那次躍馬越過牆城進入國中。他的夙願他的夢寐，那一飛掠就在嶽空成了停格無止盡飛掠下去，只聽見馬的鼻息，曠古之風在耳邊裂響。我想永桔是死了，他的聲音在我耳邊泣訴，如果你等我，我會回來，但是你必須全心全意等我，等到天下黃雨，下大雪，等到夏天的勝利，等到音信斷絕，等到記憶空白，心理動搖，等到所有的等待都沒有了等待……

涼軟的手牽住我，不是永桔，是費多。我咦怪他跟來，不玩了？

費多嗯一點頭，問我現要去哪裡？

終於，我嘆口氣，在費多面前洩漏出情緒。永桔不在的家，今晚，我快沒有勇氣回去了。我也沒有絲毫意欲去吧喝酒，黃昏演講完又賭了一晚上賽馬，思及吧裡播放的藍調或鋼琴爵士我疲怠得直要嘔吐。妹妹家，多麼健全的家庭空氣，今夜委實不宜，我畸零的精神狀態像一枚孤鬼近不了正堂大屋，我會被一點晃動人影驚嚇得離開老遠。我也沒有半分力氣想跟費多交談，談什麼呢？我們活在兩個世紀的人。說眞的，我不知道要去哪裡。

費多以瞭望原野的姿態望盡天涯路，那是霓虹市招中最高的一座亮著十二F蓬萊賓館，費多在邀我同往嗎？天哪他實在太年紀小了，小過我所有的學生，我怕我沒辦法。可費多脆脆不帶任何情緒如透明壓克力的聲音說，PAPA去你家，還是我家？

我駭愕低吟，那麼，這個，不過，的確……往昔我曾經帶回家我美妙的萍水相逢，隔日在我仍沈溺於對他體味和氣息的蜜稠回憶裡，他已離去且偷走了我剛領到的一厚筆獎金，從此再也沒見過他。那以後我變得戒備，謹愼多了。

費多一派鬆淡說，到我家好啦，我打聖域傳說給你看，還有我會用咖啡幫你算命喔。

我說，你家裡父母親呢？

費多噘嘴巴說，他們會在家才有鬼。

我說，他們都不管你的？

費多說，你說提款機嗎。

提款機？

對呀，提款機，我是提款卡。

哦是的，提款卡與提款機之關係。費多很高興我答應去他家，轉瞬蹦發雀躍，吱喳說，PA我告訴你，聖域傳說，帥呆了！它屬於角色扮演遊戲那種，我的是彩色版，而且我裝了魔奇音效卡，會奏出好好聽，好好聽的音樂，吡！吡！費多呼叫起來，半舉雙手比劃著V字舞動，眞是一隻快樂的螃蟹啊。

但我根本不懂他所描繪是何物，也不想懂。聖域傳說，後來我看他在電腦上玩，才曉得原來是這四個字。我好奇問他，父親做什麼的？

費多說，我爸跑國外做生意，就算回台灣，也常不在家。其實我滿喜歡這個老爸，他眞的夠聰明，賺錢一流。有次他回家，我正在打方塊，他心血來潮跟我借玩，第一次就打了三萬多分，輸給他——費多做狀跌到幾步之外，是撞牆昏倒的意思罷。

我問他，母親呢，也不常在家？

費多說，我媽，那就很好想了。她一天到晚懷疑我爸有小老婆，抓不到證據，又抓不住他的心，更抓不著他的腳。今年她開始玩股票，牌打得更兇，跟朋友去跳交際舞之類，過得滿充實。

那麼，你都是一個人？

費多說，我媽這樣比較好，我就不用擔心她。我姊出嫁前，她可是悶瘋了，說都是我們拖累她，不然她早改嫁了。姊嫁掉後，她人倒變開心，也不愛待家裡了。反正我照顧自己沒問題，錢也不缺，她回不回家沒有影響，我還更自由。我並不愛他們來陪我什麼的，因爲，不一定有話說。

我問他，唸哪裡，幾年級了？

費多看我一眼說乀，你很愛問吔。我唸一個，反正一個你也不會知道的學校。而且我不想唸台灣的大學，想當完兵再出國唸，所以我蹺家到處玩，沒什麼壓力。

你蹺家蹺課哦。

不的，我蹺家，但，不蹺課。蹺課太麻煩，搞大了，學校通知來家，不是很煩。

蹺家就不煩嗎？

不會。我是這樣，在我媽去打牌或出國玩的第一天，出門，然後算準她回家前一天回來。萬一出狀況，就說到同學家睡了一天，她不會太找我麻煩。爸回家的日子比較不好算，但只要有狀況，我媽怕被削，一定幫我擋的，她每次都跟他說我去露營。

蹺家都去哪裡？

ＫＴＶ，ＭＴＶ，還有去釣蝦，就算沒地方去，也可以住賓館，反正不愛一個人在家。我姊知道我常趁爸媽不在時不回家，對，她用不回家來形容我蹺家。我像一匹狼，很獨的。

那你的朋友呢，最少，你也有個同學罷。

沒有，我是獨子，喜歡獨來獨往。人家說錢可以買到朋友，但我不愛別人是因爲我有錢才在一起，所以，沒什麼朋友。

女朋友呢？

女朋友，你不知道現在女生都很勢利吔，我寧可到賓館叫應召的。

叫過嗎？

是還沒有。我不愛，怕中獎。我也不想當gay，太累，太麻煩了。

沒人騷擾你麼，我是說，會有很多人追你吧。

那看你要不要被追呀。若不想被騷擾就不會被騷擾，我認爲是這樣。像我，去KTV，一間房裡只我一個在唱，唱得眞好吔，雖沒有人欣賞沒關係，螢幕會打出掌聲鼓勵的字幕。唱累了，就睡下，醒了再唱，我都叫他們從歌本的第一首開始播，唱到完。

我疑惑望著眼前這個一臉嫩氣的費多小兒，竟如阿森巴赫遇見達秋。

德文阿森巴赫，堆滿屍體的小河，死之河。阿森巴赫沒能渡過，死在瀰佈消毒劑味道的瘟疫水城威尼斯，達秋便是這死亡與性滋養出的純潔誘亂之花。而今日何日，我追隨費多來至他家，他將用咖啡替我占卜命運。

這個家，沒有生活痕跡的家，好像電視劇搭出的佈景，金碧輝煌一似華西街台南擔仔麵。很乾淨，每天一位歐巴桑來打掃。玻璃櫃裡陳列洋酒做爲擺設，女主人化妝檯上各種超級名牌保養品，琳琅堆置，多得可拿來糊牆壁。吧桌有半瓶礦泉水，時日久遠，讓人錯覺那裡面當已生出苔青或孑孓。事實差不多，我坐靠角落的皮沙發裡，居然教蚊子叮著，頸側頓時浮起一塊疙瘩，奇癢難耐。蚊子忽忽飛經我視線，消失一陣後，又自耳際俯衝過，我啪啪響打不死牠。電梯大廈，冬天何處飛來蚊子，肯定是這張流沙深陷般的皮沙發，方圓幾呎內太久不曾有人走動過了。沒有煮咖啡機，費多弄了杯即溶的麥斯威爾，基於禮貌，我悠緩攪拌著鐵匙，瞧見自己的臉幽森映在晶墨色矮几上。

沒有一本書，這棟房子裡。報紙，雜誌，或者只要是印著一些不論什麼字句的，DM啦，型錄，電話簿也行，就我環顧所能及，都沒有。我驟失憑怙，漂荒著。費多持易開罐喝，遙遙坐我斜對面。我們好像無法對話了。他換掉牛仔褲，放落長長的T恤蓋住臀部，引人臆測那底下穿了衣物否，直到他坐下來，是件鵝黃短褲。他曲腿坐在那裡的姿勢，宛若萊茵河女妖坐在巖礁上。我們好像突然淪喪了不久前我們還擁有的足資對話的空氣，我渴望他叫我PAPA把我們叫回去剛才那個情境。我無法掌控自己正變成一根失水的藻葉，黏澀，快發出鹹臭了。我眞想快快告辭，趁這股臭味尙未溢出之前逃之夭夭。

費多喝光飲料，拋籃扔進筒去，哐噹驚我一跳。他撈起遙控器，謝天謝地我們前面的普騰大電視發聲了，一會兒滲出畫面，豬哥亮秀。他轉遍諸台，結果仍回來秀場，唱歌跳舞開黃腔，容易便把屋子塡滿了。

我們沈默看秀，至電話鈴響，費多抄起機子接聽，走到垂幔流蘇的窗戶那邊對機子耳語。我猛然醒覺，他一直在等這個電話啊，我不過是墊檔。飛鳥盡，良弓藏，可以告退矣。我一口飲盡冰冷咖啡，表示這就離去。

費多關機後對我說，PAPA你再等一下，我朋友馬上過來，就開始玩。

我過分迎合他幾至諂媚說，好的，咖啡算命是嗎。

費多說，我朋友講最近電腦病毒太厲害，他把電腦都封了暫時不敢玩。我跟他講玩這個要三片磁片，容量超過3ＭＢ，他的雖是夠裝啦，但只夠單色版，一聽我這套是彩色版，二話不說，馬上來。

是的費多並非說咖啡，他說電腦，我緘口無言。依然看秀，等待果陀。秀播完，費多轉到ＮＨＫ第二台時，果陀來了。

果陀望我一眼算不算打招呼，不知。費多亦不介紹，半聲不吭，雙雙連體嬰般鑽去房間，他們互相不說話的！隨後費多叫我，ＰＡＰＡ來。

我躡足跟進，謙虛倚在牆側看他們，不僭越。ＯＫ，畫面有了，費多說，密碼。

果陀拿起紅色Ｘ光透視片取碼，四五〇八。

費多把數字打入電腦，磁碟一陣騷動，乍地，螢幕破開裂出詭麗極了的動畫，魔奇音效卡奏起音樂，哇我驚呼，的確震撼。他二人卻毫無所動，酷得像腦科醫生準備進行手術。

半晌，他們只是瞪著螢幕，爾後有如螞蟻用鬚交換訊息的他們窸窣一觸，便已完成協調似的，果陀落座，按下了進攻鍵。費多侍旁，攤開來六大神洲輿覽，手執道具圖表。且看，果陀所扮的主角在螢幕上東奔西跑，出村莊，遇三個美麗女魔，果陀稍手軟時，費多已祭出火雲駭術，殺得三女落荒逃走，賺了三十元及經驗五點。

我暗中密察他們是否情侶，一片茫然。

費多說他不想當gay因爲太麻煩。我的好友蓓蓓，她說做愛實在太累人。一旦有性，自我便曝露出來，男友的自我也洩底，性不過是積壓彼此的張力，大家都受傷。她說她是和平愛好者，追求和平，不要漣漪。

我的學生豪豪，他說把馬子跟玩電動，屬於同級。若約會完要做點什麼，比起去找地方或引誘對方上床，倒不如早點回家打電玩看電視錄影帶。

蓓蓓後來告訴我，日本這半年流行起所謂，第二處女症候群，即失去處女的年輕女性就此可以不性愛。好比痲疹，水痘，早出早好，既然打了預防針即可免疫遂趕快去打。此流行病原因很多，其中一項，由於各種資訊調查顯示女孩們非處女，故使大多女孩討厭自己和別人不一樣而特意失去處女。現今又從資訊知道人人不必然都性愛，則不做也十分之放心。非處女的早或晚，端看公司或學校的氣氛來決定，性愛亦然。失去處女不因愛戀對方發生，只是跟比較熟慣於做愛的人發生，隨伴而來記憶猶存，如此，可以了。

我訝異，那麼，異性戀亦同性戀化了？

經常，我們跟並不認識的人爆發性關係，分別時，我們對那個人的回味才開始。這回味，如同每一種生物在交配之後都是憂鬱的，也充滿了感傷。

是誰說的，叔本華麼，一個人在戀愛中的狂喜與痛楚其實是，種族靈魂的嘆息。種族意志貫徹於愛情爲了兩性結合繁衍後代——看啊這個，眞是多麼的古典。那些異性戀間的奇聞軼事，雌性是選擇者，小心呵護住稀有卵子，僞變且聰明的挑揀出合作夥伴，而參與角逐的雄性們，必須打通億萬難關所付出的體力智力耐力精力，足使後世大惑不解，發出評讚，愚蠢，你的名字是男人！

今後，若一時代大部分的男性，漸漸皆失去想要生殖後代的驅力，蠢力？這個時代大約亦已同性戀化矣。當我聽見週遭的妹妹姊姊們併發怨怒說，奇怪這些好男人都哪裡去了！我總是全神貫注控制住自己別，別臉紅，力持最從容的風度以掩藏身分。

當男人們都不再見異思遷，睹色心動，因爲麻煩？太累？沒時間？沒辦法就是不想？女人們於是都沈寂了。

當無性愛時代來臨，何時候？二〇二〇，中譯片名叫銀翼殺手，男人奉命去殺複製人，最終千鈞一髮主客易位，複製人把男人從摩天懸樓拉救上來時，複製人的命時已屆，他悵望著男人及其背後空中撲起的鴿陣，逐漸死去，化成爲金屬液體。當然，女複製人愛上了男人，因爲有愛，奇蹟般續存了下來。

當費多和果陀打到一處城堡，相傳內藏奇珍異寶，極危險，費多主張進，果陀決心一探。先武裝，戴上戰神頭帶，紫砂拳套，身著藍晶鎧，足登龍蜥靴，手執炎玉劍，大刺刺進地窖。噯呀不好，五步一妖，六步一魔，好容易找到幾個寶箱，啓開全是銘謝惠顧，末了賺到兩粒粽子一碗肉湯，不及吃又中劇毒，匍匐前往……

當調查統計宣告，嬰兒潮出生代，將於二〇六九年全數死去。此時我隱約聽到一縷樂聲，若斷若續，如此熟悉，如此悠遠。起先我不留意，我流浪在聖域傳說裡荒蕪將死。但它又來了，又沒了。一次比一次，明晰，確定，終至我清清楚楚聽見了，它就在外面。我循聲而往，是客廳，電視螢幕播映一部黑白片，我不敢相信我所看見的，那上面是，NHK第二台，我看見費里尼的大路正在上演中。

大力士安東尼昆，低智女朱麗葉塔，兩位可愛的老朋友跨越時空來晤，我熱淚盈眶，坐看如夢相似。

多久多久了，阿堯出國前我們在美新處林肯中心看的大路，也是我與阿堯最後一起共看的電影。每每尼諾羅塔的配樂一起，阿堯便感冒似的抽搐著鼻子，劇終時和安東尼昆跪倒於沙灘裡無盡悔恨的啜泣匯奏為一片滔滔逝水，阿堯哭了，我也哭了。我們趁燈光大亮前各自趕快整頓好，逃出門仍悲切不止，默默一直走路。一整條重慶南路佈置著牌樓國旗，十月金色的風到處鍍上一層金。阿堯買了烤魷魚，我們喝完公園的冰鎮酸梅湯，坐博物館階梯上撕魷魚吃，才開始談觀後感，卻做了一個完全跟我們情感相反的結論。我們嫌大路，太鄉愁了，不夠犀利。我們著迷於八又二分之一，而膜拜愛情神話。

幾年後我看到大路錄影帶，帶著憶往的心情，比跟阿堯看時知道了一些背景知識。當年左翼記者皆反對大路，此片跟社會政治問題沾不上邊，用新寫實主義的說法，這是部拒絕的電影，頹廢反動。唯獨一位評論者他說，好一部勇敢的電影！他也許是嗅出了大路裡力抗潮流的勇氣。但我仍抱持跟阿堯的共識，大力士和低智女，都是費里尼心中的理想人，失之浪漫過度罷。

似乎，到今天這一刻，大路才有了它唯一的位子，銀幕上正演著銀幕下的。

走藝游人騎一輛馬達篷車跟買來的低智女，兩個邊緣份子展開一段謀生旅程。冬天出太陽時，大力士拋棄了病癒又活回來的低智女，留給她一些錢和食物。若干年後，投靠到馬戲團裡有漂亮女人為伴混得還不錯的大力士，歇演時在路旁晃蕩，春天，空中飄飛粉絮，孩子們打球玩。他走著，忽然駐足，那似有若無的歌聲，從何處吹來，斷了，又來了。他趨步前往，旋律越來越清晰，他看見郊地上一名主婦哼著歌晾曬衣服，他問婦人這條歌。婦人說兩年前有一女流浪到此，常常唱歌，去年在這裡死了。

我覆臉乾啕起來一如影片結束時的大力士。我與阿堯，我與永桔，我們放野在社會邊緣的逐色之徒，往往，未敗於社會制裁之前先敗於自己內心的荒原。我如何把自己弄到在這個屋子裡，任費多的一切一切，無情踐踏。

低智女大力士適時出現，向我招魂，以我們共通的語言，那一點點鄉音已夠我抓住像一縷絲線，依循它我走出了迷宮。我斯文掃地，僅免於精赤條條。朱麗葉塔滑稽之臉，善良如母鹿的圓眼睛，包容著越老越怪越難以相處的費里尼，亦包容了我這副不堪的蠢模樣。她像金雀花治療不安，石南使人平靜，松香平衡消沉，龍膽根增加耐力，茉莉抗抑鬱，薰衣草解除焦慮，金銀花減輕鄉愁。巴克療法也好，芳香療法也好，對於我僅須及於文字，文字療法，夠了。

且看，金盞花療牙疼，桉樹做收斂劑，灰毛菊解毒。桃金孃治支氣管炎，橙花助消化，野葛抗腹瀉，燕麥鎮痙攣，丁香油防腐止痛，迷迭香強固記憶力……

我看完大路，關掉電視機，離開了費多的屋子，沒有向費多道再見，當然也沒有留下足跡。

費多再也找不到我，我也不會遇見他。對他，費多一代，我無能抗拒，但是起碼我能，尊嚴的敗退。我奢望，應當我還不至於太難看。

往後我常常想起費多家，那條巷子出來的通衢大道，我招計程車時看見垃圾車開來，沉重坦克，漆黃鐵殼閃著許多盞紅燈泡，連連五六部轟然駛過去好像宮崎駿風之谷裡的荷母群陣，異味掩鼻。

宮崎駿動畫之色，綠體分佈著灰藍圓形視器的荷母，生氣起來視器會變成血紅。荷母之怒，即核戰後被滅種污染了的大地之怒，唯有一人，一女孩，駕馭狀若蜻蜓飛行器的女孩，可以撫平荷母之怒。女孩偕飛行器翺翔，妙影投照在荷母湖鏡般的視器上。最終，荷母像紅潮湧來為女孩所阻，息止了怒氣。重創的女孩昏死在地。荷母蠕蠕伸出它們鬚條觸拂女孩，將她高高抬起於空中，一片黃金麥浪搖動的觸鬚放射療能，喚醒了女孩。女孩走在浪端，走在光中。風之谷的人們仰望著，一名老得不能再老的婆婆驚喜掉下眼淚。只有老婆婆聽說過的那個傳說，傳說裡的女人，承諾將會再來的女英雄，他們等了一代又一代，現在，她終於再來了。

那個冬夜我站在大街，孤獨如在一個同性戀化了的烏托邦，那些環繞地中海沿岸多似繁星連神話也沒能傳下來的不知名小國啊。我只有誦著自己的經，經曰、西湖水乾，江潮不起，雷峰塔倒，白蛇復出。

——一九九四年十一月・選自時報版《荒人手記》

楊照作品

楊　照

本名李明駿，台北市人，1963年生。台灣大學歷史系畢業。美國哈佛大學史學博士候選人。曾任「明日報」總主筆、遠流出版公司編輯本部製作總監、台北之音「台北話題」主持人、靜宜大學中文系兼任講師等職，目前為「新新聞週報」總編輯。著有《蓮花落》、《吾鄉之魂》、《獨白》、《暗夜迷巷》等小說。曾獲得聯合報小說獎、賴和文學獎、吳濁流文學獎、吳三連獎，作品並榮選為中國時報開卷版年度十大好書、聯合報讀書人年度文學類最佳書獎。

【關於吹薩克斯風的革命者】

描寫兩個少年好友從求學時代到步出社會，際遇與思想的轉變，以及人生路途的漸行漸遠。

在漫長的成長歲月裡，他們憑著對族群認同的模糊概念，逐漸產生對政治的興趣、對理想社會發生憧憬、對革命運動與起熱情，然而，政治現實的殘酷又使得他們一再與自己、與周遭妥協，甚至背離了原先純真的願望。他們曾在文學、哲學、音樂中寄託夢想，卻又在紛擾的人際、愛情與人生課題中跌跤、失望；理想與現實的衝突每每挑戰著人們脆弱的心靈。

以政治運作為故事主軸，從政治的角度看人生、看名利地位的虛假，也看愛情的荒謬與幻滅。作者以寫實的手法鋪陳故事，反映台灣社會現況，可說是一個時代的剪影。

以小說形式理解政治，有浪漫主義式的懷想，巧妙以「詩」與「政治」作對照，使本書主題更為明顯。

吹薩克斯風的革命者

二十八 Clouds Stop at Nowhere

吳信雄的習慣是這樣的：因爲唱片那麼貴、那麼得來不易，他沒辦法擁有很多唱片，他只好讓僅有的幾張唱片看起來比實際多而豐富。所以他會自己撰寫新的封套說明文字。

最早他寫的，眞的就像封套說明文字，或者就是英文還是德文原版介紹的翻譯。他耐心而仔細地翻查字典，遇到字典上語焉不詳的東西，還去求救於音樂教科書和百科全書，他的外語能力幾乎就是在這樣的過程裡培養起來的。

有一次，他記得是出國前沒多久，買了一張巴哈的清唱劇，在說明裡找到了一個特別的德文字，德漢字典上只給了一個簡單的翻譯——「不流動的雲」。

某位女高音演唱巴哈清唱劇時的風格，總像是高高青天上一片片總也不流動的雲。這樣的句子，尤其是那個獨特的字，那幾天當中，一直纏繞著他。他忍不住在原本簡潔的翻譯文字外，開始演繹他對「不流動的雲」的想像。

「不流動的雲」是假象。就像聲音是時間的函數，時間不向前流動，第四度空間不開拓出來，就不會有聲音的存在。我們可以把世界想像成一塊塊如實擬眞的模型。三度空間裡什麼都有，就是不能動。然後無數多塊這種模型接續起來，就形成了四度空間。然而四度空間自己會在三度空間之外，再多出些什麼。專屬於四度空間裡的特質，可以被定義爲四度空間的原形。這種四度空間原形中，最抽象的是時間、最具象的是運動movement，介於時間與運動之間的則是聲音，而聲音的精粹昇華就是音樂。

他的詮釋大概是以這樣新習得的物理與哲學知識開端的。中間可能還近乎炫耀賣弄地談了一點中世紀聖阿奎那斯完全從《聖經》文句裡去推衍出的「運動」的意義，反正在那個時代，所有的一切最後都是上帝的意志與意旨的證明。他可能還順著這個脈絡講到了牛頓物理學的歷史地位，講到了我們現在的觀念中，牛頓物理學是極其嚴謹小心，其形象也是極其單純保守的，然而退回到牛頓生存的那個時代，這樣的物理學，可能比克卜勒說地球繞著太陽轉還要激情與激進。克卜勒只是拿走了人在宇宙間想當然耳的中心地位，逼迫神學家必須多費功夫去解釋：神既以祂自己的形象造了人，爲什麼偏偏不把人放在宇宙的中心？說眞的，這其實一點都不難。我們大可以說神必須把祂自己與人保持一定的距離，祂必須經常提防人的自妄自大。《聖經》上不是有巴貝爾塔的故事嗎？神不得不挫折人想要爬上天際和祂比肩並列的野心。基督神學最核心的問題，不正就是「人不能猜測神」嗎？神的全知全能正表現在祂的完全不可測上。

從這個角度，地球在太陽系上的位置，是可以完美解釋。人本來就被定位在既非中心也非邊緣，近乎沒有特色無法描述的平凡平庸的老三，這是神給予人最正確最適當的位置。從前因爲人的自不量力，才會幼稚得近乎愚蠢地先入爲主假設自己就是中央。克卜勒學說的出現，幾乎就是另一次變形的「巴貝爾塔事件」。人類太驕傲太自滿了，他們開始以爲自己可以理解神一切的用意，他們以爲自己就是神的代理。於是神送下來克卜勒，像拆掉巴貝爾塔般拆掉了人類賴以建立自信的「地球中心說」，又像混淆語言般混淆了教會與科學、神學與哲學，讓人類再也不可能統合在一種知識裡去把自己等同於神。

寫到這裡，年輕的吳信雄既自豪又帶點傷感地發現，他最適合的行業，他最具天分的才能，說不定竟是活在西方中古末期或文藝復興時代，作一個天馬行空解釋神與人新關係的神學家。在動亂頻仍，周遭包圍著以航海貿易取得暴富的商人，對生命無所謂亦無所畏的傭兵們日復一日進行著的小型而瑣碎的殺戮戰鬥，暗地裡喧騰如火山爆發前就先洶湧的深層岩漿活動般的宗教革命情緒的羅馬，他卻獨自躲在某個靜得彷彿空間都結了冰、以至於即使夏天都必須披上黑色袍服來禦寒的教堂裡，對著窗口擬寫他最新發明的神學眞理……

那一刻他眞的同情、可憐自己，竟然生在沒有信仰沒有宗教氣氛，又時時炙熱多汗的台灣。他的殿堂早已傾頹於幾個世紀之前，然而他還得伏案繼續解釋牛頓的物理學。

牛頓物理學而不是克卜勒的主張，才眞正告訴我們，這世界存在著連神也無法改變的定則。物體靜者恆靜、動者恆動。這「恆」字就是對神的干預的森嚴否定，不，甚至是斥責。那個少年時會在樹下慵懶睡著，風吹樹搖，因而被紛紛落下的秋熟蘋果打醒的牛頓，長大之後卻變成了歷史上最執拗的領土捍衛者。我們彷彿看見他圈抱著整個宇宙中所有會動在動的東西，對著一旁虎視眈眈的上帝毫不讓步地——雖然他的嗓音不自主地顫抖著——說：「不，你不能動手，這不是你的玩具，你不能進來，你絕絕對對不能進來。」

上帝被擋在牛頓的遊戲沙坑之外，再也沒有辦法進來搗蛋了。運動是這個世界一切變化的根源，然而運動只能按照牛頓發現的定律進行，不能有例外。這才是以「上帝全知全能」為前提的神學真正無法應付的大挑戰。

寫完牛頓物理學，原本的紙上已經塡得密密麻麻不留任何間隙了，年輕的吳信雄第一次發現自己對於詮釋意念竟然有這麼高的興趣。他趕緊找出了新的一疊白報紙，他父親習慣性地從區公所裡搬回來堆放的，繼續寫下去。

不流動的雲。雲是最輕最飄浮的東西。由微小到不受地心引力的水分子組成。任何一點氣壓上的改變，甚至談不上是風，都可以讓雲流動。所以雲隨時都在變換形狀，所以古往今來人會對雲產生那麼多的想像。

在牧歌時代，在工業興起之前，在人與農業依然關係密切的年代，自然變化是以肉眼幾乎無法察覺的植物速度進行。相較之下，雲就顯得那麼樣多采多姿。一直在變化、一直在流動。雲的流動和河的流動不一樣。河的流動是線性的，雲的流動卻是非線性的。河的流動是敘述，而且一直在說同樣一件事、同樣一個故事。故事的背景，周圍的氣氛可能會改變，但故事還是同一樣。

在朝霧裡，在正午的赤日下，在暴雨中與暴雨後的半截彩虹下，在闇黑子夜的恐怖威脅中，河繼續流動，在同一個河谷河道上的同一個方向耐心地流動著。然而雲的流動卻是隱喻。你會不停地在流動的雲中看到種種具體形象的類比，一點點像卻又不完全像，在這裡像在那邊卻又不像，雲從來不明說，而且從來不把一句話一件事說完。

對流動的雲、對於雲的流動，我們只能猜測，而且必須一直猜測。前一秒鐘猜測雲在隱喻著一張龐大的溫和的老人的臉，後一秒鐘這猜測立即無效。你再也看不出來任何一點點和眼睛鼻子嘴巴可能扯上關係的線索。這時雲變成了一棵正在向上成長的榕樹的隱喻。可是你弄不懂榕樹與老人的臉中間可能有什麼關係，你更弄不懂老人的臉怎麼可能變得成榕樹。

無窮的變著不安定的一連串猜測與隱喻，這才是雲的本質。年輕的吳信雄在白報紙上如此寫著。那麼我們要如何理解「不流動的雲」，甚至如何理解爲什麼德文裡會存在著一個意謂「不流動的雲」的字的事實呢？年輕的吳信雄接著在白報紙上如此自問。

違反本質的現象，只能是假象虛象，這是唯一的答案。巴哈的清唱劇都是頌美上帝的神劇。雖然不像後來世俗化後了必須由花腔女高音炫技才能演出的歌劇選曲那麼複雜，卻也有著婉轉起伏的反覆變化。可是在巴哈的安排下，這些變化都被統納在嚴謹的對位結構裡，前一個音穩住後一個音，下一個節拍平衡上一個節拍，形成了永恆的假象。明明變動不已的聲音裡透顯出更內在的寧靜，隱含的寧靜取消了表面的喧鬧，因此而有「不流動的雲」的形容。

已經很長了的唱片補充說明，本來應該就結束在這裡。然而年輕的吳信雄卻忍不住又在紙上新起一個段落，又寫下了「不流動的雲」這五個字，接著在他自己的意識來不及阻止的情況下，又連著寫了「就像爸爸」。

不流動的雲就像爸爸。這樣短短一句話，魔咒一般突然啓動了他腦中某個開關某種機械。像他第一次在錄影帶店借回費里尼的「八又二分之一」。一個接一個似連續似斷裂的黑白畫面爭先恐後跳出來。他明明知道和現代好萊塢商業導演手法相比，費里尼的電影怎麼也算不上快節奏。可是看費里尼的電影讓他焦急。電影一開頭的畫面就讓他百思不解。他還在想第一個畫面，第二個畫面卻切換進來了。於是他一邊得趕緊跟上想辦法理解新鏡頭，卻又分心擔憂著會忘掉了開場的構圖與動作。第三個畫面來了。模型固定住了。過去現在未來的連鎖焦慮。怕忘掉剛消逝的、怕無法應付現在正閃動的、又怕下一步發展太快到來。

瞬間，他父親的生命竟然變成一部費里尼電影。巴哈的清唱劇成了背景音樂，他看見父親出門後往區公所走去的背影，看見父親撿起石子擲向路旁一條其實完全無害無威脅性的野狗時，臉上閃露過的極度憤怒。看見父親在街角突然停下來，爲了掩飾而近乎笨拙地打開公事包，伸手進去亂掏亂翻，推延夠了時間確定不需要和可能會不期巧遇的同事一起走一段路之後，才又神情落寞地重新上路。他看見父親一個人坐在學校教室的角落裡，一臉驕傲與嚴肅的表情。有其他家長上前和他招呼，父親總是拘謹矜持地只介紹自己：「在公家單位服務」。可是沒有多久之後，導師進來了，一位剛從學校裡畢業不久，由於年輕而深受班上同學喜愛，卻被父親反覆在家中飯桌上批評爲「不會教書，沒有根柢」的女老師。導師向所有家長介紹：「這是吳信雄的父親，他在區公所裡當職員。上次我陪我弟弟去查兵單，在櫃台就剛好是他幫我們辦的。」父親臉上一陣五官微幅亂跳，似乎拿捏不住正確的反應，一秒鐘後，終於還是收拾起了原來的架子。吳信雄看見父親伸手進西裝口袋裡掏菸，知道他再下一秒鐘會堆出讓所有人都不好意思正視、卻又都無法拒絕的諂笑，一一問人家抽不抽菸。有人抽有人不抽，有人客氣接過了父親遞上的菸，有人則趕緊掏出自己的菸來。還有人連忙搖手說：「我不用我不用，您請自便，不要客氣。」父親則誠實地回答：「其實我從來不抽菸。」可是吳信雄卻覺得別人一定從這裡聽出最大的、令人難堪的虛僞。

鏡頭突然跳回去一段，回到這場家長會開會前，在吳信雄家中的場景。母親在房間梳妝鏡前仔細修著眉毛準備要出門參加家長會開會。父親則漫無目的在小小屋中有限的空間裡來回踱步，父親踱進房裡對母親感慨地說：「反正開家長會就是要捐錢，妳去開他們大概就不會找我們捐錢。捐一大堆錢，最後只爲了放在老師辦公室裡的一面鏡子上用紅漆留一個名字，眞是太可笑了。」父親踱出來，心不在焉地瞄了已經穿好制服的吳信雄一眼，又踱進去，故作憂心地說：「你去一定跟老師反應，她自己的字要好好練練。改作業簿寫甲乙丙丁，不能這樣隨便照平常樣子隨便寫寫，太隨便了。」父親用不時呼嚕呼嚕作響的深呼吸來強調事態的嚴重性：「她那手字眞幼稚。老師改簿子，寫甲寫乙要寫出那種書法的韻律。」吳信雄雖然看不到，卻可以想像父親舉著手指在空中比畫的模樣。「這一豎拉下來的時候要有筆鋒，勾上去的也得順勢收尾，不能說停就停，看起來笨笨的。老師的字笨笨的，對小孩會有不良的影響，這個老師，嘖嘖嘖……」

父親踱出來，提起空了的茶壺搖一搖又放回去，再踱進去，說：「那個那個……妳一定要記得跟她說。我怕妳跟她說，她不當一回事。妳就告訴她是我說的，對，妳很強調地跟她說是我的意思。妳可以把我搬出來，『我先生擔心這樣會對小孩子有不良的影響。』妳就這樣跟她講，記得不記得？」父親的腳步聲停了，終於等到母親的反應，「那你自己去跟她講好了。還是你自己去講比較好。」

父親幾乎在母親的話還沒講完，就搶了拍子表示無奈與為難：「唉，一個禮拜上六天班，唉，這麼多業務這麼多公文，唉，本來想星期天好好休息，好好在家裡待一下，唉，還是弄到非得要出門，唉，還是不能不去跟老師叮囑一下，唉，怎麼剛好派到這樣年輕的老師，又是個女的，唉，不去叮囑一下還眞的不行……」

吳信雄又看到相簿裡的父親。每一張相片裡幾乎都有父親，雖然負責照相的也是父親。這曾經是吳信雄小時候心底的謎。他曾經認眞地疑惑過：為什麼同樣一座郊外的仙公廟，同樣是長得彷彿沒有盡頭、一直往上爬往上爬應該可以爬到天頂上的一千多個石梯，同樣是嗆鼻的香爐裡竄冒出的濃煙瀰漫，為什麼從前一家人出遊時感覺如此痛苦、如此折磨，稍大後和班上同學和老師去遠足，卻又變得如此快樂？痛苦與快樂難道可以是同樣的，就像它們同樣令人難忘嗎？

長大以後，他想懂了中間的差異，痛苦與快樂。那就是負責照相的父親。出遊時父親一定要帶相機帶腳架。腳架太重了，所以就把相機交代給吳信雄揹著，可是又再三警告再三恐嚇，無論如何不能私自去動相機。一動都不能動，一架相機等於父親一個月的薪水，如果吳信雄亂動動壞了相機，就等於父親一個月沒有薪水，就等於害全家人，爸爸媽媽妹妹，統統都一個月沒飯吃。

吳信雄總是這樣被警告。他的肩總是被壓得酸痲，然後轉成刺痛。他的每一步伐都在對抗肩上相機的重量。他的每一姿勢都因迎合不去碰到相機的要求而傾斜、扭曲。

只有要照相時，他可以鬆動鬆動肩膀。父親會走前走後，想盡辦法要找出「仙公廟十景」、「野柳八景」或「大橋頭一景」的最佳位置。還要對好完美的角度。調腳架調相機方位調光圈調快門。留好正中央的位子給父親。父親要來回走動好幾次，想像自己在鏡頭前的姿態的模樣。

相片裡的父親，通常都刻意向左斜站二十度角。而且通常笑容可掬。有一種日常生活裡少見的光采。尤其和幾乎成爲他的背景的其他三位面無表情、黯然疲憊的家人對比強烈。明明照相時，吳信雄努力地依照父親要求保持笑容，可是沖洗出來的影像裡，笑容卻都不見了。吳信雄後來才明瞭，正是因爲父親在調相機時，不斷命令他們要鋪上最完美的笑容，等父親摁下延遲快門，不再從相機窗框裡監視他們時，他們，媽媽信雄和妹妹，自然就都一下子鬆弛了緊張的臉部肌肉，變成了愕然漠然的表情。

相簿裡有一張奇特的照片，吳信雄清楚記得，照片裡只有媽媽妹妹和信雄三個人，中間留下了一個人空間，本來應該顯影的爸爸失蹤了。可是留下影像的三個人都笑得很自然很開心。那是在陽明山公園花鐘前面，父親按下了快門的那剎那，轉身卻和旁邊的一名遊客撞了個滿懷。對方身材魁梧得簡直不像東方人，瘦小的父親乍看下像是撲向他懷裡的小孩。混亂中留下了這樣一張照片。

吳信雄以爲父親一定會把這張意外的失敗之作丟棄的，可是這相片竟然還是出現在相簿裡，而且被父親小心翼翼地貼在某本新相簿的第一頁。吳信雄想起那張照片裡父親的空位。那個空位比其他每張照片裡的父親的影像，更鮮明更清晰。

穿透那個空位，年輕的吳信雄看見了那朵不流動的雲。

——二〇〇二年四月

蔡素芬作品

蔡素芬

台灣台南人，1963年生。淡江大學中文系畢業、美國德州大學雙語言文化研究所進修。曾任雜誌主編，現任自由時報撰述委員兼副刊主編。著有《六分之一劇》、《告別孤寂》、《鹽田兒女》、《姊妹書》、《橄欖樹》、《台北車站》。曾獲全國學生文學獎、中央日報文學獎、聯合文學小說新人獎、聯合報文學獎長篇小說獎、中興文藝獎、中國文藝協會文藝獎、南瀛文學獎。

【關於鹽田兒女】

寫的是一對住在南部鹽田村落的青梅竹馬戀情，但女方在父母安排下招了一位嗜賭浪蕩的男人，這樁錯誤的婚姻使女方一生命運坎坷。這篇小說以人性為基點，不只寫男女愛情，也寫親情，鹽田地的生活型態，以及社會的變遷，相當生活化。人物性格的塑造十分鮮明，這些性格各異的小人物織就了動人的親情之愛、男女之愛、土地之愛。

鹽田兒女

第五章 城南月色

2

阿舍出殯那天，明月大慟。

慶生帶了三名兒子先她一天回鄉，明月結束了碼頭工作，匆匆穿了一身黑和祥浩趕回來，時近中午，母女倆沿河堤回厝，到了池塘邊，幫忙辦喪事的村人遞給她兩條白毛巾，授女兒回娘家奔喪儀禮後，明月要祥浩如她將毛巾蓋在頭上，雙膝跪地，從池塘處開始匍匐進大廳。明月按禮邊爬邊大聲哀嚎哭母喪，祥浩跟在身邊念起阿嬷養育種種，嚶嚶哭泣，明月嚎哭原只按禮，跪爬進了院子，舉頭望見大廳正中的棺木，眼淚頓如雨下，許多前塵往事在見棺的這一刻湧現，豈只心酸可形容，那是肺腑撕裂的感覺，孤單的感覺，不平的感覺，委屈的感覺，憤怨的感覺，不捨的感覺——媽媽，妳爲何要我與慶生結婚？在我腳步仍未站起時放我不顧就妳去。我像一片浮萍，漂流了這麼多年仍是漂流。妳帶著我的秘密去，我卻還在受這秘密的苦，陰間日子若有好過，妳也招我去。啊，攏怪妳，爲驚無人擔厝，硬招慶生入門，誤了我一生，妳一去，我向誰討呀，我向誰討呀——她哭到棺木前，過了門檻抱住棺木，眼淚鼻涕滴在棺木上，順著滑亮的漆滾落地。秀瑩站在棺邊，以大姐身分勸扶回門哭棺的妹妹們，她扶起了祥浩，趨近明月說：「二妹，可以了，起來，哭到門檻前就行了，快起來。」

——不，妳不知我心事，別扶我，我要把這眼淚痛快的哭乾，哭這一生所有的錯誤。妳不懂，媽媽懂，我哭給伊聽——。

「二妹，快起來，大家等妳一人，已近中午了，來吃飯，過了午移棺儀式就要開始。」秀瑩大姐說著，明輝也以孝男身分來答禮，扶起明月。

慶生不知明月會這樣抱棺大哭，當初接到明輝電話，說阿舍是一早洗淨身軀手臉，坐在灶間門前曬暖陽，氣息轉弱，像打瞌睡般閉了眼慢慢去的。明月初聞未曾大哭過，他以爲阿舍這兩年病重，明月心裡早有準備，怎知到了棺前會哭得四肢軟弱，要明輝和秀瑩合扶才起得來，他從來也未曾見明月這般軟弱激動過。

祥春三兄弟都以內孫身分和慶生及他們的舅舅和兩名小表弟披上麻衣，跪在棺前舉香隨道師的口令膜拜，這七個披麻戴孝的人跪在棺前，來觀禮的人都說：「阿舍有一個後生，卻有七個人爲伊穿麻衣，眞値得了。」

慶生原是不願意穿麻衣，他想他父母雙亡時，沒錢辦喪，又是戰亂，是親戚湊錢草草將父母埋了，他們兄弟未曾爲自己親生父母披過麻，要爲岳母服孝，他是不甘的，若是知先也罷了，阿舍是管他多的，自他進村入贅以來，阿舍沒有一天不把錢摳得緊緊，他彷彿是她的奴隸，他更不甘心爲她披麻。明月不依，跟他吵了一架，說：「伊人沒了，你穿麻衣伊也看不到，穿了是給生的人看，你若有顧我阿爸，這點表面定要做到。」因爲對知先的好感和敬重，他才依了。

整個喪禮，知先始終沉默。棺木入土後，姐妹們圍在父親身邊，叮嚀他要保重，若在家待不慣，可到伊們家做客。知先安安靜靜聽著，末了神情落寞說：「我想去山頂出家。」

「莫去，莫去。」姐妹挽留，明月說：「山頂山腳，同樣是修行，你若不愛管世事，村內也可清心住，年輕人事莫睬。你在此，我們回來見你也容易，你若去山頂出家，我們成了無父無母孤兒，你放得下？」

知先神色仍是安靜，見子女對伊有情，人世情分他亦懂得，他不再堅持。明月說得沒錯，山頂山腳同是修行，他就做個人間修道人，安心與清風明月共處，莫管世事，留個空身，好讓子女見伊歡喜。

明月一家喪禮後回至高雄，大嫂攔門而坐，望見他們繫在手臂上的絨線，眉頭已先皺了起來，拉緊鼻邊兩道深紋，說：「我後生今日回來要相親，你們一群人全戴孝，不驚害我們衰運？」

大堂兄一身整齊乾淨來拉母親衣袖，說：「我是出去相親，又不是在厝內，禁忌啥？」他叫了一聲四叔四嬸後，想把母親拉離門口，好讓這一家人進來。

「你靜靜，我攏是爲你設想，你手彎還向外，我打死你。」大嫂站起來，伸手要打兒子。兒子閃了個身，說：「別咒我。」一溜煙出了門。慶生一家趁倆母子大亂時進了門，逕往樓上去，明月是疲倦得不理會這幕鬧劇，慶生心裡暗咒，不願當面說大嫂不是。

幾天後，明月要上班，仍舊是清晨，大嫂專挑清晨，彷彿嫉妒她要去做工賺錢，也彷彿憋了一晚上，醒來就巴不得發作，她站在樓梯口堵住明月去路，明月過不去，問她：「妳要做啥？」

「我後生相親沒成，攏是你們帶煞。」

「大嫂，姻緣天定，伊成不成怎能怪我們。我趕要做工，請妳讓我過去。」

大嫂不動，明月不知她要怎樣，突然大嫂伸出手來推她一把：「妳們若不搬出去，我後生一定娶無某。」

這一推明月不能讓了：「妳以爲我愛跟妳住，世間找不到幾個像妳這款番，我是要搬，可妳也不能叫我馬上就搬，這間厝我也有分，妳沒資格趕我。」

兩人站在樓梯口吵了起來，大嫂是非要讓左鄰右舍知道她所爭不可，一腳又跳出門外，在大庭廣眾下，說：「伊們一家占了三間房，我後生回來沒處睡，天天都睡客廳，像伊們這款惡霸虐待，我後生怎麼娶某？伊們是要害得我們絕後才甘願。」

這是星期天，大人小孩都來圍觀，祥春在樓上聽到，奔到樓梯口，跟明月說：「媽媽，妳今天不要去，伊在鬧，妳腳步一定走不出去。」

「我沒錯爲何不能出門？船在趕，無故曠工不行。」明月說著，走了出來，還叮嚀祥春說：

「大人的事，你們不要干涉。」孩子們都下來送媽媽。大嫂見她跨上腳踏車，上前來拉著她衣角，說：「妳不讓出一間房來讓我後生睡，我今天一定不讓妳出門。」

「我要伊和祥春伊們兄弟擠一間，是伊不肯，自願睡客廳，情分我也顧了，妳放開我。」明月若不是爲了講給圍觀的人明白，她半句也不願再和大嫂爭論。

大嫂不肯放，不斷說：「妳這款狠毒，敲壞我的牆壁又害我後生娶不到某，妳祖母要和妳輸贏。」她將明月從腳踏車拖出來，祥浩和兄弟都圍上來，要把拍母扯開，堂兄姐也來維護他們母親，一群人亂打一通，巷子聚攏的人越來越多，明月無力與大嫂招架，每次這種情形一出現，她除了腦子亂烘烘和她扭打外，再也無多餘的力氣去想該不該。孩子加入這場混仗使得場面更不可收拾，巷裡許多中學男生是來看祥浩打架的，他們很驚訝這位廣受巷中少年愛慕的少女也會和堂姐扭打，不僅打的人錯亂，觀的人亦錯亂了。

兩家的男人都是最後鬧得不可開交才出場，大兄給了大嫂一巴掌，怒斥：「削死症，給我進去。」又對著明月說：「妳知伊番就不要和伊應舌。」

祥春說：「伯父，是伯母拉住我媽媽衫褲不放人。」

「祥春，你敢應舌。」慶生走來，賞了祥春一巴掌，祥春已是快當兵的青年了，在這麼多人面前挨打，羞得面紅耳赤，明月心頭一震，她知道這兒子會怎麼看待父親。慶生雖後悔太衝動，打已打了，覆水難收，反而老羞成怒，他又向前去打了明月一巴掌，好像故意做給大兄看，又好像要在鄰人面前逞其爲夫的威嚴，他說：「一天到晚吵，害厝邊頭尾不得安靜。」

身邊。

最後還是鄰人出面說好話將兩邊勸開，明月心灰意冷騎上腳踏車，祥春也騎了一部，跟在她

「你回去，莫讓弟妹惹事端。」

「我送妳去。」

她知道祥春怕她精神恍惚，特地跟來保護她的安全。方才慶生那一巴掌，把她摑得頭昏腦脹，數年來和大嫂的爭執已令她疲憊不堪，精神渙散，滿胸鬱悶無處宣洩，放在心裡似要爆裂開來，慶生爲顧兄弟之情又不能維護她，苦水只有肚裡吞。

「祥春，」母子並肩騎在路上，星期日早晨，路上車子不多，他們可以從容談話：「我近來覺得腦筋不好，連算術也不行，買菜斤兩攏算不清。」

「如果我是妳，早就發瘋了，那還能算斤兩。」

祥春不太想多話，安靜陪她過了數個紅綠燈。在一個紅綠燈前，明月仔細看了他，異常平靜的面容，卻有一點桀驁之氣，她問：「爸爸打你那巴掌，你一定很怨恨。」

「我不會忘記。」他似乎經過了深思熟慮，很堅定的說：「媽媽，這個暑假我畢了業就想上台北工作到兵役通知來，服完兵役後也不想回厝內，也許繼續在台北工作。」他有點擔心的看著明月。明月仍騎得很好，這種話聽來雖痛心，但她的心給傷慣了，更大的痛她也受得起。

「因爲伊今天當這麼多人打你？」

「我從來沒甲意伊。」

「你要離開媽媽？」

「不是，是為了要給媽媽歡喜。我們囝仔攏大漢了，住這麼擠不好，而且祥雲馬上要讀國中，祥浩也要考高中了，伊巧會讀冊，一定會考到第一志願，將來讀了高中一定要繼續拚大學，這款家庭環境對伊們讀冊不好。我學木工學得有起，很有把握做師傅，我頭家的朋友在台北做裝潢，正缺師傅，伊問我要不要去，我本來還在考慮，現在想想，不如答應，若拿工作，算的是師傅錢，不再是吃人月給了，我賺了錢攏會寄給妳，希望能相添早日買厝。」

「祥春，媽媽害你吃不少苦，這麼小就要離家去打拚……」

「我不小了，若要娶某也適當了。」他裝出笑臉逗明月。

是呀，祥春已是大人了，他若不說，她還沒想到他眞的長到可以娶妻的年紀了。

到了港口大門時，祥春說：「媽媽，我們開始找厝，不要等了，我驚伯母遲早會把妳逼瘋，在我入伍前，我要親自為我們的新厝裝潢，我要把厝裝潢得很舒適，讓小弟小妹享受，也讓妳享受住自己厝的歡喜，我可以向我師傅借錢，他會願意幫忙我。」

明月站在港口牌坊前，望著這位長子，一路來的恍惚都掃除了，眼裡有欣喜的濕濡，兒子長大了，能替她打算替她挑擔了，她頓時身輕心寬，跟他說：「我咬緊牙借錢也要把厝搬了，你阿嬤講過，一枝草一點露，天公不會餓死人，願打拚的人那怕債還不完？」

——一九九四年五月・選自聯經版《鹽田兒女》

小說卷

朱少麟作品

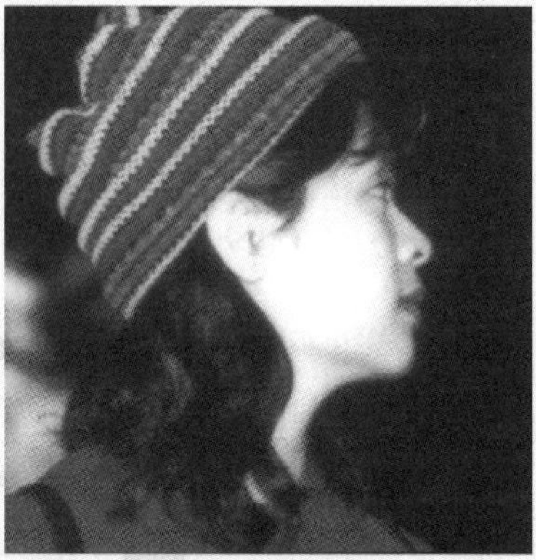

朱少麟

湖北孝感人，1966年生。輔仁大學法文系畢業。曾任職於政治公關公司。著有《傷心咖啡店之歌》、《燕子》。

【關於傷心咖啡店之歌】

傷心咖啡店深藍色的燈光存在於城市最晦暗的角落，一閃一閃，向每一個傷心苦悶的人招手……失去工作、失去愛情，在最傷心的絕境中，馬蒂走進了傷心咖啡店，以一杯咖啡的代價，經歷了人生中最混亂豐富的旅程：在這裡，她結識了小葉、素園、吉兒、海安、藤條等一夥青年人；她看見了人間最浪漫壯麗的感情，她也看見了世上最孤獨無情的人、掙扎著找尋生命意義的漫遊者，還有無可救藥的暗戀狂，他們都敢於用生命作賭注，來換取一個出口，而馬蒂找到的出口名叫自由……

因為尋不到真愛、因為不堪忍受朝九晚五一成不變的上班生活、因為對人間有愛而有種種怨言、因為要尋找自由……六個「傷心」的都會男女，走進「傷心咖啡店」，藍色的燈光下，他們因各自不同的滄桑而相逢、相知、相惜，譜出了驚世駭俗卻又令人神往、神傷的浪漫，展現不同情境的生命故事。

傷心咖啡店之歌

三十八

馬蒂在小湖邊洗澡並洗衣服。很美的淡水小湖，令人難以置信地出現在靠海的岩質乾地上，可能是湧泉造成的吧？湖底長滿了筆直成尖塔狀的綠絨植物，從湖面上望下去，就像是鳥瞰一整片沈入湖底的棕樹林。馬蒂看到了自己的倒影，裸體，飛行在棕樹林梢。她瘦了一些，全身曬脫幾次皮後，呈現著均勻的亮褐色。她已經獨自在西薩平原旅行了四十一天。

馬蒂的身邊有一個安靜的安坦德羅人。她並不閃避他，因爲左近不遠還有幾個安坦德羅男女，也都脫光了衣服，用這湖水擦洗身體。他們用勺子舀起水沖洗，並不直接跳入湖中，也許湖裡住著什麼不可侵犯的生物吧？所以馬蒂依樣舀水潑洗身體。

安坦德羅人竊竊私語著，但一與馬蒂的眼光接觸，他們就又害羞地轉開頭。馬蒂和他們完全地語言不通，雙方只有靠著天賦的善意互相觀望。其實馬蒂越來越發現到交談純屬多餘。要用多少辭彙，才能取代一個友善的注視？現在她對身邊的安坦德羅人笑笑，用灰袍子擦乾身體，再穿衣服。她先穿上兩層自己從城市帶來的襯衫，再裹上袍子。已經是深秋時分，平原上刮來的大風漸漸令人難以忍受。

馬蒂把肥皀用油紙裹起收回揹包中，她取出水壺灌進淡水。一陣風颯來，將揹包中的物品吹散四處，身邊的安坦德羅人伶俐地凌空接住了馬蒂的小筆記本，又陪馬蒂匆忙撿拾，但還是有一枝筆和一卷衛生紙滾入湖中。

馬蒂正忙著把東西塞回揹包裡，一抬頭，看見那安坦德羅人皺著眉，盯著他手中的小筆記本，臉上有迷惘之色。馬蒂接過來一看，是那張夾在透明塑膠頁中的耶穌照片。

「你，認識他嗎？」馬蒂用眼神詢問。

語言並不重要，他們雙方都了解。安坦德羅人抬起頭，說：「耶穌。」而他用的是非常不標準，但是清楚的法文。

「他在哪裡？」馬蒂問。

安坦德羅人用筆直的手指向一方。離他們不遠處，那個方向只有碧綠的海。

碧綠的海，海上有白色的浪花拍擊著陡峭的岩岸，一來一往，偶爾有拍得太高的浪頭，整個襲上了近海的一個礁岩小島，在島上迸碎成千道白瀑。馬蒂坐看海潮，她想，總有一天這海浪會把礁岩小島磨蝕光，大約要一百萬年吧？一百萬年以後，不知道是誰會親眼目送這小島的海葬？

馬蒂坐在海岸上。粗糙的岩岸離海平面有幾呎的落差，她不禁走到岸邊朝下探視，下面是獰惡的礁石，和洶湧的海水，左邊是蜿蜒荒涼的海岸線，右邊是壟起的礁質山崖，沒有人，連生物都沒有。她回望不遠處的淡水湖邊，安坦德羅人也走光了，在這海邊生存而且呼吸的，就只有她了，她不能明白那安坦德羅人爲什麼說耶穌在這邊。是誤聽嗎？又不可能。海風吹得她全身戰慄，馬蒂坐下，撩起袍子的下襬，開始捉蝨子。

其實馬蒂的布袍上並沒有蝨子，一切都因爲莽原裡長的一種極難纏的植物，呈細鉛筆狀迎風招展，只要人獸經過，它那像米粒一樣大小的種子就附著上身，甩也甩不掉。頭鈍尾尖的種子，底側有幾根堅硬如針的細芒，整個種子的外形完全像一隻蝨子，用腳爪一樣的細芒頑固地攫住衣襬，有時手一拂過，刺得馬蒂驚跳起來，刺傷處隨即血絲長流。馬蒂每天都得在日落前，仔細抓淨這些蝨子，夜裡才不至於如臥針氈。

抓了一會，又從袋中掏出乾糧吃，馬蒂大致感到很優閒了，她哼起歌來。面對著海，正是瑰麗的日落時分，沒有了手錶的馬蒂想到，假使一個人不看錶也不看方位，將如何分辨出日落和黎明？

眞的分不出來。眼前的海平面，被曙光一樣的夕陽映照成柔和的玫瑰紅色，一整片燦爛的玫瑰海洋中猛凸出一根黑戟，那是一道黑影，黑影從海面上矗立正好像匕首一樣戳進了落陽的心臟。馬蒂瞇起眼睛，逆著刺眼的夕照，一直到那黑影攀爬上岸，走近她的眼前，馬蒂才看出這個人，赤裸著全身，正是照片裡的耶穌。

比印象中年輕健壯，耶穌從她身邊走過。雖然沒有穿著那件灰色袍子，馬蒂還是一眼就肯定這是耶穌。他的髮鬚削短了些，眉目爽朗。親眼目睹之後馬蒂吃驚得說不出話來。這耶穌，簡直就是海安的翻版，荒漠裡的褐色版本。

耶穌從馬蒂的身邊走過，對於馬蒂，他完全地視若無睹。

好像馬蒂是一顆存在於海岸邊已經有千萬年的石頭，耶穌與她擦身而過，既不避開她，也不望向她。耶穌走到一塊岩石後頭，找出他的灰色袍子和草鞋穿上，揹起一只灰布的褡褳，離開海岸。

耶穌走了。從頭到尾，馬蒂並沒有叫住他。

爲什麼呢？馬蒂也說不上來。沒有開口叫喚耶穌，可能是因爲太靜了，靜得她無能突圍。耶穌的眼神、身姿、腳步都是這麼無比奇異的寧靜，像是被一團異質的空氣籠罩，她感覺到了緘默的必要。

同時又因爲太吵了，吵得她無法發聲。這耶穌走向遠方的一排足跡，很奇怪在馬蒂看起來像是唱片上的鑽石針尖，一路刮擦過大地，發出太吵的，沒有人類能聽得見的高音。

馬蒂爬起來，用雙肩揹起背包，遠遠地跟隨上去。

在淡水小湖邊上，這叫耶穌的人停足，跪地舀取了一皮袋的水，之後又繼續前行。馬蒂遠遠地跟著。兩個人都不急不緩，太陽在背後一寸一寸浸入玫瑰色的海平面。

無盡的荒原，除了偶有幾簇短草，或是一兩棵戟張的刺針樹，沒有任何可供辨識的地標。天色明晦交際，星子還沒有現身，但是耶穌在曠野之中轉了個九十度的彎，好似他正走在一條隱形的小路上。馬蒂沒有取巧，她也走到轉彎處，才向右轉繼續跟隨。

又是幾個毫無頭緒的轉彎，他們現在沿著海岸線走了。地勢漸漸上揚，叫耶穌的人和馬蒂，一個前一個後，差距大約有二十公尺，爬上了海邊的一座和緩的山崖。

最後他們來到了面向著整片大海的山壁上。頭上是凸起的巨岩，形成了山壁上一個走廊形狀的掩蔽處，約有兩百平方公尺那麼寬敞。顯然，耶穌就住在這裡。

寬敞的天然洞穴，可是又非常擁擠。馬蒂張大了眼睛向裡側的岩壁探視，那上面住了無數的鸌鳥。不止在這洞穴裡，外面的風蝕凹凸的岩壁上，也住滿了嬌小的鸌鳥，大概有十萬隻之多。天光晦暗，看不出牠們的陣容，可是十萬隻鸌鳥齊發出的啁啾聲已經足以驚心動魄。

三面是岩壁的寬闊洞穴，一面敞開向著大海，耶穌靠著一側的岩壁面海坐下。馬蒂為難了。壁上攀住著鳥群，很自然地岩壁和平整的地面交壤處，都堆積著不少的鳥糞，其中還夾雜了大量的羽毛，所幸這洞穴呈寬口狀朝外展開，猛烈的海風吹去了異味。可是遍地的鳥糞讓她不知何處坐起——除非坐在耶穌的身邊。這的確令人不解，耶穌居住的地方，那一整面山壁都沒有鳥巢，所以地上有一片兩坪大接近橢圓形的清淨空間。這些歸巢的鳥兒十分地不安於室，除了在自己的小穴中擠蹭之外，還不時翩然翻飛蹦跳，四處串門交際。但是牠們並不侵擾耶穌的地盤，同時耶穌也不打擾牠們。夜方降臨，耶穌走到洞口外，面朝海坐下。突然之間，像是有人關掉了某個神祕的開關，聒噪的鳥兒都靜了下來，只有一兩隻年輕不懂事的小鳥，吱吱叫了兩聲，自己又氣弱了，訕訕然歇了聲。

洞外有個向外突出約三坪大的平台，那是他們來時山路的終點。這平台懸空在山壁上，平整異常，像是人造出來一般，可是上面並沒有斧鑿的痕跡，只有天然火成岩的紋理。耶穌就坐在這裡。馬蒂走到這平台上與耶穌並肩坐下，耶穌並沒有理會她，馬蒂也無暇客套，她被眼前的景象震懾住了。

面前是大海，他們懸空坐在大海的上方，一輪滿月吐露光華，滿天璀璨的星斗，如歌的海潮聲聲推湧，整座平台沐浴在清新的海風中。

身邊的耶穌是這麼地安詳。他凝眸望向海天交際處，又好像哪裡也不看。他的呼吸長而勻，任憑髮鬚衣袖拍拂紊亂，他安然自在如同一棵樹的臨風。在馬蒂看來，耶穌是在靜坐，雖然他的坐姿沒有任何一派修行的態勢。所以馬蒂也端坐起來，在這海闊天空安寧非常的平台上，不請自來的馬蒂和耶穌比肩而坐，直到滿月沉入了大海。

因爲耶穌寂靜不語，所以馬蒂也就沉默著沒有說話。

耶穌回到洞裡那一方淨地，攤開一張毛毯和衣睡了。

馬蒂打開睡袋，露宿在平台上。

這一夜，馬蒂夢到了小時候的自己，她有二十年不曾作過這樣的夢。

夢裡的馬蒂只有四五歲光景，她和媽媽住在一棟狹長陰暗的舊式店面住家裡。除了朝外的小店面，往裡的幾進房間都要日夜開著燈才有光，但是媽媽不喜歡開燈。馬蒂在夢裡回想起來，懷疑她根本上就排斥光亮。

就在這一夜的夢中，馬蒂又見到了那個天窗。

那個天窗，在店面和房間的緩衝地帶，是陰濕的洗澡間、洗衣間和往屋頂的小木梯的所在。天窗由磨砂的玻璃構成，圓形，半徑大約五十公分。

媽媽白天要去擺麵攤，而店面屬於房東，他們是一對討厭小孩的夫婦，所以整個白天裡，只有四歲大的小馬蒂就一個人獨坐在黑暗的房間中。所幸在媽媽的洗衣盆旁邊有一個小板凳，馬蒂竟日坐在板凳上，仰望那天窗透露的一圈天光。

寂寥的天窗，被囚禁的小馬蒂，她鎮日等待，等待一兩隻麻雀來訪。麻雀的小腳爪在玻璃天窗碰觸出清脆的聲響，牠們有時候啄啄玻璃，玻璃上有食物嗎？小馬蒂仰望著，但是麻雀都不久留，牠們一振翅就又走了，自由自在，留下玻璃這一邊的馬蒂。

那一年的颱風夜，一截不知道從哪裡吹來的芒果樹幹撞碎了天窗。小馬蒂走到天窗下，看見了玻璃的碎片，傾盆大雨從破洞裡洩下，媽媽還在睡夢中，窗外的狂風暴雨掩蓋了漏雨聲。馬蒂走到天窗的正下方，仰頭被大雨打得睜不開眼睛，但是馬蒂很開心，她在雨中展開了雙臂，以爲自己這一次就要像小鳥一樣，自由自在，從天窗飛出去。

天亮時小馬蒂病倒了，她得了台灣型痲疹，在黑暗的房間中躺了一個星期，小馬蒂緊緊抓著襁褓她的浴巾，聽工人釘天窗。

玻璃太貴，媽媽和房東幾番爭論後，決定用三合板封住破洞。

工人篤篤的敲釘聲傳到房間裡，小馬蒂抓緊浴巾的一角。媽媽走進房來量她的額溫。

「餓不餓，馬蒂，嗯？不要咬浴巾。」

媽媽站在床邊，逆著燈光，她的臉上像有一層抹也抹不掉的黑紗。小時候的馬蒂從來沒有看清楚她的五官。

雨，又開始下了，淅瀝瀝打在空心的三合板上。媽媽取走了浴巾，馬蒂並沒有抵抗。雨聲眞的太大了，嘩啦嘩啦打在三合板上。那天夜裡小馬蒂停止了呼吸，她眞的飛起來了，穿透了黑暗的三合板，往上飛，往上飛，飛到了大雨之上。大雨之上，是更大的雨，淅瀝嘩啦，雨滴打在雨滴上的聲音。

馬蒂醒來了，發現這雨聲的來源，是那些小鳥。牠們一批批振翅飛出山洞，山洞外面晨光燦爛。

馬蒂坐起身，看見了耶穌。他穿戴妥當，坐在天台的最外緣，上萬隻小鳥從他身畔飛過，朝陽的曙光從純白色鳥羽上折射出虹彩，在耶穌身上形成了一圈榮光。

當馬蒂摺好睡袋，揹起背包整理好衣衫時，一直背向她而坐的耶穌就站起身步行下山。馬蒂不知道耶穌坐在那裡有多久了，但她直覺地感到他在等著她起床。

因爲禮貌的關係，馬蒂遠遠地跟著他。

耶穌的行蹤沒有規則可言。馬蒂天天跟著他，保持著禮貌的距離。

耶穌摘矮蔓叢的漿果吃，等他吃完離開以後，馬蒂也前往摘食。耶穌留下最紅潤的成熟果實給她，總是正好足夠馬蒂的食量。

耶穌找到一棵樹供他靜坐。樹的旁近，一定還有一棵茂密蔭涼的樹木，讓馬蒂學著靜坐。這麼壯盛的大樹，在荒原裡如同奇蹟。

耶穌到碧綠的海中泅泳，這馬蒂可不敢。她坐在礁岩上等待，然後尖叫著發現，肥美的魚從海底自動跳起，落到她腳旁。

耶穌生火，不爲了取暖，而爲了看火燄，像貓一樣長久的瞇視。

耶穌在火旁午睡，馬蒂正好用餘燼烤魚吃了。她留一半魚給耶穌，他並不吃。馬蒂不久後確定了，耶穌只吃草木的果實和種子。

有一個行程卻彷彿是固定的。每隔幾天耶穌就到更南方的一個小峽谷隘口，在那裡有沉默的安坦德羅人群等著他。耶穌攤開毛毯坐在其上，安坦德羅人蹲在幾十公尺之遙的一方，輪流有一個人走到毛毯前，恭敬而肅穆。耶穌看看他，有時就摸摸他的頭。

馬蒂終於看懂了，這些人是在向耶穌求醫。有病得厲害的，耶穌就從褡褳中取出一個折疊起來的羊皮軟包，打開，從裡面挑起一根極細極長的針，戳進他們純黑色的肌膚。這馬蒂十分確定，是中國的針灸術。

這麼說，耶穌是個中國人了？說不上來，耶穌的五官，不特別傾向西方人，也不像東方人。他的皮膚，被烈日烤成了淺褐色，無從觀察，以外貌看來，耶穌中西合璧。總之，只有一點是確定的，他像海安，在外形上十分相像。

耶穌看病並不收費，事實上這些安坦德羅人也一無所有，除了由衷的崇拜。但是看得出來耶穌不喜歡這樣。當診療結束，安坦德羅人聚集起來要行禮膜拜他的時候，耶穌就收起毛毯走了，馬蒂跟在後頭。

他們在回程的路上碰到了沙暴，像颶風一樣的飛砂走石迎面擊來，寸步難行，而附近卻沒有任何掩蔽，連一棵刺針樹也沒有。耶穌臉朝逆風的方向匍匐倒地，臉半埋在沙裡，雙膝縮近胸前，如同向一尊佛的頂禮。這是荒原上的土人度過沙暴的方法，馬蒂學著做了。

沙暴過了以後，馬蒂錯覺自己是尊風化的石像。她起身拍擊全身沉重的沙土，忙碌不堪，而耶穌坐在前方不遠，神態卻很優閒。這令人不解，所以馬蒂走到他的身畔，很奇怪耶穌全身的灰袍與髮鬚都一樣，令人十分不解地，一塵不染。

夜裡馬蒂還是睡在山崖的平台上。半夜裡一睜眼，她看見了迎面燦爛的星斗，覺得這一輩子從來沒有如此刻幸福。

第二天的早晨她醒來，發現鷸鳥全都離巢了，山洞裡安靜異常，而耶穌也走了。他並沒有等她。

空空洞洞的死寂的巢穴，海風呼呼灌入。馬蒂突然覺得冷。冬天到了。

第一次在白天還逗留在洞中，她沿著岩壁走了一圈，在耶穌夜宿的那方淨地旁的岩塊旁，她看見耶穌留下了他的褡褳。

馬蒂打開灰布褡褳，將裡面的東西傾囊倒出。

一條毛毯，一把帶鞘的匕首，一包行醫用的針，一個木碗，一個皮水壺。還有一個小小的陶甕，很樸素的咖啡色陶土粗胚，沒有上釉。它上面陶質的蓋子還用蠟和油紙密封了起來。馬蒂拿起陶甕，很輕，她搖一搖，裡面似乎什麼也沒有。

除此之外，耶穌別無他物。馬蒂靠著這洞裡唯一潔淨的岩壁坐了下來，不知道耶穌會不會再回來。

叫耶穌的人，行蹤完全不可預測。馬蒂跟他同居已近一個月了，兩人之間的互不相干如同日夜的錯離。耶穌天天做什麼呢？無非是荒原中的漫游，不拘形式的靜坐，對大地和天空的凝眸觀照。說他懶嗎？又不盡然，耶穌黎明即起離洞，星夜方才就寢。

馬蒂相信他是在修行，以一種寧靜的方式。雖然截至目前爲止，沒有任何跡象可以看出他傾向哪種宗教或派別，耶穌之不膜拜，不祈禱，不誦經，不拘教條，遠異於馬蒂所知道的宗教形式。她的結論是，耶穌還是在修行，只是這修行無關任何已知的宗教，他直接隸屬於更根本的東西。

無聊地坐著，一個景象吸引了她的注意。在她身邊的紅棕色岩壁，都是粗糙不平的風蝕表面，但是離她坐著不遠的地方，岩壁上有一小塊石面被削平了，上面凹凹凸凸似乎刻了東西。馬蒂用衣袖擦抹這只有手掌大小的刻記，又用水壺裡的水潑灑它，再擦淨，就看見了這眞的是一小幅圖案，用刀尖刻出來的。她認得這圖案。

岩石上，刻著兩尾斑斕的小蛇，互相交纏成螺旋狀。

馬蒂怎麼可能忘記？在海安的左手臂上，正是這幅刺青。

馬蒂走下山，平野茫茫，她隨便挑了一個方向，走了不久，又隨意在一叢小草邊轉了九十度的彎，再往前走，不時興之所至，就做一個徹底的急轉彎。她終於體會這樣步行的樂趣了。這樣的荒誕的轉彎，簡單地說，沒什麼道理，但是又不比一直不變地往前走更荒誕。純粹是爲了不想再直走而轉彎，爲了不想轉彎而再直走。

最後她終於走累了，吃一些隨身帶著的果乾，喝一些水，靜坐下來。在她身旁有一棵此地並不多見的恐龍蘭。

光禿高聳的綠莖裂土而出，恐龍蘭可以長到七八公尺高。與它巨大的莖很不相稱的是纖細的葉子，每隔一尺便左右長出兩片。恐龍蘭是適應了乾漠的雙生葉科植物。

恐龍蘭的葉子是一排階梯。馬蒂的眼睛爬梯而上，她看到雙生雙死的葉子，一對對顧盼搖曳，隨著恐龍蘭向上的姿勢，一路攀升到達天庭。

——一九九六年十月・選自九歌版《傷心咖啡店之歌》

徐錦成作品

小說卷

徐錦成

台灣彰化人，1967年生。淡江大學中文系畢業、台東師範學院兒童文學研究所碩士，現就讀於佛光人文社會學院文學研究所博士班，並兼任大學部講師。曾任出版社編輯、主編。著有《快樂之家》、《方紅葉之江湖閒話》、《私の杜麗珍》及論文《台灣兒童詩理論批評史：1965～2003》。曾獲聯合報文學獎、磺溪文學獎等。

【關於方紅葉之江湖閒話】

《方紅葉之江湖閒話》是一部實驗性質的武俠小說。敘述者是一位因故暫時退隱的武林記者方紅葉，他不會武功，卻著書紀錄江湖時事與奇案。二十五卷《紅葉手札》是他的代表作，而這本《江湖閒話》則是他的近作。

全書由十九個短篇組成，亦可視為一部長篇。體例繁雜，有新聞報導、人物傳記、武學獎評審報告、閱讀武林人物回憶錄之後的書評、武林掌故考證、在少林寺的專題演講紀錄……等等。武戲文唱，獨樹一格。表面上是武林小說，內容則對現實時局多所諷喻。用典甚多，但出之以嘻笑怒罵，能令知音者莞爾。

方紅葉之江湖閒話

七 一位青年劍術家的畫像——「小飛龍」梁益

昔日朱家金振貧，今朝梁益劍開塵；
長江後浪推前浪，一代新人換舊人。

「小飛龍」梁益和「白鷺」沈三姑上個月生了一個男寶寶，這是他們夫婦倆的第一胎。三十五歲初爲人父的梁益顯然很興奮。他寫給我的信中滿溢著喜氣：

「……我原本要替這條『小小飛龍』取一個比較威猛的名字，但三姑偏偏不許。她說要把這小寶貝取名叫『從文』（恰巧和方先生的某位同行同名），還說以後要讓這孩子學文，遠離江湖是非。您也知道，在外面我可以作主，在家裡永遠是三姑最大。我也只好由她了。

「不過『從文』可以，『棄武』卻大可不必。即使我的孩子將來不當劍客，我還是會教他華山的『沖虛劍法』。一個男孩子，學點功夫防身，總是好事。……」

說來也挺有趣，像小飛龍梁益這麼優秀的劍客，竟不是從小立志練武。

梁益生長在江南的普通農家，小時候的他只是個愛玩的鄉下野孩子，沒唸過書，當然也沒練過武。播種、除草、割稻子等莊稼技術倒是很小就學會了。在那樣的環境長大，根本不曾、也不可能嚮往仗劍一身輕的俠客生活。

在他十五歲那年的一個夏天午後，「震遠鏢局」的保鏢隊伍偶然路過梁益的故鄉。保鏢行列浩浩蕩蕩，隊伍綿延長達半里，鄉下人好奇都跑出來看。

梁益當時也在人群中。當他看到震遠鏢局總鏢頭「一劍風流」荊武雄腰佩「青雲劍」、腳跨「追風駒」，器宇軒昂地經過他面前時，崇拜之心油然興起，高聲地向荊總鏢頭喊了一聲：「大俠！」

荊總鏢頭在人群中看見這個鄉下少年，微笑地跟他點頭，回了他一句：「小伙子！」

我想大概任誰也想不到，這麼一個看似平凡無奇的招呼，竟然就是改變梁益一生的關鍵。

從那天開始，鄉下少年梁益立志練劍，一心只想成爲像荊武雄總鏢頭那樣的英雄人物。

他到村裡鐵匠那裡打了一把劍。鐵匠以前只打過鋤頭、圓鍬、菜刀、柴刀等鄉下鐵器，從沒打過劍，胡亂打了一把半鈍不利的劍給他。興奮的梁益做了幾個稻草人當對手，成天對著這些假想敵揮劍練習。日也練、夜也練，像是著了魔似地，連收成的季節也不去田裡幫忙。

這樣過了半年，父母拿他沒辦法，只好把他叫來，跟他說：

「你如果只想去闖蕩江湖，不想跟我們種田也行。不過你要答應我們兩件事，第一：不准加入黑社會，如果要進幫派，一定要入名門正派。第二：一定要在江湖上闖出名號來。如果幾年後還沒沒無聞，那就死了心回來種田。」

梁益答應了他父母的條件，帶著他那把鈍劍離開故鄉，開始闖蕩江湖。

初入江湖，梁益最想做的一件事是先把劍學好。他開始四處向人打聽。有人告訴他可以去公孫大叔的「習劍班」學劍，但昂貴的學費梁益自然是付不起的。所幸他也打聽出武林中「拳出少林，劍歸華山。」一心學劍的梁益，於是打定主意要進華山派。

鄉下少年梁益，什麼應對進退的江湖禮節都不懂，一到華山就大聲說要拜掌門人爲師。

二十幾年前華山派曾經出了一個孽徒，「閣樓之狼」黃保陳。他好色成性，四處採花，受害的良家婦女數以百計。這件事不但轟動武林、驚動萬教，還勞動了華山掌門「乾坤一劍」岳西武親自出馬清理門戶，這就是華山派著名的「棄黃保陳」行動。將黃保陳正法之後，岳掌門當眾發誓從此不再收徒。這本是大家都知道的事，但偏偏梁益不知道。再說，華山派人氣旺盛、門徒眾多，「武」、「陳」、「英」、「立」四代同堂，初入華山的弟子都排入「立」字輩，由「英」字輩弟子傳授武藝。梁益一到華山就說要拜掌門人爲師，是一件極不禮貌的事。當時華山弟子就誤會梁益是存心來找晦氣的。

一個「立」字輩的華山弟子看梁益其貌不揚，穿著一身莊稼漢衣裳，又拿著一柄破劍，十分輕視地對梁益說：「你如果要學劍，磕三個響頭，拜我爲師吧，我會好好教你。」

梁益不知道對方是在消遣他，還一本正經地回問：「爲什麼要拜你爲師？你是誰？你的劍術很好嗎？你在江湖上很有名嗎？」

那個華山弟子看不出梁益是眞是假，認定他是在作戲，十分不客氣地說：「我的劍術反正勝過你。」

梁益說：「我們又沒比過，你怎麼知道你勝過我？」

華山弟子不耐煩，拔劍就說：「不信咱們來比一比。」

不比還好，這一比的結果是：梁益只用了三招就在這位華山弟子的肚子上割了長長的一道口子。

梁益並非有意傷人，更非天性嗜殺，只是他學劍是無師自通，又從無比武經驗，一劍在手，招式能發不會收，一不小心才傷了對方。

但這下事情畢竟鬧大，在場的華山弟子們都親眼看見，原本只是場友誼比試，梁益竟然狠施毒手。於是一干人團團將梁益圍住，要梁益有所交代。

梁益這下也慌了，以爲拜師不成反鬧出人命，看著團團將他包圍的華山弟子，不及細想，揮劍亂舞，只求殺條血路逃出華山。轉眼之間，梁益又砍傷了十數名華山弟子。

但雙拳畢竟難敵四手，便何況華山弟子越圍越多，何只四手？梁益終於被繳了械，五花大綁送到岳掌門面前。

岳掌門一代大俠，又是名門大派的主持人，行事自然十分穩重。他看梁益並不像江湖惡棍，也十分好奇爲什麼梁益武藝平平，竟敢一個人上華山踢館，就仔細詢問這件事。

梁益一五一十地說出整個事情的經過之後，岳掌門念在華山弟子並無人喪命，除了最先和梁益動手的弟子傷勢較重外，其餘弟子只是輕傷，更何況梁益也受了傷，華山名門正派，以多勝少已經有失面子，若要再處治梁益，恐怕要落人口實，因此就不打算追究這件事，要梁益傷勢復原之後就離開華山。

梁益闖了大禍沒被追究，已經十分幸運。誰也沒想到他竟不知足，雙膝一跪就跟岳掌門磕起頭來，懇求岳掌門收他爲徒。

岳掌門既然發過誓不再收徒，當然不願意爲了梁益破例。但他見梁益態度誠懇、一心學武，又正當年輕氣盛，心中頓時有了計較。

梁益的傷很快就好了，接下來的兩個月，梁益仍然待在華山上，岳掌門親自傳授他一套「沖虛劍法」。不過岳掌門雖然教他劍法，卻不許他以師徒相稱。「沖虛劍法」一教完，就要梁益離開華山。梁益離開華山時，對著華山派大門磕了三個響頭。他遵守和岳掌門的約定，在江湖上從不曾以「華山弟子」自稱。

岳掌門傳授梁益「沖虛劍法」是有深義的。這套劍法不僅在「華山十三劍」中是個特例，在天下劍法裡也是絕無僅有。整套「沖虛劍法」僅有十二式，從第一式「止戈爲武」到最後一式「天下太平」，十二式全是守式。這意思是說，這套劍法不管耍得再好，都不可能屈敵制勝，了不起只是讓自己保持不敗而已。岳掌門看出梁益殺氣太盛，希望他能在這套「不求勝」的劍法中體悟武學的眞理。

只可惜岳掌門立意雖好，梁益卻沒能深刻體會。沒進入名門正派的梁益，忘不了要在江湖上揚名立萬。他開始四處向人挑戰。

你或許會奇怪，只會一套「沖虛劍法」的梁益，要如何跟人決鬥呢？一套「只守不攻」的劍法怎麼可能克敵制勝呢？

但梁益對劍法卻確實別具天才。他和人決鬥時，不管三七二十一，一上場就耍「沖虛劍法」，讓自己先立於不敗之地。對方搞不清梁益的底細，一開始或許用招仍會保留，等到幾百招之後還始終傷不了梁益時，便會越鬥越煩躁，把自己壓箱底的絕招全都用了出來。梁益就在一面擋住對方的攻勢下，一面仔細觀察對方的劍招，向對手學習劍術。等到梁益一學會了對手的劍法，就「以彼之道，還施彼身」，用對方的劍法贏了對方。

隨著和人挑戰次數的累積，梁益會的劍法越來越多，對劍術的造詣也越來越深厚。漸漸地他也小有名氣了，還替自己取了個「小飛龍」的外號。

那年立春後不久，梁益到「笑書草堂」來找我。我一看他的穿著打扮——儘管聲名漸起，梁益始終都穿著那身莊稼漢衣服，用的也仍是那柄再普通不過的鈍劍——就知道他就是這幾年來，常以對方劍法贏過對方的年輕劍客「小飛龍」梁益。

「我是『小飛龍』梁益。」他開門見山就說：「方先生的《紅葉手札》一向報導武林新聞事件，爲什麼從沒寫過我？」

這句話倒把我問住了，我只好回答他：「爲什麼我一定要寫你？江湖中英雄豪傑那麼多，你以爲自己很重要嗎？」

沒想到梁益竟然說：「那麼依你看，我在江湖中的英雄豪傑裡，可以排第幾名？」

我看梁益一臉正經，不像是在說笑，就說：「尺有所短，寸有所長；文無第一，武無第二。多年以前，江湖中曾經有一個叫做『百曉生』的好事分子，唯恐天下不亂地寫了一本《兵器譜》替武林中人排名。這本書發表之後，除了排名第一的以外，沒有人對自己的名次服氣，結果大家互相挑戰，要替自己爭取更前面的名次，演變成一場武林大浩劫。從此以後，就沒人敢再爲天下英雄排名了。你在江湖上這麼久了，難道連這件事都不知道？」

梁益聽了這段話竟然臉紅了，看來他是眞的不知道這段掌故的。

「不排名次也行。」他接著說：「我三年來在江湖上和人決戰一百三十八場，從來沒輸過，這一定是個紀錄，你怎麼可以不報導我？」

的確，我不得不承認，以梁益這樣的成績，如果當時就有「武林金象獎」，梁益非得「最佳新人獎」不可。只可惜那是十五年前的事，當時「金象獎」還沒創辦。

「你沒輸過並不能代表什麼，」我說：「誰曉得你是不是專挑軟柿子吃，從沒挑戰過眞正的高手？」

這下梁益可急了，連忙把他三年來的手下敗將的大名一個個說給我聽。我越聽越驚奇，因爲這些人幾乎全是成名的劍客，而且天南地北、三山五嶽的人物都有。三年來梁益東征西討、南掃北伐，光是這樣的精力與氣魄，已經百年難得一見。

我和梁益連續談了一天一夜，梁益把他的故事從頭告訴了我。梁益很不好意思地跟我說，希望我能寫一篇有關他的報導，因爲《紅葉手札》在江湖中太有名了，他覺得如果《紅葉手札》從沒寫過他，他就不算眞正的成名。

我只好答應他，會儘快把他的故事寫出來。

「不過你往後仍然會繼續向其他劍客挑戰嗎？」我問。

「會！」梁益毫不猶豫地回答。

「戰了一百多場，難道還不夠嗎？」

「並不是夠不夠的問題。一個人，學會了一樣本事，總捨不得放棄不用。」梁益肯定地說。打個不太恰當的比方：他那口氣簡直比當年「紅玫瑰」王嬌蕊向佟振保說這句話時還堅決。

梁益走了之後，我並沒有開始寫他的報導，反而寫了一封信給華山的岳掌門。

從梁益和我的談話中，我看得出梁益本性並不壞，只是我擔心他急於成名四處宣戰，刀劍無眼，難免替自己製造殺業。在江湖上，名氣大除了表示你得罪的人多之外，其實不能代表什麼。解岳掌門傳授他「沖虛劍法」的用心我一聽便知，但他大概也想不到這套劍法竟會被梁益誤用。解鈴還需繫鈴人，我希望岳掌門能出馬收服梁益。

半個月後，我收到岳掌門的回信，信中他說，很遺憾自己傳授「沖虛劍法」給梁益，給武林帶來這麼大的麻煩，他已經約了梁益，月底要在九肚山十里亭比劍，請我到場做個見證人。

我一看信，嚇得冷汗涔涔。原本我只是希望岳掌門出來勸勸梁益，但看這情形，以乎岳掌門是打算藉比武「教訓」梁益了。梁益是個可造之材，砸壞就太可惜了。

那個月底，我依岳掌門的要求去九肚山十里亭。岳掌門是一個人去的，當然梁益也是。比賽之前，我和岳掌門說了幾句悄悄話，希望他手下留情。沒想到岳掌門竟然跟我說：「你應該叫他手下留情才對。」

那場比賽，我認爲是江湖上百年難得一見的精采決鬥。決鬥總共進行了兩個時辰才結束，但自始至終，雙方都沒出過半招。

比賽一開始，岳掌門傲然挺立，緩緩抽出「元亨劍」，左手向外一分，右手橫劍當胸。我一看大吃一驚，這一招不折不扣正是「沖虛劍法」的第一式「止戈爲武」。梁益拔了劍，左手捏了個劍訣，但卻不敢貿然進攻。梁益似乎等著岳掌門先出招，然而岳掌門並不出招。雙方就這樣大眼瞪小眼地瞪了兩個時辰，我在旁邊看得衣衫盡皆濕透！

兩個時辰之後，梁益棄劍跪倒，放聲大哭：「師父！」岳掌門也紅了眼眶，上前輕輕撫摸他的頭，說：「好孩子！好孩子！」自始至終，雙方都沒出過半招。然而，這確是一場精采絕倫的決鬥，雖然沒有一點血腥味，但驚心動魄決不在話下。

事後，梁益當然聽了岳掌門的勸，再也不四處向人挑戰了。但必須一提的是，三年來一百餘場決鬥累積下的實戰經驗，不但使梁益的武藝大進，更由於他那一手「向對手學招」的絕活，使他不知不覺中精通了各門各派的劍術，成爲一名青年劍術家。他憑著他在劍術上高超的造詣，輕鬆考進「星雲鏢局」當鏢師，在職時還一邊進修，學習讀書寫字。他也換下了他那套莊稼漢衣服，穿上最時髦的名牌劍客衣裝。在他生日的時候，星雲鏢局的總鏢頭「流星雨」董千翼花了一大筆錢請西門鑄劍鑄了一把「飛龍劍」送給他。

一年後我旅遊路經星雲鏢局，見到梁益時簡直認不出來。梁益變了。他長大了，也變俊美了。他不再是個鄉下孩子，而是一個允文允武的青年。

又過了一年，華山派岳掌門病逝，梁益奔喪華山。華山弟子都知道梁益和岳掌門的故事，特別讓梁益以岳掌門弟子的身分戴孝。梁益感念岳掌門的恩情，在華山足足守了半年的喪。

五年前，梁益三十歲時，在順風堂的喜宴上遇見「白鷺」沈三姑，一見鍾情，當場就向沈三姑求婚。沈三姑答應了他。兩人當場宣佈喜訊，隔日就借順風堂總壇成親。順風堂的喜宴連開兩夜，轟動全江湖。

婚後的梁益，在事業方面更加用心打拚了。由於他所保的鏢從沒出過岔，建立了相當的信譽，大家都指名要梁益保鏢。不久前他更升任了星雲鏢局的副總鏢頭。據說得罪鏢局曾經以年薪百萬兩的優渥條件對他進行挖角，但被梁益拒絕了。梁益不管對工作的熱忱，或者對企業的忠誠度，都獲得星雲鏢局高層的信任，現任總鏢頭董千翼再過幾年就到退休的年齡了，大家都看好他繼任星雲鏢局的總鏢頭。

梁益和沈三姑的婚姻，也是眾人稱羨的典範。

梁益從事的職業，要兼顧家庭原本就不容易，但梁益卻做到了只要不出差，就天天回家吃晚飯。光是這一點，就足以讓許多愛好應酬、卻偏偏託辭「人在江湖，身不由己」的男人汗顏。梁益疼老婆也是出了名的。有人戲稱梁益「怕老婆」，也有人說沈三姑有「幫夫運」，而我的看法是：只有顧家的男人，才是眞正的男子漢。

過去十五年來，我一路看著梁益從年輕氣盛的叛逆小子，蛻變成一個成熟穩重的男人；從一個鄉下孩子，成爲文武兼修的俠客。

這是我第一次寫梁益。很久以來，我就想寫「小飛龍」梁益的故事，若要算起來，這是一筆欠了整整十五年的稿債。但我知道這決不會是我最後一次寫梁益。梁益才三十五歲，正當英雄年紀，江湖舞臺還等著他演出幾齣精采好戲呢！

且讓我們一同祝福梁益一家吧！

——武林新紀六十二年六月十八日

——二〇〇〇年一月．選自花田版《方紅葉之江湖閒話》

成英姝作品

小說卷

成英姝

江蘇興化人，1968年生，清華大學化學工程系畢業。曾任環境工程師、電視節目企劃製作、電視電影編劇、電視節目主持人、「勁報」出版處處長、社本部專案處長，現專事寫作。著有短篇小說集《公主徹夜未眠》、《好女孩不做》，長篇小說《人類不宜飛行》、推理小說《無伴奏安魂曲》。曾以《無伴奏安魂曲》獲第三屆中國時報百萬小說獎。

【關於無伴奏安魂曲】

主角美綺殺人，簡單的行為背後卻蘊含著深意，更有著女性的脆弱與毀滅衝動，看似無事，其實沈重感正悄悄地醞釀中……。

一樁殺人事件，在巧妙敘述的行進中，深入新新人類的心理，主角美綺殺人，她沒有罪惡感，找不出動機，只是因為寂寞……

巧妙的心理描寫，大量的驚悚情境，深刻描繪出女性脆弱的毀滅衝動，也突出現代人的荒無感。

無伴奏安魂曲

一

電動玩具場裡充斥著嘈雜的噪音，屬於這個地方特有的機器特效聲、遊戲的襯底電子音樂和年輕人的叫囂。

一個留著短髮、穿著卡通圖案T恤的年輕女孩聚精會神地在跳舞機器上來回蹦跳著。跟著螢幕上魚貫向上跑的箭頭符號，女孩的腳像跳踢踏舞一般拍打著燈光面版。畫面上隨著上升的箭頭符號接連迸開「bad」或者「poor」的字樣，女孩露出不悅的表情，唸唸有詞地咒罵著。

排在後頭的幾個年輕人已經迫不及待地蠢蠢欲動，等著女孩敗退下來。

女孩從背包裡取出行動電話。電話螢幕上顯示有一個留言。

女孩走到樓梯間，那裡有兩個褐色頭髮上戴著寬鬆的彩色毛線髮帶，穿著垮垮的滑板褲的年輕人坐在階梯上抽菸。女孩把電話貼近耳邊收聽留言。

電話那頭傳來低沉的男聲：「喂！阿秋！」

女孩皺皺眉頭。什麼阿秋，我是阿夏啦！

「阿秋，我把那個傢伙解決了。我不是開玩笑的。屍體丟在水溝裡，我不方便多講，但是我很好。我會再打電話給你。」

女孩露出狐疑的表情。什麼東西？

重新換了銅板。女孩到格鬥遊戲機前面坐下，螢幕上顯示要玩家選擇扮演的角色。女孩選了一個穿得很少的女戰士。

女孩邊玩邊喊非常激動，勢態幾乎要扯壞搖桿並且把按鈕打壞，整個遊戲機器隨之晃動起來。

女戰士雖然打鬥動作激烈，但是胸部並沒有晃動，女孩覺得很不可思議。也許是因為穿了戰鬥用的胸罩，可能是某種像是防彈玻璃一般堅固的人造纖維，外頭罩上金屬鎧甲，那樣的東西穿起來想必很不舒服。

女孩想起白天在打工的三溫暖烤箱裡頭上裹著毛巾，斜躺著昏昏欲睡的情景。幾個年紀大的女人裸露著下垂的乳房和凸出的肚子，張著腿坐在烤箱的台階上聊天。其中一個歐巴桑的身材眞的很像《星際大戰首部曲》裡頭的瓦頭，肚子很圓很大，兩隻腿卻細細的，從側面看眞的很不可思議。女孩看到那個歐巴桑的時候，一直覺得她的身材很像某個東西，現在終於想起來了，就是瓦頭。天行者安那金和他媽媽就是瓦頭的奴隸。

意。

女孩發現螢幕上顯示對面出現了加入者，詢問自己是否要與對方對打。女孩按下按鈕表示願

一邊打電動玩具，女孩一邊想著剛才竟忘了把那個留言刪除。自己可不是一個會跟神經有毛病的男人出去約會的人。繼而女孩發現這種想法完全沒道理，可能是一邊打電動玩具一邊想事情才會使頭腦這麼沒有邏輯。這究竟跟與神經有毛病的人約會有什麼關係？不到一會兒工夫，女孩扮演的女戰士便死了。螢幕上show出「game over」的字樣。女孩看著那兩個大字，彷彿一下不能理解箇中寓意，幾秒鐘以後，突然站起來用力踢機器。

從對面機器前站起一個年輕男子，方才打敗女孩的人，女孩注意到他穿著深藍色的印花襯衫。但是她沒有轉過臉去看他，只是讓藍色印花襯衫的圖像從她的視覺角落掃過去而已。

走出電動玩具場，女孩向路邊的攤子買了一串烤鳥蛋。爐子邊放著一串串烤好的，但是鳥蛋烤得太熟就不好吃了。女孩堅持要烤得半熟的，就是蛋黃剛變成固體，還不太硬的狀態。女孩看著小販用剪刀把蛋殼一個個剪破，將裡頭的流體倒入模子。那小販的小孩拿著一個玩具捶子，拚命想敲那些放在塑膠籃子裡的鳥蛋，被小販驚慌地阻止。

最喜歡吃烤鳥蛋了。醬油滴落在女孩的手指上，女孩用舌頭舔了一舔。

想起什麼似的，女孩把方才的電話留言刪除了，將電話放回背包裡去。

令人感到有點毛骨悚然的留言還好沒有過分影響女孩的心情，她不排除是惡作劇的可能，雖然女孩想不出來誰會打電話來留這麼無聊的話，同時也想不起來是否在哪兒聽過那樣的聲音。不

過，除了某些特別獨特的聲音外，行動電話裡的聲音其實很難辨認，即使有些廠牌總是在廣告上宣稱他們的產品能傳送多麼清晰的原音。

最有可能是打錯電話，對方不是一開始就喊另一個人的名字嗎？叫作什麼？阿秋，好像是阿秋。或許是對另一個女孩的惡作劇！打錯了電話的惡作劇，女孩覺得很滑稽。

女孩在便利商店買了一份報紙，翻開社會新聞版。那裡有七十老嫗被強姦、男子潑油燒傷未婚妻、憂鬱症母親揮刀砍兩親生稚兒一死一傷的新聞。

女孩把這些新聞一一看過以後，又仔細以地毯式搜索過整個版面，沒有人在水溝發現無名屍。

也許他們沒有發現。也許報紙還來不及登。也許這件事並不值得寫到報紙上。那些記者跑到警察局裡，問那些正在值班的打瞌睡的人今天有什麼有趣的新聞啊！然後他們便告訴這些記者一些有趣的事像是老嫗被強姦之類的，然後記者們並不覺得其中某些眞的有趣。自然每一個人認爲有趣的標準是不一樣的。女孩認眞地把自己當作記者來想像，也不覺得水溝的無名屍有什麼有趣之處。

泡沫紅茶店門口，穿著清涼的年輕女孩吆喝著客人進來喝飲料。

女孩走進去點了刨冰。

每次來打這個電動玩具，都選擇扮演同一個角色。你知道爲什麼？……我都想像那裡面才是眞實的世界，我們住的這個是假的。然後每次打電動玩具啊我都對自己說，阿夏，輸了沒關係，反正可以重來嘛！只要十塊錢。

女孩拿起行動電話，撥了一個號碼。

要聽氣象預報請按1，理財須知請按2，電視節目表請按3，院線新片介紹請按4，成人笑話請按5……

女孩按了5。

女孩聽了很久，一直笑得樂不可支。

「又在聽笑話，聽了幾遍了還不煩，又不好笑。」那個在三溫暖美容中心一起跟她坐櫃台的女同事經常如此譏評她。

如果裝作很好笑的樣子努力去聽，其實還能順利地大笑出來的，這樣不是很好嗎？女孩心裡想。這種感覺就像便祕的時候努力坐在馬桶上上大號一樣，以前老師不是都說每天早上都要大便才健康嗎？

女孩工作的三溫暖美容中心，在大廳的地方常常播放有鳥叫的輕音樂。有鳥叫的音樂令人感到神清氣爽，女孩很喜歡其中一首，想來他們是到眞正的森林裡面錄的，那幾隻叫得不錯，有的唱片裡的鳥兒叫得根本不像是眞的。

女孩覺得有點疲累了，今天在打工的地方還跳了韻律舞。是因爲跳了韻律舞才去洗三溫暖的，雖然那裡其實禁止員工在裡頭洗三溫暖。

原先是女同事接到教韻律舞的女老師家人打來的電話，說是有急事要那女老師趕緊回去，從成群鳥兒此起彼落鳴叫的森林裡被使喚去叫那位女老師的時候，女孩還很懷疑是在叫自己咧！

韻律教室裡，一群婦人跟著老師跳韻律舞。年輕的女老師對著鏡子，背對學生們賣力地跳著。熱力有勁的音樂搭配著女老師活力充沛的大吼大叫，女孩望著這情景，聳著肩膀咯咯笑著，所有的歐巴桑們都熱血沸騰地碰、碰、碰跳動。

「July老師，有你電話。」

那老師沒聽見。

女孩又說了一遍，一邊說著，女孩把臉轉向鏡子，從嘴巴裡吐出的聲音好像不是說給老師聽，而是給鏡子裡的自己聽似的。女孩望著鏡子裡自己嘴巴的開闔有如魚在水中呼吸，卻聽不到聲音，有種奇異的感覺。

那彈跳著的女老師轉過臉對著女孩：「你也要一起來嗎？來吧！一起跳！」

ＯＫ！踢腿！來！一二三四！扭腰！五六七八！用力！

女孩跟著一起跳動著。

跳啊！跳！再來！一二三四！甩頭！右邊──五六！左邊──七八！

女孩從左邊跑跳到右邊，又從右邊彈跳到左邊。歐巴桑們紛紛避開。

好開心，好愉悅啊！

女孩差點撞到牆壁上。

女孩覺得自己有某種爆發的活力在釋放，彷彿這個小小的空間還不夠她爆炸，有一股能量讓她衝動得想跳上天花板。

一會兒，門開了，女同事走進來，走到老師身邊，說了幾句話。

老師匆匆走出教室。

女孩發現手指上殘留著醬油的味道是很噁心的。當然，不去聞的話，味道還不至於飄到鼻子前面來，但是既然發現了手上有那種味道便很難不去想它。下意識地把手指拿到鼻尖前聞，令女孩感到難以忍受。剛才灑在鳥蛋上吃的時候，還覺得醬油的味道香噴噴咧，還覺得醬油灑得不夠多咧，還覺得沒有醬油的話鳥蛋根本就不好吃咧，現在卻覺得這個味道令人作嘔。

突然後悔起剛才把那個怪異的留言洗掉了。那個人的聲音其實很好聽，有那樣低沉聲音的男人不可能是那種街上常常見到的，梳著豎起來的頭髮的徹頭徹尾的驢蛋，也不可能像某些她認識的，光想對方的名字都會覺得噁心的人。有那樣聲音的人個子應該很高，瘦瘦的，有著憂鬱的臉部線條和寂寞又深沉的眼睛。女孩這麼一想，便覺得他可能眞的殺了某人，爲了一個叫阿秋的女子。這個念頭令她抖了一下脖子。

如果有人爲了我去殺人的話，我到底會怎樣想？殺人畢竟不是一件很好的行爲，如果因爲有男人爲了自己去殺人而感到高興未免太虛榮了。而且一個理智的女人發現男人爲她殺了人的話，一定會趕緊和他撇清。女孩不確定自己是不是一個理智的人。

女孩在公車上睡著了，醒來的時候，發現自己什麼時候連口水都流出來了。女孩擦擦嘴，望著車窗外的景色。

前幾天，有個啞巴女人來店裡。

女孩曾經陪一個女同學到模特兒經紀公司去應徵模特兒。那家公司在報紙上登了好幾個星期廣告徵婚紗模特兒，一天有一萬元收入。女孩其實自己也很想當婚紗模特兒，說是陪同學去的，似乎有點做作，但不是很多人都說是陪朋友參加歌唱比賽啊試鏡什麼的結果自己卻變成了明星嗎？那個公司的負責人是個叫麥可的肥仔，得意洋洋地說有好多好多女孩子來應徵，什麼樣的人都有，還有一個少一隻手臂。後來他津津樂道有一個啞巴女孩來應徵，啞巴喂！肥仔麥可呵呵笑著說，咿咿呀呀地比手畫腳，笑死人了，啞巴也來應徵咧你想得到嗎？

女人在紙上寫著：我聽不見音樂，怕跟不上拍子。

同事小桃拿起筆寫著：沒關係，韻律感可以培養，聽不見也可以掌握節拍，很簡單的。

女人又寫著：我可以今天就開始上課嗎？

小桃寫：當然可以，我們送你韻律服，但是鞋子要自己買。

你穿幾號鞋？

女人寫著：35號。

「我去幫你看看。」小桃說。

女孩望著那啞巴女人，她非常漂亮，有著豐腴的臉部，嘴唇飽滿柔軟，眼睛瞇成細細的一條線，個子高高的，骨架很大，頭髮滑溜溜地發出光澤。女孩很羨慕那樣的相貌。

女人又在紙上寫著：你可以幫我打個電話給我先生嗎？

女孩點頭。「沒問題。」

太太寫下電話號碼：告訴他我來跳韻律舞，可能會待到晚上。晚飯我煮好了，叫他可以先吃。

女孩又想起小時候住的巷子裡似乎住著一個啞巴女人，有兩個小孩。接著突然腦中冒出曾經發生的一件事，這麼一想，那女人的確是啞巴呀！事情是這樣的，一次母親興致勃勃地跑回來描述方才警察來了，挨家挨戶詢問有關搶劫的事，就是那個啞巴女人，夜裡回家時被歹徒行搶，那歹徒還砍了啞巴女人的脖子一刀，啞巴女人拚命喊叫卻只發出咿咿呀呀的聲音，後來鄰居跑了出來，歹徒匆匆忙忙地跑掉，那啞巴女人才把插在脖子上的刀子給拔下來。女孩的母親描述這件事的時候，直說有趣極了有趣極了，那鄰居一跑出來就看見一個女人脖子上插了一把刀……

女孩撥了電話號碼。

「喂！周先生嗎？……你太太叫我打電話給你。」

女孩瞄了那女人一眼，對方碰巧正專注地看著她。

「你太太說跟你在一起很無聊，這裡很好玩，舒服得咧（沒說錯啊有按摩和芳香精油泡泡浴和三溫暖，只不過要多花一點錢）她在這裡找到別的樂子了。這裡是什麼地方？我不能告訴你。你可以猜猜看。猜吧什麼事情最舒服啊！……我沒跟你開玩笑，你覺得世界上做什麼事情最舒服？……我看你是色情狂吧！這麼說又哪裡錯了？你一定有某種缺陷……」

女人似乎當作女孩正在傳達她的意思，溫柔地望著女孩微笑，一邊點頭。

女孩感到不可思議，女人以信任的眼光望著她，彷彿即使耳朵聽不見也能領會她所說的話，這不是很奇妙嗎？一直定定地看著某人，你就以爲聽懂他說的話了。

「和你說話挺有意思的，不過今天就說到這裡了。」女孩說。

什麼聲音持續不斷地響著，干擾著女孩的思緒？女孩回過神，發現是背包裡的行動電話鈴聲。女孩手忙腳亂地取出電話，鈴聲早已中斷，螢幕上顯示又有一個留言。

與上次同樣的男聲：「阿秋，是我。」

女孩愣了一下。

「你不用再害怕了，那個人被我殺了，我保證他死了。我砍了十幾刀。你放心。我現在不能跟你說我在哪裡，但是你不要擔心我。我在一個很好的地方。」

女孩坐起來，頓時清醒了些。

女孩把車窗打開，讓外頭的風吹進來。

「幹什麼！裡頭在放冷氣咧！」司機大喊。

女孩發現有一個懷孕的婦人站在面前。該不會要坐我的位子吧？

一把臉轉向窗外，女孩便忘了孕婦這回事，想起今天爲什麼會提早從工作的地方跑出來了。

同事小桃到樓下取掛號信，一去半個多鐘頭都沒有回來。女孩下樓去找，一個人站在電梯裡，還擺出芭蕾舞的姿勢，轉了五、六圈。電梯裡的空間很小，腿無法向旁邊伸直，不然的話，要轉到三十二圈的。女孩翻著白眼，兩隻手像蜘蛛一樣揮動，左右搖擺晃動著。女孩想把一隻腳舉高，但是舉不高，一頭撞在鏡子上。

女孩抬起頭，發現電梯的頂端有一架攝影機，顯得有點狼狽。一樓櫃台的管理員在看電視。該不會在監視電梯裡的狀況吧！女孩伸長脖子，那框框裡頭在演志村大爆笑。

女孩問他是否看到小桃。

「哪個小桃？」

「十一樓的。」

「長頭髮，很漂亮那個嗎？」

女孩很不願意承認小桃漂亮。事實上，小桃不漂亮啊！除了皮膚白，她的臉根本沒有可取之處，把標準放寬大了一點講也只是平庸罷了。管理員說的一定不是小桃。

或許小桃也到二樓去看牙醫了，女孩想。

曾有一次女孩也是趁著下樓取掛號信，偷偷跑到二樓的牙科去看牙齒，牙齒痛得受不了，結果是長了智齒導致發炎的緣故，醫生問女孩是否乾脆把牙齒拔了痛快便利，女孩很怕拔牙但還是答應了。拔牙總共花了不到五分鐘，女孩回美容中心的時候感到十分得意，誰會知道她只是下去拿信的工夫便拔了一顆牙齒？拔牙是多大的一件事！

女孩上了二樓，在牙科的候診沙發裡坐了一會兒。女孩很喜歡牙科裡純白的布置帶來的乾淨感覺，也喜歡牙科的明亮燈光。很多人因爲害怕看牙醫連帶討厭牙科的白色調，女孩卻不這麼想。甚至有時候聽到有人家裡施工時響起電鑽的聲音而聯想到鑽牙的機器，也會因為一併聯想到白色的牙科而有好感。

等候的地方與裡頭隔著白色的屏風，女孩想跑進去，被護士阻止了。沙發上坐著兩三個沒精打采的病人，沒有小桃的影子。女孩盯著牆壁上的時鐘，耐心地等候分針走了五格。即使要拔牙齒，這樣的時間也差不多夠了，裡面的一定不是小桃。

女孩站起來，推開玻璃門出去。

走進電梯，原本要回十一樓的美容中心，一時不注意竟然跑到地下三樓的停車場去了。

咦？那不是小桃嗎？停車場的角落裡，幾個脾氣暴躁的人扭著小桃的手臂，一個傢伙猛打著小桃的臉。那樣打下去一定會把小桃的臉打歪，女孩覺得自己的臉也因為疼痛而發燙了似的。

其中一個留著極短頭髮，嘴上塗著灰色口紅的大概是女人，因為長得太醜以至於教人不敢確定。手上留著尖尖的指甲，從遠處就可以看出她的指甲有多尖了。伸出那樣長的指甲讓女孩擔心她會想用那些指甲來挖出小桃的眼睛。不過那樣的指甲自己保養不容易，也許是到指甲沙龍裡給人修剪、塗油、貼上亮片再加以彩繪的，那樣去挖人的眼睛一定會弄髒弄壞。

女孩聽不清楚他們在說什麼，大約是咒罵小桃是下賤的女人之類的，還有說小桃偷了他們的東西。

接著其中一個人把褲子拉鏈打開，掏出性器對著小桃的臉撒尿。

女孩驚慌地準備逃跑，但是這個時候握住手裡的原本打算拿去便利商店買冰棒的銅板卻掉了下來。爲什麼剛才忘了要去買冰棒這回事呢？

那些人聽見銅板落地的清脆響聲紛紛轉過頭來，女孩望著銅板豎立著滾動了一公尺以後倒下靜止。

小桃也看見我了！被看見讓人把尿灑在臉上一定是十分痛苦的事，小桃一定恨不得死掉，這樣的想法連帶地讓女孩也感到很不舒服，便倉皇跑上樓梯。

回十一樓取了背包，店長走過來問她有沒有找到小桃，女孩回答「沒有」便飛也似的跑開了。

我不要再回那裡工作了，女孩心裡想。爲什麼小桃被人毆打又被尿灑在臉上卻是我要離開呢？好可惡。但是無論如何也不想再見到小桃了。

下了公車，女孩並不打算回租屋的住處，逕自走到一家位於地下室的pub去。地下的入口發出紅藍交錯的光，有一個寫著「M」的牌子。走下樓梯，樂聲越來越大，彷彿整個空間震動起來。

酒吧裡煙霧繚繞，放著有迷幻感的電子音樂。這裡越晚客人越多，現在已經是摩肩擦踵。女孩坐在吧台邊，和酒保聊天。那酒保是女孩以前認識的朋友。酒保在講笑話，女孩聽得咯咯笑。酒保給女孩調了一杯深紅色的酒。

一個穿緊身背心，頸子上戴了一圈羽毛的年輕男人跑到吧台後頭用羽毛搔酒保的耳朵。

行動電話放在吧台桌面上，女孩注意到電話發出綠色螢光，螢幕上閃動著「來電」的字樣。

女孩接起電話，酒吧裡十分嘈雜，女孩什麼也聽不見，電話那頭似乎是立刻就斷了。

酒喝了一半，女孩已經有點頭暈了，站起身打算去廁所小便。

擠在人群裡，一個年輕男子擦身而過。

阿秋！

像是突然定格一樣，女孩的時間在剎那間停頓，然而這張圖片裡，身邊以五彩色塊拼湊的擁擠人影是模糊的。

她確實聽到有人叫她阿秋。就在剛才，那人經過她身邊的時候。女孩站住，露出震驚的表情。

時間重新流動，周圍依舊是扭腰擺臀的人群，女孩四下張望，看不出來哪一個是叫她阿秋的人。

以一種低沉的聲音唸著「阿秋」兩個字，反覆在女孩的耳邊播放，像是壞掉的唱片一樣重複再重複，那兩個字逐漸模糊失眞起來。方才眞眞確確聽到有人那樣叫她的感覺融化了飛散了，是錯覺吧？

三日之後，女孩的屍體被發現包裹著塑膠布擱淺在溪中。

——二〇〇〇年十一月．選自時報版《無伴奏安魂曲》

郝譽翔作品

郝譽翔

山東平度人，1969年生。台灣大學中國文學系碩士、博士，現任東華大學中文系副教授。著有小說《洗》、《逆旅》、《情慾世紀末》、《初戀安妮》。曾獲全國大專學生文學獎、聯合文學小說新人獎、中國時報文學獎、中央日報文學獎、台北文學獎、華航旅行文學獎等。

【關於逆旅】

生命行旅，舛違多變，作者寫父親，也寫自己的一生。敘述者環繞自己與父親交集不多的人生，在母親的怨懟與父女的疏離之下，父親形同作者生命中的局外人，卻在即將回大陸娶大陸妹登機前，在陽光燦亮，人來人往的餐廳裡，面對荒唐往事與三個女兒，七十歲滿頭花白的老人低頭大聲哭了起來：「當年怎麼想得到，一離開就是幾十年，回不去了。」全書以此作序曲，衍生出一系列人生逆旅的故事。

逆旅

情人們

自從我離家在外後，就很少回去了。

每次回去卻感到那間屋子正在急速的腐敗當中。是因爲時間嗎？日子和從前一樣分秒流逝，但爲什麼以往就不曾察覺呢？腐敗的氣味不知道由哪裡發生，繼而便悄悄的佔領了整間屋子。對了，除了氣味還有顏色，空氣中彷彿到處都飄散著濛濛的黑霧，黴菌的斑點從浴室一路爬到客廳來，而落地窗簾垂掛著死亡的氣息，我每次看到了總是惋惜，心想，早知有此結果，當初也就不必枉費苦心，在烈日底下沿街挑選了好久。如是一想，就更加懶怠下來，失去了更新它的衝動。

玄關牆上懸掛一幅康定斯基的海報，也已經褪了顏色。那是當年剛搬進來時特地買的，畫中母親牽著小女孩，正好符合我和母親，我們兩人共同的家。可是等到掛上去以後才發覺不祥——那畫中的人沒有五官。姊姊的小孩來玩時總是問，爲什麼她們沒有臉呢？

於是不知從何時開始，我回到家門口，都會突然害怕起鐵門打開的一刻。母親欣喜迎接我進到寂靜屋內，餐桌上羅列著從黃昏市場買來的醃泡菜，山東饅頭，涼拌黃瓜，以及炸螃蟹。母親平日獨自在家，幾乎不開伙，陰暗的廚房冷清靜默，聞不到食物的氣味。而一隻生銹的鐵湯匙和缺了角的瓷碗躺在空蕩的碗櫥中。

母親在櫃子裡東翻西找半天，才搜出兩雙免洗筷，然後在餐桌旁坐下來，快樂的望著我。她其實是不太習慣這個空間裡有我存在的，所以每次我回來，總是得先從吃飯開端。

●

「吃螃蟹，剛炸的，買回來時還熱騰騰的。」

「嗯。」

「今天妳去看過妳爸了？」

「嗯，他氣色不錯，比起一年前好多了。」

「一年前？妳怎麼沒跟我說？」

「喔？是嗎？我忘了。那時我去看他，嚇一大跳，想說他怎麼老那麼多？還以爲他活不久了。沒想到後來他還跑去大陸討老婆。」

「不是一個，是好多個。」母親糾正我，「這次他在福州娶的老婆怎麼樣？照片看起來醜醜的。」

「是不能和上次那個江西的比。」

「不過，最漂亮的恐怕還是青島那個。」

「沒錯，她本人比照片還要漂亮。上次我和爸回老家，到青島機場，她來接我們，拉著爸熱情的樣子，我看了就覺得奇怪，還以爲是他朋友的女兒。那個江西的跟她是不同典型的美，丹鳳眼，很豐滿，我從來沒看過女人胖得那麼有味道。」

「妳爸就是喜歡年輕漂亮的女人，這次他可吃了大虧，在江西買的房子全送給她了。我一直勸他結婚可以，但別急著買房子。他又不聽。」

「他幹嘛聽妳的？你們早就離婚了不是嗎，他愛怎樣是他的事。」

「我當然管不著。」母親嘆口氣，「我只怕他錢花光了，賴著妳們姊妹倆。我辛辛苦苦養妳們長大，他沒有出過半毛錢，憑什麼老了還要妳們養他？」

「誰要養他？」每次講到這裡我的脾氣就湧上來，「他自尊心強得很，早說過將來生病老死，絕對不拖累我們一分一毫。」

「不談這個了，傷感情。我們還是談談那福州女人吧，她對妳爸怎麼樣？」

「非常好啊，倒茶切水果，還會做菜，爸使喚她就像使喚下女一樣。我問她來台灣怎麼不出去走走？她說她喜歡待在家裡看電視。不像上次那個江西的，來了以後也不煮飯，整天只想出去逛街買衣服。爸這回總算找到一個好女人了。」

「但願如此。」母親喃喃的說。

每次回家我就忍不住挑剔起來，怎麼冰箱的電燈壞了，黑烏烏的，瀰漫著一股臭味，廁所沒有衛生紙，抽水馬桶也不通，錄影機不能看，房間裡面擺了三個衣櫥，可是全被我中學時代的衣服塞得滿滿的，根本找不到一件合適的穿。家裡每件東西彷彿都變形走了樣。挑剔完後我悶悶坐在沙發上，環顧四周，卻忽然湧起一個念頭：也許它們並沒有變，從來都是如此，只是過去的我一直沒有發現罷了。

●

「媽，衣櫥裡的衣服早該丟了，還有碗櫥裡的碗，缺了口也不換新的。」

「衣服都還好好的，妳現在不是穿在身上？」

「這是我國中時候的睡衣了；拜託。」

「我記得是在便宜之家買的嘛，那裡的衣服雖然便宜，可是很耐穿。」

「妳就是這樣。」我哼了一聲，把饅頭剝成兩半，一半遞給母親，另一半撕開來塞到嘴裡，含糊的說，「難怪爸會跟妳離婚。」

「這跟那有什麼關係？」母親接過饅頭，「離婚又不是我的錯。當初是他開診所，把護士的肚子搞大了。連法官都替我叫屈，罵他是混蛋。」

「也不全然是這個原因吧？」我知道不該再往下說了，可是有些話衝到喉頭，熱癢癢的難以收回，「爸結婚還不是想要有個家。可是妳和阿媽欺負他是外省人，在他面前故意講台灣話。難怪爸到最後要跑回大陸去娶老婆。」

「欸，妳怎麼可以這樣冤枉妳阿媽？」母親吃驚的放下筷子，「今天妳爸跟妳說了什麼？妳的心都向著他？我養了妳幾十年，還不如他跟妳說一天的話？」

「他沒說什麼啊。」我低頭用筷子撥盤裡的泡菜，「可能年紀大了吧，今天好像特別感傷。」

「感傷？當年妳爸車禍，妳阿媽天天燉魚湯給他進補，伺候他像個皇帝似的。還說我們欺負他？阿媽本來就只會講台灣話，這也有錯？」

「反正你們不該把他招贅進來，一切都受阿媽操控。妳也不幫他。」

「我怕妳阿媽怕得要死，每個月薪水都原封不動交給她。我哪敢說什麼？」

「還有，阿媽爲什麼要在家裡擺楊秉軍的牌位，讓妳早晚上香？妳不是和他結婚一年，他就死了嗎？爸每天看妳們這樣上香，心裡怎麼好受？」

「妳爸那時車禍，清明節還不是拄著枴杖給他前妻上墳？還叫我一起去，我有責怪過他嗎？」

「算了算了，你們這樣還像個家呀？」我厭煩的揮揮手。「反正從小到大都是這樣，阿媽死了妳也還是這樣。妳根本不知道我們要什麼。記不記得我念高中時，妳開了一間很小的撞球店，有一年除夕，就因爲有個男孩子要打撞球，妳把我和姊姊丟在家裡，連年夜飯也不吃。只爲了賺那兩小時一百二十塊錢。我一輩子都會記得這件事。老實說，那時候我眞想拿錢從妳的臉上砸下去。」

「妳怎麼會這麼在意這件事？那天我只不過是晚一點回去。」母親的聲音虛弱下去，「那個男孩又沒有地方可以去。」

「他當然沒有地方可以去。除夕夜只有妳才會爲了那一百二十塊錢不回家。」

我常懷疑母親可能不是一個女人，她是上帝的惡作劇，在女人的身體裡面錯置男人的靈魂。每當母親走路的時候，就像國慶閱兵大典的女兵，兩隻手機器似的快速擺動，如果她手中拿著雨傘的話，那麼前面人的屁股就得當心，隨時可能會被她戳個大窟窿。她煮菜時經常忘記加鹽巴，卻還能吃得津津有味。最可怕的是，我念中學時，她自告奮勇要幫我剪西瓜皮頭髮，拿著那種裁縫用的大剪刀，一不小心，剪刀就刺得我脖子上血跡點點，剪完之後，我的頭髮只剩下耳上三公分，第二天到學校檢查，教官第一個表揚的就是我。不過，有時候母親也會造作出女性的姿態，但卻好像戴上一張不合臉的面具似的，我總覺得好可怕，那絕對不是她。

或許因爲這個緣故，我一直以爲我也是個男人，而討厭那些長得像女人的人們。可是我的父親愛女人，所以他不愛我們。

「好了，吃飯的時候不要再講這些，還是講講妳爸的情人們。妳還記得那個護士？」

「哪個護士？」

「就是因爲她而離婚的那個。」

「當然記得啊，眼睛大大的，皮膚很白，每次都拿枝鉛筆，趴在診所的掛號窗口後面畫娃娃。」

「妳的記性眞好。」母親讚歎著，她總以爲我是個天才兒童，「那時候妳才兩三歲大，妳姊姊就不行了，什麼都記不得。妳們特別喜歡纏著那個護士畫娃娃。」

「沒錯。可是妳告訴我們說，那些娃娃半夜會復活，變成眞人。嚇得我們都把它拿去浴室燒掉。那時候妳幹嘛要那樣嚇我？害得我好多年都不敢關燈睡覺。」

「妳不曉得，整個診所貼得到處都是娃娃，叫人看了心底發毛。那護士很陰險的，那時候我們就住在診所裡，她居然還有辦法勾引妳爸。妳看她多厲害。」

「怎麼勾引？」我挑挑眉毛，很感興趣。

「那時妳年紀小，睡覺要大人陪，妳爸就趁我們睡著以後偷偷溜去她的房間。」

「喔，這麼說來，還是我害你們離婚的囉？」這說法倒很新鮮，原來自己曾經扮演過這樣的角色。

「當然不能這麼說。」母親笑起來，「不過妳小時候又瘦又弱的，睡覺都要握著大人的手才安心。」

「聽起來眞是個惹人討厭的小孩。難怪有一次妳不在家，那護士帶我去夜市買西瓜，就故意把我丟在人群裡，自己偷偷溜掉。」

「咦？那次她是故意的嗎？」

「那當然囉。後來警察送我回去，她就坐在廚房裡吃西瓜，假裝親熱的捏著我的臉說，妹妹妳跑到哪兒去了，我找都找不著。還硬塞西瓜到我的嘴裡。我趁她不注意，把西瓜吐了一地，引來一堆螞蟻。」

「我不知道她是故意的。妳爸沒告訴我。」母親頓了一下，又說，「他當然不會告訴我，他那時被她迷得暈頭轉向。可是後來他們也沒結婚，那護士懷了孕，小孩早產，是男孩，生下來就送給她住在新店的姊姊了。」

「喔？那小孩子姓什麼？」

「好像是謝吧。怎麼樣？」

「我想想看有沒有認識姓謝的住在新店的男孩啊？」

「說眞的，妳得小心點，不要遇上妳爸的兒子才好。」

「如果遇上，那就和八點檔的連續劇沒什麼兩樣了。」我和母親相視大笑起來，眼睛彷彿彎彎的月亮。

刷啦一聲巨響，鐵捲門拉下來了。我躺在房間床上，聽到爸爸發動摩托車的聲音，噗嚕噗嚕，還有那護士的笑聲，他們喧囂著揚長而去。我從床上爬起來，跑出房間。

太遲了。診所裡面已經一片黑暗。微弱的光線穿透鐵捲門飄進來。牆壁上貼滿了娃娃的畫像，有長髮憂鬱型的，有跳著芭蕾舞的，還有綁蝴蝶結的小公主，黑暗裡她們都復活起來，張開一雙閃閃發亮的大眼睛，尋找在畫中缺席的男主角。迷宮似的走廊。我扶著木板隔間，穿過病房，手術房，診療室。白白的床單，空空的點滴瓶，沾著血跡的棉花。罐子裡的嬰屍，浮沈在淡黃色的福馬林藥水裡。一個月大。兩個月大。三個月大。四個月大。五個月大。六個月大。七個月大。排成一整列。他們忽然在瓶中一致轉身，抬起頭瞪著我。

我開始嚎啕大哭起來。我一哭，牆上的娃娃全笑了，泡嬰屍的藥水罐在顫動，我的哭聲因恐懼而變了調，好像老頭般沙啞。我聽到外面有人拍門喊，妹妹不要哭，不要哭喔，我打電話叫妳媽媽回來了。那人的聲音好像是隔壁的歐巴桑，我又聽到她向別人說，又壽喔，丟囡仔一個人在房間內，自己共查某走出去耍，眞正夭壽喔。越來越多的人聲在門外響起，嘈嘈雜雜。

母親拿著鑰匙趕回來，一打開門，衝進來抱住我。鄰居環繞我們七嘴八舌的，數落那護士怎樣虐待我，而爸又是怎樣不負責任，那護士每天打扮成妖精一樣，拉著爸爸出去玩。他們越講越是憤慨，有人說，你們既然已經打算離婚了，就拿這個作證據，孩子一個也不留給他，到時我們都出庭幫妳說話。大家異口同聲的稱讚這主意眞好。

爸爸回來，看見診所吵成一團，他也懶得爭辯，索性說，那就趕快辦離婚吧，孩子我一個也不要了。他這麼一講，大家反倒啞口無言起來。而母親在一旁面無表情的愣愣抱著我。

辦完離婚手續的那天，她買荔枝回家，我和姊姊歡天喜地搶荔枝吃，看到我們快樂的模樣，她竟流下眼淚，說，都是妳們，都是妳們才害得我離婚。

●

「其實不只那個護士，後來他每次換地方開診所，就會換不同的女人。」母親吃掉一隻螃蟹之後，突然說。

「他不累啊？」

「就像妳阿媽說的，外省人無定性。反正這裡也不是他們的家。」

「可是他在大陸也不習慣，沒兩個月就跑回來。」我無奈的聳聳肩，挾起一筷子泡菜，說：「對了，好多年前那個打電話來騷擾我們的女人，妳記不記得？那次最嚴重了，是他在哪裡開業時請的護士？」

「嗯，讓我想想看，應該是在林森北路的時候吧，那段時間他錢賺得最多。」

「不知道爲什麼，那間診所我印象特別深刻，雖然只有去過一次。我還記得妳叫我們在林森公園裡尿尿，結果我尿到腳上，襪子溼漉漉的不敢跟妳講。」

「怎麼可能？我怎麼會叫妳們在公園尿尿？帶去診所不就好了。」

「是啊，診所就在公園的對面，我一面尿尿，一面還瞪著爸診所的招牌，安心婦產科，沒錯吧？我小時候最喜歡記招牌了，因此學會好多字。上面還寫著台大女醫師主治，專治淋病菜花，精割包皮，月經規則術，軍公教八折優待。我背得一字不差，雖然根本不知道是什麼意思。可是爲什麼妳不帶我們到爸那兒去上廁所呢？」

「是呀。眞奇怪。」

「喔，我想起來了。那天我們去看爸，結果那女人不高興，跑到樓下去，所以爸叫我們趕快走，我們就走了。根本連坐下來喝杯水的時間都沒有。」

「妳這麼一說，我也想起來了。」母親高興地拿筷子指著我，「我們下樓的時候，那女人剛好跟我們打了個照面。後來她和妳爸分手，就一直打電話來騷擾我們。整整打了一年之久哪。」

「電話就是她打的嗎？她長什麼樣子？我那時沒看清楚。」

「畫了濃妝，穿得很時髦，高跟鞋上貼著亮片，鞋跟高得嚇死人。她本來是林森北路一間酒店的經理，後來認識妳爸，合夥開了婦產科，生意好得不得了，她人面闊，酒家女都跑到妳爸那裡去墮胎。」

「所以招牌上寫的台大女醫師，就是她，對不對？哼，都是不學無術的密醫。」

「病人喜歡找女醫師嘛，比較放心。等到被麻醉以後，哪裡知道是誰做的手術？所以妳爸那時候最賺錢了。」母親越說越出神，手上的筷子像根指揮棒似的，「後來那女人拆了夥，因爲妳爸搞上診所裡的小護士。」

「什麼？爸眞是本性難改。」

「咦？不對不對，」母親忽然想起什麼天大事情似的，「哎呀我記錯了，這樣說來，騷擾電話應該是後來這個小護士打的。她才剛從護校畢業，向我哭訴，說妳爸強暴她。她本來不願意，害怕那個女人，可是久了之後，她又愛上妳爸。那女人倒很乾脆，發現了馬上拆夥，但是妳爸怎麼能安定下來呢？他後來又去中山北路開了間診所，結果生意不好，賠一大筆錢，然後又跑去樹林，把那小護士給甩了。那小護士不甘心，才一直打電話來騷擾我們。」

「天啊，眞是亂七八糟的，聽得我頭都疼了。」

「的確是亂七八糟。」母親同意的點了點頭。

●

父親低著頭，趴向一個十六歲的女孩。女孩毫不知恥的張開雙腿，朝他袒露出濃黑的陰毛，一條縫隙躲在棗紅色的陰唇中。然後他面無表情的拿起鴨嘴器，插進女孩的陰道口。日光燈下金屬的光澤彷彿一把利刃。

那女孩一動也不動，她已經睡著了，緊閉著眼，忽然間眉頭皺了一下，臉部漸漸扭曲起來。她張開唇，發出一聲微弱的呻吟，哀哀的哭。她的嘴唇如淡紫色的果凍。麻醉藥就快要過去了喔。站在一旁的小護士提醒著。

父親說，這是他最驚險的一次手術。女孩是賣水果的男人帶來的，已經懷了三個月以上的身孕。父親本來不肯爲她墮胎，怕出人命。可是賣水果的跪在地上哭著求他，說，要是女孩的爸爸知道了，一定會被殺死的。女孩家在賣魷魚羹，距離水果攤還不到一百公尺遠。

那後來呢？後來怎麼樣？十歲的我拉著爸的手，仰頭問。

當然沒事囉，這種小手術怎麼難得倒我？父親得意的笑著。母親也笑起來，說，來，再吃一點香瓜。

●

「那妳，」最後一隻螃蟹在我和母親的中間推來推去，終於叫她給吃掉了。母親抽出衛生紙來大力擦手，然後把手指放到鼻子前聞了聞，又皺起眉頭，繼續擦手，不知為什麼，她開始吞吞吐吐起來，「妳以前去的那間診所，有沒有可能是密醫？」

「什麼，妳在說什麼？」

「我是說，妳以前高中時候去的那間，跟那個叫什麼小A的。」

「我不懂。」

「那麼久的事了，說出來也沒關係。我是為了妳好，怕留下後遺症。」

「妳怎麼知道的？」我沉默好久，才吐出這句話，像顆艱澀的石頭從喉嚨滾出。

「妳別管我怎麼知道的。到底是不是密醫？」

「都過去的事了還問幹嘛？而且那個人也不是小A。」

「不是小A？」母親拿起牙籤剔牙，張大了嘴，「不會是讀工專的那個吧？」

「妳別亂猜。都跟他們無關。」

「反正是誰不重要。我關心是妳的身體。而且，」母親放下牙籤，身子向我傾過來，壓低聲音神秘的說，「有件事我一直沒有告訴妳。前一陣子，妳姊姊說最近很不順利，懷疑是我們家的風水出了問題，所以帶了個風水師來。妳知道那個風水師怎麼說嗎？」

「怎麼說？」

「他說，這房子裡面有兩個小孩，一直跟著我們。」母親的聲音低得像個巫婆。

「妳信這個？」我忽然覺得手臂發冷。

「我怎麼會相信？我這一輩子從來不拜拜的。可是，這個風水師實在說得太準了。」

母親深深的望著我，這時落地窗簾忽然動了一下，無聲無息的，我和母親同時變了臉色，掉過頭去緊盯著。是錯覺嗎？我的脖子僵硬起來，母親拍拍我的手，安慰的說：「是風。這裡是十樓，風大。」

「嗯。」我勉強嚥下一口口水，咕嘟好大一聲，「剛才妳還沒說完呢。」

「真的不是迷信。妳知道他指的是誰嗎？」母親又頓了一下，故布疑陣似的，「我曾經拿掉過兩個孩子。那時候妳們年紀小，所以不知道。跟妳爸離婚兩年後，他跟那個護士分手，叫我帶妳們回診所，住了差不多一年，中間我拿掉過兩個孩子。後來，妳爸又跟診所新來的護士好上了，我才又帶著妳們搬走。」

「原來如此，那段時間，我們每天早上都一起去隔壁的市場買早點，對不對？我和姊姊還比賽看誰把饅頭壓得比較癟。那好像是小時候唯一快樂的時光。我一直以爲記錯了，你們離婚了怎麼可能住在一塊？那兩個孩子，是爸幫妳拿掉的嗎？」

「不是，他不敢。」母親微笑著，「我自己去外面找醫生。」

「喔？他也知道害怕？」

「所以這次被那看風水的一說，我都毛骨悚然起來，這麼多年的事了，他不說我也快忘了，否則我是從不迷信的。我還特地跑到廟裡，燒了很多紙錢給那兩個孩子，還燒紙做的玩具，有金龜車，也有洋娃娃。」

「其實沒什麼好怕的。妳還不是爲了那兩個孩子好，否則生下來，倒楣的是他們。」

我差點要加上一句，就像我一樣。

母親點點頭。一盞圓燈垂在我們頭頂上發光。黑暗包圍住我們，我的弟弟妹妹坐在牆角，我卻一直到今天才認出他們。他們站起來，走過我的身邊，然後向房間走去，漸漸被吞噬在黑暗裡。

●

那間婦產科躲在西門町的巷子，收費特別便宜。診所裡只有一個面無表情的老女人和禿頭醫生。我躺在手術檯上，天花板到處都是蜘蛛網，禿頭醫生把麻醉藥注射進我的手臂裡。禿頭醫生說，以前做過沒有？我搖搖頭。他說，要記得避孕啊。淡淡的公式化口吻，就像7-11的店員在說歡迎光臨一樣。禿頭醫生站在手術檯前像座陰暗的山，我瞇著眼仰望他，他說，來，深呼吸，跟著我數，一、二、三……。

我的眼皮越來越沉重，禿頭醫生的影像越來越模糊，然後唰的一聲我突然被吸進一個完全沒有光線的黑夜裡，那是如此放鬆而甜美的黑夜，什麼也不存在的深淵，我開始輕飄飄的微笑著，看到父親向我走來，然後坐下，趴到我張得大開的雙腿之間。

我從手術檯上爬起來，撫摸著父親的頭髮，他的頭髮如同嬰孩一般柔軟而金黃。碧綠色的血從我的陰道口流出來，他伸長舌頭舔著，柔軟的舌來回拂拭過我的陰唇。而他的背後有陽光。藍天。白色的帆船。以及海。

意識又漸漸把我拉回到現實的世界。

我感到子宮在收縮，下腹部壓著塊石頭似的，想動卻又動不了，眼睛無法睜開，我想喊，可是聲音卡在喉嚨裡出不來，身體的下半部彷彿墜落在冰水裡。我依稀聽見禿頭醫生向我走來，俯在我的耳邊。

我說，我好冷，好痛。禿頭醫生用手捧住我的臉，說，我給妳蓋毯子，等下就不冷了，痛是正常的，我幫妳按摩一會兒就不會痛了。我感覺到他掀起毯子，一隻手潛進來，潛進我的衣服，到達我的腹部，他輕輕的揉搓著，然後又緩慢的往上潛進，直到握住我的乳房。

他的手心燃起溫暖的火。

他喃喃的說，不要冷，不要冷，我抱住妳了。然後他射精似的發出一聲長長的快樂的喟嘆，嘴唇摩擦著我的臉，淡淡的菸草味飄進我的鼻腔。

我順從的躺著，全身鬆弛開來。那個令人厭惡的小生命終於被殺死了，正丟棄在手術檯下的桶子裡，和發臭的垃圾混在一起。

●

「其實妳早就知道了對不對？」我突然打破沈默，問。

「知道什麼？」

「就是我去看醫生的事。有一次我的藥袋被妳看到。妳還很大聲罵我，說，爲什麼去這種地方？」

「是嗎？我不記得了。什麼藥袋？」

「妳還裝糊塗？不然妳怎麼知道？」

「是小A告訴我的。」母親又加了一句，「他很關心妳。」

「哼。」我感到被出賣的憤怒，在我體內漸漸升高無法控制，「我早就想問妳了，妳爲什麼從來都不阻止我？妳記不記得，在我很小的時候，我們租房子住，房東的兒子在念國中。有一次他把我拉到房間裡，趴在我的身上摩擦了好久，而妳就在客廳裡看電視。後來妳幫我洗澡的時候，卻兇巴巴的問我，褲子上面白白的東西是什麼？妳明明知道的，可是妳卻什麼也沒有做。爲什麼？」

「有這種事？那他有沒有把妳的褲子脫掉？」母親緊張的抓住我的手。

「現在才緊張有什麼用？」我冷笑一聲。

「怎麼會呢？我眞的都不記得了。」

「那是因爲妳從來都沒有關心過，妳只想著賺錢。」

「我要養妳們啊。妳知道一個女人獨自養孩子有多辛苦？當年妳爸什麼都沒有留給我，他樂得輕鬆，在外面玩女人，一個接一個。」母親的嘴唇開始顫抖起來。「這實在太不公平了，結果沒想到最後妳們同情的全是他。早知如此，那時候我也不要妳們，我還年輕，多的是男人要追我。」

「什麼公不公平？」我雙肘撐在桌上，用手蒙住臉，「天底下沒有公平的事。妳對我我又何嘗公平？小時候妳總是說，再忍耐一下，將來我們就會很幸福了。可是將來總是沒有來。只有爸不死心，到現在還會妄想娶到一個好女人。」

「難道我辛辛苦苦，不就是爲了維持一個完滿的家嗎？」

「妳和爸都這麼說，可是你們做了什麼？我以前還會期待，可是我已經不是小孩子，不會再相信那些話了。」

「你們都認爲是我的錯。過去妳爸把錯推到我身上，現在換成了妳。」母親搖著頭，「可是眞的是我嗎？到底是誰，是誰才一再的破壞這個家？」

到底是誰呢？我們都沒有再說話。窗簾彷彿動了一下，又彷彿沒有。時鐘滴滴答答的走著，在夜裡窗簾的顏色更加晦暗了。這間屋子是多麼的單調空乏而冷默，就像我們乾燥的心一樣。餐桌上仍然擺著涼拌黃瓜、醃泡菜、饅頭，冷冷的食物。康定斯基畫中沒有臉的女人。娃娃的畫像漂浮在牆壁上。

孩子們的鬼魂又從黑暗中走出，然後陸續坐到餐桌旁，空洞的五官不懂得哭泣也不懂得吵鬧，他們安靜而瘦弱，拒絕長大。歡迎你們回家，我默默的說著。但是家卻已經永遠的陷落了，陷落在遙遠的過去，而我們被時間俘虜到一個異鄉，再也找不到返回的道路。我們卻還不得不假裝相信，幸福就在可見的未來，只要繼續向前走，樂園就一定會出現的。即使我們心中很清楚的知道，那裡也就是安息的墳場。

母親撩起衣服來擦了擦臉。然後她拿起一個饅頭，剝成兩半，一半遞給我，說，來，再吃一點，難得回家，不要說這些不愉快的事了，讓我們再從頭開始一遍，談談妳爸的情人們吧。我接過饅頭。時間倒帶。

今天妳去看過妳爸了？

嗯。

這次他的女人怎麼樣？

——二〇〇〇年二月．選自聯合文學版《逆旅》

《中華現代文學大系（壹）——臺灣 1970～1989》

小說卷

主　　編：**齊邦媛**
編輯委員：**鄭清文、張大春**

收入 70 位傑出作家，118 篇最具代表性作品，洋溢著前所未有的自足、自然的寫實主義，集中於臺灣都市中小人物的困境、政治關懷、女性的處境、鄉土的變貌、海峽兩岸新情勢，和海外作家平常心的觀照等等。可供欣賞、珍藏。

精裝豪華本（全五冊）：單冊定價 480 **元**
平裝藝術本（全五冊）：單冊定價 580 **元**

《中華現代文學大系（壹）——臺灣 1970～1989》

榮獲新聞局金鼎獎

劃時代的巨獻，跨越兩個十年，樹立台灣文學新座標，面對整個中國及世界文壇。走過從前，邁向未來，傲然矗立文壇，以有限展示無限。《中華現代文學大系（壹）——臺灣 1970~1989》計分詩、散文、小說、戲劇、評論等五卷，十五鉅冊，由余光中、張默、張曉風、齊邦媛、黃美序、李瑞騰等 16 位名家，選出 300 多位作家及詩人的精品， 9000 餘頁，是國內空前的皇皇巨著，熠熠發光。推出後，深受海內外各界讚譽、推崇，因此才賡續出版《中華現代文學大系（貳）——臺灣 1989~2003》。

總編輯：**余光中**

編輯委員

詩　卷：**張　默、白　靈、向　陽**

散文卷：**張曉風、陳幸蕙、吳　鳴**

小說卷：**齊邦媛、鄭清文、張大春**

戲劇卷：**黃美序、胡耀恆、貢　敏**

評論卷：**李瑞騰、蕭　蕭、呂正惠**

精裝豪華本 15 冊定價 8380 元

平裝藝術本 15 冊定價 6880 元

《中華現代文學大系（貳）——臺灣 1989 ～ 2003》

承續《中華現代文學大系（壹）——臺灣 1970 ～ 1989》的大業，本輯銜接兩個世紀的文壇風貌，展示台灣各類型菁英作家的才華，爲華文世界再樹新里程碑！《中華現代文學大系（貳）——臺灣 1989 ～ 2003》計分詩、散文、小說、戲劇、評論等五卷，十二鉅冊，由余光中、白靈、張曉風、馬森、胡耀恆、李瑞騰等 16 位名家，選出 300 多位具代表性作家及詩人們的精采作品，值得閱讀、典藏。

總編輯：余光中
編輯委員
詩　卷：白　靈、向　陽、唐　捐
散文卷：張曉風、陳義芝、廖玉蕙
小說卷：馬　森、施　淑、陳雨航
戲劇卷：胡耀恆、紀蔚然、鴻　鴻
評論卷：李瑞騰、李奭學、范銘如

中華現代文學大系（貳）

——臺灣 1989～2003

小說卷（一）

A Comprehensive Anthology of
Contemporary Chinese Literature in Taiwan, 1989-2003
Fiction Vol. 1

總 編 輯／余光中

發 行 人／蔡文甫
發 行 所／九歌出版社有限公司
臺北市八德路 3 段 12 巷 57 弄 40 號
電話／(02)25776564 · 傳真／(02)25789205
郵政劃撥／ 0112295-1
登記證／行政院新聞局局版臺業字第 1738 號
網　　址／ www.chiuko.com.tw
印 刷 所／晨捷印製股份有限公司
法律顧問／龍雲翔律師 · 蕭雄淋律師 · 董安丹律師
初　　版／ 2003（民國 92）年 10 月
定　　價／小說卷（全三冊）平裝單冊新台幣 450 元
精裝單冊新台幣 550 元

ISBN　957-444-074-5

國家圖書館出版品預行編目資料

中華現代文學大系（貳）.臺灣一九八九～二〇〇三小說卷／馬森主編 --初版. --臺北市：九歌，2003〔民 92〕面； 公分.

ISBN 957-444-074-5（第 1 冊：精裝）
ISBN 957-444-075-3（第 1 冊：平裝）
ISBN 957-444-076-1（第 2 冊：精裝）
ISBN 957-444-077-X（第 2 冊：平裝）
ISBN 957-444-078-8（第 3 冊：精裝）
ISBN 957-444-079-6（第 3 冊：平裝）

830.8 92012284